LES CŒURS PERDUS

DU MÊME AUTEUR

Sang d'encre au 36, Les Nouveaux Auteurs, 2009 ; Pocket, 2011
Psychose au 36, Les Nouveaux Auteurs, 2011 ; Pocket, 2014
Le Sang de la trahison, Fayard, 2013
Femme sur écoute, Fleuve Éditions, 2017 ; Pocket, 2018
Tu tairas tous les secrets, Fleuve Éditions, 2019 ; Pocket, 2020
Terminal 4, Fleuve Éditions, 2020 ; Pocket, 2021

HERVÉ JOURDAIN

LES CŒURS PERDUS

fleuve
ÉDITIONS

ISBN : 978-2-265-15691-3

Dépôt légal : octobre 2023

Avertissement

La paroisse de Pierre-Brune, dont le joli nom a été emprunté à un lieu-dit situé près de la forêt de Mervent, est fictive. L'auteur la place à mi-distance de Pouzauges et de La Châtaigneraie. De la même manière, le domaine de la Chaignée et le château de la Sebrandière, accolés au village, trouvent leur origine en Sud-Vendée où l'auteur a grandi.

Aux Vendéens.

Il n'y a plus de Vendée, citoyens républicains. Elle est morte sous notre sabre libre, avec ses femmes et ses enfants. [...] J'ai écrasé les enfants sous les sabots des chevaux, massacré les femmes qui, au moins pour celles-là, n'enfanteront plus de brigands. Je n'ai pas un prisonnier à me reprocher, j'ai tout exterminé.

Propos attribués
à François-Joseph Westermann

1

« La nature ne fait rien d'incorrect. » C'est cette maxime de Diderot qui vint à l'esprit de Noë lorsqu'il descendit de cheval. Devant lui s'étalait une mer végétale aux vagues immenses, composée de chênes centenaires ressemblant à des colosses, de châtaigniers informes aux troncs crevassés, de frênes élancés, de hêtres touffus, de sapins géants. Au milieu de ce camaïeu de verts s'étalaient ici quelques taches grises ou brunes fraîchement peignées par les nombreux laboureurs du pays, là des prés destinés aux bêtes, ailleurs des terres incultes couvertes d'ajoncs ou de genêts que l'on brûlait tous les six à dix ans pour régénérer les sols naturellement trop acides. De cet océan de verdure, de champs et de pâturages, perçait une ligne de crête coiffée de moulins à vent, de bourgs étagés, de hameaux éparpillés s'accrochant à mi-pente. Il était de retour. Enfin.

Héritage des tremblements qui avaient jadis soulevé de terre le Massif armoricain, cette chaîne de puys granitiques composait l'épine dorsale du Haut Bocage. Par temps clair, les sommets de puy Lose, de puy Crapaud, du mont Mercure et du mont des Alouettes s'alignaient en direction des Mauges et du Choletais. De chaque côté, les noisetiers, aulnes et saules marquaient la présence de vallées encaissées. À main dextre, la Sèvre Nantaise, affluent de la Loire, qui prenait sa source dans les gâtines du Poitou, et dont les eaux diffusaient leur mélodie au contour des rochers de granit bleu ; à main senestre, les cours d'eau du Petit et du Grand Lay, alimentés par un chapelet d'étangs collinaires, au bord desquels vivaient en harmonie toutes sortes de familles d'oiseaux.

Ceux qui avaient peur de l'affronter attribuaient à ce paysage, et à ses habitants, tous les signes de la laideur. Lieu diabolique, pays des sorciers et des mauvais sorts par excellence, il n'était pas un jour sans apercevoir un crapaud ou un aspic, pas une nuit sans entendre le cri de l'effraie. Noë, lui, sublimait ce territoire qu'il n'avait plus revu depuis trois longues années. Peut-être parce qu'il s'amusait des histoires surnaturelles et de la crédulité des étrangers ; peut-être aussi parce qu'il y conservait la promesse de vivre auprès de celle qui avait partagé ses meilleurs souvenirs.

Le jeune homme scruta une dernière fois la ligne d'horizon. Derrière lui, le pays des Charentes où les hommes taillaient les vignes et liaient les fagots de sarments. Plus proches encore, les plaines du Bas Poitou où l'on semait l'orge ou l'avoine à la volée. Devant lui, à trois lieues de distance, se découpaient dans un ciel dégagé le clocher pointu de l'église Notre-Dame-de-l'Assomption et le château de la Sebrandière, qui dominait le vieux bourg de la paroisse. Pierre-Brune, nous revoilà !

Il tira sur la bride de sa monture et se mit à marcher vers le village. Dix jours à dos de cheval et autant de nuits à dormir sur de vieilles paillasses couvertes de puces de bois lui avaient brisé les reins. D'instinct, il s'enfonça dans un chemin creux, quittant le froid mordant du mois de mars pour un tunnel baigné d'ombre et de lumière, forgé depuis des siècles par le pas lent des troupeaux et l'eau qui ruisselle au printemps. Protégé du vent de galerne par une végétation dense composée d'arbrisseaux et de ronces, il renouait enfin avec les odeurs familières, le parfum humide de la terre bocagère, le relent des bouses de vache fraîches constellant le sol, la fragrance des cerisiers sauvages donnant de fines fleurs blanc et rose, ou celle des champs de bruyère environnants. Il mouilla ses lèvres et se mit à siffler à la manière des pinsons qui s'égaillaient de part et d'autre du chemin. Était-ce par pur mimétisme, pour tromper l'ennui, ou bien la signature de son bonheur à quelques heures de retrouver les siens ? Il n'aurait su dire. Son chant s'arrêta un peu plus loin, face à une statue de la Vierge Marie nichée à une toise et deux pieds de hauteur dans le tronc creusé d'un vieux chêne têtard.

Doublement chrétien, Noë se signa avant de reprendre sa route.

Le soleil était au zénith quand il déboucha sur le Grand Lay. Apeuré à la vue de la jument, un couple de canards sauvages prit son envol. Non loin, un paysan qui puisait de l'eau dans la rivière se redressa. Noë le salua d'un léger mouvement de tête. L'homme lui tourna le dos, tout occupé à remplir un abreuvoir installé de l'autre côté du chemin remontant vers Pierre-Brune.

Noë parcourut une nouvelle demi-lieue. Alors qu'il distinguait enfin l'arc du pont aux Chèvres, il ne reconnut aucun des trois enfants en guenilles qui vinrent à sa rencontre. Le plus intrépide d'entre eux et le plus âgé aussi, la morve au nez et une fronde à la main, devait avoir à peine six ans.

— Te vins d'où, toué ? demanda-t-il d'un air revêche.

Le jeune homme sourit. Trois années d'études dans le pays d'oc lui avaient fait oublier le patois poitevin dont les terminaisons variaient selon les paroisses. Mais il le comprenait toujours.

— Montpellier, tu connais ?

Le chef de la bande l'observa bizarrement alors que les deux autres va-nu-pieds tiraient sur sa manche. Ce nom lui était inconnu, tout comme celui de Paris, ou bien encore ceux de Nantes et de La Rochelle, les deux grands ports les plus proches. Sans jamais être sorti de Pierre-Brune, il n'avait entendu parler que de Pouzauges, des Herbiers ou de Fontenay, les principales villes de foire de la région, que fréquentaient les métayers et quelques bordiers de la paroisse.

— Avour qu'te vas ?

— Là-haut, répondit Noë en donnant un coup de tête en direction du clocher, point culminant de la paroisse non loin duquel le coq de la basse-cour de la métairie Angibaud concurrençait le son des cloches. Je suis le fils du médecin.

— Un parpaillot ! Un parpaillot ! crièrent les drôles en décampant vers le bourg comme s'ils fuyaient la peste.

Le jeune homme se figea. Rien n'avait changé ici. Quoiqu'il eût été baptisé le lendemain de sa naissance sur l'autel de l'église Notre-Dame-de-l'Assomption, quoiqu'il préférât les contes et romans philosophiques aux saintes Écritures, Noë Dubreuil, descendant de protestants pourchassés par les dragons, serait à jamais un parpaillot dans un pays évangélisé à marche forcée par Louis-Marie Grignion de Montfort et ses disciples.

Arrivé au pont, il se pencha par-dessus le parapet. Le lavoir, en contrebas, était inoccupé. Un voile de tristesse s'invita sur son visage lisse comme la surface des lacs du Haut Bocage, percé de deux yeux noisette et encadré de cheveux de la couleur des blés. Il se redressa. D'une taille supérieure à la moyenne, Noë mesurait cinq pieds et quatre pouces. Si svelte fût-il, c'était son allure, son maintien, qui tranchait avec les quelques formes courbées qu'il distinguait le long de la grande rue sinueuse grimpant vers l'église.

Selon l'idée que la nature façonne le paysage et ses habitants, les paroissiens de Pierre-Brune paraissaient arqués, comme soumis aux éléments, immobiles, isolés, enracinés dans la terre. La tête grosse, le cou épais, les épaules ramassées, le teint pâle, cette peinture des corps dénotait méfiance et mélancolie, acharnement au labeur et attachement au sol.

Depuis le pont aux Chèvres, seul édifice de pierre qui traversait le Grand Lay à plusieurs lieues à la ronde, cinq cents toises séparaient Noë du logis familial. Il se remit en selle et avança au pas.

Dans la partie basse de Pierre-Brune, quelques masures couvertes de mauvaises tuiles étaient sorties de terre depuis son départ. Le dernier courrier que son père lui avait adressé en janvier 1792 l'avait informé que la paroisse, ou plutôt la commune de Pierre-Brune puisque l'Assemblée constituante en avait décidé ainsi, comptait environ deux cents feux selon le recensement effectué par François Chapelier, l'ancien régisseur du château de la Sebrandière.

Plusieurs d'entre eux, essentiellement des tisserands, étaient regroupés près de la rivière, non loin du lavoir. Ceux-ci tiraient parti de l'humidité ambiante et de la toison des troupeaux pour alimenter les foires régionales en étoffes grossières, étamines ou tiretaines. À distance du bourg, d'autres familles occupaient aussi quelques borderies ou métairies isolées au milieu de terres ceintes de haies denses ou de fossés étroits. Ainsi, la paroisse se trouvait environnée de lieux-dits dont l'étymologie se perdait dans la nuit des temps, comme les Combrands, Cassinelle, Drapelle ou le bois d'Amourette, forêt de quelques dizaines d'hectares située au creux d'un vallon.

Du haut de Pierre-Brune, perchés dans leur donjon et leur clocher, le seigneur des lieux et le curé du village, du temps où ils étaient encore les maîtres, veillaient sur cet ensemble. Là encore, la Révolution était passée. Oublié le comte François-Gabriel de Lusignan-Longeville, réfugié dans l'ancienne capitale du Bas Poitou, dont un fils avait émigré et un autre combattait au sein de l'armée du Rhin au nom de la Convention ; disparu le père Lebrun qui, à soixante-dix ans, avait quitté contraint et forcé la maison de Dieu sous prétexte qu'il refusait de prêter serment à la Constitution civile du clergé.

Les cloches se mirent à battre. Trois séries de trois tintements, suivies d'une pleine volée : l'heure de l'angélus. Noë leva la tête en direction du clocher. La girouette en forme de coq se découpait dans un ciel rougeoyant. Soudain, son cheval se cabra et le projeta à terre. Il n'eut pas le temps d'avoir peur. Sa monture, folle à lier, prit la fuite pour s'immobiliser à une cinquantaine de toises. Les fesses au sol, il observa les alentours. Occupée à plumer un poulet sur le pas de sa porte, une femme bossue lui tournait le dos. De l'autre côté du chemin caillouteux, plusieurs silhouettes s'éloignaient à grands pas dans une venelle. Plus loin encore, il distingua le morveux à la fronde qui le défia du regard avant de filer vers la rivière. Noë découvrit par terre une pierre ronde, polie, de plus d'un pouce de diamètre. Il la ramassa, se redressa difficilement, se toucha le crâne, frotta les hardes qui lui collaient à la peau.

— Il s'appelle Jacquot Picotin, il habite un creux-de-maison sur le chemin qui mène au bois d'Amourette.

Ce filet de voix, limpide, cristallin, il l'aurait reconnu entre mille. Il ne pouvait l'oublier, il l'avait accompagné tout au long de son enfance, dans les granges des environs, sous les meules de foin, sur les bords de la rivière, dans les champs de genêts, dans la cuisine de son logis où ils se régalaient des gâteaux et des compotes sucrées préparés par Eugénie, la bonne. Il pivota lentement comme pour faire durer ce moment, celui des retrouvailles tant attendues avec Marie.

Ce n'était pas Marie. Seulement Augustine, sa cadette âgée de neuf ans, affublée d'une robe sombre tombant sur des sabots usés. Un nez mutin, un front haut encadré de cheveux fauves coiffés en une tresse, des yeux de la couleur des lentilles d'eau, pétillants et vifs, une bouche expressive et surtout un sourire malicieux illuminaient son petit visage couvert de taches de rousseur : le portrait craché de Marie.

— Elle s'appelle comment, ta jument ?

— Tulipe, répondit le jeune homme en se dirigeant vers sa monture.

— Tulipe, c'est joli. Je rêverais d'avoir une pouliche qui porte ce nom. Mais mon père ne veut pas. À tout prendre, il choisirait un cheval de trait qui remplacerait nos deux vieux bœufs pour labourer la terre. Sauf qu'un cheval, il lui faut de l'avoine et du foin en abondance. Et de l'avoine, on n'en a guère par ici. Et puis il dit qu'on a bien assez de bêtes à soigner comme ça, avec nos vaches et nos moutons. On a même deux chèvres, maintenant. Bouton d'or et Marguerite. Elles sont un peu sauvages, mais elles donnent beaucoup de lait. Mémé fait du fromage avec. Moi, je m'occupe surtout des brebis. Ce matin, papa m'a promis que si le temps s'y prêtait, je pourrais bientôt les sortir. J'aime bien les conduire dans les prés de la Chaume. Dis ! Tu as déjà été aux prés de la Chaume ?

Noë ne l'écoutait plus. Il s'était rapproché de son cheval qui s'ébrouait, et tentait de le calmer en lui caressant l'encolure. Augustine, deux pas derrière lui, poursuivit son monologue jusqu'à l'essoufflement.

— Moi, si j'avais un cheval, je l'appellerais Pégase. Il est beau, ce nom, tu ne trouves pas ? Tu savais que c'était le nom d'un cheval ailé ? Pégase a vécu à l'époque d'Ulysse. C'est un marchand ambulant qui m'a raconté le début de son histoire. J'aurais bien aimé connaître la suite, sauf que mémé, elle n'a pas voulu qu'on achète le livre qu'il proposait. Elle a dit que c'était que des menteries tout ça, que la vérité était écrite dans le missel de la sainte Bible. Mais moi, quand je vais à la messe, je ne pense qu'aux contes que tu me lisais lorsque j'étais petite. Tu te souviens quand tu me les lisais ? Moi, je m'en souviens très bien. Je sais par cœur celui de Mélusine, c'est mon préféré. Je pense beaucoup à la fée pendant que le père Lebrun fait son sermon, surtout les jours où il vente et pleut. Tu savais que notre curé avait été chassé de son église ? Hein ? Tu le savais ?

Noë n'en pouvait déjà plus des digressions d'Augustine. Aussi bavarde qu'une pie, elle bondissait d'idée en idée.

— Dis, tu l'aimes toujours, ma sœur ?

— Dis, ça t'arrive de te taire ? rétorqua-t-il.

— Non, c'est plus fort que moi. Je suis curieuse, voilà tout. Mémé dit tout le temps qu'elle va finir par me clouer le bec. Dis, je pourrais grimper sur le dos de Tulipe avec toi ? Comme ça, j'aurais l'impression d'être invincible, ajouta-t-elle en jetant les bras au ciel.

— On verra. Explique-moi plutôt pourquoi ce garnement de Picotin m'a lancé cette pierre.

Elle pinça la bouche, regarda autour d'elle avant de répondre. Personne d'autre n'écoutait.

— C'est à cause de ton père, chuchota-t-elle.

— Mon père ?

— Toute la paroisse lui en veut parce qu'il a racheté la cure de l'église. Les gens disent que si le curé Lebrun n'a plus de maison, c'est par sa faute. Dis, c'est vrai que tu es médecin maintenant ?

2

Avant même d'adresser la parole à son père, Noë lui tendit le parchemin. Jean-Baptiste Dubreuil rayonna de fierté. Oublié le froid mordant qui l'obligeait à se couvrir d'une peau de chèvre, derrière lui cette journée de visites qui lui avait fait traverser à gué la Sèvre Nantaise. Il tenait entre ses mains le diplôme de son fils, son seul héritier, celui qui lui succéderait. Celui qui, peut-être, parviendrait à réaliser son rêve : bâtir un hôpital de campagne dans le Bocage. Car la population y était régulièrement foudroyée par les épidémies, tandis que la médecine devait composer avec des superstitions et des croyances de toutes sortes.

Il l'embrassa enfin, avec chaleur, heureux de le retrouver. Les yeux rivés sur la porte du logis, Noë s'écarta avec vigueur.

— Maman n'est pas là ? Et Eugénie ?

Debout au milieu du courtil de la propriété que le docteur Dubreuil avait acquise une trentaine d'années plus tôt, le jeune homme observait les environs. Le crépi de la façade du bâtiment d'habitation avait bruni, la treille qui couvrait le chemin de terre battue menant à l'écurie s'était épaissie. Il fixa son père. L'obscurité naissante ne gommait ni les rides profondes creusant son front ni ses cernes sombres.

Une couronne de cheveux gris ornait désormais son crâne qu'il devait protéger du soleil lors de ses longs trajets aux quatre coins du Bocage, et sa lèvre inférieure était saisie d'un léger tremblement. Quant à son regard, il paraissait moins intense qu'autrefois.

— Je les ai envoyées à La Rochelle. Là-bas, au moins, elles seront à l'abri.

— Pourquoi ? Il n'y a rien à craindre, ici !

De jour, depuis les hauteurs de Pierre-Brune, ils avaient vue sur toute la vallée du Grand Lay et la partie basse de la paroisse. Entouré par l'église, deux moulins encore en activité, le château de la Sebrandière, et la métairie de la Chaignée occupée par la famille Angibaud, le logis était situé sur un emplacement stratégique, facile à défendre. Si l'on excluait le péril que représentaient les vipères qui se nichaient au pied des chirons[1], le danger ne pouvait pas les prendre par surprise.

— Les choses ont bien changé en trois ans. La colère gronde dans le pays, tu sais.

— Pourquoi ?

Jean-Baptiste Dubreuil parlait du Haut Bocage et des contrées environnantes qu'il parcourait chaque jour pour se rendre au chevet des malades qui réclamaient ses soins, de ces paysans avec lesquels il cohabitait depuis toujours, pour lesquels il avait une grande estime bien que la plupart d'entre eux ne la lui rendissent pas.

— Parce qu'on leur demande de se convertir à la république. On leur prend un curé pour le remplacer par un autre, on a guillotiné leur roi, on exige qu'ils usent de nouveaux noms pour les jours de la semaine et les mois, on rase leurs châteaux, on leur retire les cloches des églises, on vide

1. Terme poitevin désignant les chaos de pierres granitiques que l'on trouve dans les champs en Vendée.

leurs monastères pour en faire des écuries, on renomme même leurs provinces. Niort et Fontenay ne sont plus dans le Poitou, mais dans les Deux-Sèvres pour l'un et en Vendée pour l'autre, Cholet n'est plus dans les Mauges, mais en Maine-et-Loire. Les paysans ne s'y retrouvent plus, on vole leur patois, on leur impose la langue des villes.

Cette gravité porta un coup à Noë. Il s'était imaginé en train de décrire les facéties dont il avait été auteur ou victime au sein de la faculté de médecine de Montpellier, ou de conter avec un plaisir non dissimulé les autopsies de cadavres putréfiés auxquelles il avait assisté.

— Ils s'habitueront.

— Je disais déjà ça l'an dernier. Et puis il y a eu Bressuire…

Le docteur Dubreuil n'eut pas besoin de préciser. Depuis le Languedoc, Noë avait suivi les événements du mois d'août 1792 au cours desquels les protestants de la Gâtine avaient subi la colère des paysans de la région. Beaucoup étaient morts, de nombreuses femmes avaient été souillées. Au final, un demi-millier de paysans révoltés, pourchassés par les gardes nationaux, avaient perdu la vie après avoir pillé, violé et tué.

— Pourquoi ne pars-tu pas rejoindre maman ? Tu seras en sécurité à La Rochelle. Tu pourras toujours te refaire une clientèle, non ?

— Qui va soigner ces pauvres bougres si je pars ? En soulaire[1], le premier médecin est à six lieues, près de La Châtaigneraie. En galerne[2], il faut pousser jusqu'à Montaigu. Ma place est ici, auprès d'eux. Et puis je viens d'installer un cabinet médical dans le bourg.

— À l'ancienne cure ?

1. Terme employé dans l'Ouest en référence au vent qui souffle du sud-ouest.

2. En référence au vent du nord-ouest froid et humide qui souffle en rafales sur l'ouest de la France.

Dubreuil décela un air de reproche dans la remarque de son fils. Pourquoi n'aurait-il pas profité de la vente des biens nationaux, lui aussi ?

— C'était une belle occasion, se défendit-il.

— Tu n'as pas pensé que les paroissiens risquaient de t'en vouloir ? insista Noë.

— Je n'allais quand même pas laisser Chapelier acquérir tous les biens mis en vente dans la région !

Voilà donc ! Noë était de retour depuis moins d'une heure et le nom de François Chapelier était déjà prononcé. Ancien régisseur de la seigneurie Lusignan-Longeville, celui-ci s'était enrichi grâce au négoce de bestiaux dans les foires locales avant de damer le pion au médecin dans la course à l'élection du maire de la commune de Pierre-Brune.

— Et puis, on n'est pas moins chrétiens que tous ces ignorants ! poursuivit son père en jetant un doigt vers l'horizon.

— Oui, mais eux sont catholiques et nous, nous…

— Nous sommes quoi ? Combien de fois il faudra que je te rappelle que tu es baptisé, enfin !

Les retrouvailles semblaient définitivement gâchées. Noë décida de se taire. En 1770, son baptême dans l'église voisine n'avait eu qu'un seul but : assurer un état civil à un enfant né au sein d'une famille historiquement liée à l'Église réformée. Aujourd'hui, les choses avaient changé. Depuis l'édit de Versailles en novembre 1787, une tolérance accordait aux protestants le droit d'enregistrer leurs naissances, leurs mariages et leurs décès. Cette ordonnance, signée par Louis XVI, avait été accueillie avec joie à La Rochelle, où les réformés étaient nombreux. Au plus profond du Bocage, c'était une tout autre affaire. L'Église catholique ne supportait aucune concurrence et ses ouailles savaient pertinemment que les protestants, après les guerres de Religion, louvoyaient entre deux cultes pour mieux tromper leur monde : le matin à l'église, l'après-midi au désert, autour de leur pasteur, dans un lieu confidentiel transformé en temple.

— Et le père Lebrun ?

— Il a échappé à la déportation. Il se cache dans les alentours. La garde nationale a visité plusieurs métairies au cours des mois passés. À ce qu'il paraît, les messes qu'il dirige n'ont jamais rassemblé autant que maintenant.

— Et les Angibaud ? J'ai croisé la petite Augustine sur le chemin…

— La mémé est mourante. Ce n'est plus d'un médecin dont elle a besoin, mais d'un homme de foi.

Noë n'aurait su dire quel âge avait Thérèse Angibaud. Seule certitude, après le curé Lebrun, elle était la doyenne des paroissiens. Tout du long de sa vie, elle avait enfanté à huit reprises. Que des hommes. Cinq étaient morts avant l'âge de marcher, un autre était tombé dans la rivière au retour d'une foire, un dernier avait fait la guerre sans jamais en revenir. Pierre était la bonne graine, il avait poussé comme il faut sur la butte malgré les miasmes échappés du cimetière contigu à l'église. On disait qu'ils résultaient de la colère de Dieu, provoquée par la mort sans confession de brebis égarées. Laboureur comme son père, il avait pris sa suite sans jamais rechigner à la tâche, cédant bon an mal an, jusqu'à peu, une part substantielle de ses récoltes à la famille Lusignan-Longeville. Car, comme tous les métayers, Pierre Angibaud tenait sa terre en fermage, dont une partie était cultivée pour la production de seigle, de mil ou de sarrasin.

Le médecin se tut. Il s'écarta de quelques pas du seuil de leur logis, souleva d'un tas de bois une bûche de châtaignier qu'il emporta à l'intérieur. Noë le suivit, évitant de justesse la butée qui marquait le sol. À quelques pas de distance, il observa son père s'agenouiller devant l'âtre et souffler dans le buffou pour ranimer les flammes. La lumière jaillit à travers la pièce principale à mesure que le bois crépitait.

— J'irai rendre visite aux Angibaud dès matines. J'ai hâte de les revoir.

Jean-Baptiste Dubreuil baissa les yeux.

— Pourquoi fais-tu cette tête, enfin ?

— Je ne sais pas ce que tu espères, mais je te le répète : les choses ont changé ici.

— Et alors ? Les Angibaud sont toujours nos amis, non ?

Le médecin opina du bonnet, timidement. Il ne pouvait dire le contraire, les Dubreuil étaient accueillis à bras ouverts à la métairie de la Chaignée.

— J'ai le sentiment que tu ne me racontes pas tout. Il est arrivé quelque chose à Marie ?

— Non.

— À l'une de ses sœurs ?

— Non plus.

Les filles de Pierre Angibaud étaient au nombre de quatre. Outre Marie, qui avait quelques mois de différence avec Noë, il y avait Jeanne, dix-neuf ans, gagée en tant que domestique chez les Vincendeau. Puis Augustine, neuf ans, qui était surnommée « tête en l'air » parce que passionnée par le sort que le vent réservait aux nuages, par le reflet du soleil sur les feuilles de laurier, par le vol des hirondelles qui nichaient sous les poutres des granges. Et enfin Renée, la benjamine, trois ans, dont la naissance avait été fatale à leur mère quelques jours avant que Noë ne prenne la route pour rejoindre la faculté de Montpellier.

— Alors quoi ?

Le fils attendait une réponse. Elle ne vint pas. Son père, un bras appuyé contre le manteau de la cheminée, prononça enfin quelques mots, qui résonnèrent telle une sentence.

— Je veux que tu rejoignes ta mère à La Rochelle. Je vais te préparer une recommandation que tu apporteras au directeur de l'hôpital. Il ne manque pas d'ouvrage là-bas, et il n'y a pas meilleur endroit pour passer de la théorie à la pratique.

Noë serra les mâchoires. Cette voie n'était pas celle qu'il souhaitait emprunter. Son père cherchait à l'éloigner du Haut Bocage qu'il appréciait tant. Il ne pipa pourtant mot et rejoignit à l'étage la chambre de son enfance, dont le volet, de la Toussaint aux fêtes de Pâques, était fouetté par le vent et la pluie.

3

Emmitouflé sous une couette remplie de plumes d'oie, Noë dormit d'un sommeil lourd. Au petit matin, le chant décidé d'un coq eut au final raison de lui. Le parquet grinça sous ses pas, il ouvrit le contrevent sur un paysage lumineux, blanchi par le givre. Il s'habilla chaudement, descendit, pénétra dans la cuisine, trouva une cruche posée sur la maie. Il perçut aussitôt l'odeur de lait qui s'en dégageait, à peine tiré du pis de la vache. Il but à la régalade, avala plusieurs tranches d'un beau pain bis odorant et ferme, boulangé avec un mélange de blé, de seigle et d'orge. Puis il fila dans la pièce de vie, tisonna les cendres dans l'âtre et alla faire ses ablutions à la hauteur du timbre, cette auge de granit grossièrement creusée et remplie d'eau de pluie.

Le jeune homme se redressa au son des cloches qui se mirent à battre le rappel. Son regard se tourna vers l'église romane dont la silhouette se dessinait dans un ciel laiteux. Au pied d'un portail agrémenté de claveaux sculptés illustrant une vision de l'Apocalypse de saint Jean, un homme se tenait debout, triste et immobile, les bras flottant dans sa soutane, l'œil rivé sur le chemin sinueux montant depuis le pont aux Chèvres. Trois feux, soit une quinzaine de personnes, pour l'essentiel des drôles, se présentèrent enfin. Parmi eux, le maire François Chapelier. Noë reconnut également le sabotier du village qui traînait les pieds derrière sa femme, dont la tête était couverte d'une coiffe en dentelle de couleur blanche. Tout ce beau monde se signa avant de pénétrer dans la maison de Dieu. Le nouveau curé, le « truton » comme le nommaient les paroissiens qui refusaient ses services, referma les deux lourdes portes de chêne.

Les cloches se turent enfin, le chant de la nature reprit ses droits. Aucun bruit parasite ne s'élevait du village, ni les coups de marteau du charpentier, ni ceux du forgeron, qui battait à longueur de temps le métal sur l'enclume, ni les cris des laboureurs, piquant leurs bœufs pour mieux remuer la terre et briser les mottes. Où qu'il regarde, pas âme qui vive.

Muni de ses chausses, Noë courut à travers champs en direction de la rivière. Il parvint en nage à la hauteur du pont, s'arrêta à quelques pas du lavoir pour respirer. L'endroit n'était pas moins désert. Si elles n'assistaient pas à la messe du prêtre constitutionnel, où donc étaient passées les lavandières ? Le jeune homme s'agenouilla dans le baquet plein de paille qui bordait la rivière, glissa sa main sur la pierre inclinée contre laquelle Marie frappait habituellement le linge de famille à l'aide de son battoir en bois. Il se saisit d'un bâton d'une longueur de deux pieds qu'il remua de longues minutes au milieu des lentilles nageant à la surface du Grand Lay.

Soudain, sa méditation fut interrompue par des hurlements. Noë se hissa sur la pointe des pieds, aperçut de l'autre côté de la rivière plusieurs soldats de la garde républicaine à dos de cheval interpellant un pauvre bougre devant sa famille. Cerné de toutes parts par cinq habits bleus, le va-nu-pieds n'avait aucune échappatoire.

— D'où viens-tu de si bon matin ? vociféra l'un d'eux.

— Des champs.

— Des champs ? Depuis quand tu cultives le dimanche, toi ?

— Le dimanche n'est plus chômé, monsieur, répondit le paysan frondeur. J'attends décadi pour me reposer.

Pas encore en vigueur, le calendrier révolutionnaire entendait imposer un système décimal expurgé de toute référence grégorienne. L'ensemble des fêtes chômées jusqu'alors disparaissait, le nombre de jours de repos diminuait, et le mois de mars, troisième mois du calendrier grégorien, mois des giboulées et des vents, était destiné à devenir la période de ventôse. Cette remise en cause du rythme de la semaine n'était pas du goût des femmes. Plus dévotes, mieux renseignées que leurs époux, elles connaissaient l'importance du chiffre sept. Les livres bibliques en faisaient sans cesse mention. La Genèse racontait que Dieu se reposait le septième jour après avoir créé le monde lors des six premiers.

— Et tes outils, ils sont où ?

— Je les ai laissés à l'ombre d'une meule.

Ce nouveau mensonge lui valut un coup de talon sur l'arrière du crâne. Le villageois s'effondra sur les genoux. Sa femme, qui manquait de bras pour consoler toute sa marmaille, cria. À ses côtés, Noë reconnut le jeune Picotin, le plus âgé de la fratrie. Son visage exprimait la même arrogance que la veille et ses poings révélaient une colère sourde. La tête en sang, son père se redressa. Il souriait. Son teint violacé ne cachait rien des marques de picote qui lui couvraient le menton, les joues, les tempes et les ailes du nez. Ses dents étaient de la couleur de celles des mulets. Quant à ses yeux gris, ils reflétaient une arrogance et un dédain pareils à ceux de son rejeton. Du haut de leurs montures, les hommes de la maréchaussée l'observaient. Leur chef retira son tricorne, il s'épongea le front à l'aide de sa manche. Aussitôt, Noë constata qu'il s'agissait du fils du maire.

— Vas-tu avouer, fi' de garce ! Où c'est-y qu'il donne la messe, ton curaillon ?

Guillaume Chapelier avait monté la voix, mais le père de Jacquot Picotin faisait mine de ne pas comprendre et ricana de plus belle. Serrant fort la bride de son cheval, le fils du maire se figea. Les autres gardes républicains attendaient une réaction. Chapelier finit par se pencher en avant, caressa le col de sa bête puis, d'un geste brusque, frappa le visage de Picotin du revers de la main. La gifle résonna, le paysan perdit l'équilibre et tomba sur les fesses.

Le rire moqueur des habits bleus s'estompa vite, pourtant. Certains tirèrent même leur épée, le fils Chapelier le premier. Et pour cause. Plusieurs habitants, jusque-là dissimulés derrière une haie, grimpèrent sur l'échalier[1] pour atterrir sur le chemin crevassé par la pluie et le gel. À bonne distance, de retour de la messe clandestine, quelques femmes égrenaient leur chapelet. Les hommes, eux, silencieux et déterminés, continuèrent de progresser dans leur direction. Les cavaliers se regardèrent un court instant. Inutile de se mettre en danger pour un vieux curé aveugle et boiteux. Tôt ou tard, son heure viendrait. Ils tirèrent chacun sur la bride de leur monture et s'éloignèrent au galop sans demander leur reste.

Noë, lui, abandonna son poste d'observation. Sans compagnie, il n'éprouvait aucun plaisir à patienter au bord de la rivière. Il fit demi-tour, et, plus il se rapprochait du domaine de la Chaignée, plus son cœur battait la chamade. Il voulait tant la revoir. Mais la pièce de vie était vide et sombre lorsqu'il poussa la porte. Son patois lui revint instantanément :

— O l'a quelqu'un ? Avour qu've z'aites ?

Personne ne répondit. Il réitéra son appel. Une plainte lui parvint et il franchit une porte pour découvrir la vieille Thérèse couchée sous une couverture épaisse. La mémé,

1. Barrière à claire-voie composée de branches assemblées et placée contre une haie pour permettre de la franchir.

dont le visage fripé comme une pomme blette n'était éclairé que par la flamme vacillante d'une lampe à la Quinquet.

— Qué to qui vint ? demanda une voix à la fois tremblante et affirmée.

— Noë. Noë Dubreuil. Le fils du médecin.

— Noë ? Qué to qu'chu nom ? I cré pas t'connaître, moué. Qui qu'té ?

Visiblement, mémé Thérèse ne se souvenait pas de lui. Face au déclin d'une femme qu'il avait vue plus vaillante, le visiteur n'insista pas. Il était sur le point de quitter la pièce, tel un gamin pris en faute, lorsqu'il tomba sur Marie. Sa Marie, enfin. Celle que même les habits les plus sales n'enlaidissaient jamais, celle qui tentait de dérober ses si beaux traits à son regard en se retournant vers sa petite sœur Renée. Par réflexe, elle se signa alors même qu'elle tenait son livre de prières dans la main dextre.

— Pourquoi es-tu revenu ? Va-t'en !

Noë avait rêvé meilleur accueil.

— Qui c'est, le monsieur ? s'enquit l'enfant.

— Personne !

Devant la jeune spectatrice, ils se tenaient face à face, l'une dépourvue de sa gaieté d'antan, l'autre médusé.

— Qui c'est ? insista de nouveau Renée.

— File voir mémé !

L'ordre ne souffrait aucune contestation, la petite sœur obéit. Noë découvrait pour la première fois chez son amie un air grave. Il l'avait quittée adolescente et joyeuse, il la retrouvait femme et responsable.

— Tu ne peux pas rester à Pierre-Brune. Tu dois partir !

Le jeune médecin crut entendre à nouveau son père.

— Je suis revenu pour toi.

Marie ne put soutenir son regard une seconde de plus. Il scrutait ses taches de rousseur qui s'étaient atténuées depuis son départ pour le Languedoc, et attendait le moindre témoignage de satisfaction à cette annonce. Mais le visage de Marie, tourné vers la vallée, demeurait impénétrable.

— Les choses ont changé ici, dit-elle froidement. Et puis on n'a jamais vu un loup et un renard s'accoupler.

— Si ! Henri de Navarre et Marguerite de Valois.

— On s'en serait bien passé, tu ne crois pas ?

Elle avait raison. Deux siècles après le mariage qui devait accoucher du massacre de la Saint-Barthélemy, catholiques et protestants se haïssaient toujours autant.

— Je suis prêt à t'épouser à l'église, lâcha-t-il en lui saisissant les épaules.

— Ne me touche pas ! Tu as choisi ton camp. Pars loin d'ici, je ne veux plus te voir.

— De quel camp parles-tu ?

— Celui de la science. Vous, les médecins, vous vous prenez tous pour Dieu. Alors que vous n'êtes rien à côté de Lui.

— « Le médecin panse, mais c'est Dieu qui guérit », déclama le jeune homme en citant Ambroise Paré.

— Arrête avec tes jolis sermons. Ne cherche pas à me convertir, c'est peine perdue. Et puis parpaillot tu es né, parpaillot tu resteras, Noë Dubreuil, riposta-t-elle en s'écartant de lui. Quitte Pierre-Brune et laisse-nous en paix !

Jusqu'alors, Marie renvoyait dans l'esprit de Noë l'image d'un vent chaud et doux qui se coulait dans les champs de blés verts et qui couvrait les parcelles ensoleillées du bocage. À présent, alors qu'elle l'abandonnait à sa peine, il ne distinguait plus que les vieux sabots fendus de sa bien-aimée foulant une terre battue sur laquelle seul le chiendent poussait.

4

Noë ressassait au milieu du jardin familial. Assis sur le rebord du puits surmonté d'un treuil d'ormeau, il ne pouvait se défaire des propos blessants de Marie. Quelle mouche l'avait donc piquée ? Il s'en voulait également d'avoir manqué de repartie. Au IIe siècle, la profession de médecin de saint Luc n'avait pas empêché celui-ci de rédiger un bout du Nouveau Testament. La Bible elle-même renfermait une douzaine de références à la médecine. Et Noë n'avait pas le moindre souvenir de lecture mettant en évidence l'idée selon laquelle le recours à une aide médicale allait à l'encontre de la foi en Dieu.

— Pourquoi tu es triste ? C'est à cause de ma sœur ?

Augustine, encore. Il ne l'avait pas vue arriver. Noë se redressa.

— Pourquoi serais-je triste à cause de ta sœur ?

— Parce qu'elle refuse de te voir. Elle ne met plus la tête dehors. Elle ne s'éloigne jamais du chevet de mémé. Dis, ça veut dire quoi « perdre le goût du pain » ?

— Ça veut dire qu'on va bientôt rejoindre le paradis.

La petite fille faisait allusion à sa grand-mère, sans nul doute. Le silence la gagna, elle le chassa très vite.

— Dis, il est profond ton puits ? interrogea-t-elle.

Noë ne s'était jamais posé la question. Il n'en savait rien. Il scruta le sol à la recherche d'un caillou, finit par en ramasser un et le tendit à la fillette. Augustine se pencha légèrement et lâcha la pierre. Noë eut le temps de compter à haute voix jusqu'à trois avant que le projectile frappe la surface de l'eau.

— Tu sais compter ?

Noë connaissait la réponse. Il n'y avait pas la moindre école dans la paroisse, ni pour les garçons ni pour les filles. Lui avait bénéficié des services d'un précepteur.

— Non, mais je sais lire par contre. C'est Marie qui m'a appris.

— D'accord. Une unité de temps équivaut à cinq toises de profondeur. Alors si je réussis à compter jusqu'à trois, tu peux me donner le résultat ?

Augustine gonfla ses joues à la manière de la grenouille tandis qu'elle mimait son père quand celui-ci, au coin du feu, calculait avec ses doigts le nombre d'écus remplissant la bourse en cuir qu'il dissimulait sous une pile de linge. Le jeune médecin tourna la tête en direction du jardin potager, s'approcha d'une charrette à deux bras qui contenait de petits tubercules germés de la couleur du foin.

— C'est quoi ? demanda-t-elle.

— Des patates. C'est un végétal des Amériques. On les plante dans la terre lorsque le lilas fleurit.

Le visage d'Augustine se décomposa. Elle regarda partout autour d'elle, personne ne les observait.

— Mémé Thérèse dit que c'est le fruit du diable, murmura-t-elle. Et puis ça gâte les sols.

Signe d'hérésie, ce tubercule grossissait à l'abri de la lumière. Pire, la pomme de terre n'était pas mentionnée dans la Bible.

— Il n'y a pas que ta mémé qui pense ainsi. Sauf que les patates remplacent facilement le blé en temps de disette.

Dans d'autres régions, on en plante en grande quantité depuis la crise de 1789.

— Et comment on les mange ?

— Tu les fais bouillir dans la marmite et, quand elles sont cuites, tu croques dedans à pleines dents après avoir soufflé dessus.

Noë posa une poignée de « fruits du diable » sur la margelle et, à force d'explications, parvint à faire dire à Augustine que le puits était profond d'environ quinze toises.

— Dis, tu m'apprendras à compter ? Et est-ce que tu sais que moi aussi, je possède un don ?

— Ah bon ! Lequel ?

— À l'aide d'une branche de coudrier, je suis capable de trouver les sources.

Le jeune homme l'écouta narrer ses déambulations à travers les champs à la recherche de réserves d'eau. La technique, ancestrale, était connue de tous dans le Bocage. Tenue par les deux mains, la branche en forme de Y déviait vers le sol dès que le sourcier surplombait un point d'eau. Restait alors à appeler le puisatier.

— Et avec ta baguette, tu ne possèdes pas le don de faire changer d'avis ta sœur pour qu'elle accepte de m'épouser, par hasard ?

— Ce n'est pas possible, ça.

— Pourquoi ça ?

— Parce qu'elle est fiancée à Guillaume Chapelier.

5

Le brouillard était encore épais lorsque la patrouille de la garde nationale, commandée par le caporal Guillaume Chapelier, quitta la borderie de Cassinelle. Les miliciens tiraient au bout d'une corde tendue un vieil homme qui, pieds nus, trébuchait dans les ornières ou bien, sans le voir, marchait dans le crottin du cheval qui le précédait. Et pour cause, le père Lebrun était né aveugle. Les poings liés, il peinait à suivre le rythme imprimé par le fils du maire qui voulait à tout prix s'éloigner d'un territoire pouvant rapidement s'avérer hostile si les paysans se regroupaient. Un risque d'autant plus important que les hommes de loi laissaient derrière eux un homme qui tournait en rond et qui s'égosillait à pleins poumons.

— Ils ont arrêté not' curé ! Ils ont arrêté not' curé !

La femme Vincendeau, le chapelet enroulé autour des doigts et les mains jointes en cathédrale devant la bouche, psalmodiait sur le devant de sa porte. Quel péché avait-elle commis pour mériter un tel châtiment ? Qu'allait-on penser de sa famille au sein de la paroisse ? Comment les gardes nationaux avaient-ils su que le père Lebrun se dissimulait chez eux ?

— Il faut rentrer, maintenant, la pria la fille Angibaud en la prenant par les épaules. Vous grelottez ! Vous allez finir par attraper la mort avec ce froid de tous les diables.

Domestique gagée au sein de la borderie depuis la Saint-Michel de l'année précédente, Jeanne guida sa maîtresse à l'intérieur et l'invita à s'asseoir près du feu. Elle se saisit du tisonnier, s'accroupit pour raviver les flammes, puis se rendit au chevet du jeune André qui gémissait dans son sommeil. Seul enfant des Vincendeau, ce dernier avait l'âge de Louis-Charles, le dauphin de France récemment reconnu par les puissances coalisées contre la France comme Louis XVII.

La domestique porta sa main sur le front du petit. La fièvre était tombée. Elle lui caressa la joue un instant, ne sut dire si cette guérison rapide était due au traitement prescrit deux jours plus tôt par Jean-Baptiste Dubreuil ou liée à une intervention divine. Elle finit par lever la tête en direction du crucifix le plus proche et se signa. À la hâte, elle couvrit ensuite ses hardes d'une cape et sortit à la recherche de son maître.

Jeanne détestait le père d'André. Violent avec sa femme, rugueux avec les journaliers qu'il exploitait à bas prix, il ne cessait de la tourmenter de mots et de gestes obscènes dès que son épouse avait le dos tourné. Une fois, vers la Noël, alors qu'il faisait nuit noire, il s'était même glissé contre elle alors qu'elle dormait d'un sommeil profond. L'ouvrière s'était alors réveillée en sursaut et avait hurlé tout son saoul jusqu'à ce que l'intrus déguerpisse. Depuis, elle ne pouvait se défaire ni de l'odeur avinée de son employeur ni de la vue de ses mains calleuses qui l'avaient tripotée à son insu.

Ses sabots cachés par sa longue jupe en lin racassèrent contre le sol. D'instinct, elle s'orienta vers la grange, là même où Vincendeau avait aménagé une cache pour le vieil aveugle deux semaines auparavant. Elle frémit en poussant le battant de porte, puis tendit l'oreille. Pas âme qui vive, hormis les quelques vaches qui fouettaient leurs flancs à l'aide de leur queue pour chasser les mouches qui les importunaient en tout temps de l'année.

La jeune fille aurait préféré un autre dénouement. Pourquoi Guillaume et ses comparses ne s'étaient-ils pas également saisis du père Vincendeau ? Pourquoi ne l'avaient-ils pas même passé à tabac ? Peut-être se contentaient-ils d'une belle prise… Le temps n'était en tout cas plus à la réflexion. Elle quitta la grange. Elle devait retrouver son maître, vite, le freiner dans son élan, gagner du temps, l'empêcher d'ameuter la paroisse.

C'est alors qu'elle aperçut son ombre, au milieu des pâtures, dans un brouillard doré par les premiers rayons de soleil. Le visage de Jeanne se détendit, elle se mit à marcher à sa suite, de plus en plus vite, retira ses sabots pour allonger la foulée et le héla de toutes ses forces jusqu'à ce qu'il s'arrêtât.

— Qu'est-ce que tu me veux ? Retourne à ton ouvrage !

Elle n'obéit pas. Il la toisa.

— Vas-tu me dire ce que t'as à galoper derrière moi ?

— Je… Je…

— Cesse de marmusser, parle !

Le corps tout en nerfs, le regard sévère, la goutte au nez, il l'intimidait. À deux pieds de Vincendeau, elle était incapable d'émettre le moindre son. Une gifle magistrale lui coupa le souffle.

— Vas-tu dégoiser, enfin ? Tu me fais perdre mon temps !

Les larmes aux yeux, elle se redressa sans prendre la peine d'épousseter ses vêtements. Elle lui refit face.

— Je sais qui a vendu le curé aux habits bleus, murmura-t-elle.

Les lèvres gercées du laboureur s'ouvrirent un bref instant. Les possibilités étaient nombreuses. Il y avait bien sûr la famille Mercier chez laquelle le curé Lebrun avait vécu en clandestinité plusieurs semaines ; il y avait la veuve Ouvrard, confidente de la mère Vincendeau, qui demeurait dans un creux-de-maison dont les murs en charpie suintaient l'humidité ; il y avait les journaliers employés par le bordier qui n'étaient pas dupes lorsque leur patron leur interdisait l'accès à la grange sur la porte de laquelle une chouette était clouée pour écarter les mauvais sorts ; il y avait toutes les fidèles de Pierre-Brune, celles qui ne voulaient pas d'un curé assermenté, qui ne répétaient jamais rien à leurs maris, mais prenaient plaisir à jacasser chaque matin au lavoir, fières de leur desservant aveugle voué à la déportation si les hommes de loi lui mettaient le grappin dessus ; et puis il y avait celle qui était folle amoureuse de Guillaume.

— C'est, c'est...

Assaillie par la honte, elle bégayait. Vincendeau s'impatienta et la calotta de nouveau. Jeanne s'effondra. Le sol était dur comme de la pierre. Aussitôt, il se rua sur elle, la saisit par le corset, la secoua en tous sens.

— C'est moi, cria-t-elle enfin.

Tout son être se figea. Un pic-vert, dans les environs, se manifesta. Ne résistant plus au regard perçant du bordier, la domestique ferma les yeux.

— C'est que des menteries, ce que tu me chantes ! Qui a vendu le curé Lebrun ? Vas-tu causer, enfin ?

Il la reprit d'une poigne de fer par les cheveux, la bouscula, l'agita. Jeanne pleurait.

— Non, je vous jure, c'est moi, ce n'est que moi, hurla-t-elle pour lui faire lâcher prise.

— T'es qu'une menteuse, tu m'entends ? Personne ne te croira dans le bourg. Il n'y a pas de Judas chez les Vincendeau, même chez les valets de chambre et les journaliers !

Gagné par la colère, le paysan la roua de coups et finit de lui arracher ses hardes. À ses pieds, vaincue, Jeanne ne bougeait plus. La peau laiteuse de ses seins et de ses jambes était couverte d'ecchymoses. Sous l'œil des corbeaux alignés sur la branche d'un châtaignier, le visage de la jeune fille se couvrit d'un peu plus de larmes et de morve lorsqu'il s'allongea de tout son poids sur elle. Alors qu'il haletait comme un chien, elle se concentra sur l'image de celui qui était promis à sa sœur, Marie, et qu'elle espérait le plus loin possible en compagnie de son prisonnier.

6

Opposé à la volonté de son père de quitter définitivement le Bocage pour La Rochelle, Noë s'était pourtant éloigné de Pierre-Brune sans regret. La colère chevillée au corps, il traversa le faubourg Saint-Jacques après avoir chevauché quelques heures face au vent, le long de la route reliant Nantes à La Rochelle, construite au mitan du siècle. Incapable de se défaire des derniers mots d'Augustine, il refusait de croire que Marie soit éprise du fils Chapelier. Il passa, indifférent aux regards de biais des habitants, près d'une église entourée de tombes positionnées en direction de l'orient, puis il longea plusieurs boucheries et triperies déversant des lits de sang, dans lesquels les chiens errants trempaient leurs museaux avant qu'il ne caille. L'odeur rance qui flottait dans l'air froid fit très vite place à une puanteur sans égale. Les naseaux en éveil, Tulipe se raidit à la hauteur d'une tannerie où des fibres fermentaient dans des tonneaux remplis d'un mélange d'urine et de fientes de poule.

Le jeune médecin pénétra dans Montaigu par le bastion Saint-Jacques. À main dextre, il avisa le logis de la Caillauderie, occupé par l'une des familles les plus influentes de la commune. À main senestre s'étendait le château de la ville, bâti aux alentours de l'an mille sur près de deux hectares.

Décoiffée de ses tours et d'un donjon à l'issue de la septième guerre de Religion, l'ancienne forteresse ne laissait plus apparaître, depuis soulaire, qu'une haute cour surplombant de deux toises la vallée de la Maine.

Noë entraîna sa monture vers une ruelle déserte. Les pas de son cheval sur les pavés glissèrent en écho le long des murs. Il dépassa le couvent des religieuses de Saint-Sauveur. Puis, guidé par la clameur, il emprunta la rue Saint-Jean pour déboucher sur le parvis de l'église du même nom, un carré mesurant dix à douze perches[1] de côté dans lequel environ deux cents bons hommes de tout âge et de toute condition voisinaient avec toutes sortes de bêtes d'élevage ou d'attelage.

Le jeune médecin se redressa devant tant d'animation. Chaque année depuis des temps immémoriaux, Montaigu accueillait sa grande foire aux bestiaux le troisième dimanche de carême. Étaient présents l'ensemble des chefs d'exploitation du district, qu'ils soient laboureurs, métayers, bordiers ou closiers, mais aussi les régisseurs des seigneuries, les fermiers généraux, ainsi que les bourgeois et les notables qui, bien que domiciliés dans le bourg, possédaient également des métairies et des cheptels. Les artisans n'étaient pas en reste. Juché sur sa monture, Noë aperçut un maréchal-ferrant qui clouait des fers aux sabots d'une vache destinée aux labours. À l'opposé du champ de foire, des bœufs poussaient des meuglements désespérés au moment d'être châtrés par un affranchisseur.

D'un point de vue esthétique, nul doute que ce spectacle aurait plu à Augustine. Bœufs de charrue ou de crèche, taureaux, veaux, vaches, cochons et moutons, bêtes racées ou non composaient un tableau qui fourmillait d'une multitude

---

1. Ancienne mesure de longueur, la perche valait vingt pieds, soit six mètres et demi.

de robes, nuances et couleurs qui variaient du noir au blanc en passant par le gris, le jaune, le rouge et le brun. Noë se reprit. Il distingua enfin les chevaux de bât et de selle. Ces derniers étaient entourés de nobles, tous coiffés d'une perruque et d'un tricorne. Il ne reconnut aucun d'entre eux. Situé entre la Bretagne et le Poitou, à une dizaine de lieues de Pierre-Brune, le pays de Montaigu et ses habitants lui étaient inconnus.

Il posa pied à terre, palpa discrètement la bourse remplie de quelques louis d'or, cousue à l'intérieur de son tricot de corps, enroula les rênes de Tulipe dans l'anneau d'acier fixé à deux pas de la devanture d'un cabaret, puis se fraya un chemin jusqu'aux montures, au milieu d'un brouhaha de marchandages infinis entre bourgeois avares et paysans frustrés par la hausse récente du prix du bétail.

Arrivé à leur hauteur, Noë compta une douzaine de bêtes chevalines, pas plus. Animaux de parade inutiles dans une exploitation, juments et poulains n'intéressaient guère que les adeptes de la chasse à courre ou des transports en carrosse. Très vite, il identifia le marchand. Petites et pointues, ses oreilles semblaient mobiles, comme celles des bêtes sauvages toujours aux aguets. Quand il ne vantait pas la qualité de son cheptel, il jetait des méchancetés à un palefrenier d'une dizaine d'années qui ne savait plus où donner de la tête.

— Combien pour celle-ci ? le coupa Noë en indiquant une pouliche d'environ trois ans à la robe brune.

Missionné par son père, le jeune homme avait pour consigne, dans l'attente de son départ définitif à La Rochelle, de revenir à l'écurie familiale avec un cheval de selle apte à remplacer la jument vieillissante du médecin de campagne.

Plusieurs nobles se tournèrent vers lui. Les cheveux et le visage de Noë étaient couverts de poussière, ses habits fripés par le long voyage. Quant à ses chausses, trempées par les passages à gué des rivières, elles étaient tapissées de la boue du bocage. Incontestablement, il n'appartenait pas à leur condition.

— Elle est réservée, siffla l'un d'eux avant que le négociant n'intervienne. Et je doute que tu la mérites !

L'homme utilisait le même ton que Guillaume Chapelier lorsqu'il commandait. Noë fit mine de n'avoir rien entendu.

— Et celle-ci ? s'enquit-il en désignant un autre spécimen dont la queue fouettait l'air.

— On t'a dit de déguerpir. Ces bêtes ne sont plus à vendre ! le houspilla un autre qui portait à la ceinture une épée dont le pommeau était orné du blason de la seigneurie de Tiffauges.

— Tu es juste bon à conduire les ânes. Repars d'où tu viens, lança un autre.

Indifférent aux provocations, le jeune médecin glissa sa main sous son gros tricot de laine. Les hommes se turent enfin à la vue de la bourse qu'il dévoila, ronde et lourde. Le négociant fit deux pas vers lui.

— Combien pour celle-ci ? réitéra Noë, qui n'avait pas perdu de vue la pouliche à la robe brune.

— J'en veux deux cent vingt livres. C'est un cheval du Conquet. Il a grandi dans une écurie.

Noë s'approcha de la bête, il lui caressa le flanc. La marque de l'hermine sur la fesse prouvait qu'il s'agissait bien d'un cheval des haras bretons.

— Une pouliche ne vaut pas un bœuf. Tu en réclames trop !

— Je viens directement du pays de Léon, j'ai des droits de péage à honorer, moi.

— Et moi j'arrive tout juste du Languedoc. Et que ce soit à Montpellier, Cognac ou dans le Bas Poitou, une pouliche ne vaut guère plus de cent livres.

Amusés par ces marchandages auxquels aucun d'eux ne se serait prêté, les nobles suivaient avec intérêt les échanges.

— Je ne peux pas te la céder en dessous de cent soixante livres. À ce tarif-là, c'est une bonne affaire, surtout avec ce qu'il se passe en ce moment dans les Mauges.

Noë fronça les sourcils.

— Et que se passe-t-il dans les Mauges ?

Le marchand se tourna vers les habitués. Tous, à Montaigu et dans les alentours, savaient. La garde nationale locale, dont plusieurs patrouilles se tenaient aux abords du foirail, était sur les dents. Et les Montacutains paraissaient soucieux, sauf peut-être les membres de la vieille noblesse provinciale, satisfaite de l'insurrection née à Cholet.

— À la suite de la levée en masse de trois cent mille hommes ordonnée par Danton pour aller faire la guerre aux Prussiens, des gars de ton âge ont refusé le tirage au sort et se sont révoltés. Des grenadiers ont été tués. Cent cinquante livres, c'est mon dernier prix.

— Je ne possède pas cette somme. Ça remonte à quand, cette jacquerie ?

— À la Saint-Guénolé, il y a deux semaines. Cent quarante, je ne peux pas descendre davantage. Faut pas croire, mais ça coûte de nourrir ces bêtes !

Jean-Baptiste Dubreuil avait vu juste. L'inquiétude dont il avait fait part à son fils était légitime. La colère grondait dans la région. L'affaire de Bressuire, l'année passée, n'était visiblement pas qu'un feu de paille.

Noë déclina une nouvelle fois. Il ne pouvait mettre autant d'argent dans une pouliche. Il finit par s'éloigner et rejoignit sa monture après avoir échangé quelques sols contre un seau rempli d'avoine. Non loin de Tulipe, des hommes jouaient aux quilles et aux palets, sous l'œil avisé de la femme de l'aubergiste qui leur portait du vin blanc sans discontinuer.

— Allez-y mes braves, gouttez-moi ce bon chenin ! La dernière barrique est bientôt sèche. Profitez-en avant que la route de la Loire soit coupée !

Réchauffés par l'alcool, les joueurs criaient et se charriaient tandis que d'autres convives, alertés par les propos de la colporteuse, réclamaient des nouvelles.

— Comment qu'ça tourne, là-haut ?

— De mal en pis. Un peu partout en Loire-Inférieure des insurgés se regroupent et attaquent les républicains dans certaines bourgades. Il paraît même que sur la route de Nantes, à Machecoul, le maire a été tué et démembré.

Le jeune médecin n'en perdit pas une miette. Il se rapprocha pour être sûr de bien entendre.

— Et pour nous ? Il paraît qu'ils ont pris le château des Barillères ?

— Ne vous tracassez pas, tertous ! Nos troupes ont deux canons, on est à l'abri dans le bourg. Et puis l'sont pas près de franchir notre muraille avec leurs fourches de paysans !

Noë tendit un peu plus l'oreille. Hormis le bourdonnement ambiant de la foire, aucun autre son ne lui parvint.

— Il est où, ce château ? s'enquit-il.

— À une lieue d'ici, sur la route de Nantes. Un détachement de la garde nationale de Mortagne est en chemin pour les chasser.

Gagné par l'inquiétude, Noë ne savait plus sur quel pied danser. Il jeta un œil en direction des étals et constata que beaucoup de forains commençaient à quitter la place. Il allait faire de même quand le marchand de chevaux, tenant par la bride la pouliche de trois ans, se présenta à lui.

— Va pour cent livres, jeune homme !

Au vu de la situation, si le négociant voulait retourner dans le Léon avec le moins d'encombres possible, il devait se délester au plus vite de son cheptel. Noë ne se fit pas prier. Il versa son dû, attacha la bride de la bête à sa selle et monta avec fermeté à dos de cheval. Face à la colère qui grondait dans le pays, il se trouvait de nouveau dévoré par la passion que Marie lui inspirait. Il avait désormais à cœur de rejoindre au plus vite le domaine de la Chaignée, de la convaincre de l'accompagner à La Rochelle, et d'affronter Guillaume Chapelier et son père au besoin.

7

La rumeur de l'arrestation du curé Lebrun s'était répandue comme une traînée de poudre dans le bourg de Pierre-Brune. Propagée par les enfants qui couraient en tous sens, elle s'était transformée au gré des échanges.

— Les gardes nationaux ont tué le curé Lebrun !

Les lavandières redressèrent la tête, le forgeron abandonna son marteau, les laboureurs cessèrent leur ouvrage, tous se réunirent en petits groupes de part et d'autre de la rivière dans l'attente de nouvelles avérées. Après quoi, tenant chacun un bâton à riboule, trois hommes, les plus impatients, remontèrent la grand-rue et vinrent frapper à l'huis de la maison bourgeoise que François Chapelier avait rachetée à un gentilhomme sans fortune suffisante pour émigrer.

— Chapelier ! Chapelier ! Qu'as-tu donc à te calfeutrer ainsi ? De quoi as-tu peur ?

L'un resta sur la devanture pendant que les autres firent le tour de la propriété et accédèrent aux écuries. Les deux chevaux et l'attelage du maire de la commune étaient bien là. Ils retournèrent tambouriner de plus belle au battant.

— Chapelier ! On sait que t'es là ! Ouvre-nous ou on défonce ta porte !

À l'étage, un contrevent grinça. Hors d'atteinte, François Chapelier se pencha. Il tenait un fusil pointé dans leur direction.

Il reconnut aussitôt Mardi-Gras, Jean Picotin et François Ripoche, des gars de la paroisse animés de sentiments belliqueux à son égard depuis qu'il avait fait déterrer la croix installée de longue date près du lavoir. Un maudit platane faisant office d'arbre de la Liberté, au pied duquel les paroissiens les plus téméraires venaient uriner, remplaçait désormais le Christ.

Mardi-Gras, qui se vendait au plus offrant en tant que laboureur, moissonneur, vendangeur, terrassier ou bûcheron selon la saison, devait son nom au fait qu'il avait été découvert abandonné dans une église ce jour-là, lors de la quarante-huitième année de règne de Louis XV le Bien-Aimé. Il avait récemment été sommé par le maire, affublé de son écharpe tricolore, de se présenter sur la place de la paroisse voisine de Pouzauges pour participer au tirage au sort de la levée en masse. Jean Picotin, lui, refusait de déclarer la naissance de sa fille née avant Noël, car le curé avait perdu la tenue des registres d'état civil au profit des officiers municipaux. Quant à François Ripoche, l'aîné des trois, il n'était propriétaire ni de la métairie qu'il occupait ni des deux paires de bœufs qu'il employait. De ce fait, ses revenus se réduisaient à peu de chose une fois que le maître et le loueur récupéraient leurs parts. Chapelier, superviseur des réquisitions qui tenaient lieu d'impôts, finissait de le saigner après les moissons.

— Qu'est-ce qu'il vous prend ? Qu'est-ce que vous voulez ?

— Ton chien de garde de fils a arrêté not' curé !

— Il ne tenait qu'à lui de quitter la France. Il s'est mis hors la loi, répliqua Chapelier.

Ce dernier évoquait le décret du 26 août 1792 intimant aux prêtres réfractaires de s'exiler dans un pays catholique sous quinze jours.

— Rends-le-nous !

— Ce n'est pas moi qui dirige la garde nationale de Pouzauges, grogna le maire. Rentrez chez vous ! Laissez-moi en paix !

— Hors de question ! On ne bougera pas tant que tu ne nous diras pas qui l'a dénoncé !

Le maire partit d'un rire gras, puis il retrouva son sérieux.

— Et qui donc aurait intérêt à faire arrêter votre curé ?

— Toi, pardi. Tu es le seul dans la paroisse à assister à la messe du curé jureur !

— Vous vous égarez ! Si vous cherchez quelqu'un qui déteste votre curé, vous vous trompez de maison ! Les prêtres réfractaires n'ont pas que les républicains comme ennemis. Ils ont un concurrent beaucoup plus pernicieux, un nuisible qui n'a d'autre but que de se venger des persécutions subies durant des siècles.

Si les trois comparses ne comprirent pas tous les propos du représentant de leur communauté, ils en saisirent le sens général. Picotin fut le premier à réagir.

— Bon Dieu, il parle de Dubreuil !

Ses compagnons l'arrêtèrent, ils doutaient. Depuis toujours, le médecin huguenot soignait les paysans qui le réclamaient sans rechigner. Sans faire cas de religion, il offrait même ses services aux plus nécessiteux.

— Et sur quoi tu te fondes pour l'accuser ainsi ? interrogea l'un d'eux.

— Il y a deux jours, il a visité le fils de Vincendeau qui était fiévreux. Et récemment, sa femme et sa bonne ont quitté la commune avec quantité de bibelots et des malles qui regorgeaient de linge. Ce sont des signes qui ne mentent pas, ça !

Les trois querelleurs se regardèrent. Ripoche éructa :

— Tu ne perds rien pour attendre, Chapelier ! Tôt ou tard, tu devras rendre des comptes !

L'ancien régisseur laissa dire. Il est parfois bon de parler et souvent meilleur de se taire. À bonne distance et le fusil à l'épaule, il ne risquait rien contre trois hommes armés de bâtons. La rage au ventre, les batailleurs rebroussèrent chemin et remontèrent le village en direction du logis du parpaillot.

Ripoche en tête, ils gravirent la côte à marche forcée. Picotin tirait la langue et Mardi-Gras suait à grosses gouttes lorsqu'ils traversèrent le courtil où, non loin du carré de pommes de terre, plusieurs espèces de plantes médicinales poussaient à l'ombre des treilles. Trouvant porte close, ils se mirent à crier tous plus fort les uns que les autres, si bien que leurs hurlements se répercutèrent dans la vallée. Le cheval de Dubreuil, en train de brouter l'herbe d'un champ à côté, s'interrompit, dérangé par l'agitation. Les visiteurs brisaient les carreaux des fenêtres quand Augustine surgit au coin de la gentilhommière. Se sentant observés, ils s'arrêtèrent.

Ils faisaient peur à voir. La lumière rasante du jour caressait leurs visages taillés à la serpe. Le menton anguleux pour l'un, les yeux gris enfoncés dans des orbites jaunâtres pour le deuxième, les tempes creuses et l'os de la mâchoire saillant pour le troisième, leurs physiques trahissaient bien des tourments. Ripoche, le plus vif encore, la questionna :

— Sais-tu où il est, le médecin ?

Habituellement si bavarde et enjouée, la fillette ne s'exprima que par gestes. De sa petite main tendue, elle indiqua la métairie qu'elle habitait avec sa famille. Ils détalèrent aussitôt, la bousculant sur leur passage.

La porte d'entrée du logis de la Chaignée, bien moins solide que celle du médecin, céda avec un grand craquement. La chaleur d'un feu de cheminée les accueillit sans les adoucir. Le mors aux dents, ils tournèrent autour de la table de merisier qui occupait la partie centrale de la pièce de vie. Ils se figèrent au moment où Pierre Angibaud franchit le rideau séparant cette salle de celle où la grand-mère agonisait. L'homme tenait dans sa main dextre un couteau de six pouces de longueur.

— C'est quoi tout ce boucan ? Qui vous a commandé ?

— Il est où ? gueula Ripoche, qui brandissait son bâton à riboule.

— De qui tu parles, nom de Dieu ?

— Du médecin, pardi !

— Qu'est-ce que tu lui veux ?

— Il a dénoncé le curé Lebrun qui était caché chez les Vincendeau. La milice de Pouzauges l'a enferré. Tu sais ce qui arrive à nos prêtres quand ils sont pris ?

Comme tous, le laboureur Angibaud le savait. Jugé dans un délai très court, Lebrun serait raccourci, ainsi que l'avaient été les centaines de curés qui avaient refusé de prêter serment à la Constitution civile du clergé.

— Et les Vincendeau ? Et ma fille ? Ils ont été arrêtés, eux aussi ?

— Non. Ils ont pris que Lebrun. Donne-nous le médecin !

— Hors de question ! Sortez d'ici et rentrez chez vous ! Ma mère est mourante, vous devriez avoir honte de venir étaler votre colère jusque chez moi !

— On ne partira pas sans le parpaillot ! menaça à son tour Mardi-Gras.

— Alors vous aurez d'abord affaire à moi.

— Ne nous tente pas. Toi non plus, tu n'es plus de la première fraîcheur !

Un léger mouvement de tête d'Angibaud répondit à un grincement de porte dans la pièce mitoyenne qu'il protégeait.

— Laisse-nous le passage ! ordonna Picotin dont le sourire nerveux dévoila des dents jaunies. Promis, on vous f'ra rien, à toi et à tes drôlesses !

L'intimidation n'avait pas de prise sur le vieux laboureur. Ripoche baissa son arme et s'empara d'un fagot de sarments de vigne posé à côté de la cheminée. Le maître des lieux l'observa plonger les tiges dans le feu.

— Qu'est-ce que tu fais, bon sang ?

— Laisse-nous passer ou bien il ne restera bientôt que des cendres de ton logis.

Ripoche menait la danse, ses deux comparses ricanaient, les sarments de vigne crépitaient déjà. Le visage d'Angibaud se contracta, ses veines bleues palpitèrent, sa glotte devint incontrôlable. Réduit à agir, celui qui avait consacré sa vie à bâtir et à consolider ce logis osa un mouvement en direction de la cheminée.

Il ne vit lequel de Mardi-Gras ou de Picotin lui porta le violent coup qui lui fendit le crâne.

8

Le feu prenait dans la toiture lorsque Marie, portant contre elle sa grand-mère, se retourna vers Renée.

— Dépêche-toi !

La petite, inconsolable, peinait à suivre le rythme imposé par sa sœur aînée. Mais la peur lui permit enfin de combler les quelques toises qui la séparaient d'elle pour monter au sommet de Pierre-Brune et plonger de l'autre côté des chirons, avant d'atteindre un champ de genêts où elles seraient en sécurité.

Marie s'enfonça dans les épineux au risque de se piquer. Puis, le plus délicatement possible, elle posa sa charge sur le sol, s'assit à son tour et serra contre elle sa petite sœur pour la consoler. Couvant du regard le visage perclus de tics de la grand-mère Angibaud, Marie pleurait en silence. Renée l'enlaçait fortement, un pouce rivé dans la bouche. Elle ne pouvait plus la lâcher. Elle devait s'y résoudre pourtant. Au bout d'un quart d'heure, à force de câlins et de mots tendres, Renée consentit à libérer sa sœur. Marie sécha ses larmes et se redressa. Elle leva la tête vers le ciel, le vent charriait des volutes de fumées noires. Elle s'accroupit auprès de sa grand-mère, lui caressa le front. Puis elle revint vers sa petite sœur.

La bouche à hauteur du creux de son oreille, elle essaya de la rassurer :

— Je dois retrouver Augustine. Pendant mon absence, il faut que tu veilles sur mémé. Surtout, tu ne bouges pas d'ici. Tu promets de m'attendre ?

La petite mit du temps à opiner. Remplie d'angoisse, Marie l'abandonna et se précipita vers la butte. En contrebas, le spectacle était saisissant. L'habitation dans laquelle elle avait grandi flambait sous l'œil de quelques villageois attirés par l'odeur des poutres de chêne qui se consumaient et le bruit des tuiles qui explosaient. Ce qu'elle vit ensuite l'affola un peu plus. Depuis les étables, situées à une centaine de toises du corps de ferme, les trois brigands pillaient, au vu et au su de tous, éloignant de leur refuge la paire de bœufs, les veaux et les chèvres de la famille.

Toutefois, elle ne distingua nulle part trace d'Augustine, au contraire de Jean-Baptiste Dubreuil dont elle aperçut la silhouette juchée sur un cheval au galop à proximité du pont aux Chèvres. Si Marie n'avait pu sauver son père, elle avait rendu libre celui de Noë en lui indiquant la porte d'une remise qui donnait sur une grange attenante au logis.

La fille Angibaud erra un long moment dans les prés à la recherche de sa sœur de neuf ans. Plus que jamais elle avait besoin d'elle, de sa joie de vivre, de son exubérance, de ses idées souvent farfelues, parfois intelligentes. Marie était perdue, inquiète. Désormais chef de famille, elle avait le devoir de protéger les siens alors qu'un monde s'effondrait sous leurs yeux.

À son retour au champ de genêts, bredouille et désemparée, Marie trouva Renée endormie, la tête sur le ventre de sa grand-mère. Ne sachant que faire, elle s'assit à leurs côtés. Le soleil commençait à décliner. Un léger vent de galerne annonçait une nuit fraîche. Thérèse Angibaud n'y survivrait pas. Un mouton bêla au loin. Marie bondit sur ses jambes, elle courut à la lisière du champ d'ajoncs où un troupeau d'une vingtaine d'ouailles, dans la lumière rase du couchant, était guidé par une enfant à la voix cristalline qu'elle reconnut aussitôt. La grande sœur se hâta vers la fillette et, de nouveau en pleurs, la serra dans ses bras jusqu'à l'étouffer. Puis elles rejoignirent les deux autres rescapées.

Le givre les recouvrait lorsqu'elles se décidèrent à abandonner leur cachette. La mémé soutenue par une Marie frigorifiée, la petite Renée tremblante dans les bras frêles d'Augustine, elles se griffèrent dans les genêts avant d'évoluer sur un sol gelé qu'elles distinguaient tout juste. Éclairées par le brasier digne d'un feu de la Saint-Jean, elles descendirent la pente et se dirigèrent vers la grange dans la plus grande discrétion. Accueillies par une paire de vaches qui meuglaient, elles s'enfoncèrent dans le bâtiment, au pied des fourrages. Renée geignit quand sa sœur la déposa sur la terre battue.

— J'ai faim !

Augustine fit mine de ne pas avoir entendu. Aidée de sa grande sœur qui soulevait et poussait, elle eut toutes les peines du monde à hisser sa grand-mère sur le tas de foin. Sans souffler une seconde, elle sauta à pieds joints et, à la lueur des flammes, se précipita dans le cellier où son père conservait les récoltes de fruits et de légumes. Dans un silence qui ne lui était pas coutumier, elle rapporta à Marie des pommes et des carottes et s'en retourna, du foin plein les bras, auprès des vaches attachées à leur mangeoire par une corde lâche sur laquelle elles tiraient. Apeurées par les effluves de l'incendie, ou à cause de la disparition de leurs veaux, elles meuglèrent de plus belle avant de se mettre à brouter l'herbe sèche. Leurs mamelles étaient lourdes.

Un broc de terre cuite dans une main, un tabouret dans l'autre, la fillette se positionna à l'aplomb de la plus agitée des deux bêtes. Ses petits doigts agiles se calèrent sur les pis et, comme d'autres jouent d'un instrument, ses mouvements se transformèrent en un son régulier alors que le récipient se remplissait d'un liquide doux et tiède qui allait rendre la nuit de Renée moins pénible.

9

Réveillée au milieu de la nuit par le caquètement d'une poule qui s'était introduite dans la grange, Marie avait gardé les yeux ouverts sur sa grand-mère jusqu'au petit matin. Couchée en chien de fusil, celle-ci semblait dormir d'un sommeil paisible, inconsciente des événements de la veille. Dans son dos, Augustine et Renée, blotties l'une contre l'autre, s'étaient réfugiées sous une épaisse couche de foin.

Alors que le jour perçait, l'aînée de la fratrie trouva enfin la force de se redresser. Elle glissa délicatement au sol et s'approcha du dehors à petits pas. Un froid humide l'accueillit. Une odeur de suie lui fouettait le nez. Voilé par la brume, le brasier, que des paysans du coin avaient recouvert avec de la terre pour taire le feu couvant, n'était plus qu'un tas de cendres et de gravats. La dépouille de son père gisait quelque part, mais aussi l'intégralité des économies d'une vie que Pierre Angibaud dissimulait entre deux piles de linge à l'intérieur d'un bahut en noyer. Non loin, le sacristain fit sonner l'angélus. La musique des cloches bourdonnait encore à ses oreilles lorsqu'elle perçut des sanglots. Jeanne errait à quelques toises, comme prise de démence devant les débris qui fumaient encore. Les deux sœurs s'étreignirent.

— Ne t'inquiète pas, je vais tout arranger, promit Marie à sa cadette de deux ans.

— Et comment, pardi ? demanda Jeanne.

Marie ne répondit pas. Elle réajusta sa robe et s'éloigna vers le bourg. Sourde au chant du coq, indifférente aux regards des paroissiens qui se signèrent à son passage, elle se rendit chez le maire. François Chapelier balayait le parterre de son écurie. Il ne lui donna pas la peine de parler la première.

— Qu'est-ce que tu veux ?

Marie s'attendait à un peu plus de compassion, et surtout pas à cette entame.

— Ils ont tué mon père et brûlé notre logis. Ils ont même volé nos bêtes.

Il s'arrêta et se tourna dans sa direction. Un pas les séparait. Elle le fixa.

— Mes sœurs, mémé et moi, on n'a plus de toit, poursuivit-elle.

Ce n'était pas le maire qu'elle implorait, mais le père de Guillaume, son futur beau-père, l'homme le plus riche de la commune, celui qui possédait de nombreuses terres rachetées aux biens nationaux, celui qui vivait seul dans une gentilhommière qu'il avait acquise pour une bouchée de pain.

— Et alors ? la piqua-t-il.

— Je veux récupérer mes bêtes. Et je veux que ceux qui ont fait ça soient mis aux fers. Ils étaient trois. Il y avait…

Il la coupa :

— Ça ne m'intéresse pas. Il faut voir avec Guillaume.

— Et il est où ?

— Sur la route de Fontenay-le-Peuple. Il y conduit le curé Lebrun.

Marie ne releva pas. Nommée Fontenay-le-Comte depuis des lustres, l'ancienne capitale du Bas Poitou, foyer de l'humanisme au XVIe siècle, venait d'être rebaptisée par les autorités révolutionnaires dans le cadre du processus de déchristianisation et de chasse aux symboles féodaux. François Chapelier avait choisi son camp.

— Il revient quand ?

— Peu importe. Il est inutile que tu l'attendes, dit-il sévèrement.

Marie se décomposa. Elle trouva la force de se ressaisir.

— Guillaume a réclamé ma main à mon père. Rien ne peut empêcher notre union ! s'exclama-t-elle.

— Sauf que ton père est mort. La parole qu'il a donnée est désormais caduque, répondit-il en réprimant un sourire.

Le regard de Marie se couvrit d'un voile. Sans logis, sans bêtes, sans argent, sans laboureur, Marie et ses sœurs ne présentaient plus aucun intérêt. Le fils du plus gros propriétaire terrien de la paroisse ne pouvait plus se lier à une jeune femme démunie.

— Je… Guillaume m'a… J'ai… bafouilla-t-elle, sous le choc.

Les mots ne sortirent jamais. François Chapelier insista :

— La seule aide que je peux t'apporter est de te reprendre la métairie de ton paternel pour un bon prix. Ce pécule vous permettrait au moins de vous relancer, toi et tes sœurs.

Les taches de rousseur noyées de larmes, Marie redressa la tête.

— Je t'en propose deux mille livres, enchérit-il. Pour un bout de terre aride, je t'assure que c'est une offre que tu ne peux pas refuser. À ce prix-là, il n'y a pas à chicaner.

— Jamais de la vie ! Mon père s'est brisé les reins à travailler ces quelques arpents pour qu'ils deviennent cultivables. Si vous voulez associer votre nom à cette terre, ça se fera nécessairement par un passage devant monsieur le curé !

L'homme resta coi. Marie s'en tint là. Il était vain d'épiloguer. Elle laissa Chapelier à son balayage et s'en retourna.

— Allez au diable, toi et tes sœurs ! entendit-elle dans son dos.

Elle frémit.

10

De Montaigu à Pierre-Brune, la route la plus courte longeait la Grande Maine, traversait le bourg des Herbiers puis atteignait les cols du Haut Bocage qu'il fallait franchir en enfilade, à commencer par celui du mont Mercure. Noë préféra le chemin le plus long, mais le plus rapide, celui qui le mènerait en ligne directe au croisement de l'Oie et dans la paroisse de Chantonnay. Et il en fut bien aise, car les nouvelles qui lui arrivèrent au gré des rencontres étaient alarmantes. À Pouzauges et aux Herbiers, les bureaux de l'enregistrement venaient d'être pris d'assaut et détruits par des dizaines d'insurgés qui refusaient d'être enrôlés dans l'armée révolutionnaire. Pire, derrière lui, peu après son départ, Montaigu et ses deux canons n'avaient pas résisté à la déferlante blanche, dénommée ainsi en raison de la cocarde royaliste arborée sur l'habit de nombre d'insurgés. On y comptait une trentaine de morts. Qu'était devenu le négociant de Léon ? Certains des bourgeois qu'il avait aperçus sur le foirail faisaient-ils partie des patriotes fusillés dans la ville ? Le cavalier qui l'avait renseigné n'en savait rien.

Le pays s'enflammait. La ville de Cholet fut également attaquée. Les cloches, celles qui n'avaient pas été fondues par les républicains ou démontées puis jetées dans les puits par les Blancs, battirent le rappel. Il pensa à sa mère, exilée à La Rochelle, à son père, et surtout à Marie qui en avait choisi un autre que lui ; à Augustine, aussi, qu'il voulait très vite voir grimper sur la pouliche qu'il avait acquise.

Des aboiements le secouèrent. Il regarda au loin, se tourna, remarqua dans un chemin de traverse un mâtin espagnol qui courait vers lui en remuant la queue. Il était suivi d'un homme qui avançait d'un pas sûr et vif, un chapeau rabalet, entouré de toile cirée, enfoncé sur le crâne. Chaussé de souliers ferrés, il tenait dans sa main senestre un bâton au bout duquel pendait un ruban de cuir. De sa main dextre, il soutenait une balle qu'il trimballait sur son dos. Noë reconnut là un colporteur qui avait coutume d'arpenter le Bocage à longueur d'année.

— Il y a eu du grabuge du côté de Pierre-Brune ! cria l'éternel pèlerin, qui passait de hameaux en villages du matin au soir pour y déballer sa quincaillerie bon marché, sa mercerie à bas prix et ses colifichets, tout en flattant le chaland.

Noë l'appréciait. Adolescent, il avait goûté les chroniques qu'il contait à chacun de ses passages au sein de la ferme Angibaud, où il était accueilli à bras ouverts. On l'installait près du feu, on le requinquait à l'aide d'une bonne tranche de lard jetée dans la marmite, on lui approchait un pichet de vin, et, enfin revigoré, il débitait les nouvelles du pays et toutes sortes de commérages et d'histoires qui les faisaient beaucoup rire.

Engourdi et éreinté par plusieurs heures à dos de cheval, Noë mit pied à terre. Il lui restait deux grosses lieues à parcourir avant de rejoindre le pont aux Chèvres. Apeuré par le cheval, le chien resta à bonne distance, au contraire du marchand ambulant.

— Comment ça ? s'inquiéta Noë.

— Lebrun, le réfractaire, il a été arrêté. Des gars de la paroisse se sont vengés, ils ont mis le feu à la maison des

Angibaud. Le chef de famille a péri dans l'incendie, ajouta-t-il d'un air grave.

Le cœur de Noë se serra. Par réflexe, il tourna la tête en direction de Pierre-Brune, mais le village était bien trop éloigné pour qu'il en distinguât quoi que ce fût.

— Les Angibaud ? Mais pourquoi ?

Le colporteur haussa les épaules.

— À ce qu'il paraît, les gars qui se sont vengés ont aussi volé leurs bêtes avant d'aller se réfugier chez les Lusignan.

— Les Lusignan ! C'est impossible ! Ils ont abandonné le château pour Fontenay depuis des mois.

— Pas Henri. Lui, il est toujours là.

Lorsqu'il ne chassait pas, Henri de Lusignan, l'un des enfants de la famille seigneuriale de la paroisse, se mettait en guerre contre les braconniers de lapins de garenne qui le défiaient sur ses terres. Pour le reste, il cultivait une haine farouche à l'égard des révolutionnaires.

— Et les sœurs Angibaud, elles sont où ?

— Parties.

— Comment ça, parties ?

— Elles ont vendu leurs moutons au plus offrant, ont mis le joug aux vaches, puis ont quitté la paroisse sur une charrette sans même mettre leur père en terre. À l'heure qu'il est, il est de mon avis que leur mémé a dû trépasser à son tour.

— Elles sont parties vers où ?

L'homme qui réclamait l'asile chaque nuit ne savait pas. Noë l'observa triturer les larges bords de son chapeau. Il y avait autre chose. Il insista.

— Votre père, il a fui lui aussi, finit par avouer le marchand.

— Comment ça ?

— C'est après lui que les gars en avaient. Il se raconte que c'est lui qui a dénoncé la cache du curé Lebrun, vu que vous êtes de l'autre bord. Peu importe le vrai, je peux juste vous dire qu'il a filé vers soulaire sans demander son reste.

— Quand ?

— Voilà deux jours.

Le colporteur reprit ensuite sa route en silence. Noë regarda ses deux compagnons de route. Le museau fourré dans les herbes grasses, Tulipe faisait grise mine. La bride libre, la pouliche, peu habituée à de tels efforts, errait quant à elle à quelques toises. Le cavalier la rejoignit et lui caressa longuement l'encolure qui avait perdu de sa souplesse. Elle y fut réceptive.

Après un quart d'heure de repos supplémentaire, Noë avait pris sa décision. Sa bourse était encore bien remplie et plus personne ne l'attendait à Pierre-Brune. Il fallait s'éloigner du Bocage de toute urgence. Son père cherchait certainement à gagner La Rochelle, il devait en faire de même. Le jour déclinait, il était temps de se remettre en selle. Comme pour la rassurer, il parla à l'oreille de Tulipe avant de la monter :

— Fontenay est à quatre lieues, on s'y arrêtera pour la nuit.

Harassé de fatigue après cinq nouvelles heures de trot, Noë traversa avec ses bêtes le faubourg du Marchoux à la lueur de l'éclairage nocturne. À main dextre, il ne distingua pas la masse informe de l'ancien château féodal. Mais, face à lui, il ne perdit rien de l'agitation de plusieurs sentinelles, éclairées par la lanterne installée sous le châtelet d'entrée de la ville.

— Halte ! Qui va là ?

Un grenadier pointait son fusil dans sa direction.

— Noë Dubreuil. Je suis médecin. Je me rends à La Rochelle.

— Et d'où tu viens, pardi ?

— Du Bocage.

Le militaire se crispa.

— Descends de ta monture !

Noë s'exécuta. Les soldats l'entourèrent et le palpèrent sans ménagement. Il ne portait aucune arme, à l'exception d'une dague aux armoiries de sa famille habituellement fixée à sa ceinture. Par chance, aucune fleur de lys ne couvrait le blason.

— C'est quoi, ça ? T'es avec les brigands ?

Ni Blanc ni Bleu, Noë n'était d'aucun bord. Il se contenta de dire la vérité :

— Mon père a fui les insurgés il y a deux jours. Il est en route pour La Rochelle. Je cherche juste à le rattraper.

Le chef grimaça.

— J'ai bien peur que Fontenay-le-Peuple soit ta dernière étape, jeune homme.

— Pourquoi ?

— Parce qu'on a ordre de réquisitionner tous les chevaux pour les besoins de la commune.

Noë n'eut pas le temps d'argumenter, on lui prit de force les brides de ses deux compagnes. Quant à son poignard, il passa de main en main, scrupuleusement examiné, jusqu'à disparaître de son champ de vision.

— Rendez-lui sa dague et remettez-lui un ordre de réquisition pour ses chevaux ! Je le connais, il est de mon pays !

Le Bocain se retourna. Vêtu de son habit bleu, Guillaume Chapelier dominait le groupe d'une courte tête.

— Tu as de quoi régler le gîte et le couvert ? interrogea-t-il.

À défaut de l'entreprendre sur son père ou sur les sœurs Angibaud, Noë acquiesça.

— Alors, adresse-toi à l'auberge de la Coupe, place du Marché-aux-Porches. Elle se trouve en contrebas de l'église Notre-Dame.

Le jeune médecin voyait bien où l'endroit se situait. Avant la Révolution, le Parlement de Paris avait condamné un berger à y être pendu pour avoir tué un étranger à coups de bâton.

— Et demain, au point du jour, n'oublie pas d'aller te signaler à l'hôtel de ville. Il nous manque des bras par ici !

— Je dois me rendre à La Rochelle !

— Impossible, mon ami. Les ports de Fontenay, de Saint-Médard-des-Prés, de Boisse et de Gros-Noyer ont été mis en embargo. Et tous les transports par voie terrestre, autres que ceux affectés à l'armée, sont suspendus.

Noë ne pipa mot. Il récupéra sa dague et s'enfonça dans la ville, en peine, sans avoir obtenu l'autorisation de caresser une dernière fois le museau de Tulipe.

11

Un vent à décorner les bœufs le cueillit au sortir de l'auberge. La nuitée lui avait coûté près de deux livres. À ce rythme-là, Noë serait contraint, sous dix jours, de se réfugier sous l'arche du pont Neuf, au milieu des autres indigents. Il leva la tête vers le clocher pointu de l'église qui servait d'échauguette du temps des guerres de Religion, puis marcha en direction de l'hôtel de ville, construit de l'autre côté du boulevard des Dames, appelé ainsi en raison de la présence à ses abords de deux couvents de religieuses. Autrefois capitale du Bas Poitou aux mains des protestants, Fontenay avait vu, au cours des siècles précédents, de nombreuses congrégations s'installer entre ses murs dans le cadre de la Contre-Réforme.

Il y avait affluence sur le parvis. Un tambour de la garde nationale battait le rappel. Entouré de trois dizaines de Fontenaisiens dont plusieurs tenaient leur coiffe, il finit par s'interrompre. Noë regarda alentour. Aucune trace de Guillaume Chapelier, mais beaucoup d'inquiétude dans les regards des gens de la commune. Porteur d'une affiche qu'il brandissait à bout de bras, un officier municipal, encadré de deux gardes nationaux, s'adressa enfin à eux avec la solennité propre à sa fonction :

— Habitants de Fontenay-le-Peuple, vous êtes invités à souscrire en argent et en nature pour le bataillon des volontaires de la Vendée qui a contribué au succès de la bataille de Jemmapes !

Des Fontenaisiens en nombre combattaient aux frontières depuis décembre 1791. Les sans-culottes avaient une première fois défait les Prussiens à Valmy. Jemmapes marquait quant à elle le triomphe de la jeune république sur les vieilles monarchies européennes, sur l'air retentissant de la *Marseillaise*. Noë se trouvait encore dans le Midi lorsque les Français avaient vaincu les Autrichiens près de Mons. Il observa les mines défaites autour de lui. Le médecin y lisait un réel ressentiment à l'égard de l'effort de guerre réclamé. Pour autant, le groupe s'éparpilla sans récrimination.

Noë patienta plusieurs quarts d'heure à l'intérieur de l'hôtel de ville. D'autres réfugiés l'avaient précédé. Il finit par tendre à un préposé l'ordre de réquisition qui lui avait été remis la veille en échange de ses chevaux. On lui versa des assignats pour un montant de soixante livres.

— C'est à peine le quart de leur valeur ! La pouliche à elle seule m'a coûté près du double ! rouspéta-t-il.

— Nom, prénom, âge, profession et domicile, réclama le commis en ignorant son mécontentement.

— Dubreuil Noë, vingt-deux ans, médecin. J'arrive tout juste du Bocage. Je suis à la recherche d'un logis.

— Vingt-deux ans ?

Noë confirma.

— Dans deux jours, à une heure de relevée[1], tous les Fontenaisiens de dix-huit à quarante ans sont conviés à se réunir place du Marché-au-Blé pour prendre connaissance de la loi du 24 février 1793 relative au recrutement de l'armée. La ville doit fournir un contingent de quatre-vingt-seize hommes fixé par ladite loi.

— Je suis médecin !

1. Une heure de l'après-midi.

— Et alors ? L'armée a besoin de tous les corps de métier, y compris des médecins. Pour votre gouverne, la loi martiale s'applique aux déserteurs.

La menace fit son effet. Blême, Noë quitta le bâtiment. Son regard accrocha la façade sur laquelle étaient placardés les nombreux décrets de la Convention nationale. Un patronyme minuscule attira son œil ; celui de l'imprimeur. Son atelier était implanté rue Sainte-Catherine-des-Loges.

Située en dehors des murs de la ville, non loin de la porte du Marchoux et à la perpendiculaire de la rivière Vendée, l'imprimerie Goichot occupait une vieille bâtisse dont la devanture était ornée de plusieurs croix de chaînage. Sitôt sur le seuil, Noë frappa au carreau d'une fenêtre. Affublé d'un tablier de cuir, un homme rond et moustachu, peut-être âgé d'une soixantaine d'années, sortit à sa rencontre.

— Je souhaiterais m'entretenir avec Alexandre Goichot…

— Qui le demande ?

— Le fils de Jean-Baptiste Dubreuil.

L'homme l'observa, il se gratta la tête recouverte d'une couronne de cheveux blancs.

— Le médecin de Pierre-Brune, précisa Noë. Monsieur Goichot lui a imprimé son étude sur les épidémies dans le Poitou, voilà une vingtaine d'années.

— Je suis Alexandre Goichot. Qu'est-ce que tu me veux ?

— J'arrive tout droit du Bocage. À cause de ce qui s'y passe, je voulais rejoindre ma famille à La Rochelle, mais on m'en empêche. Je ne connais personne ici.

— Et tu cherches le gîte, c'est ça ?

— J'ai de quoi payer.

— Rentre au chaud !

Noë le suivit. Ils pénétrèrent dans une grande pièce sombre où était installée la tremperie, cuve carrée dans laquelle les feuilles étaient immergées avant l'impression. Puis, avec lenteur, Goichot le précéda dans une seconde pièce abritant une presse et le matériel nécessaire aux ouvrages de ville.

— Je suis l'unique maître-imprimeur à Fontenay. J'ai appris chez les jésuites à Niort et je suis entré en apprentissage chez Nicolas Fournier à Poitiers. Mon compagnonnage m'a ensuite conduit à Dijon, Auxerre et Paris. Après quoi j'ai ouvert ce commerce.

L'homme se tut au moment de grimper l'escalier menant à l'étage.

— Ton père a été l'un de mes premiers clients, dit-il quand il eut repris son souffle. Depuis quelques années j'ai la charge de libraire aussi. Ma boutique se trouve près de la place d'Armes. J'y vends des almanachs, des livrets populaires, du papier, de l'encre et des plumes.

Goichot était fier de sa réussite. Il omit de signaler, chose que tout le monde savait, qu'il avait été un temps inquiété pour avoir reproduit en 1789 le procès-verbal d'une assemblée de nobles du Bas Poitou critiquant la tenue des états généraux. Tout lien avec le pouvoir monarchique était à renier. Mais désormais, tout paraissait oublié. Chargé d'imprimer quotidiennement le *Journal de la Vendée*, périodique de nuance républicaine, il répondait à toutes les commandes municipales et éditait dans le même temps l'ensemble des procès-verbaux des séances du directoire de la Vendée dont le siège était fixé à Fontenay.

Sous les combles, l'hôte fit grincer un battant qui s'ouvrit sur une grande chambre couverte de poussière et d'arantèles.

— Elle était occupée par mon apprenti, mais il a été tiré au sort l'été passé. Il a été porté disparu à Valmy. C'est dommage, c'était un bon bougre.

À la vue de la saleté, Noë déglutit. Les draps semblaient mangés par les mites, la table de chevet était branlante. Quant au vase de nuit, il n'avait pas été vidé après sa dernière utilisation. Il s'avança d'un pas dans l'embrasure et se réjouit de découvrir, dans un angle mort, un meuble sur lequel de nombreux livres étaient rangés, posés sur la tranche. D'instinct, il s'en approcha. Il reconnut d'emblée l'ensemble des volumes de l'*Encyclopédie* de Diderot et d'Alembert. S'y ajoutaient plusieurs contes philosophiques à la mode, des carnets de pièces de théâtre, les *Fables* de Jean de La Fontaine, ainsi que divers romans contemporains qui lui avaient permis de s'évader durant son internat à Montpellier. Regorgeant par ailleurs de manuels techniques et de journaux, cette bibliothèque constituait une mine d'or.

— C'est la réserve de ma librairie. Si tu veux les lire, je te demande juste d'en prendre bien soin ! Pour le gîte, il t'en coûtera trois livres la semaine.

Prisonnier de cette ville, Noë mit en ordre son logement et feuilleta quelques exemplaires du *Journal de la Vendée*. Le numéro le plus récent annonçait l'arrivée d'un détachement en renfort de soixante-quinze hommes de la garde nationale de Niort, tandis que les citoyens Moine et Cochon, armuriers, avaient reçu pour consigne de laisser le stock de leurs magasins à la disposition du département.

Comme le soleil déclinait, il sortit dans Fontenay et décida d'en faire le tour. Le long du boulevard des Dames, il rencontra plusieurs patrouilles chargées d'illuminer la ville dès la nuit tombée afin de prévenir toute espèce d'attroupements. Attiré par des coups de masse, il se rembrunit en découvrant l'exécuteur des sentences criminelles qui procédait au montage des bois de justice sur la place de la Révolution. Noë accéléra le pas, croisa des réfugiés harassés par un long voyage alors qu'il remontait en direction de la barrière de l'octroi menant vers la route de Luçon. Puis il fit demi-tour. À dextre se trouvait le château de Terre-Neuve, siège du couvent des lazaristes et joyau de la Renaissance, qui avait abrité en son temps le duc de Sully et le poète-guerrier Agrippa d'Aubigné. Il le contourna par son flanc méridional en coupant à travers champs jusqu'à la rivière. Après quoi Noë emprunta le chemin de halage pour regagner le bourg. Il s'arrêta soudain au son de la fanfare. Il tourna la tête dans tous les sens, le bruit des tambours et des fifres venait de l'autre rive. Il se hâta, rattrapa le pont des Sardines, enjamba la rivière Vendée et rejoignit enfin la place d'Armes où une foule en liesse était regroupée. Il arriva juste à temps. L'avant-garde d'une armée pénétrait dans la ville. Ceints de leurs écharpes tricolores, les officiers municipaux, ceux du conseil de département et du directoire de département, au premier rang, levèrent les bras au ciel à sa vue.

— C'est Chalbos, c'est Chalbos ! criait de joie la femme d'un notable en sautant à pieds joints.

D'autres écarquillaient les yeux en distinguant l'ordre royal et militaire de Saint-Louis que le chef de brigade de l'armée des côtes de La Rochelle portait fièrement sur son uniforme noir et or.

Trois mille cinq cents hommes originaires de Marseille et de Bordeaux suivaient. Aux visages marqués par la fatigue d'une marche forcée de douze lieues depuis la Charente-Inférieure répondait l'allégresse des citoyens de Fontenay. L'un des rares curés assermentés de la ville s'empressa de bénir la troupe. Éclairé par un immense feu de joie, le défilé au son de la fanfare dura jusqu'à la nuit. Après avoir déplacé les chevaux réquisitionnés dans un pré attenant, on dirigea les nouveaux venus vers les écuries de la caserne pour un repos bien mérité.

12

Le fils Dubreuil fut réveillé par des cris. Il crut d'abord qu'ils venaient des ouvriers de Goichot qui, au rez-de-chaussée, n'en finissaient pas de faire grincer leur presse. Puis il reconnut distinctement le pas vif des paysans en sabots. Noë se redressa, rabattit le contrevent. À environ deux cents toises, une foule d'hommes et de femmes patientait devant une colonne de soldats qui, à la porte du Marchoux, les empêchait de pénétrer dans la ville. Dans le lot, une femme poussait une charrette à bras sur laquelle était étendu un homme.

— Laissez-moi passer ! Mon mari est mourant !

Derrière elle, aussi loin qu'on pouvait distinguer la route, des gens affluaient en grappes. Noë enfila ses hardes et ses chausses et se précipita au-dehors. La charrette n'avait pas progressé d'un pied lorsque Noë atteignit le châtelet.

— Laissez-le passer, il a besoin de secours, grogna-t-il tout essoufflé à l'intention des sentinelles.

En guise de réponse, les hommes en armes se firent menaçants.

— Tu es qui pour t'adresser à nous ainsi ? dit l'un d'eux en se retournant.

— Je suis médecin. Il faut l'orienter vers l'hôpital.

Aucun d'eux ne cilla.

— Sans ordre, personne ne rentre !

Noë chercha autour de lui. Guillaume Chapelier ne se trouvait pas dans les parages. Déterminé, il se faufila entre les réfugiés qui attendaient sous la pluie qu'on veuille bien leur accorder l'accès à Fontenay. Couché sur le dos, le blessé était inanimé. Son ventre était couvert d'une croûte de sang séché. À genoux, sur un côté, sa femme ne cessait de l'implorer de réagir. Le jeune médecin porta sa main sur le front du malheureux.

— Il est brûlant de fièvre. À quand ça remonte ?

— Hier au soir.

— Qu'est-ce qui est arrivé ?

— Un brigand lui a donné un coup de dail.

Noë redressa la tête, pas certain d'avoir bien compris. Le dail, dans le Poitou, était un instrument agricole destiné à la coupe des foins. On en affûtait la lame à l'aide d'une pierre de grès des Vosges. Ce n'était pas d'un médecin que cet homme avait besoin, mais d'un chirurgien.

— Allez me chercher un seau d'eau, des mouchoirs, du vinaigre, de la berle et du cresson d'eau ! commanda-t-il à l'aveuglette.

Plusieurs bougres s'exécutèrent et s'éparpillèrent en direction du faubourg et des jardins alentour. On rapporta très vite de l'eau du puits avec laquelle Noë rinça la plaie béante d'où les intestins ne demandaient qu'à s'échapper. Puis, dans le fond du seau, il composa une mixture qu'il fit arroser d'urine par un paysan. Sous l'œil de nombreux réfugiés, il imbiba quelques mouchoirs de Cholet qu'il appliqua sur la blessure.

— Il va vivre ?

— L'emplâtre devrait calmer la fièvre, répondit-il en se redressant.

— J'ai bien peur que la recette d'Ambroise Paré ne suffise pas à le sauver, dit un autre.

Jean-Baptiste Dubreuil aurait pu parler ainsi. Mais ce n'était pas sa voix. Noë se tourna vers l'inconnu. L'homme en uniforme, arborant des galons dorés, était encadré de deux sentinelles.

— Si ce n'est pas la gangrène qui le tue, ce sera la péritonite. Maurice Guibert, premier chirurgien de l'armée des côtes de La Rochelle, pour vous servir !

La porte du Marchoux s'ouvrait enfin aux réfugiés. Noë se présenta à son tour alors que la femme du blessé poussait sa charrette à bras vers la place de la Révolution.

— Ils arrivent tous de Chantonnay où les troupes de Marcé ont été défaites par les insurgés. On prétend qu'ils seraient désormais vingt mille. Vous avez votre cabinet en ville ?

— Je suis tout juste de retour de Montpellier. J'envisageais de m'installer auprès de mon père dans le Bocage.

— Eh bien, mon ami, je crains que votre projet ne doive être reporté *sine die*. En attendant, que diriez-vous de vous rendre utile ?

— De quelle manière ?

— Mission m'a été donnée de créer un hôpital militaire au château de Terre-Neuve. J'ai besoin de bras.

— Mais je ne suis pas militaire, moi !

Docteur dans les Cévennes, Guibert avait épousé l'armée dix ans plus tôt en qualité de chirurgien-major dans un régiment de cavalerie, avant de publier un ouvrage sur la cautérisation. Il s'arrêta de marcher, empêché par la foule compacte qui se tenait autour de la guillotine.

— Vous ne voulez pas servir la République, jeune homme ?

Noë prit peur. La bonhomie du chirurgien-major avait disparu. Ses traits étaient devenus durs, son regard suspicieux. Sans lui laisser le temps de répondre, Maurice Guibert poursuivit :

— Chef-lieu de la Vendée, Fontenay incarne tout ce que haïssent les brigands. Tôt ou tard, ils se présenteront aux portes de la ville pour la piller, l'incendier, la détruire. Comme ils l'ont fait à Cholet. Donc tôt ou tard, on réclamera de vous que vous preniez un fusil et que vous vous jetiez à corps perdu dans la bataille ! Néanmoins, je vous offre une option : travailler à mes côtés et prendre soin des blessés qui vont revenir en nombre de ce pays de sauvages. Alors ?

Noë était pris à la gorge. Devant lui, une grande clameur s'éleva en écho au bruit sec de la lame de la guillotine. Le premier insurgé, un horloger de quinze ans capturé les armes à la main, venait de perdre la tête.

— C'est d'accord !

D'un coup d'un seul, Guibert retrouva sa bonne humeur.

13

Abritant habituellement sept mille âmes, Fontenay avait connu un doublement de sa population en quelques heures à peine. Forts de leur patois du Midi que personne ne comprenait, les militaires faisaient désormais nombre dans une ville où les membres du clergé, quelle que fût leur position, étaient regardés de biais par une partie de la bourgeoisie locale. Dans l'attente des premiers combats, le gros des troupes patrouillait aux abords des couvents lorsqu'il n'errait pas sur le quai de La Rochefoucauld, à proximité des bâtiments de l'ancienne résidence du gouverneur, dans lesquels étaient enfermés des réfractaires et des parents d'immigrés.

Des citoyens installaient des lits dans le réfectoire du couvent des lazaristes, quand Noë se présenta au château de Terre-Neuve. Propriété des missionnaires depuis près d'un siècle, ceux-ci en avaient perdu les cloches et l'usufruit un an plus tôt faute d'avoir prêté serment à la Constitution civile, et avaient trouvé refuge dans un monastère en Galice.

Désormais pressé de se mettre à l'ouvrage, le fils Dubreuil fut surpris par Guibert.

— Les nouvelles ne sont pas bonnes, déclara-t-il. À Chantonnay, l'équivalent de deux compagnies a été décimé. Le directoire de département a requis une dizaine de charrettes pour rapatrier les blessés.

— On sait combien ils sont ?

— Non. Mais j'ai bien peur qu'il y en ait nettement moins que des morts. Les bataillons d'infanterie se sont fait piéger dans un vallon encaissé, les survivants ont été pourchassés sur plusieurs lieues par des brigands qui les saignaient dans le dos à coups de fourche et de pique.

Le jeune médecin resta coi.

— Avant que nous soyons submergés de travail, je veux que tu me dresses un état précis des malades et contagieux actuellement incarcérés à Fontenay, poursuivit l'officier. Dans le même temps, apporte-moi tout ce que tu trouveras comme remèdes et onguents pour nos blessés, ajouta-t-il en lui tendant un sauf-conduit.

Noë s'exécuta aussitôt et se dirigea vers le couvent des Filles-Notre-Dame, l'un des cinq lieux de privation de l'ancienne capitale du Bas Poitou. Sur place, deux sentinelles de la garde nationale l'accueillirent et mandèrent un sergent. Seul ce dernier était en mesure de déchiffrer le laissez-passer. Abandonné aux mains d'un habit bleu, le médecin pénétra à sa suite dans la bâtisse fondée au mitan du XVIIe siècle et occupée jusqu'à peu par une vingtaine de dames de chœur et sept sœurs converses. Ils descendirent au sous-sol par un escalier en colimaçon et progressèrent dans un couloir sombre et froid qui desservait les anciennes cellules des religieuses. Une bougie, posée sur une table à côté d'un registre, éclairait difficilement le passage. Transformées en oubliettes, les casemates étaient au nombre de vingt.

— Combien de prisonniers retenez-vous ici ?

— Une grosse centaine, répondit le garde qui, d'un coup sec, fit coulisser avec un grand fracas la grille de séparation d'une cellule.

Au silence succédèrent des plaintes. Noë leva la tête et s'approcha. Saisi par une odeur fétide, il aperçut les traits de lumière obliques émanant d'un soupirail. Un homme, puis deux, puis cinq, tous amaigris et voûtés, tous porteurs d'une soutane et d'une barbe, se redressèrent avec lenteur. Gêné, Noë concentra son attention sur l'unique couche de la pièce.

— Ils sont là depuis quand ? demanda-t-il en se retournant.

— Pour les plus vaillants, ça fait une paire de mois, expliqua le sergent après avoir refermé la grille.

— Ils mangent à leur faim ?

— Ils mangent ce que la commune veut bien nous laisser. Avec l'arrivée des troupes, le département a rappelé à leurs postes tous les boulangers qui se trouvaient dans la garde nationale. Et les citoyens qui le peuvent sont invités à faire des dons en nature. À ce rythme, Fontenay va vite crier famine !

Pour Noë, qui avait lu dans le détail l'étude composée par son père sur les épidémies dans le Poitou, famine rimait surtout avec choléra, dysenterie et tuberculose. Il se coupa de ses mauvaises pensées en parcourant le registre. Des pages entières étaient couvertes de patronymes poitevins, dont certains étaient rayés d'un trait épais. Les Chadeau, Bridonneau, Martin, Reveleau, Turnier, Chassin, tous curés à vingt lieues à la ronde, avaient vécu. Le nom de Lebrun, au contraire, apparaissait non raturé.

— Je veux voir celui-ci !

Le garde fixa le médecin.

— C'est que…

— C'est que quoi ? Ordre m'a été donné de visiter tout détenu en tout endroit de la ville !

— C'est qu'il est contagieux. Et vu son âge…

— Qu'a-t-il ?

— Il tousse gras et dégobille du sang.

— Il est où ?

Le cachot lui fut indiqué du doigt. Noë, dès qu'il l'eut atteint, fit glisser de lui-même le lourd verrou. La porte s'ouvrit sur trois vieillards qui n'avaient plus la force de bouger. D'un pas, il pénétra dans la pièce. Malgré l'obscurité, il distingua aussitôt les yeux asséchés de l'ancien curé de Pierre-Brune. Recroquevillé dans un angle de la couchette, Lebrun était agité de convulsions. Les deux autres n'étaient pas en reste.

— Ces hommes ont besoin d'être nourris, constata Noë.

— On n'a pas encore été ravitaillés.

— Alors, conduisez-moi à votre pharmacie !

— On n'a pas de ça, ici.

— Vous ne possédez pas de remèdes ?

Le garde secoua la tête.

— Ils doivent au moins être isolés ! insista le médecin.

— Et où voulez-vous qu'on les place ? On ne va quand même pas les mettre avec les otages !

— De quels otages parlez-vous ?

— On a une famille de suspects à l'étage. Ils sont cinq. Ils occupent ce qui tenait lieu de réfectoire avant.

Noë trouva ces derniers à l'intérieur du cloître, à quelques pas de la porte d'entrée de la chapelle, sur laquelle les républicains avaient apposé des scellés le jour de l'expulsion des sœurs. Enfermés dans le couvent en tant que parents d'émigrés, les otages, de la classe des aristocrates, bénéficiaient d'un traitement de faveur ; ils étaient libres de déambuler sous les galeries qui encadraient la cour, voire de tailler les rosiers. L'un de leurs enfants, partisan de la monarchie absolue, avait fait le choix de se réfugier à l'étranger, sous protection des ennemis de la Révolution.

À son arrivée, la famille se retourna. Noë reconnut sur-le-champ l'aînée des trois sœurs, Anne de Lusignan. Ils avaient le même âge, avaient grandi dans le même pays, pour autant, il ne s'était jamais approché d'elle ni ne lui avait parlé. Il l'avait juste aperçue parader à dos de cheval lors des nombreuses chasses à courre qui rassemblaient toute la noblesse du Bas Poitou.

Elle était la fille de François-Gabriel, comte de Lusignan-Longeville. Né en 1738, celui-ci avait passé ses jeunes années au château de la Sebrandière avant d'étudier au collège de l'Oratoire de Niort. À l'âge de quinze ans, il avait intégré la marine royale puis participé à la guerre de Sept Ans. Promu brigadier des gardes-marine en 1775, il s'était retiré dans ses terres du Bas Poitou peu après. Quant à la comtesse, Marie-Jacquette de Lusignan-Longeville, Noë la rencontrait pour la première fois. Ce fut elle qu'il salua d'abord d'un léger coup de tête.

— Je suis Dubreuil, le fils du médecin de la paroisse de Pierre-Brune.

— Qui est-ce qui vous envoie ? demanda le chef de famille d'un ton rude.

— J'ai ordre de faire le tour des prisons de la ville. Et je viens de découvrir que le père Lebrun est retenu dans une cellule, au sous-sol de ce couvent. S'il n'en sort pas, je ne lui donne pas deux jours.

Prises d'effroi, la mère et ses trois filles se serrèrent. Elles avaient beaucoup côtoyé le prêtre réfractaire qui, jusqu'à ce que les temps changent, avait été leur unique confesseur.

— Et depuis quand les révolutionnaires font-ils preuve d'inclination envers nos curés ? s'étonna le comte.

— Le prendre parmi vous le sauvera d'une mort certaine, éluda Noë.

— Et comment ? Notre pitance est déjà maigre et les gardes abusent de nous. La dernière ration de viande nous a coûté la croix de baptême de ma benjamine !

Celle-ci, prénommée Claude en l'honneur de la duchesse de Bretagne qui avait offert sept enfants à François Ier, avait douze ans. La cadette, seize ans, s'appelait Éléonore en référence à une autre reine de France devenue par la suite reine d'Angleterre. Plus connue sous le nom d'Aliénor d'Aquitaine, celle dont le mariage avec Henri II Plantagenêt n'avait pas bonne réputation au sein de la noblesse. Mais il se disait que la mère de Richard Cœur de Lion était née non loin de Fontenay, au sein de l'abbaye de Nieul-sur-l'Autise.

— Je peux y remédier.

— Et pourquoi feriez-vous ça ?

Noë pensa à son père qu'on accusait d'avoir vendu Lebrun, à Marie et ses sœurs dont le logis de Pierre-Brune avait brûlé.

— Peut-être parce que tout médecin engage sa vie à sauver celle des autres.

— C'est d'accord, intervint l'épouse de Lusignan. Si vous en avez le pouvoir, on accepte de le prendre avec nous.

Le dernier regard de Noë alla à Anne de Lusignan. Au contraire de sa mère grimaçante et terne, la jeune femme tenait de l'aurore. Le feu de ses yeux, la courbe de ses lèvres légèrement pigmentées, sa chevelure fine et brune fixée par un ruban rouge corrigeaient la vague mélancolie qui voilait le teint blanc de son visage.

14

Les nouvelles du pays insurgé arrivaient au compte-gouttes. Du côté de La Châtaigneraie, les troupes du général Chalbos avaient tué plusieurs centaines de Vendéens avant de leur enlever deux pièces de canon, une valise pleine d'argenterie et de galons d'or, et neuf ou dix chevaux. Sur la côte, l'armée républicaine avait successivement repris aux insurgés les bourgs de Saint-Gilles et de Croix-de-Vie. Enfin, à Coron, dans les Mauges, le général Ligonnier pouvait se vanter d'une victoire totale sur les brigands.

Pourtant, à Fontenay, l'hôpital militaire ne désemplissait plus. Noë passait ses journées, parfois ses nuits, au chevet de blessés agonisants. Il avait beau s'échiner, il ne faisait pas le poids face à la mort. Certains de ses patients guérissaient, mais la plupart, perclus de gangrène à la suite de plaies à l'arme blanche, s'en allaient très vite peupler les cimetières des faubourgs de la ville où on les convoyait par charretées entières. À bien y regarder, sa seule satisfaction était d'avoir sauvé le père Lebrun.

Cet après-midi-là, son service terminé, le jeune médecin plongea ses doigts dans sa bourse, en sortit une pièce de dix sols. Le boulanger lui en donna pour cinq livres de pain qu'il porta aussitôt au couvent des Filles-Notre-Dame. Anne l'attendait sous la galerie du cloître, seule. Couverte d'une veste de velours brodée et d'une robe flottante du même tissu, elle écoutait le chant des oiseaux s'égaillant au pied des rosiers en bourgeons. Noë était devenu depuis quelques jours son seul lien avec le monde extérieur, si bien qu'elle s'empressa de le questionner :

— Comment les choses évoluent-elles à Fontenay ?

— Le directoire de département a demandé à la commune de remonter les murs et de curer les fossés entourant la ville. Et deux commissaires ont été nommés pour recenser chaque habitant en état de porter des armes, nom et âge à l'appui.

— Quoi d'autre ?

— Un ordre circule pour que soient fermées les issues des maisons et des jardins qui communiquent avec la campagne. Les cordonniers ont, quant à eux, reçu commande de deux paires de souliers pour chacun des quatre-vingt-seize citoyens tirés au sort pour aller défendre la patrie.

— Et encore ?

— Le département a décidé d'accorder cent livres de récompense à ceux qui découvriront ou qui feront arrêter des personnes rangées par la loi dans la classe des émigrés ou dans celle des prêtres réfractaires.

Ses mâchoires se crispèrent. La chasse s'intensifiait.

— En plus des miches, voilà des journaux, changea-t-il de sujet en extirpant de l'intérieur de son manteau les derniers numéros du *Mercure de France* et du *Journal de la Vendée* qu'il avait récupérés dans la boutique de son logeur.

Face à ce geste censé l'apaiser, Anne de Lusignan fut gagnée par la colère.

— Gardez votre littérature de sans-culottes ! Vous cherchez donc à me convertir ? C'est là toute l'estime que vous me portez ?

Noë bredouilla. Elle le fit taire et se lança dans une tirade :

— Ces nouvelles, je les connais par cœur ! 5 mars 1792, les insermentés[1] résidant dans le département depuis moins d'un an sont expulsés ; 9 mars 1792, quarante-sept prêtres perturbateurs de l'ordre public sont incarcérés à Fontenay-le-Comte ; 8 juin 1792, les prêtres réfractaires nés en dehors de la Vendée sont expulsés ; 26 août 1792, cent quatre-vingts prêtres insermentés embarquent du port des Sables pour l'Espagne ; 7 octobre 1792, les parents d'émigrés, désormais suspects, font l'objet de visites domiciliaires ; 15 janvier 1793, six des neufs députés vendéens de la Convention votent la mort du roi ; pour achever le tout, le 25 février 1793, le département prend un arrêté qui ordonne d'interner tous les suspects dans les couvents et les prisons de la ville.

Ses joues avaient rosi. Elle inspira profondément puis termina sa harangue :

— Ça fait deux longs mois que je croupis ici avec mes parents, Noë. Vos nouveaux amis ont vendu nos terres de Pierre-Brune sous prétexte que j'ai un frère qui a émigré. Ils ont vidé et placé sous séquestre notre hôtel particulier de Fontenay après nous avoir volé notre liberté, sans même prendre en compte qu'un autre de mes frères combattait dans l'armée du Rhin au nom de la Convention !

Noë n'avait rien à répondre. Il s'enquit de la santé de l'aveugle, elle lui assura qu'il se portait beaucoup mieux, notamment grâce à la comtesse qui lui faisait lecture de passages entiers de l'Ancien Testament durant les journées qui s'étiraient. Ses journaux sous le bras, le jeune médecin se contenta d'acquiescer, la salua et l'abandonna.

— Dites ! Vous reviendrez ? lança-t-elle alors qu'il s'éloignait.

---

1. Se dit des prêtres qui refusèrent de prêter serment lorsque la Constitution civile du clergé fut proclamée en 1790.

— Vous le voulez vraiment ?

— Pour m'occuper, je veux bien que vous me rapportiez quelques livres, si vous en avez les moyens, demanda-t-elle sur le ton de l'apaisement.

— De quel type ? Les ouvrages royalistes ont tous fait l'objet d'autodafés dans les environs.

— Je le sais. Je pensais plutôt à de la littérature d'évasion. Mais je dois bien avouer que j'ai peu de connaissance sur le sujet. On m'a toutefois beaucoup parlé d'un certain Robinson Crusoé.

De retour dans la rue, Noë fut saisi d'un pincement au cœur. Il n'aurait su dire si la cause était liée à son entrevue écourtée avec Anne de Lusignan ou s'il y avait un rapport avec la populace amassée sur la place de la Révolution. On y guillotinait encore. Accusé de révolte par le tribunal criminel à la suite de son arrestation par les hommes de Chalbos, un marchand de guenilles de la paroisse de Velluire avançait en direction des bois de justice, précédé d'un tambour et encadré par la garde nationale.

Le médecin resta en retrait. Il observa le condamné fendre la foule sous les huées et les crachats de certains quand d'autres pleuraient de compassion. L'homme ligoté s'arrêta au pied de l'échafaud. Un roulement de tambour imposa un silence total. Les spectateurs étaient immobiles. Face à la potence, le malheureux tremblait. Invité à progresser vers les marches, il se rebella soudain et se mit à hurler, se jetant au sol comme un beau diable. On le releva de force par les bras. Aidés du bourreau, les gardes le traînèrent jusqu'à la planche devant des Fontenaisiens médusés. Meuglant telle une bête blessée, ruant dans les brancards, il donnait des coups à qui le maintenait sous les montants de la guillotine. Pris de violence, bavant de dépit et de rage, il se déhancha une dernière fois lorsque le bourreau attrapa enfin la corde pour libérer la lame.

Effrayée, la foule se dispersa. Une tête pantelante, partiellement tranchée, s'offrait aux regards les moins sensibles. C'est alors que Noë la vit. Une petite fille d'environ trois pieds et demi tirait sur les jupes pour réclamer l'aumône auprès des femmes qui attendaient que l'exécuteur termine son œuvre. Noë ne l'avait croisée qu'à une seule reprise. Mais il était certain qu'il s'agissait bien d'elle. Ses taches de rousseur, son minois en forme de souris, ses cheveux couleur des blés correspondaient en tout point à ceux de ses grandes sœurs, Marie et Augustine.

Occupé à suivre des yeux la petite Renée, Noë ne vit rien de la décollation totale du condamné à mort.

15

Les sœurs Angibaud et leur grand-mère avaient trouvé refuge dans une vieille masure, au midi de la ville, dans un lieu-dit du faubourg de Charzais. Depuis son poste d'observation, Noë les avait toutes aperçues. La dynamique Augustine se levait avant les autres. Sa première tâche consistait à traire leurs deux vaches dans une grange ouverte aux quatre vents, puis, si le temps s'y prêtait, à les conduire à brouter dans une prairie éloignée des regards. Dès matines, Jeanne quittait à son tour le gîte et marchait vite en direction du chef-lieu. Quant à Renée, un pouce dans la bouche, elle trottinait derrière sa sœur aînée qui, la lessive faite, allait frapper aux portes à la recherche d'ouvrage.

Profitant du fait que l'endroit était déserté, Noë se rapprochait alors et déposait, hors d'atteinte des animaux errants, deux livres de pain ou un quartier de viande. Puis il s'en retournait auprès de Guibert au château de Terre-Neuve ou au couvent des Filles-Notre-Dame, ou encore à la librairie de Goichot pour remplacer son logeur quand celui-ci s'en allait, chargé des imprimés qui lui étaient commandés par la municipalité ou le département.

Paradoxalement, le jeune médecin se sentait important dans cette ville en quasi état de siège où l'ennui et l'inquiétude étaient devenus le quotidien de la majorité des habitants. Il lui préféra le terme « utile » dans un courrier qu'il adressa à son père durant cette période. Sommé par celui-ci de tout mettre en œuvre pour gagner au plus vite La Rochelle, Noë refusait de suivre cette directive et de fuir la Vendée. Qu'importe l'évolution des événements, son rôle était de veiller sur les blessés et les malades, tel le Bon Samaritain témoignant sans relâche son amour pour les autres.

— Prenez garde à ne pas vous précipiter volontairement dans les dernières infortunes !

Ainsi parla Anne de Lusignan à qui Noë disait tout ce qu'il avait sur le cœur. Assis face à elle sur le muret qui séparait la galerie de la cour du cloître, il sourcilla.

— Ce sont les mots de l'abbé Prévost lorsqu'il entend peindre les traits du chevalier des Grieux, précisa-t-elle en faisant référence à l'introduction de *Manon Lescaut*, le roman que son visiteur lui avait prêté quelques jours plus tôt.

— Vous avez donc aimé ?

— Ne vous méprenez pas. Ce livre est amoral. Le chevalier est faible, naïf et cynique, et Manon Lescaut n'est qu'une catin qui aime le plaisir.

— Moi, je ne lis que la force des passions chez le chevalier. Quant à Manon, ses trahisons sont toujours motivées par la crainte d'être dans le besoin.

— Leur amour est illusoire !

— Peut-être. Mais, comme elle, ne rêveriez-vous pas d'être libérée du couvent ou de la prison par un homme dévoré par l'amour qu'il vous porte ?

— Bagatelle que tout ça ! Un seul être mérite un tel dévouement.

— Eh bien, je suis curieux de découvrir son nom, réagit-il.

— Oh ! Rassurez-vous, il ne s'agit pas d'un homme, mais seulement de Dieu, le piqua-t-elle.

Noë n'arrivait pas à ses fins. Elle avait jugé fade *Le Paysan parvenu* de Marivaux, n'avait pas réussi à terminer *La Nouvelle Héloïse* de Rousseau, s'était refusée à lire Voltaire et Diderot. Dans le lot, outre *Robinson Crusoé*, il n'y avait guère que l'histoire féerique et hors du temps de *Paul et Virginie* qui l'avait émue.

Contrarié, il repartit. Qu'il soit question de littérature, de politique ou d'un autre thème, Anne et Noë ne s'accordaient jamais. Pour autant, il aimait son caractère et sa franchise, et se prit à jalouser sa fidélité sacrificielle à Dieu et au roi, au risque de se mettre en danger en s'en ouvrant entièrement à lui. N'était-il pas médecin des Bleus, après tout ? Noë, fils d'un notable acquis aux idées nouvelles, n'était-il pas l'un des bénéficiaires de cette Révolution en marche ? Était-ce de la confiance qu'elle lui témoignait en lui révélant ses pensées, ou bien ses mots ne résultaient-ils que d'un surplus d'amour-propre ?

Il en était à ces réflexions lorsqu'il s'arrêta à la grande fontaine[1] pour se rafraîchir. Achevé sous le règne de François Ier, le monument porté par des colonnes doriques ravitaillait en eau le quartier historique de Fontenay. Courbé en deux, les mains en coupe sous l'un des quatre tuyaux, Noë se désaltéra. Puis il grimaça de dépit en constatant que la pierre centrale avait été bûchée en certains endroits.

— On m'a raconté qu'il y avait encore des fleurs de lys et plusieurs salamandres dessinées sur la pierre avant qu'on change le nom de la ville. Ils les ont toutes rabotées. Mais, par bonheur, ils n'ont pas détruit les deux licornes.

Heureux d'entendre cette voix cristalline, Noë ne bougea pas d'un pouce. Immobile face à la fontaine, il laissa poursuivre l'enfant qui troublait ses méditations alors que l'eau glissait entre ses paumes.

1. Aujourd'hui désignée sous l'appellation Fontaine des Quatre-Tias.

— Dis, tu sais à quoi elles servent les deux licornes sculptées ?

Il secoua la tête.

— Eh bien, en buvant à la fontaine, elles purifient l'eau par le contact de leurs cornes qu'elles plongent dans le bassin. Tu ne connaissais pas cette histoire, dis ?

À cet instant, il pivota enfin en direction de la petite fille. Elle était seule avec Renée.

— Que fais-tu là, Augustine ?

— Je suis venue te trouver pour te dire que mémé Thérèse est morte. Elle sera mise en terre à deux heures de relevée.

16

Noë n'hésita pas un instant. Il traduisit la mort de la grand-mère Angibaud comme un signe annonciateur. Le temps était venu d'affronter Marie, de lui clamer son amour, d'oublier Anne, de fuir ce plat pays à travers champs en hissant sur ses épaules la petite Renée, et de mettre ces sœurs à l'abri dans les tours de La Rochelle.

Mais, d'emblée, il fila sur la place d'Armes et fit tinter la porte de la librairie tenue par Goichot. Celui-ci était affairé avec une dame intéressée par un ouvrage illustré des *Métamorphoses* d'Ovide. Noë attendit que la cliente quitte les lieux avant de confier son projet à son logeur.

— La route est coupée, Noë, dit l'imprimeur. À Marans, les soldats gardent le seul pont à plusieurs lieues qui enjambe la Sèvre Niortaise. Jamais ils ne te laisseront le franchir sans un laissez-passer !

— Les huttiers[1] ne manquent pas dans le Marais poitevin. L'un d'eux acceptera bien de nous faire passer la rivière de nuit contre quelques louis.

— Méfie-toi, ces gens n'ont pas bonne réputation dans le pays. Ils vivent à l'écart comme des indigents. La vertu

1. Les huttiers sont des habitants du Marais poitevin qui vivent dans des huttes en bordure d'eau.

n'est pas leur fort. Il est à craindre que tes quelques pièces d'or attisent leur convoitise, prévint l'imprimeur.

— À ce jour, ce risque-là me paraît moindre que celui d'attendre ici.

L'imprimeur n'insista pas et le laissa à son idée.

— Prends soin de toi, alors, et salue ton père de ma part lorsque tu le retrouveras !

Le jeune homme quitta les lieux et emprunta, déterminé, le chemin de Charzais, l'esprit emporté sur le port de La Rochelle, lieu qu'il comptait faire découvrir à Augustine qui, sans nul doute, serait conquise en découvrant ses nombreuses tours et sa grosse horloge.

Il arriva à destination après deux quarts d'heure de marche soutenue. Marie lui tournait le dos lorsqu'il se présenta en sueur à la grille du cimetière. Peut-être avait-elle honte des guenilles sales et trouées qu'elle portait depuis leur départ de Pierre-Brune ? Peut-être lui en voulait-elle d'être le fils du médecin qui était à l'origine de leur malheur et de leur départ du Haut Bocage ?

L'enclos, d'une superficie d'environ un hectare, était clôturé d'un muret haut de quatre pieds qui empêchait les animaux sauvages de venir gratter la terre. Éloigné de l'église et de la ville, il avait initialement servi, au mitan du XVIe siècle, à ensevelir les centaines de Fontenaisiens morts à la suite d'une épidémie de peste qui avait duré quatre ans. Au centre, une croix hosannière[1], grande d'une demi-perche et taillée dans la pierre, avait été érigée. Depuis, le jour des Rameaux, les catholiques faisaient procession devant ce monument funéraire afin de célébrer l'entrée de Jésus dans Jérusalem.

Noë s'approcha. Augustine, elle, fit un pas de côté et se porta à sa hauteur pour s'emparer de sa main. Le jeune médecin lui sourit sans un mot. À l'inverse de Jeanne,

1. Dénommée ainsi en référence à l'*hosanna*, un cantique glorifiant Dieu.

Marie refusait toujours de se tourner dans sa direction. Il observa les lieux. Partout où ses yeux se posaient, des ossements affleuraient des tombes qui n'étaient plus entretenues. Non loin, Renée ne cessait de questionner ses sœurs.

— Pourquoi mémé est enroulée dans un drap ?

Jeanne la fit taire en lui demandant de déposer le bouquet de buis sur le linceul.

— Mais pourquoi on ne voit plus le visage de mémé ? Et pourquoi il a un seau, le monsieur ?

Elle parlait du bedeau chargé du goupillon et de l'eau bénite qui faisait le pied de grue à côté de l'enfant de chœur portant le crucifix. Renée finit par caler son pouce dans sa bouche quand les deux porteurs se saisirent délicatement de la défunte qu'ils glissèrent dans la tombe. Le curé assermenté s'éclaircit la voix et entonna un *De profundis*.

— Marie a dû vendre une vache, chuchota Augustine en montrant la croix tombale sur laquelle le nom de sa grand-mère était gravé. Le tailleur de pierre en a réclamé vingt livres. Et le prêtre, qui n'est point d'ici, a refusé de se déplacer à moins d'une livre et cinquante sols.

Mais Noë n'écoutait plus. Devant lui se dévoilait le profil de celle pour qui il était revenu de Montpellier le cœur ardent. Sa jupe bouffante et élimée ne cachait plus aux yeux du jeune médecin ce ventre qu'il n'avait pas vu s'arrondir au cours des derniers mois.

17

Baigné par les rayons d'un soleil orgueilleux, enveloppé des odeurs d'une nature enchanteresse, gagné par l'ivresse, Noë était allongé sur le matelas tendre et humide d'une clairière. Une ombre le recouvrit. Il frissonna. Ses yeux contemplèrent le visage qui se penchait vers le sien, lentement, sûrement. Les lèvres pétillantes et les iris pleins d'éclat étaient ceux d'Anne de Lusignan. Les cheveux clairs, le menton arrondi et le nez en trompette appartenaient à Marie. Le trouble le saisit. Son cœur battait la chamade. Il entrouvrit la bouche et referma les yeux en souriant. Mais la suite lui échappa. En nage, il se réveilla en sursaut au moment où Goichot cognait à sa porte.

— Noë ! Lève-toi ! Guibert te réclame à Terre-Neuve !

L'imprimeur insista :

— Les brigands ont pris La Châtaigneraie. Ils seraient au moins quinze mille. Chalbos a été contraint d'abandonner ses canons, ses caissons d'artillerie et des centaines de fusils.

Rattrapé par la réalité, Noë se redressa enfin.

— On connaît le nombre de blessés ? demanda-t-il.

— Seulement une petite poignée. Mais, en plus du retour de la troupe, on attend des centaines de réfugiés d'ici ce soir. Les boulangers ont reçu l'ordre de faire du pain sans relâche et les administrations ont pris un arrêté défendant de délivrer des passeports aux hommes. Tous les citoyens mâles de douze à soixante ans, en état de porter les armes, doivent maintenant se réunir sur la place publique, ajouta Goichot qui ne dissimulait pas son inquiétude.

Le locataire bondit dans ses habits et poussa le contrevent de sa chambre. Au loin, il aperçut plusieurs employés communaux occupés, sous les directives d'un militaire du génie, à garnir d'escarpes et de contre-escarpes une ligne creusée autour du moulin de Haute-Roche. Au-delà, le faubourg de Charzais, où demeuraient les sœurs Angibaud, restait non protégé.

Un mois s'était écoulé depuis la mise en terre de Thérèse Angibaud. L'armée des brigands s'était étoffée, elle s'était emparée de plusieurs villes des Mauges et contrôlait désormais le Haut Bocage. Là, elle venait de faire sauter le dernier verrou qui lui bloquait les portes de la plaine et du chef-lieu du département.

Sans s'appesantir un instant sur son rêve, il se précipita au couvent des lazaristes. Les lits étaient déjà tous remplis. Deux malades atteints de peines d'esprit passaient leurs nuits à hurler de peur malgré les remèdes à base d'ellébore, une petite plante de la famille des renonculacées réputée guérir la folie. Quant aux vingt autres, ils souffraient de diarrhée sanguinolente. Noë se couvrit le nez d'un mouchoir de Cholet avant de s'approcher de l'un d'eux, à qui il donna un purgatif. La plupart brûlaient de fièvre, certains avaient les yeux rougis et la langue blanche, tous étaient prostrés. La dysenterie avait fait vingt mille morts dans le nord et l'ouest de la France en 1779. Causée par une alimentation médiocre et l'absorption d'eau croupie, voilà qu'elle réapparaissait dans les rangs de l'armée régulière.

Guibert et Noë administraient aux malheureux une préparation faite de vin rouge, de mie de pain, de sucre et de quelques onces de racine de guimauve, lorsque les premiers blessés arrivèrent de La Châtaigneraie. On en allongea cinq sur des brancards. Deux d'entre eux avaient cessé de gémir et les deux autres ne survivraient pas à la nuit. Le dernier, inconscient, avait la jambe dextre traversée par la pointe d'une pigouille. À la vue de cette perche en bois plantée dans la chair, dont l'une des extrémités était composée d'une petite fourche en fer, le médecin militaire, incrédule, se tourna vers son assistant.

— Cet outil est utilisé dans les marais. Il sert notamment à faire progresser les bateaux ou à franchir les fossés avec de l'élan, l'informa Noë.

— Trouve-moi de l'eau-de-vie en quantité, je crois que notre client va en avoir besoin, coupa Guibert.

Mais le jeune médecin ne bougeait plus. Son regard était happé par le collier de l'homme.

— Qu'est-ce que tu attends, bon sang !

Noë mit du temps à se secouer. Arborant comme trophées deux douzaines d'oreilles humaines enfilées sur une ficelle, le fantassin rapportait des champs de bataille toute la cruauté de la guerre.

Deux jours plus tard, ce fut un miracle de le voir reprendre ses esprits. Toutefois, le blessé avait perdu l'usage de la parole, au contraire des réfugiés qui continuaient d'affluer en masse dans la ville. Il se disait que les brigands, après avoir démoli l'échafaud situé sur la place de La Châtaigneraie, pillé les habitations des patriotes, et méthodiquement vidé les caves du bourg, se rapprochaient. Il se disait aussi que le général Chalbos, de retour pour défendre la ville, était désormais à la tête de six mille hommes de troupe, tant de cavalerie que d'infanterie. Logés en grande partie dans les églises, ils se relayaient au sommet des clochers pour scruter l'horizon.

Il y avait effervescence à la maison communale lorsque Noë s'y rendit. Administrateurs du département et du district discutaient en salle du conseil depuis de longues heures des conditions d'une retraite dans la ville de Niort si les brigands venaient à s'emparer de Fontenay-le-Peuple. En nombre, des citoyens inquiets attendaient le résultat des délibérations sur le parvis.

— Je cherche Guillaume Chapelier. Il fait partie de la garde nationale, s'enquit Noë auprès des sentinelles qui encadraient l'entrée du bâtiment.

Le jeune Vendéen fut observé de pied en cap, puis on lui indiqua le chemin du port du Gros-Noyer mis en embargo. Une patrouille effectivement commandée par le fils Chapelier s'y trouvait, prête à réprimer tout transporteur fluvial autre que militaire. Noë se porta à sa rencontre, non loin de quelques barques enchaînées sur la grève. L'uniforme du caporal avait perdu de son éclat, ses chausses étaient trouées, la prestance avait abandonné le fils du maire de Pierre-Brune.

— Que viens-tu faire ici, Dubreuil ? Je pensais que ça faisait belle lurette que tu avais rejoint ta famille ! Cette guerre n'est pas la tienne, je te conseille de fuir pendant qu'il en est encore temps.

— C'est toi que je cherche.

— Et pourquoi, pardi ?

— Parce que les Vendéens approchent. Ils sont à Pissotte.

— Et ?

— Et Marie et ses sœurs sont en danger.

— Je ne vois pas en quoi ça me concerne.

— Marie est enceinte.

Les mots tombèrent tel un couperet. Noë le fixait, Guillaume Chapelier finit par s'écarter de ses compagnons.

— Ça te concerne parce que tu es le père, poursuivit Noë. Ça te concerne parce qu'elle était fiancée à toi. Tu dois l'épouser, tu dois surtout aller à Charzais pour la ramener dans les murs avec ses sœurs avant que les brigands ne ravagent tout sur leur passage.

Noë se tut. Chapelier piétina sur place puis se tourna en direction de la rivière. Il réagit enfin :

— C'est hors de question ! Qui dit qu'elle n'a fait commerce de son corps qu'avec moi ? balança-t-il avec condescendance, en défiant de nouveau du regard le médecin planté à moins d'un pied de distance. J'en veux pas de son bâtard ! Si elle a fauté, qu'elle le dépose à l'hospice !

Une canonnade débuta à une demi-lieue. Par réflexe, Noë se courba et se couvrit la tête. La peur apprivoisée, il se redressa. Guillaume et ses acolytes avaient disparu.

18

Les faubourgs de la ville avaient échappé à la colère des insurgés. Mieux, après deux heures de tirs soutenus, la cavalerie républicaine avait chargé dans la plaine et rompu les lignes vendéennes, obligeant les brigands à fuir jusqu'à la lisière de la forêt de Mervent. Les Blancs laissaient sur le terrain environ six cents morts et quatre-vingts prisonniers.

Le soulagement avait gagné les Fontenaisiens, la fin de l'insurrection était proche, les brigands avaient même abandonné leur canon fétiche baptisé *Marie-Jeanne*, une pièce d'artillerie de douze livres portant les armoiries de Richelieu.

— L'ennemi est abattu, j'ai peine à croire qu'il ose se représenter devant nous, pérora un député au cours d'un banquet rassemblant tous les administrateurs de la ville une semaine après la victoire.

Le maire de la commune réclamait du vin de muscat pour accompagner son dessert lorsqu'une estafette vint les déranger. Le messager dut crier pour se faire entendre :

— L'armée des brigands s'est reconstituée ! Elle cerne actuellement La Châtaigneraie et marche vers nous !

Tous se turent.

— Et combien sont-ils ?

— Au moins trente mille. Ils avancent sur trois colonnes.

Les visages se décomposèrent. Les plus réactifs des convives s'en prirent aussitôt à l'édile qui ne s'était pas opposé au récent départ de plus d'un tiers de la garnison. Les plus lucides quittèrent les lieux précipitamment afin de mettre leur famille à l'abri.

Noë rentrait du couvent des lazaristes quand il comprit. Les pas empressés, les gestes inconsidérés, les paroles âpres, tout indiquait que les citadins, et notamment les patriotes qu'il croisait, ne savaient plus à quel saint se vouer. Les brigands étaient annoncés pour le lendemain. Malgré l'agitation, Noë bifurqua en direction du couvent des Filles-Notre-Dame. Il s'arrêta à hauteur de la porte cochère, n'essayant pas de la franchir. L'avant-veille, son entrevue avec Anne de Lusignan s'était soldée par de nouvelles remontrances d'ordre politique. Rassuré par le silence qui régnait dans les lieux, il finit par rebrousser chemin. Il ne lui restait que quelques toises à parcourir pour regagner son gîte lorsqu'il constata la présence d'Augustine, assise en pleurs devant la maison de Goichot. À sa vue, elle se releva et se jeta dans ses bras. La petite mit du temps avant de se confesser :

— Marie est souffrante !

— Qu'a-t-elle ?

— Elle perd beaucoup de sang depuis matines.

Sur l'instant, le médecin préféra imaginer une morsure de bête errante plutôt que des vomissements. Il consola l'enfant puis lui demanda des précisions. Augustine finit par lui dire que les épanchements de sa sœur aînée émanaient de son bas-ventre. Sans attendre, ils se mirent en route pour Charzais.

Marie avait perdu connaissance quand Noë pénétra dans le bouge que les sœurs Angibaud partageaient. Le regard du médecin s'habitua à la pénombre et s'arrêta sur la couche sur laquelle reposaient deux corps. La petite Renée, dont le visage était baigné de larmes et de morve, dormait aux côtés de sa grande sœur.

— Elle est où, Jeanne ? s'enquit Noë au moment de soulever la jupe de la malade.

— Elle a trouvé de l'ouvrage près du faubourg des Loges. Grâce à elle on peut enfin manger à notre faim, expliqua Augustine.

— File au puits me chercher de l'eau et fais-la chauffer !

— Elle va guérir ?

— File, je te dis !

Noë alluma une bougie qu'il rapprocha du bas-ventre mis à nu de Marie. Des croûtes épaisses de sang séché couvraient ses cuisses et son pubis. Pour déterminer les causes des saignements abondants, il palpa en douceur les chairs tendres de celle pour laquelle il éprouvait toujours autant de passion. S'il se refusait encore à l'admettre, il connaissait l'origine de la blessure. La stupeur le frappa pourtant définitivement lorsque la pointe de son pied roula sur une tige de roseau dont une extrémité, effilée avec la lame d'un couteau, était tachée de sang. Chargée d'un fardeau trop lourd à porter, la fiancée de Guillaume Chapelier avait fait passer son bébé. Noë sécha ses larmes au retour d'Augustine.

— Pourquoi tu es triste ? Elle va mourir, Marie ? Qui va s'occuper de nous si elle n'est plus là ?

Habituellement si gaie et insouciante, la fillette lui apparaissait pour la première fois inquiète et sur la retenue.

— Ta sœur est faible. Elle a besoin de repos.

— C'est parce qu'elle a péché ?

— Ne mêle pas Dieu à ça. Il n'a rien à voir dans cette histoire.

Noë attrapa un linge propre et procéda avec délicatesse à la toilette intime de la malade. Au-dehors, la nuit tombait. Pour autant, par grappes, des réfugiés continuaient d'affluer depuis galerne en direction de Fontenay.

— Réveille ta petite sœur, Augustine.

— Pourquoi ?

— Je refuse de vous laisser ici.

— Et Marie ?

— On l'emmène avec nous.

— Elle est trop faible ! Elle risque de mourir !

— Vu ce qui se prépare, elle a plus de chances d'y passer si elle reste là.

19

Sous le soleil de midi, Henri de Lusignan, fils du comte de Longeville et frère d'Anne, se tenait en tête de colonne lorsque, à deux pas de lui, le général de Bonchamps, monté sur un cheval bai, entonna le *Vexilla Regis*. Le seigneur de Pierre-Brune se retourna. Le visage grave, Picotin, Ripoche, Mardi-Gras et quelques autres de la paroisse reprirent leur marche sur le plateau des Moriennes, à découvert. Sous le feu de l'artillerie adverse, et nourris de haine à l'égard de leurs ennemis républicains avides de trancher les oreilles des blessés et des morts, ils allongèrent le pas. Guidés par les éclats de la croix en argent ciselé que leur général brandissait à bout de bras, ils se couchèrent au sol dès que les républicains rechargèrent leurs canons. Ils étaient pressés de se racheter de leur conduite indigne, de leurs pillages et beuveries commis la veille de leur précédente défaite, et se mirent donc ensuite à courir au cri de « Rembarre ». Courroucés par la perte de leur couleuvrine fétiche *Marie-Jeanne*, ils pointèrent leurs fourches sur l'ennemi qui ouvrit un feu terrible. Jurant après la guillotine promise aux prisonniers, les royalistes, à peine ébranlés, percèrent très vite la première ligne adverse.

Six fois inférieurs en nombre, effrayés, les chasseurs de Gironde et les volontaires de Toulouse et de l'Hérault se débandèrent. Quant à la cavalerie bleue, elle s'enfuit en direction de Niort, foulant aux pieds les hommes d'infanterie se trouvant sur son passage. Produits grâce à la fonte de cercueils de plomb de la seigneurie voisine de Poiré-sur-Velluire, quelques canons installés dans les ruines du vieux château médiéval tonnaient encore lorsque les Vendéens pénétrèrent dans une ville abandonnée de tous ses combattants. Le porte-drapeau de l'armée de Chalbos était mort, la garde nationale de Fontenay était orpheline de son colonel, trois milliers d'hommes se rendirent.

Les ordres des nouveaux maîtres fusèrent, cinq mille fusils furent saisis.

— Trouvez-moi la *Marie-Jeanne* ! commanda Bonchamps. J'en donne cent écus à qui me la rapportera.

— Ouvrez les prisons ! Qu'on libère nos curés et nos nobles ! éructa Lescure.

À trois heures de l'après-midi, alimenté par toutes les feuilles d'assignats contenues dans les caisses du département, un feu de joie réduisit la guillotine en cendres sur la place de la Révolution. Au même moment, Picotin et Mardi-Gras pénétrèrent à leur tour dans la ville par le pont des Sardines. Une foule en liesse les suivait. Coupant à travers champs, il leur avait fallu près d'une lieue avant d'intercepter les Bleus qui se sauvaient avec la *Marie-Jeanne*. Muettes depuis bien trop longtemps, les trois dernières cloches de Notre-Dame se mirent à sonner à toute volée.

Bonchamps, Lescure, La Rochejaquelein, d'Elbée, Cathelineau et Royrand longèrent un bel ensemble de six maisons Renaissance habitées par les notaires, procureurs et avocats de la cité, pour s'avancer en direction de l'église dont le clocher culminait à douze perches de hauteur. Non loin se trouvaient d'immenses halles, parmi les plus vastes de France. Celles-ci accueillaient les trois célèbres foires annuelles où les gens du Marais, de la Plaine et du Bocage se rencontraient en nombre pour marchander bovins et textiles.

Les généraux vendéens se rapprochèrent du monument et de son porche, dont les voussures évoquaient le thème des Vierges folles et des Vierges sages. *Marie-Jeanne*, la précieuse relique couverte de fleurs et de rubans, passa devant eux et franchit le portail de l'église qui faisait office, la veille encore, de caserne aux républicains.

Issu de la noblesse d'Anjou, Bonchamps servait en Inde quand la Révolution française avait éclaté. Promu général de l'armée catholique et royale d'Anjou et du Haut Poitou qui comptait douze mille hommes, il sollicita un bilan des pertes.

— Dans nos rangs, nous déplorons dix-sept morts et soixante-cinq blessés, l'informa Henri de Lusignan.

Après Thouars et Parthenay, la bataille de Fontenay s'était traduite par un succès incontestable.

— Réquisitionnez les chirurgiens pour soigner les blessés ! Et les membres de votre famille, Henri ? s'enquit Bonchamps. Vous les avez retrouvés ?

Le fils du comte de Longeville opina du bonnet.

— Ils ont regagné leur hôtel particulier situé à deux pas d'ici. En guise de remerciements, ils se proposent de vous offrir l'hospitalité pour les nuits à venir.

Bonchamps n'eut pas le temps de répondre. Un coup de feu claqua depuis une habitation jouxtant l'église. Par réflexe, le chef de l'armée vendéenne tenta de se retenir au bras de Henri de Lusignan, avant de chuter sur les pavés. Son étoffe de lin prit une teinte rouge, des hommes en armes se précipitèrent dans les étages, d'autres poignardèrent par vengeance une quinzaine de prisonniers.

Au sol, malgré la douleur, Bonchamps cria de toutes ses forces :

— Arrêtez ! Ne faites pas de mal aux prisonniers !

Les Vendéens se figèrent, certains se prosternèrent et se mirent à prier alors que le sang de leur chef se mêlait dans les rigoles à celui des républicains. Les cloches se turent. Puis, avec un grand fracas, deux hommes tenus par les cheveux furent jetés aux pieds des généraux de l'armée vendéenne.

— Ils étaient sous les combles avec ce fusil à côté d'eux, précisa un paysan-soldat.

Picotin et Mardi-Gras s'approchèrent. Comme Henri de Lusignan, ils reconnurent l'un d'eux à son uniforme de la garde nationale. Il s'agissait de Guillaume Chapelier, le fils de l'ancien régisseur du château de la Sebrandière et maire de Pierre-Brune. Il transpirait. Charles de Bonchamps parvint à se redresser. On le débarrassa de son vêtement, l'épaule dextre et la poitrine étaient recouvertes de poudre noire.

— Comment tu t'appelles, toi ? questionna Lusignan en observant l'inconnu.

— Brochard. Je suis concierge.

— Lequel de vous a tiré ?

— Ce n'est pas moi, c'est lui ! hurla Brochard. J'ai une mauvaise vue, je suis incapable de viser, moi.

— Et toi, Chapelier ! Qu'est-ce que tu as à dire pour ta défense ?

— Moi j'ai à dire que j'ai intégré la garde nationale pour éviter d'aller combattre aux frontières. J'ai aussi à dire que je suis comme vous, du même pays, et que j'ai foi en Dieu.

— Menteries ! s'offusquèrent de concert plusieurs Vendéens. C'est lui qui nous a pris notre curé Lebrun ! À mort, Chapelier !

Bonchamps leva la main en guise d'apaisement. Les hommes lui obéirent une nouvelle fois. De son regard clair, le général fixa le fils du maire de Pierre-Brune.

— Es-tu prêt à devenir l'un des nôtres ? Es-tu prêt à servir Dieu et le roi ?

Chapelier crut d'abord à une farce, il sonda ceux qui se trouvaient autour d'eux. À moins d'une toise, Henri de Lusignan avait chaussé la crosse de son pistolet d'arçon coincé à la ceinture. Il finit par répondre d'un « oui » franc.

— Dans ce cas, enlève ton uniforme au plus vite et agrafe cet emblème sur ta poitrine, ordonna Bonchamps en lui tendant un morceau d'étoffe rouge représentant un cœur surmonté de la croix de Dieu.

Un murmure parcourut les rangs alors que Bonchamps, soutenu par un tiers, partait aux soins. Il s'arrêta une dernière fois pour citer un passage de l'Évangile selon saint Matthieu : « Si vous pardonnez aux hommes leurs offenses, votre Père céleste vous pardonnera aussi ; mais si vous ne pardonnez pas aux hommes, votre Père ne vous pardonnera pas non plus vos offenses. »

À ces mots, les prisonniers, en nombre, se mirent à l'acclamer. Les vivats suffirent à couvrir le coup de feu tiré par Henri de Lusignan, qui brûla la cervelle du concierge Brochard.

20

Pour le deuxième soir d'affilée, Noë s'installa sur le sol afin de dormir, enroulé dans une couverture qu'il partageait avec Augustine et Renée. Réveillé au mitan de la nuit, il se précipita au chevet de Marie. Elle brûlait de fièvre et son corps était agité de soubresauts.

— J'ai froid ! murmura-t-elle dans un souffle.

Il lui redressa la tête d'une main et porta à sa bouche un verre de vin coupé d'eau. Par réflexe, elle recracha le liquide et se retourna avec un gémissement plaintif. Il finit par s'allonger à ses côtés et l'entoura de ses bras avant de se rendormir.

La faim le tenaillait lorsqu'il émergea du sommeil, secoué par la plus jeune des sœurs. Le jour filtrait à travers le contrevent. Il se frotta la nuque et perçut le chant lugubre des corbeaux qui survolaient le plateau des Moriennes, jonché de cadavres encore tièdes. Puis il se leva, fit délicatement entrer la lumière dans la pièce et scruta l'horizon à la recherche du moindre signe. Nulle part trace de vie. Les Fontenaisiens se terraient probablement chez eux, du moins ceux qui n'avaient pas osé plier bagage de peur d'être envoyés au cachot. Quant aux Blancs, ils devaient être en train de cuver leur vin après avoir écumé les caves et ripaillé une partie de la nuit.

— Elle est où, Jeanne ? demanda Renée.

Noë ne savait pas. Il n'avait idée de rien, n'avait plus quitté son meublé depuis leur retour de Charzais. Il déposa le seau d'aisance au milieu de la chambre à l'intention des sœurs et descendit au rez-de-chaussée, guidé par une bonne odeur de courge, de poireaux et de navets. Le dos courbé, assis sur un tabouret dans son imprimerie, silencieux et triste, Goichot fixait une caisse de quatre pieds de hauteur remplie de journaux républicains.

— Comment se porte ta malade ? s'enquit le propriétaire à qui Noë n'avait pas caché la présence de ses protégées à l'étage.

— Elle est encore fiévreuse et refuse d'avaler le moindre morceau.

— J'ai préparé de la soupe. Tu la trouveras dans la marmite, sous la cheminée. Je l'ai assaisonnée d'oignons coupés fin, de blettes et de sauge. Avec ça, elle va se requinquer. Il y a un restant de pain de huit livres dans la souillarde[1], aussi.

D'un geste de la tête, Noë le remercia.

— Garde tes gentillesses pour d'autres. Il faut surtout que tu penses à te mettre à l'abri, Noë. Ils ne tarderont plus. S'ils te découvrent avec moi, je ne donne pas cher de ta peau, surtout s'ils apprennent que tu as soigné des Bleus. Il paraît que, au couvent des lazaristes, les brigands se sont jetés sur les plus souffrants, ceux qui n'avaient pas eu la force de déserter l'hôpital. Ils ont tous été dépouillés de leurs biens avant d'être ligotés et traînés manu militari en prison.

— Et Guibert ?

— Il n'a pas attendu pour décamper. Comme Chalbos et la plupart des administrateurs de la ville, à l'heure qu'il est, il doit dormir dans des draps bien amidonnés du côté de Niort ou de Luçon.

---

1. Petite pièce où étaient effectués les gros travaux de cuisine et dont la fraîcheur permettait de conserver la nourriture.

— Et vous, pourquoi ne partez-vous pas ?

— Je suis trop vieux pour fuir. Et pour aller où, pardi ? Toute ma vie est à Fontenay, et c'est à Fontenay que je compte être mis en terre.

Noë l'abandonna à son triste sort et remonta avec des écuelles remplies à ras bord. Marie avait avalé la moitié de sa soupe lorsque de grands coups résonnèrent contre l'huis.

— L'imprimeur ! Au nom du roi, ouvre ta lourde !

Aux cris des soldats, Renée et Augustine se figèrent. Elles se réfugièrent sous le lit de leur sœur dès que les Vendéens, qui paraissaient une armée entière, commencèrent à enfoncer la porte.

— Halte !

La voix tonitruante de Goichot s'éleva. Le médecin tendit l'oreille et perçut le cliquetis de la clenche que l'on déverrouillait. Un grand charivari s'ensuivit. Chaussés de bottes qu'ils avaient prises aux soldats républicains après la bataille, les brigands étaient au nombre de trois. Ils entouraient un noble qui n'avait pas de temps à perdre.

— C'est toi, l'imprimeur ?

Celui-ci répondit par l'affirmative.

— Où sont tes ouvriers ?

— Voilà deux jours qu'ils ont pris congé.

— Pour aller où ?

— Le métier ne manque pas ailleurs.

— Et le médecin que tu héberges, où se cache-t-il ?

L'imprimeur blêmit. S'il faisait peu de cas de sa propre vie, il avait beaucoup d'estime pour le jeune Dubreuil.

— Je ne vois pas de…

Goichot n'eut pas le temps de terminer son propos. Noë, du haut de l'escalier, se manifesta. Les visages hirsutes des paysans de Pierre-Brune qui encadraient Henri de Lusignan se tournèrent dans sa direction. Comment avaient-ils su qu'il se trouvait chez Goichot ? Personne n'était au courant. Personne, sauf…

— Dubreuil, suis-nous ! Quant à toi, Goichot, mets de l'encre sur tes presses ! commanda-t-il en lui tendant une liasse de feuillets manuscrits.

L'imprimeur s'en empara. Le document commençait ainsi : « Adresse aux Français, de la part de tous les chefs des armées catholiques et royales, au nom de Sa Majesté Très Chrétienne Louis XVII, roi de France et de Navarre. »

— Le Conseil réclame des livrets in-quarto.

— Combien il lui en faut, à ton Conseil ? demanda Goichot avec morgue.

— Autant que tu pourras.

— Et qui va me régler cet ouvrage ?

— Contente-toi déjà d'avoir la vie sauve ! Deux de mes hommes vont rester avec toi.

— Je n'ai pas besoin d'aide. Je préfère travailler seul que mal accompagné. S'ils veulent rester, qu'ils patientent au-dehors !

Lusignan ne pipa mot. Quant à Noë, il descendit lentement les marches. Sans un regard en arrière. Avec l'espoir qu'aucune des enfants Angibaud, demeurées dans la chambre, n'ait l'idée de se précipiter dans ses jambes. Le soulagement ne le gagna qu'à l'extérieur du bâti, lorsque Picotin, Ripoche et Mardi-Gras, qui laissaient traîner leurs yeux partout, sortirent à leur tour.

21

Plusieurs berlingots couverts de fleurs de lys blanches stationnaient au pied d'un hôtel particulier situé à cent toises de la place de la Révolution. Non loin, sur le pavé détrempé par un orage aussi intense que soudain, des brigands titubaient, bras dessus, bras dessous, en bramant d'horribles refrains obscènes. Henri de Lusignan leur courut derrière et les chassa à grands coups de plat d'épée. Mal dessaoulé, l'un des paysans-soldats trébucha. Une liasse d'assignats, une tabatière ciselée et un lot de cuillers en métal doré, qu'il dissimulait sous ses hardes, roulèrent par terre. Il se releva aussitôt et, enfin hors d'atteinte, brailla des insultes en patois destinées à celui qui venait de lui faire perdre une partie de ses rapines nocturnes.

— Quel est cet endroit ? demanda Noë.

Personne ne répondit. Lusignan se dirigea vers l'entrée de la demeure aristocratique haute de trois niveaux, il tira sur l'étrier de la sonnette. La porte finit par s'entrebâiller, un majordome se dressa devant eux avant d'ouvrir plus largement. À la suite de Henri de Lusignan, le médecin pénétra dans les lieux. Ils débouchèrent dans un vestibule immense éclairé par un puits de lumière. Des têtes d'animaux sauvages ornaient les murs, le sol était habillé d'un tapis perse. Ils le foulèrent puis, dans les pas du fils du seigneur de la

Sebrandière, Noë s'engouffra dans un escalier en colimaçon, pour rejoindre les étages. Là, des éclats de voix, étouffés, se firent entendre. Des hommes débattaient quelque part. Les paroles devinrent plus distinctes à mesure qu'ils progressaient. Au milieu d'un corridor, Henri l'arrêta.

— Je suis où, là ? s'inquiéta Noë pour la seconde fois.

— Dans l'une des résidences de ma famille que les Bleus avaient mise sous séquestre. Attends-moi ici ! ordonna-t-il.

Le jeune homme vit son hôte s'éloigner de quelques pas et pénétrer dans une pièce. De l'autre côté du couloir, probablement dans un salon immense, dix à quinze personnes parlaient stratégie. Il s'approcha et écouta. Derrière l'épaisse porte de chêne, il était question d'acheminement des courriers, d'assistance charitable aux familles les plus démunies, du recrutement et de l'équipement des nouveaux combattants, d'élection et d'intronisation des capitaines de paroisse, de la répartition des approvisionnements, de la mise en circulation des assignats, de l'incarcération et de la nourriture des prisonniers.

— On esquive, on esquive !

— Comment ça ? cria un autre.

— Oui, vous nous trompez avec toute votre logistique.

— Comment ça, je vous trompe ?

— On tourne autour du pot. Il y a plus important… Il est temps de prendre une décision, vous ne croyez pas ? On a déshabillé les Mauges de nos paysans, on a traversé tout le Bocage en vidant les paroisses, et Fontenay est redevenue cité comtale. Que voulons-nous de plus ?

Un brouhaha s'ensuivit. Certains, grisés par les victoires, désiraient continuer la campagne.

— Niort nous tend les bras !

— Non, filons vers Les Sables. Ouvrons le port aux Anglais !

— Et pourquoi pas celui de La Rochelle ? ironisa un troisième qui n'aspirait qu'à rentrer dans son château. Avec quelle troupe comptez-vous mener le combat ? Regardez autour de vous ! N'avez-vous pas remarqué que beaucoup de nos bons hommes ont déjà fait demi-tour ?

— La plupart des fermiers veulent moissonner le trèfle, renchérit un quatrième. Et puis ils ont les semailles de mogettes à faire.

Le plancher du couloir grinça. Noë sursauta. Derrière lui, Henri de Lusignan l'observait.

— Tu es attendu, suis-moi !

Le fils du comte le précéda dans une chambre très sombre meublée d'un lit à colonnes. Un homme brun aux traits juvéniles y dormait. À proximité, sur le dossier d'une chaise, une longue cape noire était étalée, ainsi qu'un paletot clair sur lequel on distinguait des traces de poudre noire mélangée à du sang.

— Il s'agit de Charles de Bonchamps, le général de notre armée d'Anjou. Il est touché au bras et à la poitrine, précisa-t-il en soulevant le drap qui le recouvrait.

Bonchamps gémit lorsque Noë retira le pansement de deux pouces de côté qui protégeait la zone reliant l'épaule au thorax. La blessure était peu profonde et les quelques morceaux de mitraille qui l'avaient atteint avaient été extraits.

— Il va survivre. Il a juste besoin de repos, annonça Noë.

— Nous savons tout ça, coupa une autre voix. Nous voulons que vous l'assistiez durant sa convalescence.

Noë se retourna. Assise dans un fauteuil Louis XV, Anne de Lusignan était tapie dans l'ombre depuis son arrivée.

— Je ne comptais pas rester à Fontenay, réagit-il.

— Nous non plus. Notre départ est imminent.

Le médecin ne comprenait plus. Quelle était la finalité de cette bataille si les Vendéens quittaient la ville sans l'avoir occupée plus de quelques jours ?

— Et pour aller où ?

— Dans les Mauges. Nous venons de créer un Conseil supérieur chargé d'administrer le territoire de la Vendée militaire au nom du roi. Châtillon-sur-Sèvre sera sa capitale.

— Votre combat n'est pas le mien, Anne !

— Nous n'attendons pas de vous que vous combattiez à nos côtés, mais seulement que vous nous apportiez vos soins. Rassurez-vous, vous serez grassement rétribué.

— Je cours à la mort si les Bleus m'arrêtent.

— Tu cours à la mort si tu continues de geindre, intervint Henri de Lusignan, la main sur le pommeau de son épée.

Il ne supportait pas qu'un homme se refuse à devenir le médecin personnel du marquis Charles de Bonchamps. Noë finit par baisser la tête en guise d'acquiescement. Ses dernières libertés s'envolaient.

— Que va-t-il advenir de l'imprimeur Goichot ? demanda-t-il.

— N'aie crainte pour lui. La guillotine a été réduite en cendres.

— J'ai une requête, tenta-t-il alors que Henri de Lusignan s'apprêtait à sortir de la pièce.

— On vous écoute, répondit Anne avant que son frère ne s'offusque.

— Une femme me sert d'aide dans ma médecine. Et l'une de ses sœurs cueille les plantes dont j'ai besoin pour mes remèdes. Je souhaite qu'elles m'accompagnent.

— De qui s'agit-il ?

— Des filles Angibaud, ce sont mes anciennes voisines. Il y a un couple de mois, leur père a été tué et leur maison brûlée.

Le frère et la sœur se regardèrent. Aucun ne trouva d'objection à formuler.

— J'aimerais également récupérer mes deux chevaux. Ils ont été réquisitionnés par les républicains lorsque j'ai fui le Bocage.

— Il n'en est point question ! La place du médecin est dans l'ambulance au chevet des blessés, réagit Lusignan au moment de quitter définitivement la chambre.

22

Le trèfle commençait à fermenter lorsque le convoi s'ébroua en direction de Pissotte. En début de cortège, les généraux de l'armée vendéenne portaient beau sur leurs destriers récupérés à la cavalerie ennemie au cours des batailles printanières. Ils précédaient les hommes de l'armée d'Anjou, bien équipés en armes et en uniformes, rejoints par quelques déserteurs républicains dont les idées ne faisaient que peu de poids face au montant de la solde promise.

Non loin, guidés par Goichot, quatre bœufs tractaient une charrette longue de plus de cinq toises, chargée des lourdes presses à imprimerie. À leur suite, sous bonne surveillance, traînaient les pieds trois cents otages choisis parmi les captifs retenus dans le parc à bestiaux à l'issue de la prise de Fontenay. Derrière, des chevaux de trait tiraient trois dizaines de pièces d'artillerie, à commencer par la *Marie-Jeanne*, que beaucoup embrassaient, assurés que la tête de négresse gravée sur la frette répondait au portrait de la Vierge Marie.

Après ça, par ordre d'importance, se succédaient les carrosses décorés des armoiries des grandes familles seigneuriales du Bas Poitou, lesquels provoquaient un nuage de poussière qui finit par recouvrir les sabots en bois cloutés et crottés des paysans-soldats regroupés par paroisses. Parmi eux, Ripoche se gaussait des Bleus qu'ils avaient tondus avant de leur rendre la liberté sur la route de La Rochelle. Mardi-Gras serrait de près sa besace qui débordait de valeurs chapardées dans les maisons bourgeoises, désertées par les Bleus. Quant à Picotin, gagné par le mal des marins, il regardait de travers le sérail de ribaudes qui talonnaient la troupe, comme s'il avait déjà oublié tout le plaisir que certaines d'entre elles lui avaient donné, en échange de quelques-uns de ses assignats pillés dans les caisses de la commune.

— Pourquoi quitte-t-on si vite Fontenay ? demanda le curé Lebrun, qui ne distinguait plus le tocsin de l'église Notre-Dame au son duquel ils étaient partis.

La question s'adressait à Marie-Jacquette de Lusignan-Longeville. Quatre jours étaient passés depuis leur libération du couvent des Filles-Notre-Dame. Assise face à son confesseur, la comtesse, peinée, contempla ses deux plus jeunes enfants avant de parler.

— Parce que nous sommes condamnés à mener une croisade tant que notre roi n'aura pas regagné son trône.

L'aveugle sourit. Il ferma les yeux, caressa du bout des doigts l'amict et la chasuble qu'il portait, et se replongea dans le souvenir de la messe d'action de grâce qu'il avait célébrée la veille devant une foule dévote au sein même de l'église fontenaisienne.

Le silence régnait dans l'ambulance dérobée aux Bleus lors de la bataille de Thouars. De la couleur de l'océan végétal que le cortège traversait désormais, la roulotte, percée de petites lucarnes, comptait deux civières, une table à gouttières et six paillasses. L'une d'elles était occupée par Bonchamps qui dormait sur le dos, la tête posée sur un coussin. Mais Noë se focalisait sur Marie, dont le corps était toujours saisi de convulsions.

Avant leur départ, Augustine avait parcouru Fontenay et ses environs à la recherche de pommes de pin, qu'elle avait ensuite jetées dans la cheminée près de laquelle Marie sommeillait. Puis elle lui avait fait boire de l'eau où elle avait placé une pièce de deux sous rougie par le feu pour couper la fièvre. Aucun de ces procédés n'avait fonctionné. Seule la poudre d'écorce de quinquina, administrée par Noë, avait calmé ses douleurs et arrêté ses saignements. Mais il ne restait plus rien au médecin de cette plante du Nouveau Monde.

— Trouvez-moi le curé, gémit Marie entre deux crampes.

Renée, qui s'était effondrée de fatigue sur une couche, se réveilla et se mit à pleurer. Marie réclama à nouveau le curé Lebrun. Mais l'heure n'était pas au dérangement du prêtre réfractaire. Alors, elle demanda Jeanne, que personne n'avait revue depuis qu'elles avaient abandonné leur logis de Charzais. Augustine enfonça sa tête dans une lucarne de la roulotte pour mieux dissimuler sa tristesse. C'est alors qu'elle remarqua le cheval de Noë qui trottait à la hauteur de l'ambulance.

— Tulipe ! Tulipe ! héla-t-elle de sa petite voix.

Tenant une cravache de cuir marron avec un pommeau d'argent dans sa main gantée, la cavalière qui le montait fit mine de ne pas l'entendre. Elle portait un chapeau noir agrémenté de plumes d'autruche, une veste longue et serrée à la taille, une robe de couleur vert bronze et de fines bottes à éperons. Elle avait tressé sa chevelure en une natte dont l'extrémité était fixée sous le chapeau. Le feu de ses yeux, la délicieuse pigmentation de ses lèvres, son port et son élégance, tout dénotait en elle une éducation de haut rang.

Noë se rapprocha. Augustine lui laissa la place.

— Tu la connais ?

— C'est la fille du seigneur de Pierre-Brune, répondit-il.

— Elle est belle, dis donc ! Mais pourquoi elle monte Tulipe ?

— Parce qu'il y a probablement un peu de bonté en elle, soupira-t-il avant de rejoindre le chevet des malades.

23

Le soleil déclinant perçait à travers les châtaigniers feuillus lorsque le cortège encore gros de dix à quinze mille hommes s'arrêta. Augustine sauta la première de la roulotte.

— On est où ?

— Retourne-toi et tu sauras, lui souffla Noë qui aidait Renée à descendre.

Elle s'exécuta et resta interdite devant le spectacle qui s'offrait à elle. Une tour ronde de plus de vingt toises de hauteur, au sommet de laquelle flottait un drapeau blanc décoré de deux cœurs rouge sang qui s'entrelaçaient, lui faisait face.

— C'est la tour Mélusine ?

Noë confirma. La fée, dix fois mère, avait fondé en une nuit les villes de Parthenay, Tiffauges, Talmont, édifié les murailles de La Rochelle, et construit plusieurs châteaux, églises et abbayes de la région. Sous les yeux ébahis de sa petite sœur, Augustine se mit à courir dans tous les sens, posant ses mains à plat sur la pierre, identifiant les ouvertures par lesquelles la femme-serpent avait pu se glisser. Puis, toute gaie, elle se dirigea vers Renée. Car il était temps qu'elle lui révèle, comme Noë l'avait fait avec elle avant son départ à Montpellier, le lourd secret de la fée qui vivait recluse chaque samedi dans cette tour marquant l'entrée du village.

Libéré des deux sœurs, Noë remonta dans l'ambulance et trouva Bonchamps assis sur sa paillasse.

— Nous sommes où ?

— À Vouvant.

Le général vendéen se souvenait de cette paroisse enchâssée dans un méandre de la rivière Mère. Entre les deux batailles de Fontenay, ses hommes avaient pillé et mis le feu à la maison bourgeoise de Mercier du Rocher, l'un des principaux responsables de l'administration du département.

— Ordre m'a été donné de transférer vos affaires dans le donjon où le Conseil doit se réunir. Vous y passerez la nuit sous bonne escorte. Mais avant je vais refaire votre pansement. Demain, à la première heure, nous prendrons la route de La Châtaigneraie.

Une fois les soins réalisés, Charles de Bonchamps quitta la roulotte avec le bras en écharpe.

— J'ai besoin d'un prêtre, Noë.

Au son de la voix de Marie, il sut qu'elle allait mieux. Il se retourna vers elle, et constata qu'elle avait en effet repris des couleurs.

— Rassure-toi, tu es guérie. Laisse les derniers sacrements aux autres.

— J'ai besoin de me confesser.

— J'ai bien peur que tu doives patienter.

— Pourquoi ?

— Tous ceux qui portent la robe ont pris le chemin de la grotte du père Louis-Marie Grignion de Montfort pour s'y recueillir.

Le visage de Marie s'éclaira. Noë parlait de la grotte du Faon située à une demi-lieue, dans la forêt de Mervent, où celui qui avait évangélisé le Poitou au lendemain des guerres de Religion avait vécu en ermite du temps de la régence de Marie de Médicis.

— Je veux que tu m'y mènes !

— Tu es encore trop faible.

— Ce pèlerinage achèvera de me rétablir ! L'eau de la fontaine qui s'y trouve fait des merveilles. Et l'Immaculée Conception y est apparue aux yeux du père de Montfort !

Noë n'aspirait qu'à se reposer. Mais devant tant de dévotion, il ne put résister. Il aida la jeune femme à se mettre debout. Les premiers pas furent délicats. Puis, soutenue par la foi et par l'épaule de son compagnon, elle parvint à progresser dans les sentiers d'une forêt dont Colbert avait jadis fait prélever les plus beaux chênes pour construire les navires de guerre de la flotte française à l'arsenal de Rochefort. À l'approche du refuge de l'ancien missionnaire du Bocage vendéen, le chemin devint cependant pentu et escarpé. Ses forces l'abandonnèrent. Elle n'eut d'autre choix que d'accepter les bras de Noë, qui la souleva de terre et se mit à avancer en crabe sur un sol parfois instable.

À leur arrivée, une vingtaine de femmes nobles priaient à genoux face à l'entrée de la grotte, sous la conduite du curé Lebrun. Parmi elles, le médecin reconnut sur-le-champ Marie-Jacquette de Lusignan-Longeville et ses trois filles, toutes revêtues de leur plus belle coiffe. Chapelet terminé, elles finirent par remarquer leur présence. Anne, l'aînée, foudroya du regard ce couple enlacé. Noë eut d'abord la sensation qu'il n'était pas à sa place. Après tout, le prédicateur Louis-Marie Grignion de Montfort n'avait-il pas été victime d'un empoisonnement lors d'un séjour dans la cité protestante de La Rochelle ? Mais la raison de ce courroux semblait en réalité ailleurs.

— Qu'êtes-vous venu faire ici ?

— Cette femme souhaite, elle aussi, se recueillir.

— Croyez-vous donc que notre curé, s'il pouvait vous voir, goûterait la manière dont vous portez contre vous cette grenouille de bénitier ?

— Cette femme est faible, voilà pourquoi je l'accompagne. « Nous qui sommes forts, nous devons supporter les faiblesses de ceux qui ne le sont pas, et ne pas nous complaire en nous-mêmes. »

Anne de Lusignan n'eut rien à répondre à cet extrait de la Bible. Elle ne décolérait pas. Elle se rapprocha du couple et, agacée par la tendresse qu'elle devinait dans les yeux et les gestes de Noë, rudoya la fille Angibaud :

— Libérez-vous de lui et joignez-vous à nous pour prier, mademoiselle. Quant à vous, Noë, vous n'avez rien à faire là. Retournez tout de suite au camp, auprès du général ! Soyez sans crainte, nous aiderons votre amie à s'en retourner.

24

La tête une nouvelle fois sortie de la roulotte, Augustine s'enivrait de la fraîcheur de l'aube et des fortes exhalaisons de terre mouillée mélangées à celles, aqueuses, de la rivière que le cortège longeait. Ce parfum aux multiples essences la renvoyait quelques semaines en arrière, dans ses errances solitaires au cœur des landes du Haut Bocage, ou lors de parties de pêche clandestines en compagnie de son père. Son regard se fixa sur la Petite Maine qui serpentait depuis des millénaires sans se presser. La lumière rase rendait l'eau éclatante et fière, à l'image des porteurs de faux, marcheurs infatigables et lents, dont la lame des outils, transformés en armes de guerre, rutilait au soleil. Au pied d'un moulin à eau, la rivière sourcilla sans explication jusqu'à faire naître un bruissement de colère. Augustine se dit qu'elle ressemblait finalement aux hommes, ces êtres parfois imprévisibles, souvent bienveillants, toujours intransigeants.

— Dis, c'est encore loin Châtillon ?

— C'est de l'autre côté de la chaîne des puys. On en a encore pour deux bons jours, expliqua Noë.

— Nous allons passer par Pierre-Brune ?

— Non. Par les quatre routes de l'Oie, puis nous nous enfoncerons dans la forêt en direction du soleil couchant. Nous quittons le Poitou pour l'Anjou.

Les yeux de l'enfant s'ouvrirent en grand. Jamais elle n'avait abandonné la province du Haut Poitou.

— Dis, ils ont un saint patron, en Anjou ?

Le médecin ne savait pas. Gardant les paupières closes, c'est Bonchamps lui-même qui, toujours alité, répondit.

— On en a plusieurs, souffla l'homme réputé pour sa profonde piété. Saint Maurice est le plus connu d'entre eux.

— Nous, c'est sainte Radegonde qui nous protège, rétorqua pleine d'orgueil la jeune paysanne sans prendre cas qu'elle s'adressait à l'un des généraux de l'armée vendéenne. Elle fut la quatrième épouse de Clotaire Ier, fils de Clovis. Mais devant la violence de son mari, elle s'est enfuie à travers champs et…

— Et, alors que des paysans semaient de l'avoine, la coupa Bonchamps, un miracle se produisit : la sainte reine fit instantanément pousser l'avoine pour s'y dissimuler, si bien que son époux, par la suite, l'autorisa à se retirer dans le monastère Notre-Dame de Poitiers qu'elle avait fondé.

Augustine resta bouche bée face à tant d'érudition. Le vétéran de la guerre d'indépendance des États-Unis trouva la force de poursuivre :

— Depuis, elle est fêtée le 13 août, l'avant-veille de l'Assomption. Nos moissonneurs disent d'ailleurs que ce jour-là, les minutes sont des secondes.

À Pierre-Brune, les paysans, au premier chef feu Pierre Angibaud, usaient d'un autre dicton : « S'il pleut à la Sainte-Radegonde, la misère abonde sur le monde. » Le 13 août de l'année précédente, la foudre s'était abattue sur tout le Bocage vendéen, des bourrasques de vent et de pluie avaient balayé en quelques heures le fruit d'une année de travaux pénibles.

Repartie dans ses contemplations, Augustine se tut. Au bout d'un court instant, elle quitta son poste d'observation, s'assura du sommeil de Renée et Marie, entrelacées et bercées par la progression de l'ambulance dans les chemins creux, puis elle se pencha à l'oreille de Noë.

— Dis, tu l'aimes toujours, ma sœur ?

Le visage serein, sans empressement, il se tourna vers l'enfant et la fixa.

— Pourquoi tu me poses cette question ? chuchota-t-il à son tour.

— Parce que j'aimerais que tu l'épouses quand elle sera complètement rétablie. Sans ton aide, elle aurait rejoint papa et mémé Thérèse au paradis. Tu es son protecteur et son guide.

À ces mots, Noë frémit. Sa petite voisine le portait au rang des anges gardiens, de ceux qui font office de bouclier contre les esprits mauvais, les tentations et les pièges du démon.

— Tu te trompes. Je n'ai que la médecine comme accessoire. Je ne possède ni don ni baguette magique. Je n'ai ni le pouvoir de sainte Radegonde ni celui de l'archange Michel.

— Oui, mais tu l'aimes, j'en suis sûre ! réagit-elle en élevant la voix. Et Guillaume Chapelier se désintéresse de notre famille depuis que notre ferme a brûlé.

Par réflexe, Noë la fit taire en lui appliquant la main sur la bouche. Les ailes de son petit nez mutin papillonnèrent, ses yeux ronds, si souvent pétillants de joie, se couvrirent d'une fine pellicule d'eau.

— Sèche tes larmes, Augustine. Je comprends que tu sois inquiète pour Marie. Mais j'ai peur qu'on ne puisse pas revenir en arrière.

— Pourquoi ?

— Parce que ta sœur a changé. Il n'y a plus de place pour moi dans son cœur.

— Jure-moi au moins que tu ne nous abandonneras pas ! lâcha-t-elle en l'entourant de ses bras. Sans toi et loin de Pierre-Brune, nous sommes perdues.

— Je te le promets, murmura Noë pour la consoler.

25

Au troisième jour, des milliers d'insurgés avaient déserté. Jugé par certains trop lent, le convoi s'était réduit peu à peu. À chaque embranchement, les paysans de paroisses entières s'éclipsaient, sans demander leur reste, et coupaient à travers champs, la tête basse et les épaules voûtées, comme pour mieux cacher leur remords de délaisser des chefs qu'ils avaient poussés à la révolte quelques mois plus tôt.

Aux Herbiers, il ne demeurait plus grand monde des soldats de l'armée catholique et royale du Centre. Derrière eux, le Bocage vendéen s'était repeuplé. Les bourgs et les métairies des Essarts, de Mouchamps, de Chantonnay, de Pouzauges, de Bournezeau, de Monsireigne, de Saint-Prouant et de tant d'autres faisaient la fête à des héros fiers de leur virée à la ville et de leur moisson d'assignats et de pièces d'argenterie. Picotin, Ripoche et Mardi-Gras, eux, avaient décampé dès le passage de La Châtaigneraie, quelques heures après que trois cents otages républicains avaient été libérés et sommés de quitter au plus vite le pays qu'on leur avait présenté comme la « Vendée militaire ». Peu pressés de faucher les prés et de faire les semences, les trois compères se reposaient dans une cave de Pierre-Brune, au pied d'une barrique de muscadet, où ils révélaient par le menu, à qui voulait l'entendre, le détail de leur aventure et le contenu de leur giberne.

La caravane s'arrêta de manière inopinée aux environs de midi, à deux cents toises à peine d'une intersection en forme de fourche. Marie, qui pouvait enfin se redresser sans grimacer, se tourna vers Augustine qui observait par la lucarne le mouvement régulier des ailes des huit moulins perchés sur le mont des Alouettes. Noë se leva et cogna contre la paroi jusqu'à ce que le cocher ouvre une trappe.

— Pourquoi s'arrête-t-on ?

— Le Conseil supérieur mène conciliabule au château de l'Étenduère, répondit le conducteur, qui fixait devant lui la bâtisse de type Renaissance, fortifiée un siècle plus tôt avec des canonnières, un pont-levis et des mâchicoulis.

Propriété d'officiers de la marine royale durant plusieurs générations, le château appartenait désormais au baron du Landreau, membre de la noblesse poitevine et fervent royaliste, mais dont un frère était dans la gendarmerie au service de la République.

— Le Conseil ne peut pas patienter le temps qu'on arrive à Châtillon pour se rassembler ? s'agaça le jeune médecin qui savait la ville distante de quelques lieues seulement.

Charles de Bonchamps lui-même sembla surpris. Décidé à se dégourdir les jambes et à respirer l'air pur, le blessé, recouvert d'une cape sombre et le bras en écharpe, descendit lentement le marchepied, gardant appui de sa main valide sur l'épaule de Noë. Augustine et Renée sortirent également de l'ambulance. De tous côtés, les hommes se regroupèrent autour de fûts de vin qu'ils débouchèrent. Les femmes, elles, se dirigèrent vers la chapelle de la seigneurie, attirées par les nombreux curés réfractaires que comptait encore la troupe. Marie aurait souhaité les suivre. Elle ne se l'autorisait pas. Elle se considérait comme impure depuis les blessures qu'elle s'était infligées dans l'ombre de sa masure du faubourg de Charzais, et elle réclamait la bénédiction de son confesseur avant d'envisager d'entrer de nouveau dans une église.

Dans l'attente des relevailles[1] que seul le curé Lebrun pouvait lui administrer, elle se consolait en mangeant des prunes et autres baies sauvages, ramassées par Augustine le long des champs de lin, qui pullulaient dans la région. Son ventre était pris de gargouillis lorsque le bruit du galop de plusieurs chevaux retentit. D'emblée, elle remarqua le port altier de celle qui avait tancé Noë devant la grotte du père Louis-Marie Grignion de Montfort, au cœur de la forêt de Mervent. Anne de Lusignan était accompagnée de son frère, Henri, et d'un troisième cavalier. Âgé d'une quarantaine d'années, coiffé d'un tricorne qui cachait une partie de sa perruque blonde, le lieutenant de cavalerie Pierre-Prosper de Boisy, seigneur de Landebaudière, avait le menton en pointe. Il fut le seul à mettre pied à terre, avant de porter l'accolade au général qu'il vouvoya aussitôt :

— J'ai proposé au Conseil de vous accueillir dans mon domaine, le temps que vous vous rétablissiez totalement. Les membres ont accepté. Bien sûr, vos proches et votre médecin se joindront à nous, le rassura le noble. Si on se met en route dès maintenant, nous y serons pour les vêpres.

De Boisy demeurait près de La Gaubretière, commune située à quelques lieues de Châtillon-sur-Sèvre et des Herbiers. Entouré d'un parc arboré de plusieurs hectares, le château de style Mansart, pour lequel il s'était endetté auprès de l'ensemble de sa famille, était flambant neuf.

À ces mots, Marie et Augustine s'étranglèrent.

— Et elles ? Je tiens à ce qu'elles restent auprès de moi, intervint Noë au risque de réveiller la colère de Henri de Lusignan.

— Il n'en est pas question, le coupa Anne du haut de son destrier. J'ai d'autres projets en ce qui les concerne.

1. Cérémonie purificative donnée par le prêtre à une femme qui vient d'accoucher.

— Et je peux savoir lesquels ?

— Baissez d'un ton, jeune homme ! l'apostropha de Boisy. Votre science ne vous autorise pas à vous adresser de la sorte à une dame !

— Laissez, monsieur. C'est la fougue des passions qui le fait parler ainsi, répliqua Anne avec une pointe d'espièglerie avant de se tourner vers Noë. Le curé Lebrun a besoin d'un guide et d'un sacristain. J'ai pensé que ce rôle conviendrait parfaitement à votre jeune amie.

Anne de Lusignan désignait Augustine.

— Quant à votre promise, je l'invite à se rapprocher de Goichot, qui a reçu la consigne de l'accueillir. Elle l'assistera à la presse, ce n'est pas le travail qui va leur manquer. Il croule déjà sous les commandes du Conseil. Voici quelques écus qui devraient soulager leur quotidien, ajouta-t-elle en lançant une bourse de cuir bien ronde en direction de Marie.

Noë n'osa pas immédiatement lever le regard vers les sœurs Angibaud. Les traits de leurs visages demeuraient impassibles, à l'exception de ceux de Renée, gaie comme un pinson, qui jouait à faire peur aux sauterelles sur le bord de la route. Accablé, le médecin les observa récupérer leurs quelques hardes à l'intérieur de l'ambulance. Aucune d'elles ne prit la peine de le saluer. Elles rejoignirent à pas lents la charrette conduite par l'ancien imprimeur fontenaisien.

26

La retraite de Bonchamps dura dix jours. Entouré de sa femme, enceinte, et de leurs deux jeunes enfants, il marchait tous les matins dans les bois environnant le château de Landebaudière où des cornouillers mâles, des pins de Corse, plusieurs ormes de Sibérie et une demi-douzaine de platanes d'Orient faisaient la fierté de son hôte. Si Noë ne s'inquiétait plus des conséquences de la blessure du général, il ne s'éloignait jamais de plus de dix toises de manière à guetter ses réactions dès qu'un courrier lui apportait une nouvelle. Quotidiennement, il se rassurait en constatant que le sourire ne quittait plus son patient. Le 2 juin, vingt à trente mille Vendéens se regroupèrent à Châtillon et à Cholet dans la perspective d'attaquer les républicains à Saumur ; le 4 juin, les Blancs se saisirent de deux canons et récupérèrent les armes de quatre-vingts prisonniers sur les rives du Layon ; le 6 juin, ils s'emparèrent de Vihiers ; le 7 juin, alors que le marquis remontait pour la première fois à cheval, les lignes républicaines protégeant le Saumurois furent enfoncées.

Deux jours plus tard, lorsqu'ils apprirent la prise de Saumur, Bonchamps et de Boisy galopèrent en direction de la capitale de la Vendée militaire, accompagnés par Noë. Il y avait urgence. Certains généraux vendéens rêvaient désormais de marcher sur Tours puis sur Paris quand d'autres, plus pragmatiques, ne parlaient que de Nantes.

— C'est le bon moment pour rétablir la monarchie ! lança de Boisy au cours d'une halte. La situation économique du pays est au plus bas, et les Montagnards viennent d'écarter les Girondins du pouvoir.

— C'est de la pure folie ! Jamais nos paysans n'auront l'audace et la force d'atteindre Paris. Regardez Fontenay-le-Comte, on n'a pas été fichus d'y rester plus de quatre jours. Aujourd'hui, la ville est ouverte aux quatre vents, les républicains ne tarderont pas à s'y réimplanter. Non, croyez-moi, mon ami, le mieux est de cibler Nantes et d'attendre le secours de Londres, ajouta Bonchamps qui savait qu'un agent de liaison breton avait rejoint les îles de Jersey pour solliciter l'aide des Anglais.

Les trois hommes se présentèrent à la porte de Châtillon sous la chaleur du soleil au zénith. Chacun équipé d'un fusil de munition et d'une giberne d'infanterie, les deux soldats qui gardaient l'entrée ne pouvaient renier leurs origines paysannes. Le plus trapu, de l'armée d'Anjou, portait une veste de couleur bleue tirant sur le mauve, un pantalon gris foncé tombant sur ses sabots, un mouchoir de cou bordeaux, un chapeau rabalet de feutre noir sur lequel était cousu un Sacré-Cœur rouge sur fond blanc ; le second, un Bocain de l'armée catholique et royale du Centre, était vêtu d'une chemise de toile jaunâtre retenue par une ceinture de flanelle bleu clair, d'un pantalon brun rayé de noir, et une cocarde de toile blanche habillait son chapeau de paille relevé sur le devant. Ils avaient fixé une cuiller en bois à leur boutonnière. Les deux hommes, qui se découvrirent au passage de Bonchamps, suaient à grosses gouttes.

Noë contempla les hauts murs de la commune qui paraissait dix à douze fois plus grande que celle de Pierre-Brune. Anciennement l'une des neuf capitales d'élection de la province du Poitou, Châtillon, qui abritait un vieux château fort servant de geôle depuis le retour des Blancs, rayonnait sur soixante-quinze paroisses. Ils s'enfoncèrent dans ce dédale, croisèrent un métayer qui guidait une demi-douzaine de bœufs d'Anjou à la robe brune et grise et aux pointes des cornes noires, aperçurent plus loin un toucheux qui soignait les maladies ou les blessures de pauvres gens en récitant des incantations tout en soufflant le mal ou en pratiquant de petits signes de croix. De part et d'autre, la ville se dévoilait. De jeunes drôles couraient en bandes et en tous sens, sans faire cas des obstacles ; des prisonniers terrassaient le sol de la rue principale à l'aide de briques pilées, sous l'œil avisé de soldats de l'armée vendéenne ; des effluves de fumets s'échappaient des habitations quand d'autres hommes en armes, oisifs, assis à l'ombre des marronniers, sculptaient des morceaux de bois avec leurs couteaux de poche.

Finalement, ils débouchèrent sur le pré communal. La jeunesse vendéenne y était au rendez-vous. Elle se mit en liesse lorsque certains reconnurent Bonchamps à son habit et à la chevelure éparse qui lui couvrait les oreilles. L'épaule endolorie, il grimaça au moment de descendre de sa monture, dont la robe était frangée d'écume. Des paysans tout crottés s'approchèrent et le saluèrent bien bas, comme il est de coutume avec les nobles. Non loin, une femme, qui vendait des fromages répandant une odeur de bouc, hurla sa joie. Les enfants, eux, aguichés par les chiens savants ou le montreur d'ours, ne réagirent pas.

Gagnés par cette ferveur, Bonchamps et de Boisy ne boudèrent pas leur plaisir. Qu'ils soient badauds ou marchands, ruraux ou citadins, paysans ou bourgeois, ils étaient tous acquis à la cause contre-révolutionnaire, prêts à se soulever et à défendre cette place d'où perçaient le braiment des ânes, le bruit des sabots, les rires et les disputes.

Noë resta à l'écart, peu à son aise. Il regarda autour de lui sans y découvrir l'une des filles Angibaud. Rênes en main, il finit par s'éloigner et se dirigea vers l'église dédiée à saint Melaine, un moine breton du Ve siècle devenu évêque, dans l'espoir d'y trouver le curé Lebrun et la jeune Augustine. Le clocher en flèche atteignait environ cinq perches de hauteur. De style gothique flamboyant, le portail du lieu de culte, à voussures en arc brisé, était ouvert sur l'obscurité et le silence. En vis-à-vis, une clameur lui indiqua la présence d'une auberge. Le nom de son enseigne, Barbe-Bleue, rappelait que Gilles de Rais, l'ancien compagnon d'armes de Jeanne d'Arc, avait élu domicile au château de Tiffauges, à quelques lieues de là.

Noë s'approcha du repaire, attacha la longe de son cheval à un anneau fixé au mur. L'ouverture filtrait à grand-peine un chant entonné au son d'une veuze[1] et de fifres. Il poussa la porte du cabaret. Des effluves de vinasse et une atmosphère brumeuse le saisirent. Il crut à des noces. Mais il n'y avait pas de mariés, seulement des hommes aux visages cireux qui éructaient et se rafraîchissaient le gosier à l'aide d'un mauvais vin blanc. Il se faufila entre les corps qui gesticulaient au rythme des gavottes, contourna une tablée où quatre clients imperturbables jouaient à l'aluette. Il avait soif et se présenta au comptoir. Ce fut alors qu'il aperçut Jeanne.

Il l'appela, elle ne l'entendit pas. À l'autre bout de la salle, près d'un escalier, les mains occupées à tenir un pichet rempli, elle gloussait et se contorsionnait devant les gestes obscènes de plusieurs convives. Le bassin en avant, l'un d'eux, malgré un pied bot, la poursuivit en direction des étages. Noë abandonna sa commande. Il arriva, essoufflé, en haut des marches en bois creusées par le temps et déboucha dans une pièce sombre. Câlinée et embrassée par son

1. Cornemuse typique du Marais breton et du pays de Retz.

galant, la cadette des sœurs Angibaud était assise sur une banquette, non loin de deux autres drôlesses qui faisaient également lambiche avec de jeunes insurgés. Face à l'intrus, les trois hommes se levèrent d'un bond. Saouls comme des grives, l'un chancela, un autre bégaya. Jusque-là étourdies de caresses et de baisers, les trois filles se mirent à rire à gorge déployée.

— La ferme, les femelles ! cria le moins enivré.

Jeanne reconnut enfin Noë. Que faisait-il là ? Elle ne l'avait plus revu depuis l'enterrement de grand-mère Thérèse. Que voulait-il ?

— Je cherche tes…

Il ne termina pas sa phrase. Un coup de poing au menton le renversa en arrière et il roula dans l'escalier. Les instruments de musique se turent, les bouches se figèrent dans des rictus de surprise. Tous le regardèrent se rétablir lentement. Baigné de particules de poussière qu'un trait de lumière éclaira, il eut l'air d'un ange. Noë s'assura que sa dague était toujours logée dans son fourreau, mais on s'écarta sans difficulté pour le laisser passer quand il s'orienta vers la sortie.

Dehors, il traversa la route en claudiquant et se réfugia dans l'église. Une nef, découpée en quatre travées, s'ouvrit à lui. Encore sonné, il omit de se signer. Il progressa le long d'un collatéral étroit, vérifia qu'il n'était pas suivi, et s'assit sur une chaise empaillée. Là, il redressa la tête. L'autel était en marbre blanc de Carrare. Ce fut grâce au médaillon rond représentant en relief la Sainte-Vierge qu'il eut la certitude de se trouver devant la table-autel de l'église Notre-Dame de Fontenay. D'autres vases sacrés et objets du culte provenaient également de l'ancienne capitale du Bas Poitou : le tabernacle en or surmonté d'une croix, le calice en argent orné de motifs de vigne, la patène du même métal, mais aussi le ciboire, les burettes, l'encensoir, les clochettes, plusieurs crucifix et le corporal. On avait vidé une maison de Dieu de ses ors pour en combler une autre ! Il fixa ensuite un tableau qui illustrait l'apôtre Pierre prêchant lors de la Pentecôte, jusqu'à ce qu'un bruit interrompît sa contemplation. Noë se retourna. Sous la chaire, une vieille femme, agenouillée sur un prie-Dieu et couverte d'une coiffe noire, l'observait. La veuve finit par baisser les yeux. Derrière elle se tenait Jeanne dont le visage s'était voilé de tristesse.

— Mes sœurs sont à l'abbaye de la Trinité, dit-elle à voix haute sans faire cas de la paroissienne ni de Jésus qui les regardait cloué sur sa croix.

— Que faisais-tu au milieu de ces arsouilles ? finit-il par lui demander alors qu'elle s'apprêtait déjà à partir.

Elle haussa les épaules. Noë éprouvait de la peine pour elle. Sans dot, sans refuge, condamnée à suivre la troupe dans les Mauges, elle en était réduite à vivre aux crochets d'hommes de rencontre.

27

Noë traversa la ville en direction de la porte de Cholet après que sa bête se fut abreuvée dans les eaux calmes de l'Ouin, un affluent de la Sèvre Nantaise dans lequel les égouts de Châtillon se déversaient. Il sut qu'il se trouvait sur la bonne route quand il aperçut le clocher de l'église de la Trinité, à l'ombre duquel trônait une construction austère en forme de fer à cheval qui dominait d'un étage et d'un haut grenier une cour fermée par un portail.

Noë se frotta les yeux à la vue de l'uniforme rouge porté par l'homme qui gardait l'entrée. Le revers de ses manches, bleu foncé, était couvert de parements de broderie blanche. Sa tête était coiffée d'un bonnet d'ours. Quant à ses chausses, elles lui remontaient sur les jambes jusqu'à mi-cuisse. Un fusil d'infanterie en main, le soldat rectifia sa position pour lui barrer le chemin.

— Je cherche les sœurs Angibaud de Pierre-Brune, déclara Noë de manière à le rassurer.

Le garde ne sembla pas saisir. Noë réitéra sa demande, sans plus de succès.

— Je suis le médecin du général de Bonchamps, insista le visiteur qui percevait les bruits de la vie quotidienne à l'intérieur de l'abbaye.

Le soldat finit par remuer les lèvres. Mais de sa bouche ne sortirent que des mots incompréhensibles. Noë fronça les sourcils. De l'autre côté des murs, des poules caquetaient, un maréchal-ferrant s'activait à protéger les sabots des chevaux et, surtout, le grincement caractéristique des presses de son ami fontenaisien lui parvenait.

— L'imprimeur Goichot, il me connaît. Faites-le mander, il se portera garant de moi !

Le soldat n'eut pas le temps de se fâcher. Derrière lui, un vieux palefrenier ouvrit le portail en grand.

— Sans un sauf-conduit, tu serais Pie VI qu'il ne te laisserait pas rentrer, coupa le valet d'écurie.

Celui-ci tenait à bout de bras un seau en bois rempli de crottin, qu'il alla déverser un peu plus loin sur un tas de fumier. À son retour, il échangea avec le militaire. Puis, sans attendre l'aval de l'homme, il s'empara des rênes de la monture de Noë et la tira en direction des écuries.

— D'où vient-il ?

— C'est un ancien garde suisse. Il est un des rescapés du massacre du 10 août 1792 aux Tuileries, répondit fièrement son interlocuteur.

Noë savait que plusieurs centaines de gardes suisses y avaient été tués lors de l'arrestation du roi par les sans-culottes parisiens.

— Je croyais que les survivants avaient incorporé la légion germanique[1], s'étonna le jeune médecin.

— Oui, mais beaucoup d'entre eux se sont engagés dans les troupes républicaines pour passer dans le camp royaliste dès que l'occasion se présenterait. Celui-ci est arrivé voici dix jours en compagnie d'une demi-douzaine de déserteurs allemands. Visiblement, ils sont restés fidèles à la monarchie et n'ont guère goûté de voir trois cents des leurs fauchés par les Parisiens.

---

1. Initialement composée de volontaires patriotes allemands, la légion germanique est née à l'été 1792. Faute de combattants, elle a été dissoute à l'été 1793.

Noë se tut et marcha dans la foulée de son hôte qui digressa sur l'histoire de l'abbaye de la Trinité. Construite un demi-siècle plus tôt, celle-ci avait été vidée de ses six prêtres chanoines au lendemain de leur refus de prêter serment. Devenue depuis peu le centre névralgique de la capitale de la Vendée militaire, elle avait néanmoins retrouvé tout son lustre d'antan. Les caves étaient pleines de vivres et de vin qui provenaient des cent cinquante métairies des environs, le Conseil supérieur y siégeait en permanence, les grandes familles de la noblesse y logeaient de manière épisodique, et l'aumônerie avait été transformée en un hôpital doté de douze lits répartis en deux salles, l'une pour les hommes, l'autre pour les femmes.

Noë se désintéressa vite de ce monologue. Dans le fond, seul le sort des sœurs Angibaud lui importait. Alors que Bonchamps et de Boisy pénétraient à leur tour dans l'enceinte de l'abbaye, il en profita pour abandonner le palefrenier et son cheval au milieu de la cour, et bifurqua vers la grange sur laquelle des lettres peintes en gros caractères mentionnaient la présence de l'imprimerie royale. Anticipant le plaisir de Goichot et de Marie à le revoir, le sourire lui revint. Il poussa la porte en épaisses planches de pin. Les odeurs mélangées d'encre et de graisse lui montèrent aussitôt aux narines. Occupé à diriger l'impression de bons royaux sur un mauvais papier blanc crème, l'imprimeur lui tournait le dos. Mais ce qui le heurta, ce fut la peine qu'il vit sur le visage d'Augustine. Tapie sur un matelas de foin dans un recoin sombre de la grange, elle ne réussissait pas à faire taire les pleurs de Renée.

— Voici deux jours que Marie est partie sans prévenir. La petite Renée est inconsolable, expliqua Goichot lorsqu'il remarqua son air désemparé.

— Comment ça, *partie* ?

L'ami de Noë n'en savait pas plus. Marie avait tout bonnement disparu en lui laissant ses deux plus jeunes sœurs en charge.

28

Depuis toujours, les Vendéennes s'impliquaient. Dépositaires des traditions religieuses, elles nourrissaient spirituellement leurs enfants, leur apprenaient à prier, à chanter, leur enseignaient le catéchisme, leur révélaient les mystères de la foi. Mais depuis peu, les plus téméraires étaient également entrées en résistance. Elles protestaient et s'enflammaient, grondaient les prêtres intrus, pansaient les bêtes à la place des hommes partis à la chasse aux trophées, soignaient les blessés, cachaient les curés réfractaires, jetaient parfois des pierres aux soldats républicains qui traversaient leurs villages. Rares, en revanche, étaient celles qui avaient revêtu l'habit de guerre.

Il se disait pourtant qu'Anne de Lusignan se tenait aux côtés du général de Lescure lorsque celui-ci avait obtenu la capitulation de la ville de Parthenay à la tête d'une armée de cinq mille paysans. Le même jour ou presque, d'autres prétendaient qu'elle comptait parmi les quatre cents cavaliers entourant Cathelineau lors de la prise d'Angers et de la libération de cent trente prêtres réfractaires. La rumeur la plus folle mentionnait même sa présence au sein de l'armée du Marais qui, sous la conduite de Charette, était désormais aux portes de Nantes. Voilà ce qu'avait pu glaner Noë à son sujet.

Si la châtelaine, véritable Mélusine, se trouvait sur tous les fronts à la fois, Marie, elle, n'était nulle part. Chaque jour, le médecin avait beau décrire ses jolis traits, elle faisait figure de fantôme aux yeux des Châtillonnais qu'il interrogeait. De peur de subir les larmes de Renée et le silence d'Augustine, il prolongeait ses recherches dans les métairies à plusieurs lieues à la ronde, quand il ne scrutait pas le fond des puits, ou la surface des étangs et des rivières dans la crainte d'y découvrir un corps flottant.

Las, il ne rentrait qu'à la nuit tombante. Dès son arrivée, Goichot lui avait proposé de loger avec lui et les deux petites dans l'une des six cellules du prieuré. Afin de libérer plus d'espace, l'imprimeur s'était débarrassé d'une table bancale et d'une armoire. Avant sa disparition, Marie y avait quant à elle fait la chasse aux toiles d'araignées, donné un coup de balai et dépoussiéré un crucifix accroché au mur. Augustine, enfin, avait couru les champs en quête de gerbes de blé qui avaient servi à tapisser un coin de la pièce où elle dormait blottie contre sa petite sœur.

L'exiguïté des lieux et les ombres qui les environnaient au gré de la lumière vacillante d'un cierge d'église rappelaient à Noë ses visites dans les entrailles du couvent de Fontenay-le-Comte, où l'odeur répugnante s'enivrait de la peur et de la mort, où les supplications des prisonniers répondaient à la faim et à l'humidité. Il coupa court à ces souvenirs.

— Qu'est devenu le père Lebrun ? s'enquit-il.

— Il a été accueilli à la cure et dit la messe chaque matin, expliqua Augustine, qui paraissait heureuse pour lui.

— À tout réfléchir, je préférerais être aveugle que d'être cloîtré ici, rebondit Goichot.

Noë ne comprenait pas. Son ami insista :

— Il est esclave de l'obscurité, je le suis de ces maudits Vendéens, gagnés par l'obscurantisme !

Dans son coin, Renée sursauta. Le jeune médecin s'assura que la porte de leur logis était fermée.

— Quoi ! s'exclama l'imprimeur. Mais qu'ils m'emprisonnent au château avec tous les républicains, s'ils le souhaitent ! Jamais ils n'oseront ! Sans mon outil, leur satané Conseil supérieur n'a plus aucun pouvoir ! s'emporta-t-il, avant de tendre le dernier *Bulletin des amis de la Religion et de la Monarchie*, tiré de ses presses.

Allongé sur son lit, Noë se saisit de la brochure qu'il approcha de la bougie pour la feuilleter. Il y était question des nombreuses victoires de l'armée catholique et royale, toutes auréolées du panache et du courage des Blancs. Suivaient les diverses ordonnances et décrets pris par le Conseil dans le but d'administrer le territoire de la Vendée insurgée. La vente des biens nationaux était officiellement annulée, et les élections populaires déclarées incompatibles avec les principes du gouvernement monarchique. Noë eut alors une pensée pour François Chapelier. Allait-il accepter de perdre l'ensemble de ses biens acquis à bas prix au lendemain de la Révolution au détriment du clergé et de la noblesse ? Et, comme cela était désormais réclamé, prêterait-il serment de fidélité au roi afin de continuer à conduire les affaires de la paroisse de Pierre-Brune ?

Songeur, Noë finit par s'assoupir. Et il dormait profondément quand on vint le déranger, si bien qu'il peina à reprendre connaissance. À ses côtés, Augustine lui secouait l'épaule.

— Noë ! Noë !

— Qu'est-ce que tu veux ? soupira-t-il.

— C'est quoi la Convention ?

— C'est un organe composé de députés qui votent les lois, résuma Noë. Pourquoi tu me demandes ça ? Ça ne pouvait pas attendre qu'il fasse jour ?

— Dis, c'est vrai qu'on va mourir ? chuchota-t-elle.

— Qu'est-ce que tu racontes ? Qui te met de telles idées en tête ?

— C'est ce que disait un artisan à la sortie de la messe, hier. Il a dit aussi que la Convention avait nommé un général pour écraser la Vendée. C'est vrai ?

La rumeur de l'arrivée de Westermann dans l'Ouest courait, en effet. Mais cet élément n'était pas mentionné dans le *Bulletin* qu'il avait lu dans sa totalité avant de souffler la bougie.

— De David ou de Goliath, lequel a survécu ? questionna Noë.

— David, bien sûr.

— Et pourquoi David a-t-il réussi à terrasser le géant Goliath ?

— Parce qu'il a utilisé sa fronde ?

— Non, parce qu'il avait foi en Dieu et que Dieu lui a donné la force de tuer Goliath. Paris peut envoyer tous ses soldats, tu ne crains rien ici, car Dieu nous protège. Va te recoucher, maintenant !

Noë se retourna, pas certain d'avoir été honnête avec la fillette. Augustine ne bougea pas.

— Et pourquoi elle est partie, Marie ? insista-t-elle. C'est parce qu'elle a peur de ce général ? Tu crois qu'elle reviendra nous chercher un jour ? Elle me manque, tu sais…

L'absence de Marie le peinait également. Il ne passait pas une heure sans qu'il s'interroge sur ce qu'elle était devenue. Finalement, la fillette céda plus vite qu'il ne l'aurait imaginé. Il patienta jusqu'à ce que le souffle d'Augustine s'apaisât dans son dos puis s'endormit à son tour.

À l'aurore, sa décision fut prise. Alors que Goichot était déjà à l'ouvrage, Noë s'habilla à la hâte et rassembla ses quelques affaires qu'il glissa avec une poignée de pommes rouges dans une giberne en chanvre. Sa besogne n'échappa pas à la vigilance d'Augustine, qui scrutait le crâne de Renée à la recherche des poux qui la démangeaient.

— Qu'est-ce que tu fais ?

— Je pars et ne vous rejoindrai que lorsque j'aurai retrouvé votre sœur.

— Je veux t'accompagner ! bondit-elle.

— Moi aussi, moi aussi, s'agita Renée en zozotant.

— C'est impossible, tu le sais très bien, répondit-il à la plus grande des deux. Vous serez plus en sécurité ici qu'avec moi. Je vous demande juste d'être patientes et de ne pas quitter Goichot d'une semelle le temps de mon absence.

Les yeux d'Augustine s'embuèrent. Dans le même instant, le pouce de Renée se figea dans sa bouche. Noë s'accroupit alors à leur hauteur et les serra tendrement dans ses bras. Puis il chuchota à leurs oreilles :

— En fait, j'ai besoin de vous deux pour surveiller Goichot. Il est vieux et fatigué, quelqu'un doit s'occuper de lui. Vous êtes un peu comme ses filles, désormais.

Le visage de Renée s'éclaira.

— Et tu pars où ? le piqua Augustine.

— À Pierre-Brune.

— Tu avais promis que tu ne nous abandonnerais plus. « Il vaut mieux ne rien promettre que de faire une promesse sans la tenir », récita-t-elle, en s'échappant de la cellule à grandes enjambées.

L'Ecclésiaste avait parlé. Le médecin n'essaya pas de la rattraper.

29

Un quartier de lune se découpait encore dans le ciel bleu-gris lorsque Noë franchit le pont aux Chèvres. À la veille de la Saint-Jean, on y voyait clair bien avant l'angélus du matin. En revanche, un léger vent de galerne avait refroidi le cavalier. Après avoir trotté durant deux jours et deux nuits, il mit définitivement pied à terre.

Au sol, il souffla dans ses mains et réajusta la pelure de mouton qui lui couvrait les épaules. Les jambes de son cheval tremblaient de fatigue. Alentour, les collines boisées étaient nappées d'un manteau de brume et la rivière sommeillait. Seul signe de vie, la musique jouée par le vent dans les feuilles des peupliers bordant le Grand Lay.

Devant lui, Pierre-Brune offrait sa silhouette. Le village encore endormi semblait avoir traversé le printemps sans encombre, exception faite du logis incendié de la famille Angibaud, dont il ne distinguait plus les cheminées ni la haute toiture. Il aiguisa son regard. Une tache sombre, mouvante, se dessinait sur le tas de ruines. Pouvait-il s'agir de Marie ? La bride de sa monture en main, il progressa de quelques pas sans quitter des yeux le sommet de la colline. Mais ce qui restait de la métairie Angibaud était encore trop éloigné. Il tira fort, allongea sa foulée, son cheval résista puis se mit à saboter sur le sol. Un coq chanta, il perçut le son de la poulie d'un treuil qu'on actionnait quelque part dans les environs. Il accéléra de nouveau l'allure, la lumière rase du jour se transforma en une lueur éblouissante. Les premiers rayons du soleil le firent pleurer. Il fixa le sol, la pente était raide, il était en sueur. Essoufflé, il s'arrêta et redressa la tête, protégeant ses yeux de sa main libre. Ce n'était pas Marie. Immobile au milieu des poutres calcinées, un loup au pelage blanc observait l'intrus. Noë se pencha, se saisit d'une pierre et, de rage, visa la bête. Sans l'atteindre.

Le carnivore avait disparu quand Noë pénétra dans la grange, seul bâtiment de la métairie Angibaud encore intact. Nul doute que si Marie était revenue à Pierre-Brune, il la trouverait ici, peut-être endormie sur les meules de foin dans lesquelles ils jouaient à se dissimuler lorsqu'ils étaient enfants, ou bien déjà affairée à éplucher des légumes. Mais il n'eut besoin que de quelques secondes pour savoir. Le silence de plomb, les courants d'air, l'absence de bêtes, le vol de l'échelle et de la charrue, tout évoquait un lieu gagné par l'abandon. Il en fit pourtant le tour, lentement, méticuleusement. Il visita l'endroit jusqu'au plus petit recoin, se hissa à la force des bras dans le grenier, remua les outils agricoles et les cordages à la recherche du moindre indice de vie. De dépit, il quitta la grange et se dirigea vers son logis.

Depuis le départ précipité de son père, la propriété avait subi les assauts du temps. Une puanteur se dégageait du garde-manger qui n'avait pas été vidé, le sol conservait les traces du passage des souris, l'humidité et la moisissure avaient attaqué plusieurs pans de murs, et de l'eau de pluie s'était infiltrée par le conduit de cheminée. À l'extérieur, il ne restait rien du jardin complètement recouvert de mauvaises herbes. Une tempête de grêle avait malmené la treille. Les ronces et les orties, et probablement quelques familles de serpents, s'étaient nichées dans l'enceinte de pierres entourant la demeure. Noë avait rêvé d'un meilleur tableau.

Par chance, l'habitation et ses dépendances n'avaient pas été visitées. À croire que les paroissiens les plus voraces, les Ripoche et consorts, étaient repus de leurs croisades ou trop occupés aux travaux des champs. Sa monture mise au repos dans l'écurie, Noë ouvrit en grand les contrevents et passa les premières heures du jour aux tâches domestiques. Puis, tenaillé par la faim, il tourna la tête en direction de la ferme des Angibaud, lieu de ravitaillement habituel en viande et en produits laitiers. À défaut de ce recours, il sortit et s'orienta vers le bois le plus proche, à la recherche des hêtres le long desquels poussaient d'ordinaire des champignons. Il fit le tour d'une dizaine d'arbres malades, finit par découvrir un amadouvier gris pâle. À l'aide de sa dague, il s'attaqua à ce parasite dont la chair spongieuse, l'amadou, était utilisée pour ses vertus médicinales depuis l'époque romaine. Le champignon se détacha, une odeur de pomme se diffusa dans l'air.

Dès que Noë rentra, il remplit l'âtre de sarments de vigne avant de découper le fruit de sa cueillette en fines lamelles. Il récupéra ensuite le briquet à silex gainé de cuir que son père conservait précieusement dans l'un des tiroirs du buffet en chêne, et revint s'agenouiller près de la cheminée. Il actionna l'outil à plusieurs reprises et retrouva enfin un semblant de sourire lorsqu'une gerbe d'étincelles embrasa le fragment d'amadou qu'il glissa aussitôt au milieu des brindilles sèches. Le feu jaillit. Il l'alimenta durant quelques minutes, puis plongea dans une marmite d'eau deux gousses d'ail et une poignée de pommes de terre pas trop flétries qu'il était allé récupérer sous les combles de l'écurie, au sec.

À avoir voulu croquer avidement dans les patates sans les avoir pelées, il se brûla la langue. Il alla tirer de l'eau au puits, but à la régalade, se fraya un chemin à travers les plantes grimpantes qui lui arrivaient aux genoux, et s'approcha du pommier qui donnait toujours de jolis fruits rouges à l'été. Malheureusement, ils n'étaient pas mûrs. À regret il se rabattit sur le prunier. Il recrachait un noyau lorsqu'il aperçut François Chapelier qui l'observait depuis l'extérieur du courtil. Noë se porta à sa rencontre. Le maire de la paroisse le salua.

— Pourquoi es-tu de retour à Pierre-Brune ? Vu les misères qui sont faites aux alentours, l'ouvrage ne doit pas manquer ! Les brigands t'auraient donc chassé de leur repaire de sauvages à cause de ta religion ?

— Rangez votre langue de vipère, Chapelier. À ce que je vois, vous avez gardé la manie de cancaner.

— Oh là ! Mais on dirait que le fils du parpaillot est revenu de ses études avec de l'aplomb ! le piqua-t-il.

— En ce qui concerne les brigands, que vous n'avez pas l'air de spécialement apprécier, vous oubliez qu'ils comptent votre fils dans leurs rangs. Quant à ma religion, comme vous dites, les Blancs ne l'ont pas remise en cause, au contraire de toutes vos propriétés acquises grâce à la vente des biens nationaux.

— Tais-toi, morveux ! Tu ne sais pas ce que tu racontes ! Guillaume a été forcé de s'enrôler parmi ces bandits. C'était ça ou la mort !

Noë ne pipa mot. Il attendit la suite, qui ne tarda pas.

— Il paraît en tout cas que tu soignes un général de l'armée royale. Finalement, ça a du bon, la guerre. On prend du grade rapidement.

Le médecin sentit ses doigts se crisper. Le cynisme de son interlocuteur l'insupportait. Mais, somme toute, il devait reconnaître que Chapelier était bien informé.

— Et mon fils, tu l'as croisé ces derniers jours ? demanda-t-il.

— Non. Je sais juste qu'il a suivi l'armée vendéenne jusqu'à Châtillon et qu'il est dorénavant rattaché à l'armée catholique et royale du Centre. Mais je n'ai pas de nouvelles de lui depuis notre départ de Fontenay.

— Ça se terminera mal, tout ça. L'étau va se resserrer sur les brigands, ils auront tous la tête coupée. Je te conseille de rejoindre ta famille à La Rochelle au plus vite, pendant qu'il en est encore temps. Même dans ton camp, je suis certain qu'il y en a pour te souhaiter du mal !

Noë n'avait pas de parti. Cette guerre n'était pas la sienne. Surtout, il ne voyait pas qui, chez les royalistes, pourrait lui en vouloir. Quant à prendre la route vers le principal port de Charente-Inférieure, ce n'était pas sa priorité. Seul le devenir de l'aînée des filles Angibaud le préoccupait. Il s'en ouvrit d'ailleurs à Chapelier.

— Je doute qu'elle revienne avant longtemps à Pierre-Brune. Sa ferme brûlée, elle n'a aucun avenir ici. Elle a tout intérêt à trouver un emploi à la ville pour se constituer une petite dot et se dégotter un gentil mari. Au fait, si tu la vois, dis-lui que ma proposition de rachat de sa propriété tient toujours, conclut-il d'un rire gras.

Noë ne jugea pas utile d'évoquer la promesse de mariage de Guillaume Chapelier. Gagné par la fatigue et repu par l'excès de prunes, il avait désormais à cœur de rentrer dans son logis pour se reposer.

30

Chaque matin, avant le lever du soleil, le loup était à son poste. Le quatrième jour, Noë se décida enfin à aller sur les décombres. À son arrivée, il comprit. Des os humains, ceux du père de Marie certainement, étaient éparpillés au sol jusque dans un rayon de vingt toises autour du tas de ruines. Personne dans la paroisse n'avait daigné offrir une sépulture à la dépouille de Pierre Angibaud qui, au final, avait fait les délices des rapaces et autres charognards.

Aussitôt, le jeune médecin fit demi-tour, replia les manches de son tricot de corps et revint en poussant une charrette à bras. Puis il se pencha, parfois s'accroupit, et glissa ses mains entre les pierres au risque de se faire piquer par des insectes venimeux. Il tomba tout d'abord sur un fémur qui, au vu des nombreuses traces de crocs, avait dû faire la joie de nombreux carnassiers. Un peu plus loin, il extirpa d'une cavité l'une des deux omoplates qu'un animal avait probablement dissimulées. Parmi les herbes folles, il découvrit plusieurs vertèbres. L'œuvre, *a priori*, d'oiseaux de mauvais augure.

Midi sonnait depuis l'église Notre-Dame-de-l'Assomption, et le dessin du squelette du père Angibaud prenait forme. Épuisé par l'effort, en déséquilibre au milieu des gravats, Noë faillit chuter. Il poursuivit cependant ses recherches deux heures de plus, peinant désormais à rassembler les pièces manquantes. Ce ne fut que le lendemain, quand il remua un morceau de poutre calcinée de la pointe du pied, qu'il trouva le crâne fracturé au sein duquel une colonie de fourmis rouges avait élu domicile. Après ça, il passa une demi-journée de plus à menuiser une caisse de quatre pieds de long dans laquelle il finit par disposer les ossements. Il referma le cercueil de fortune dans la grange, à l'abri du soleil de plomb, pour ne ressortir qu'à la brune[1].

Les criquets se turent sur son passage, quelques étoiles se mirent à scintiller, le vent tomba. Il poussa sa charrette jusqu'à l'église qu'il contourna, l'essieu grinça lorsqu'il pénétra à l'intérieur du cimetière. Au premier pas, il s'y sentit comme un étranger. Ses aïeux étant enterrés à la ville, il n'avait pas souvenir d'y avoir mis les pieds un jour hormis pour y jouer et s'y cacher avec Marie. Il chercha la sépulture de la famille Angibaud, mais ne la trouva pas. Il progressa alors vers le seul lopin de terre encore en friche. En bordure, un couple, immobile, priait. Tout de noir vêtue, la femme, qui tenait un lys blanc, avait recouvert ses cheveux d'une coiffe et son visage d'un voile de tulle. Son chapeau rabalet en main, l'homme était ramassé comme les vieux chênes solitaires au sommet des vallons. Noë hésita, puis continua à progresser dans leur direction. Il reposa les manches de son chariot à quelques pas d'eux. L'homme, qui grimaça à la vue du cercueil, le regardait de biais.

— Te s'rais pas le fils à Dubreuil, toué ?

Noë releva la tête, dévisagea l'homme, fixa les rides creusant ses joues. S'il était incapable de se souvenir de son prénom, le jeune médecin reconnut le vieux Vincendeau qui demeurait à la borderie de Cassinelle.

1. La nuit.

— C'est bien moi, répondit Noë, en crachant dans ses paumes abîmées par les ampoules avant de se saisir de sa pioche.

— Notre fils a besoin de calme. Fous le camp de là et laisse-nous prier en paix !

— Pierre Angibaud aussi mérite une sépulture, riposta le médecin.

— À ce que je sais, les cercueils sont réservés aux gens de la noblesse, et seuls les hommes d'Église sont assermentés pour inhumer les morts !

— À ce que je sais, le remplaçant du curé Lebrun a laissé les clefs de son église au sacristain pour mieux s'en retourner d'où il venait, répliqua Noë.

Le bordier s'empourpra.

— Va au diable ! Et ta famille avec ! C'est ton père qui a tué notre fils avec ses remèdes de charlatan ! postillonna le vieil homme.

Noë recula. En cas de malheur, la médecine n'avait jamais bonne presse. Aux yeux des paysans, rien ne valait la confection d'un collier d'ail que l'on portait autour du cou pour combattre les vers, ou la prise d'une infusion d'écorce de bouleau pour lutter contre la colique. Plutôt que d'alimenter en vain ce débat, et se sentant menacé, Noë jeta son outil au sol et saisit le pommeau de sa dague.

— Te cré que ton coutia va m'arrêtaï, hein ? Te cré ça, toué ? vociféra Vincendeau en patois.

— Laisse ! intervint sa femme, qui reniflait à force de pleurer. Je t'en prie, pas ici, pas devant notre pauvre André. Viens ! Allons-nous-en ! Nous reviendrons demain…

— Te voué dans quel état te la mets, hein ? T'as raison d'avoir peur de moué ! ajouta-t-il en gesticulant alors que son épouse le tirait en arrière. Te perds rin pour attendre, et ta caisse, y m'en va la brûlaï si j'la trouve encore ici au p'tit matin !

Enfin seul, le jeune médecin se mit à piocher au rythme des batteurs au fléau, lorsqu'ils frappaient en cadence la verge de leur outil sur les gerbes de blé déliées. Du sang transpira de ses mains bien avant la nuit noire à cause des pierres calcaires. Il s'interrompit de douleur à plusieurs reprises, se dénuda de son maillot de corps trempé de sueur qu'il appliqua sur le manche de pioche pour faire tampon. Le quartier de lune à son zénith, il fit enfin glisser le cercueil dans sa nouvelle demeure. Puis il se redressa et, après avoir enseveli la caisse remplie des restes de son voisin, termina le travail en plantant une croix en bois à l'aide d'une masse. Peint en blanc, le nom de Pierre Angibaud luisait fièrement dans la pénombre.

Il s'en retournait avec sa charrette à bras quand il perçut au loin le son des cloches à la volée. Gagné par le doute, il se figea. Mauvais présage, on battait le rappel à quelques lieues de là. Harassé de fatigue, il accéléra le pas pour rejoindre son logis, et finit par s'endormir sur un matelas de paille dans une stalle vide de l'étable, non loin de sa monture. Hanté par un funèbre concert joué par le sacristain de la paroisse auquel répondait le hennissement d'un cheval, son sommeil fut agité. Des rais de lumière qui filtraient entre les vieilles planches de la toiture troublèrent également son repos. Sans compter que, d'avoir trop servi dans la nuit, ses mains, ses bras et ses épaules lui brûlaient. Ses paupières, encore lourdes, clignèrent enfin. Mais le son du tocsin ne disparut pas. Noë se redressa en sursaut, la queue de son compagnon fouaillait, sa respiration émettait un bruit proche du grognement, ses oreilles se tordaient. Le jeune médecin se précipita hors de la grange et dirigea son regard vers le clocher. À son pied, une quarantaine de paroissiens, munis de dails et de pétoires de braconniers, étaient regroupés autour d'un cavalier. En bon capitaine de paroisse, Guillaume Chapelier encourageait la troupe. Mais Noë fut alerté par autre chose. On tambourinait à sa porte.

— Je vous dis qu'il est là ! criait Vincendeau à trois autres, tout en cognant sur la porte et en brandissant un bâton à riboule.

À la vue de leurs mines patibulaires, Noë s'immobilisa. Puis il prit son courage à deux mains et s'avança.

— Vous me cherchez ?

Tous se retournèrent. Une nouvelle fois Noë fut happé par les dents jaunes de Picotin.

— Tu croyais peut-être qu'on allait t'oublier ? lança Ripoche un brin fielleux.

— À ce que je sache, les parpaillots ne sont pas exemptés de faire la guerre, renchérit Mardi-Gras.

Vincendeau, lui, ne disait rien. Mais il savourait ce moment comme une victoire. Et il disparut dans la grange, le bousculant au passage, avant de revenir avec son cheval en bride en guise de trophée.

— Ta carne me s'ra ben plus utile à moué qu'à toué. I suis pu tout jeune ! se moqua-t-il.

Noë laissa dire. Contraint, il suivit les quatre brigands devant l'église. Le bruit des cloches était assourdissant. Guillaume Chapelier donna des ordres pour les interrompre. Sitôt fait, du haut de sa monture, il harangua ses hommes :

— La victoire finale est proche ! Nos armées sont aux portes de Nantes ! Et à Angers, Lescure s'est emparé d'un butin considérable avant de rebrousser chemin !

À ces mots, ils levèrent tous leurs armes en l'air et hurlèrent leur joie. Le tambour fixé en bandoulière, un enfant sortit des rangs. Il s'agissait du plus grand des fils Picotin, celui qui avait lancé une pierre en direction de Noë lors de son retour de Montpellier. Les baguettes à la main, il se mit à battre le cuir en cadence. Soudain, l'arrivée de François Chapelier signa la fin des festivités.

— Pauvres hères que vous êtes ! Votre Lescure que vous adulez tant, les républicains viennent de brûler son château à Clisson. Ouvrez donc les yeux ! La légion germanique commandée par Westermann a repris Bressuire après avoir attaqué Parthenay de nuit. À ce qu'il se dit, elle aurait même réduit le château de la Durbelière en cendres à la suite d'une chevauchée éclair sur Châtillon.

Noë blêmit. D'où le maire de Pierre-Brune tenait-il cette dernière information ? Était-ce bien vrai ? Dans l'affirmative, qu'était-il advenu de Renée, Augustine et Goichot ?

— T'es dans quel camp, toué ? riposta le forgeron du village à l'adresse de François Chapelier.

— Dans le camp de la raison, pardi ! Si vous ne rentrez pas, ne comptez pas sur moi pour donner une pension à vos veuves et à vos drôles !

— Le Conseil supérieur s'en chargera, répliqua Guillaume Chapelier.

— Et où c'est-y que vous vous rendez ainsi accoutrés ?

— Moins t'en sauras, mieux tu te porteras ! lui répondit son fils avec hargne. Rembarre ! Rembarre !

Au son du cri de guerre, Guillaume Chapelier piqua son cheval. L'esprit tourné vers les nombreux trophées glanés par ceux qui avaient participé à la campagne de Fontenay, la meute lui emboîta le pas avec entrain. Où se dirigeaient-ils ? Noë n'en savait rien, mais, en guise de consolation, il se dit que sa route croiserait peut-être celle de Marie.

31

Jacquot Picotin, le plus jeune de la troupe, fut le premier à céder. Ses pieds, encore tendres, saignèrent au bout de quelques lieues, à tel point qu'un paroissien le prit en pitié et se proposa de rebrousser chemin pour le ramener auprès de sa mère. Les Picotin n'étant pas des mauviettes, son géniteur s'y opposa. Ensuite, de manière surprenante, ce fut au tour de Vincendeau de se plaindre et de descendre de sa monture. On convoqua Noë, mais le vieux bordier refusa de se faire ausculter. De toute façon, les traces de sang qui marquaient le fond de sa culotte étaient suffisamment évocatrices. Il souffrait du même mal que Louis XI, conséquence d'une trop longue journée passée à cheval. Eu égard au récent deuil qui le touchait, personne n'osa se gausser.

Aux quatre routes de l'Oie, Pierre-Brune fut rejointe par les bourgs de Monsireigne et de la Caillère. Dans le lot, il y avait un homme dont la sœur avait été condamnée à mort pour avoir paru à la tête de révoltés du côté de Montaigu. On se poussa alors du coude pour voir la bobine qu'il avait. Et puis les rangs grossirent encore. Il n'y avait pas moins de vingt paroisses rassemblées sur une demi-lieue. Même Vincendeau retrouva le sourire. À deux pas de lui, Mardi-Gras palabra un temps avec un charpentier. Ce dernier, le quatrième d'une fratrie de neuf, n'avait pas choisi son métier : prénommé Joseph, on le lui avait imposé.

Plus loin, au croisement d'un carrefour, un prêtre fit s'agenouiller les croyants les plus zélés devant une croix de granit qui étendait ses bras puissants sur le travail des champs. Peu gêné par l'odeur pestilentielle dégagée par la multitude d'hommes qui se dissimulait derrière les haies pour se libérer des restes de baies sauvages consommées au bord des routes, Noë copia les autres, mais accueillit avec réserve le prêche qui faisait la part belle à l'effort et au sacrifice.

Le cœur regonflé, les paysans se redressèrent et se remirent en marche. À l'heure du crépuscule, ils ne prêtèrent aucune attention au nom de la paroisse qui les accueillit. Celle-ci ressemblait désormais à un camp retranché. Au nombre d'habitations dont les ouvertures avaient été forcées, il ne faisait guère de doute que beaucoup de villageois avaient plébiscité les idées nouvelles de la Révolution avant de s'enfuir. Toutes les maisons abandonnées étaient déjà occupées, les paroissiens de Pierre-Brune optèrent donc pour une étable, si petite que plusieurs d'entre eux choisirent de se confectionner un nid à la belle étoile.

Sitôt installés, la plupart partirent ensuite en quête de provisions. Noë, lui, guetta le retour de Guillaume qui, en tant que capitaine de paroisse, avait rejoint le général de Royrand, commandant de l'armée catholique et royale du Centre, dans une brasserie accolée à l'église. Dès qu'il le vit revenir, il se jeta sur lui.

— Alors ?

— Rassemble tout le monde, je n'aime pas me répéter.

Noë s'en alla à leur recherche. Sur le chemin, il croisa Vincendeau et le gros de la troupe. Ceux-ci tiraient un mouton qu'ils firent taire en l'égorgeant. Il dut pousser du côté du baraquement des cantinières pour trouver Ripoche et Picotin qui y rôdaient.

Au gré des rencontres qu'il fit, il sut presque tout de l'actualité, avant même le rapport de Chapelier. Quelques jours plus tôt, en soulaire, les Vendéens avaient attaqué la garnison républicaine établie à Luçon, afin de l'empêcher de prendre à revers l'armée catholique et royale concentrée sur le siège de Nantes. Mis en échec, les Blancs avaient reflué à Saint-Philbert-du-Pont-Charrault où ils avaient été assaillis de nuit.

— Et Nantes, elle a été conquise, oui ou non ? bougonna le forgeron, dont les sources affirmaient qu'on se battait encore du côté de la Loire.

Guillaume Chapelier louvoya :

— Ils ont blessé notre général en chef, notre armée a dû battre en retraite. Mais rien n'est perdu.

— Et comment il va, Cathelineau ?

Le saint de l'Anjou avait été transporté sur une civière en direction de Saint-Florent-le-Vieil. Depuis, il était pris d'une forte fièvre. Noë, lui, se moquait de l'état de santé du généralissime et de son potentiel successeur. Le capitaine de paroisse sembla lire dans ses pensées.

— À Châtillon, Westermann et sa légion sont bien rentrés dans la ville. Ils ont réussi à libérer plus de six cents prisonniers et ont brûlé les documents administratifs du Conseil supérieur. En revanche, deux jours plus tard, grâce à la *Marie-Jeanne*, nos généraux les ont délogés du plateau de Château-Gaillard où ils étaient retranchés. Marigny en a massacré soixante-quinze de ses mains !

Tout ceci ne disait pas ce qu'étaient devenus les proches de Dubreuil.

— Et l'abbaye de la Trinité ? Et l'imprimerie ?

— Ton ami Goichot a pris la poudre d'escampette avec les caractères de la presse dans sa besace. Je ne donne pas cher de sa peau. Je ne serais pas surpris si on le retrouve pendu par les pieds à un arbre.

— Et les sœurs de Marie ? Elles étaient là-bas, elles aussi.

Chapelier ne savait pas. Il précisa que seule une poignée de Vendéens avait subi la colère de Westermann. Il n'avait pas le détail. Noë s'assit sur une botte de foin. Il n'espérait qu'une chose : qu'elles aient pu fuir à Cholet dans la foulée des membres du Conseil supérieur.

— C'est bien beau tout ça, mais qu'est-ce qu'on attend de nous maintenant ? questionna un autre. On est au moins dix mille ici !

— Quinze mille, rectifia Chapelier. Dès demain, à la pointe du jour, on filera vers Sainte-Hermine.

— Mais c'est à rebours de Nantes !

Noë comprit avant les autres. Nantes imprenable, les Vendéens entendaient une fois pour toutes investir la plaine et attaquer la ville de Luçon, un petit port relié à la mer par un canal étroit.

— Et on y gagnera quoi ?

— La prise des Sables-d'Olonne par la mer, et donc, à terme, l'aide des Anglais !

32

Le soleil cognait fort sur les caboches, aucun souffle d'air ne dérangeait le moulin à vent près duquel les paysans de Pierre-Brune se dissimulaient. On proposa à Noë un fusil. Il déclina l'offre. De toute sa vie, il ne s'était jamais battu. Il avait en horreur la guerre et détestait le conflit. Peut-être parce qu'il n'était pas physiquement armé pour ça, peut-être parce que sa famille avait su le protéger des rudesses et des dangers de son environnement. Guillaume Chapelier insista :

— Arrête de faire le mou ! Prends au moins un outil pour te défendre au cas où les Bleus tenteraient une percée !

Le jeune médecin hésita, mais ses paumes de mains, encore marquées par la mise en terre de la dépouille de Pierre Angibaud, refusèrent tout contact avec un quelconque manche.

— Je vais le chaperonner, intervint le forgeron, dont la femme avait survécu à une grossesse mal tournée grâce aux bons soins du docteur Dubreuil.

Puis il s'adressa tout fort à Noë pour que les autres entendissent :

— Tu resteras bien calfeutré derrière moi. Il serait dommage qu'il t'arrive malheur avant que tu perdes ton pucelage, petit !

— Ne te mets pas mal pour lui ! N'oublie pas que c'est de la graine de parpaillot ! balança Vincendeau.

— N'aie crainte ! J'ai des battoirs pour terrasser une armée entière, répondit-il en bandant les muscles des bras.

Ils firent silence et scrutèrent les broussailles. Devant eux, un pays de vaine pâture s'étendait à perte de vue, à tel point que l'on distinguait, dans un voile de chaleur, le clocher inachevé de la cathédrale de Luçon, saccagé à plusieurs reprises par les protestants au XVIe siècle et où le jeune Richelieu avait officié en tant qu'évêque.

— Pourquoi qu'on est tapis comme des perdrix rouges ? demanda un impatient.

Ce dernier savait, au même titre que ses camarades, que vingt-cinq hussards postés autour du château de Bessay avaient fait retraite vers la ville lorsqu'ils avaient aperçu les cavaliers d'avant-garde de l'armée vendéenne.

— Et avour que l'sont, les artilleurs ? s'inquiéta un autre en contemplant ce paysage sans aspérité. Je voulons la *Marie-Jeanne*, nous !

La révolte ne prit pas. Son voisin, qui avait enterré un chat blanc vivant deux jours auparavant pour conjurer le mauvais sort, égrenait son chapelet. À côté encore, un homme taillait un roseau à l'aide d'un couteau à saigner les porcs en attendant les ordres.

Soudain, on s'agita. En face, à un quart de lieue, deux bons milliers de soldats ennemis se découvrirent et se mirent en position depuis le bois de Sainte-Gemme. Les gars se turent, on entendit les mouches qui leur volaient autour, Chapelier sortit un barricot d'eau-de-vie pour les calmer. Noë passa son tour. Son cœur battait la chamade. Son regard oscillait entre le jeune Picotin, avachi sur son tambour, et les soldats de la Révolution, bien alignés, tous équipés d'un fusil à longue baïonnette, d'un habit à grandes basques, d'un baudrier croisé, et le crâne couvert d'un tricorne à cocarde tricolore.

On patienta encore. Certains trépignaient d'en découdre, d'autres n'en menaient pas large. Et puis un coup de canon résonna dans les rangs vendéens. Ils tournèrent la tête. À main dextre, côté mer, une cinquantaine de cavaliers galopaient, le sabre tendu à bout de bras, hurlant de haine sur leur passage. La bouche ouverte, les paroissiens de Pierre-Brune suivirent des yeux le nuage de poussière qui environnait des centaines de va-nu-pieds guidés et encouragés par leurs capitaines de paroisse. Saoule de rage et de vin, la meute courait à perdre haleine, s'épuisait dans les mottes, fonçait vers une mort certaine. Noë vit alors les Bleus armer, ranger avec calme leur briquet à poignée de cuivre et pointer leurs fusils en direction des Sacrés-Cœurs cousus sur les vestes des insurgés.

Une première salve fut tirée. Un cheval se cabra, son cavalier bascula, le drapeau décoré de fleurs de lys, qu'il brandissait avec orgueil vers les cieux, roula au sol. À pleine vitesse, courbé en avant, un autre hussard, touché par une balle, lâcha la bride de sa monture et chuta lourdement dans les pattes d'un étalon voisin qu'il déséquilibra à son tour. Mécanique, disciplinée, aguerrie, l'infanterie ennemie crachait la foudre. Le ciel tonna, écho sinistre. Sous une pluie de mitraille, une nuée de brigands embrassèrent la terre au moment du dernier souffle. Certains chanceux refusèrent d'abandonner, d'autres eurent la sagesse de se jeter au sol avant qu'une deuxième escouade soit lancée.

À l'issue de la cinquième charge, les premières lignes républicaines étaient intactes. L'agonie des blessés, qui ne pouvaient ou qui n'osaient pas ramper de peur d'être abattus, remuait les tripes des Bocains. Noë scruta les parages. Aucune charrette, aucune ambulance n'était visible. À vue d'œil, une centaine d'hommes en souffrance se vidaient de leur sang, que le sol, avec la complicité d'un soleil lourd, s'empressait d'absorber. Le forgeron, à ses côtés, enrageait après les chefs. Combien de paroisses allaient-ils sacrifier ? Pourquoi réitéraient-ils une tactique qui, au même endroit, avait conduit à l'échec quelques semaines plus tôt ?

— Arrête de geindre ! Quand notre tour sera venu, tu auras tout loisir d'enfoncer leurs lignes et de les massacrer, réagit le capitaine.

Le forgeron ne l'entendit pourtant pas ainsi. Il se redressa, d'autres firent de même.

— Gardez les rangs ! ordonna Chapelier.

Mais les plus intrépides se rebellèrent. Un mouvement qui sembla également s'opérer au sein des groupes voisins. Joseph, le charpentier de la paroisse de Monsireigne, en était. Et, tels les pains de la Bible, ils se multiplièrent comme par miracle. Faisant acte de désobéissance, ils furent plus de quatre milliers à progresser de concert au son de quelques fifres et des tambours. Noë leur emboîta le pas et s'arrêta à la hauteur du premier blessé qu'il rencontra. Il était conscient. À chaque expiration, des bulles de sang éclataient de sa bouche en lambeaux. Le malheureux palpa son visage. Ses doigts glissèrent sur le liquide visqueux. Ses yeux trahirent l'affolement. Un éclat d'obus avait déchiqueté son nez et brisé une grande partie de ses dents. Devant ce carnage, le jeune médecin se tut et baissa la tête. Il l'aida à se relever et lui montra le chemin du moulin, afin qu'il s'y mît à l'abri en attendant qu'on lui prodiguât des soins. Puis il accourut auprès d'un autre.

Couché sur le flanc, le gamin qu'il examina avait reçu un projectile dans la cuisse. Il fallait à Noë un brancard. Il n'en avait pas, ni personne pour le porter. Il lui garrotta la plaie à l'aide d'un morceau de tissu découpé sur un cadavre, et poussa plus en avant où gisait un homme dont le bras senestre était désarticulé. Il le crut mort, mais il avait seulement perdu connaissance en chutant de son cheval. Le blessé hurla d'effroi et de douleur quand il revint à lui. Une fois calmé et après avoir constaté que son épaule était juste déboîtée, il se remit sur ses jambes. Dans le mouvement, son humérus retrouva sa position initiale. Il n'eut pas le temps de se réjouir. Une détonation, et le blessé tomba comme une masse. Par réflexe, Noë se jeta à terre. Les républicains canardèrent encore un moment, puis les coups de feu laissèrent place au choc des lames. Il ouvrit les yeux, bougea très lentement la tête, il se tenait à moins de cinquante pas des derniers Bleus, dont les baïonnettes ne faisaient pas le poids face aux longs outils tranchants des nombreux voltigeurs vendéens.

Des cris de joie ponctuèrent cet assaut victorieux. Cathelineau, dont on venait d'apprendre la mort, était vengé. Soulagé d'avoir survécu, Noë se redressa. Derrière lui le jeune Picotin jouait du tambour, mais son père le fit taire. À ses pieds reposait le forgeron qui fixait le soleil sans ciller. Une bille de plomb avait fracturé son os frontal. Picotin lui ferma les paupières d'une main et de l'autre lui palpa quand même les coutures. D'autres vautours fondirent sur les cadavres encore chauds des républicains. Mardi-Gras découvrit cinq cents livres dans la besace d'un grenadier, prix de la solde des volontaires parisiens. Occupé aux mêmes affaires, Ripoche sursauta lorsque sa proie, qu'il croyait refroidie, lui saisit le poignet dans un ultime réflexe de défense. Le rapace se défit de la prise en lui plantant sa fourche dans la gorge. La tête clouée au sol, le reste de son corps partit en tremblements, comme s'il se libérait de ses péchés avant son trépas. Le brigand n'eut cependant pas le temps de poursuivre son œuvre. Jusque-là dissimulées dans le bois de Sainte-Gemme, plusieurs compagnies de fantassins, assistées de hussards, se montrèrent. Pris d'épouvante, les Vendéens fuirent. Trop tard pour la plupart. Dans leur dos, le galop de la cavalerie républicaine résonna, la terre vibra, des cris stridents de détresse répondirent aux premiers coups de sabre. Noë plongea et se recroquevilla. Sous ses yeux, des fuyards couraient tout droit vers le moulin, d'autres zigzaguaient. Les uns se faisaient percer de part en part et s'effondraient en se tordant de douleur, les autres eurent la nuque brisée d'un revers de lame bien senti.

Isolé, transi de peur, Noë n'avait aucune échappatoire. Au mieux il serait passé au fil de la baïonnette sitôt débusqué, au pire il finirait condamné à la guillotine par un tribunal militaire. Trois batailleurs d'infanterie s'approchèrent. Ils étaient vêtus de l'habit de la légion germanique. Réputés cruels, ceux-ci n'accordaient aucune clémence. Soudain, il les vit s'arrêter et pointer leurs mousquetons dans sa direction. Derrière lui, des hussards vendéens, commandés par le prince de Talmont, fonçaient vers les Bleus pour protéger la retraite des paysans-soldats. Les tirs conjoints se transformèrent en un hennissement lugubre. Touché au museau, le cheval éjecta son cavalier et s'écroula sur lui, à quelques pas seulement de Noë. Il s'agissait de Tulipe. Sous des lanières de cuir noir, ses naseaux fumaient encore. Le jeune Dubreuil ne le quittait plus du regard. Alentour, on se massacrait. Plus loin, Picotin errait à la recherche de son fils. Noë s'en moquait. Il se concentra sur le souffle rauque de plus en plus poussif de sa bête.

Prisonnier sous sa monture, le cavalier de l'armée brigandine, qui l'avait conduite au trépas, gémissait. Il portait une veste de chasseur à cheval et un foulard rouge dissimulait son cou ainsi que le bas de son visage. Conséquence de sa chute, son sabre s'était brisé. Tulipe se tut définitivement. Noë, pour la première fois de sa vie, eut des envies de crime. Il tira la dague de son fourreau, tourna la tête vers le blessé, s'arrêta sur ses traits fins qu'il reconnut et en resta coi. Des sentiments contraires l'assaillirent. Au même moment, une ombre couvrit le corps immobilisé d'Anne de Lusignan. Son fusil-baïonnette en main, un Bleu se pencha vers elle et la piqua au niveau d'un sein.

— Eh bien, on ne tient pas le galop ! Tu fais moins la belle, maintenant, l'amazone !

Pour seule réponse, elle lui cracha dessus.

— À voir tes manières, je comprends mieux pourquoi on dit que la Vendée est un pays de sauvages ! renchérit-il.

— De nous deux, lequel est le plus sauvage ? Ne serait-ce pas celui qui a choisi le camp coupable de la décapitation de Charlotte Corday et de tant d'autres ? lança l'aristocrate. Arrête de jaboter et termine ton travail, tu en crèves d'envie !

— Alors, fais ta prière !

Il n'eut pas le temps de terminer son ouvrage. Un coup de dague lui trancha le cou selon une méthode semblable à celle de Thérèse Angibaud lorsqu'elle égorgeait les poules avant de les plumer.

33

Protégés par la cavalerie, des centaines d'insurgés parvinrent à se replier et à repasser le pont de Mainclaye sous un soleil déclinant. La ville de Luçon dans le dos, les valides, délestés de leurs armes et de tout ce qui les encombrait, traînèrent les blessés sur plusieurs lieues. Picotin, lui, remonta le cortège, tantôt en marchant vite, tantôt en courant. Gagné par l'agitation, il appelait sans cesse son fils. Mais Jacquot, haut de quatre pieds et un pouce, ne répondit jamais. Le lendemain, on le retrouva crucifié sur l'une des ailes du moulin qui avait servi d'abri aux paysans de Pierre-Brune, ses baguettes de tambour plantées dans les orbites.

Au camp de Sainte-Hermine, on dénombra les survivants. La paroisse de Pierre-Brune avait perdu un tiers de ses hommes, sans compter l'un des meuniers du village, qui succomba d'un enfoncement du crâne provoqué par un coup de crosse. Dès qu'ils le purent, les autres repartirent en direction du Bocage. Il y avait de l'ouvrage à faire dans les fermes, il fallait battre le seigle pour les prochaines semailles, donner le troisième labour aux terres en jachère, mettre le feu dans les pâtis pour brûler les mauvaises herbes. Noë resta. Les malheureux à soigner ne manquaient pas. Guillaume Chapelier, en bon capitaine de paroisse, aussi. Imité par Picotin, bien sûr, qui se sentait indigne de regagner le bois d'Amourette sans l'enfant qu'il avait promis de ramener sain et sauf à sa femme.

À l'image des animaux blessés qui se terrent, les cinq généraux de l'armée catholique et royale, eux, projetèrent de retourner à Châtillon, leur capitale. Cathelineau mort, ils devaient élire sans tarder son successeur. À cette nouvelle, Noë se précipita au château, leur lieu de résidence. On lui refusa l'accès. Contrit, il se rendit à l'auberge du Bon Pasteur, près de l'église. Pas tout à fait rétablie de sa chute de cheval, Anne de Lusignan y avait élu domicile. Il la trouva non loin, sur les bords de la Smagne, s'aidant de deux cannes pour marcher. Le jeune médecin s'était pourtant juré de ne plus jamais chercher à la revoir.

— Quelle surprise ! Moi qui vous croyais fâché ? le railla-t-elle.

— Je le suis, répondit amèrement Noë. À cause de vous, j'ai trahi l'un des dix commandements de Dieu.

— Faux ! Vous qui aimez tant la lecture, vous devriez relire l'Ancien Testament.

— Et qu'aurais-je omis de si important ?

— Que le « Tu ne tueras point » ne concerne pas les crimes en temps de guerre, ni la défense légitime, ni la peine capitale prononcée par un tribunal. Ainsi, Moïse n'a pas enfreint ce commandement lorsqu'il a demandé de tuer des prisonniers, de nombreux civils et même des enfants mâles. Tout comme vous lorsque vous avez poignardé ce fantassin qui voulait prendre ma vie.

— Vous oubliez que je suis médecin. J'ai le devoir de sauver, non celui de tuer. Et c'est d'ailleurs pour cette raison que je me suis précipité devant vous…

— C'est-à-dire ?

— Il nous faudrait au moins des ambulances légères pour suivre l'armée en campagne. Vos soldats ont le droit d'assistance.

— *Vos* ?

— Vous n'êtes pas sans savoir que je ne suis d'aucun parti.

— Espérons que cela vous sauve... Quoi qu'il en soit, je ne puis accéder à votre requête.

— Pourquoi ?

— Parce que je n'en ai point le pouvoir.

— Faites passer le mot au Conseil supérieur, au moins !

— Ils diront que c'est inutile. La plupart des blessés finissent par se vider de leur sang ou mourir de la gangrène.

Elle avait raison.

— Ces pauvres bougres que vous abusez le méritent, s'indigna-t-il en élevant le ton.

— Méfiez-vous, votre humanité vous tuera.

— C'est la guerre que vous menez qui tue, mademoiselle de Lusignan.

— Voyons, Noë ! J'ai le sentiment que vos philosophes vous ont fait perdre la raison, se gaussa-t-elle en fixant les eaux dormantes de la petite rivière.

Elle parlait notamment de Voltaire, bien entendu. Il changea d'angle d'attaque. La morale n'était pas le bon chemin.

— Grâce aux ambulances sur les champs de bataille, on réduit les délais de prise en charge. Nos armées utilisent ce procédé depuis un demi-siècle !

Elle leva la tête, enfin. L'avait-il convaincue ? Il n'aurait su dire, mais n'insista pas.

— Et comment va votre jambe, aujourd'hui ? l'interrogea-t-il.

Elle souffrait horriblement de son genou luxé. Malgré tout, Anne de Lusignan avait bon espoir de remonter très vite en selle.

— Croyez-vous que j'en retrouverai l'usage ?

— La patience est votre meilleur allié. Les tendons qui entourent l'articulation ont besoin de se reconsolider. Gardez votre genou au repos. Et surtout, promettez-moi de ne pas aller voir de rebouteux ! Ils vous procureraient plus de mal que de bien.

— Je vous sens bien prévenant à mon égard.

— Ce n'est qu'affaire de médecine, mademoiselle, répliqua-t-il en rougissant.

Les lèvres légèrement pigmentées d'Anne de Lusignan s'entrebâillèrent, son regard gagna en malice.

— Au fait, qu'est devenue votre bonne amie que vous portiez tendrement dans vos bras devant la grotte du père Louis-Marie Grignion de Montfort ? L'avez-vous épousée ?

Il secoua la tête en signe de dénégation.

— J'imagine au moins que vous avez pu la guérir, non ? À ce propos, quel était le mal dont elle était prise ?

— De violentes douleurs au ventre. Et du mal de tristesse également, me semble-t-il. C'est peut-être la raison pour laquelle elle a disparu de Châtillon voici plus d'un mois. J'ai désormais à cœur d'y retourner pour continuer à la chercher, confia-t-il, l'air abattu.

— J'en suis désolée, répondit la Vendéenne. Je rejoins les Mauges dans deux jours. Je vous offre une place à mes côtés, si vous le souhaitez.

Il accepta. Et la perspective de cette compagnie soulagea Anne de Lusignan. Car si elle ne le montrait pas, elle aussi souffrait de mélancolie. On lui avait appris que son frère Louis, qui commandait un bataillon au sein de l'armée du Rhin depuis 1791, était de retour dans l'Ouest. Tôt ou tard, les Vendéens seraient amenés à l'affronter.

34

Le passage de la Sèvre Nantaise, peu avant Montfaucon, marqua une rupture. Si nombreux dans les champs jusqu'alors, les paysans, habituellement épaulés pour la moisson par les tisserands bien contents de quitter leurs caves pour quelques semaines d'air sec et un salaire d'appoint, avaient déserté. Les Mauges semblaient avoir renoncé à la récolte du froment.

Noë fit le même constat au mitan de l'après-midi, sous un chaud soleil, à Châtillon. Les rues et les commerces étaient vides. Il pensa tout d'abord que les habitants, taraudés par la peur de mourir sans sacrement, avaient pris le chemin de Bellefontaine, de Chanzeaux ou de Notre-Dame-des-Gardes, hauts lieux de pèlerinage. À la vue de la fumée qui se dégageait de certaines cheminées, il comprit cependant qu'il se trompait. Les Châtillonnais restaient calfeutrés chez eux. La maladie était de retour.

Le médecin réclama un mouchoir à Anne de Lusignan. Elle dénoua celui qui lui habillait le cou. Sans autre forme de procès, il fit arrêter le berlingot et en descendit.

— Nous reverrons-nous ? lança-t-elle par la fenêtre.

— Dieu seul le sait ! À la fin de la guerre, si Dieu le veut, je m'établirai comme médecin du côté de La Rochelle.

— À la fin de la guerre, j'écrirai au roi pour faire état des services que vous nous avez rendus. Il vous cédera une terre et vous fera baron, promit-elle avec le plus grand sérieux.

Elle attendit une réponse. Il demeura silencieux.

— Que Dieu vous garde, Noë ! ajouta-t-elle avant de donner l'ordre au cocher de fouetter les chevaux.

Sans tarder, il appliqua sur son nez le bout de tissu qui avait une odeur de jasmin et toqua à la porte d'un logis. Personne n'ouvrit. Il essaya une maison voisine et obtint le même résultat. Un peu plus loin, une femme d'une trentaine d'années consentit enfin à débarrer l'entrée. La pièce avait été transformée en étuve, si bien qu'on n'y voyait pas à un pied. Dans l'âtre, de grosses bûches alimentaient une marmite remplie d'eau pendue à une crémaillère. Noë se présenta et força le passage. Elle referma aussitôt derrière lui. À en juger par son visage et ses mains, elle semblait en bonne santé. Il fit alors un pas et distingua dans un recoin, à travers la brume, les silhouettes de deux drôles de quatre et cinq ans couchés sur une paillasse. Il s'approcha d'eux. Ils étaient bouffis et couverts de pustules. Noë identifia les symptômes de la petite vérole. Il s'approcha encore.

— Ils ont mal à la tête ? s'enquit-il auprès de leur mère en se retournant.

— Oui.

— Ils ont des difficultés à respirer ?

— Oui.

— Ils ont mal aux reins ?

Une nouvelle fois, elle confirma.

Il avait retenu de ses cours à Montpellier que la maladie s'était étendue à toute l'Europe au gré de la guerre et du commerce. Depuis la fin du Moyen Âge, de manière récurrente, elle apparaissait au printemps, se développait en été et ralentissait à l'automne, et écumait les régions les unes après les autres selon son bon vouloir.

La dernière épidémie subie à Châtillon remontait à 1787. La paroisse avait alors demandé de l'aide à saint Sébastien, protecteur contre la peste, et fait vœu de célébrer sa fête chaque année. Seule une huitaine de vieillards avait succombé. Cette fois-ci, elle s'attaquait principalement aux enfants.

— Il faut les sortir d'ici ! Votre logement est infesté !

Elle le regarda avec étonnement. L'usage local voulait qu'on garde au chaud les malades et qu'on leur fasse ingurgiter mille remèdes brûlants. Pris de dépit, Noë repensa à son père qui avait plus d'une fois prêché dans le désert en cherchant à inoculer la variole à ses paroissiens afin de les prémunir contre la forme naturelle de la maladie.

— Vous devez transporter vos enfants à l'air frais, et leur donner du petit-lait et de la tisane d'orge. Sinon ils vont finir comme Louis XV, insista Noë.

Sous son fichu, la femme acquiesça. Pourtant, Noë n'était pas certain qu'elle ferait cas de ses prescriptions quand il la quitta.

Distante d'une demi-lieue, l'abbaye de la Trinité ne semblait pas avoir souffert de l'attaque opérée par les républicains au début du mois de juillet, au contraire des châteaux environnants, dont les silhouettes ne s'élevaient plus dans le paysage. Noë pénétra dans la cour par le portail grand ouvert. L'ancien garde suisse n'était plus là. Les premières personnes qu'il vit au loin furent des sœurs grises. Elles avaient aussi la bouche couverte d'un mouchoir de Cholet, et on ne distinguait d'elles que le front et les yeux. L'une nettoyait du linge dans un grand baquet, l'autre étendait des draps blancs maculés de taches brunes indélébiles sur une corde tirée entre deux poteaux. Il les ignora, poursuivit son chemin jusqu'à la grange qui abritait la presse de Goichot. Lorsque le jeune médecin découvrit que la pièce était vide et que le matériel de l'imprimeur fontenaisien avait disparu, son cœur s'emballa.

Il fonça vers le cloître, enjamba quelques hommes en armes qui se reposaient sur des paillasses à l'ombre des galeries, parvint à l'escalier en colimaçon, qui menait autrefois aux cellules des moines, et le descendit précipitamment. Il était en sueur. Le silence et l'obscurité l'accueillirent. Des bougies éteintes trônaient au pied de chacune des six cellules. Que faisaient-elles là ? Il avança de quelques pas, se positionna devant celle qu'il avait occupée avec Goichot et les sœurs Angibaud, et se signa deux fois au moment de pousser la porte. Un homme hurla. Entièrement nu, il bondit du lit sur lequel il était allongé et se saisit d'un pistolet d'arçon. À côté de lui, une femme, déshabillée également, à califourchon sur un pot d'aisance, nettoyait sans pudeur ses parties intimes. Elle se mit à rire en reconnaissant Noë.

— C'est qui, lui ? demanda l'inconnu qui tenait son arme pointée dans sa direction.

— Range ton outil. Il est de ma paroisse, répondit Jeanne Angibaud, sèche comme un cep de vigne.

— Qu'est-ce qu'il fait ici ?

— Je pense qu'il veut savoir où sont mes sœurs.

Rassuré par les propos de sa maîtresse, l'homme baissa la garde et se vêtit à la hâte. Sans gêne, il remit son écot à Jeanne et, la tête haute, quitta la pièce.

Jeanne était présente à Châtillon lorsque la commune avait subi le raid de Westermann. Six cents prisonniers républicains retenus dans le château avaient été relâchés, les volailles pillées, les quelques résistants balancés dans les puits, et un *Te Deum* avait été chanté par un évêque constitutionnel dans l'église de Saint-Melaine. À l'appel du tocsin, les tisserands et leurs familles, eux, avaient déserté la ville pour se mettre à l'abri dans les champs de lin en fleurs. Une fois les troupes de l'armée vendéenne reconstituées, elles avaient pris à revers les ennemis qui ripaillaient sans défense sur une hauteur qu'ils pensaient inaccessible.

Finalement, la place de nouveau libre, les Châtillonnais avaient réinvesti leur paroisse. On avait indiqué aux terrassiers une parcelle en friche, on leur avait donné de l'ail et du vinaigre pour vaincre l'odeur de la mort, et ils avaient creusé une fosse pour se débarrasser des cadavres de républicains, qu'ils avaient profondément ensevelis pour ne pas attirer les loups et les chiens errants. D'autres, jetés dans les fossés, et qui répandaient une épouvantable odeur de chair en décomposition, furent recouverts de chaux vive de peur qu'ils ne contaminent la population.

— Augustine et Renée sont restées enfermées dans cette cellule deux jours durant sans boire ni manger. Elles étaient terrorisées quand je suis venue les récupérer. Tu les trouveras à cette adresse, dit Jeanne en lui remettant un billet. Madame de Lusignan-Longeville a bien voulu les prendre en charge en souvenir des services que tu lui as rendus lorsqu'elle et sa famille étaient otages à Fontenay-le-Comte. Elles sont plus en sécurité là-bas qu'ici où ne règnent que la maladie et le vice.

À cette nouvelle, le visage de Noë s'éclaircit.

— Et Goichot ?

— Il a pris la poudre d'escampette avant l'attaque. Les petites ont refusé de l'accompagner, Augustine croyait dur comme fer que tu reviendrais.

— Et toi, pourquoi tu ne quittes pas Châtillon ?

— Où veux-tu que j'aille ? À Pierre-Brune, Vincendeau m'a chassée de sa borderie, et notre maison a brûlé. Je vais là où sont les hommes, voilà tout. Peut-être qu'un jour l'un d'entre eux, pas trop violent, mais suffisamment fort, aura la même passion à mon égard que toi envers ma sœur.

— La passion que tu évoques a ses obstacles. Depuis mon retour du Languedoc, je n'ai fait que subir ses rebuffades.

— Tu n'imagines pas à quel point je connais ce sentiment-là, dit-elle d'un air las.

— L'as-tu revue récemment ?

— J'allais te poser la même question, répondit-elle alors qu'elle rallumait la bougie située dans le couloir, pour signifier sa disponibilité au chaland. Elle a peut-être suivi Guillaume à la guerre, non ?

— Non, là où se trouve Chapelier, il n'y a pas de place pour les femmes, affirma Noë avant de l'abandonner, la mort dans l'âme, à son triste sort.

Au sortir du couloir, il croisa dans les marches un soldat qui s'essuyait le front après avoir retiré son chapeau.

35

La faute à l'épidémie de variole, Noë patienta une semaine supplémentaire avant de se rendre à l'adresse indiquée. Aidé de toutes les sœurs disposées à faire du porte-à-porte, ce fut le temps nécessaire pour convaincre les Châtillonnais de tirer bénéfice de la fin des beaux jours pour soigner au plus vite leurs enfants.

Une fois qu'il eut accompli sa mission, la mère supérieure qui dirigeait l'hôpital de Châtillon lui donna pour monture un vieux baudet du Poitou, un âne aux poils longs réputé pour sa grande robustesse. Parti dès matines, il arriva à destination à l'heure de la sieste. Il découvrit alors, sur un immense terrain clôturé par un mur de six pieds de hauteur, une jolie bâtisse du siècle précédent agrémentée d'un pigeonnier, d'arbres d'ornement et d'un grand potager. Sitôt qu'il descendit de sa bête de selle, l'âne se mit à braire. À quelques pas, au milieu d'un carré de navets, un homme voûté par l'âge raclait la terre avec une bêche. Noë attacha la bride de son animal au portail en fer forgé, puis rejoignit le jardinier près d'un puits à l'intérieur duquel l'homme avait attrapé une bouteille de vin blanc bien fraîche. Ce dernier en but une rasade au goulot.

— Une gorgée ? C'est du chasselas. C'est moi qui le mets en barrique.

L'atmosphère était lourde, il faisait soif, Noë céda. Fatigué qu'il était par le voyage, l'alcool lui monta très vite à la tête. Il parvint quand même à rassembler ses idées.

— Je suis venu chercher Augustine et Renée.

— Je m'en doutais. À part les taverniers de Nantes et les curés qui viennent se ravitailler en vin de messe, les visiteurs se font rares par ici. En tout cas, j'en connais deux qui vont être bien tristes, commenta-t-il en se tournant vers son logis. Suivez-moi !

Le vieil homme s'appelait Moinard. Il était installé comme maître de chai au creux d'un vallon isolé. Toute sa vie, il avait cultivé autour de sa propriété plusieurs arpents de vigne selon le principe du provignage[1], grâce à un bail à complant signé avec l'Église, à qui il restituait un sixième de sa récolte en échange de l'usufruit des terres.

Depuis quelque temps, il hébergeait Marie-Jacquette de Lusignan-Longeville et ses plus jeunes filles dans une aile du manoir. Et pour cause, il avait servi pendant la guerre de Sept Ans sur une frégate de la marine française sous les ordres de son mari, François-Gabriel de Lusignan-Longeville. Ensemble, trente-cinq ans plus tôt, ils n'avaient pu empêcher la prise de Louisbourg par les Britanniques à l'entrée du golfe du Saint-Laurent en Nouvelle-France.

— Elles sont bien au chaud, chez moi. Jamais les hussards n'auront idée de les trouver là.

Exclusivement relié à une route par un chemin étroit, le site était en effet encaissé et à l'écart de tout passage. Noë, rassuré, se laissa précéder par son hôte à l'intérieur de la bâtisse où la première voix qu'il perçut fut celle d'Augustine. Et aux rires féminins qui lui répondaient, elle semblait amuser la galerie. Au détour d'un couloir, il la découvrit de

1. En viticulture, le provignage est le fait d'enterrer des sarments de vigne afin de récupérer de jeunes pousses. Cette technique fut abandonnée au XIXe siècle.

dos, debout dans une grande pièce, en train de manipuler deux marionnettes en papier mâché et en bois. Devant un tout petit auditoire, elle revisitait l'histoire de Polichinelle et d'Arlequin. En retrait, dans un fauteuil, la comtesse regardait dans le vague par la fenêtre, la bouche pincée, les mains incapables de se saisir du livre qui tenait en équilibre sur ses genoux. Épouse d'un vieil officier de marine qui avait repris les armes, elle était également mère de trois fils qui combattaient dans deux camps opposés. Où se trouvaient-ils au moment présent ? Les reverrait-elle ?

Noë se concentra sur Augustine. Elle ne tremblait pas, n'écorchait pas ses mots, son jeu d'actrice était à la fois touchant et enflammé et s'inspirait d'un recueil recensant les aventures des personnages fétiches de la *commedia dell'arte*, rendue populaire par diverses troupes d'artistes italiens. De peur de déranger, il avança sur la pointe des pieds et vint s'asseoir aux côtés des trois spectatrices. Renée le remarqua d'abord. Son pouce resta figé dans sa bouche qui s'ouvrit imperceptiblement. Sa grande sœur hoqueta de surprise. D'un geste, Noë l'invita à poursuivre. Elle grimaça de bonheur, se reprit et retourna à la conquête de son public. Celui-ci, comblé, la salua par des applaudissements nourris. Augustine n'attendit pas la fin de l'ovation, elle sauta dans les bras de celui qui ne l'avait pas abandonnée.

L'absence de Marie gomma cependant très vite la joie des retrouvailles.

— Tu ne sais toujours pas où elle est, alors ?

Désolé, il confirma l'intuition de la fillette d'un mouvement de tête.

— Tu crois qu'elle est morte ?

Il en doutait de moins en moins.

— Je suis venu vous chercher pour que vous m'aidiez dans ma médecine, éluda-t-il.

— Tu veux que je raconte des histoires à tes patients ? réagit Augustine.

— Non, sourit-il. Sans pharmacopée, un médecin n'est rien. Depuis mon retour à Châtillon, je soigne les blessés et les malades à l'hôpital. Mais beaucoup de remèdes manquent. Les envois des apothicaires de Nantes se font rares, les marchands ont peur de se déplacer à cause de ce qu'il se passe.

— Tu as besoin de quoi ? demanda-t-elle, déjà conquise.

Il connaissait cent cinquante à deux cents produits, la plupart issus d'essences végétales, qui avaient un pouvoir de guérison. Noë était notamment en quête d'anti-irritants comme le chiendent ou le tilleul. Il évoqua également le thym, la gentiane, la rhubarbe et la sauge, que l'on trouvait dans la région. Augustine sautilla de joie. Elle savait où cueillir ces plantes.

— Il me faut aussi des sangsues et des cantharides.

— Des cantharides ?

— Des mouches espagnoles, précisa-t-il.

La *Lytta vesicatoria*, de couleur vert brillant, était un petit coléoptère. Riche en sels minéraux, la poudre de cantharide constituait un excellent remède contre les infections urinaires et les brûlures cutanées.

— Et il me faudrait quelques crapauds aussi, ajouta-t-il alors qu'Augustine acquiesçait, ravie.

— Facile ! s'exclama-t-elle avant de se mettre à coasser. Je peux même te rapporter des aspics, si tu veux.

Les vertus curatives de la vipère, que l'on macérait dans de l'alcool, étaient reconnues par tous. Noë refusa pourtant cette offre, en effet son venin pouvait s'avérer mortel en cas de morsure.

La séparation avec les deux plus jeunes filles de la comtesse de Lusignan-Longeville, Éléonore et Claude, fut douloureuse. Augustine resta longtemps enserrée dans leurs bras.

Puis elle sécha ses larmes sur le dos du baudet du Poitou qu'elle baptisa rapidement du nom de Pierre, car, à les porter Renée et elle pendant que Noë tenait la bride, elle le trouvait aussi puissant que feu leur père quand il guidait le soc de la charrue dans la terre argileuse du bocage.

36

Une nouvelle semaine passa. Au crépuscule, un ciel mordoré succédait en général à de lourds et sombres nuages charriés par le vent marin que le mont des Alouettes ne parvenait pas à freiner. De retour à Châtillon, Noë n'avait plus un moment à lui. Caisse de résonance des guerres qui se jouaient tout autour des Mauges, l'hôpital où il officiait ne désemplissait plus. Médecin, il devait guérir les blessés et soigner les malades avec l'assistance des sœurs ; apothicaire, il transformait en remèdes et en onguents ce que Renée et Augustine récoltaient lors de leurs longs périples dans les campagnes environnantes ; chirurgien par la force des choses, il dut se faire appuyer par un soldat de passage qui œuvrait habituellement comme boucher dans sa paroisse.

À l'occasion de leur première amputation, Noë vomit tripes et boyaux sur la jambe gangrénée qu'ils tentaient de scier. Le malheureux, saoulé d'eau-de-vie de prune, mourut avant la fin de l'intervention. Pour un autre bougre atteint du même mal, ils prirent un couperet dont le fil possédait un tranchant rare. Trois grands coups ne suffirent pas à sectionner l'os du fémur. Les sœurs mandèrent en urgence le curé Lebrun qui procéda à l'extrême-onction. L'homme ne se réveilla pas. À la Saint-Barthélemy, les opérations de

Noë, au nombre de seize, s'étaient toutes soldées par le trépas des patients.

Ce même jour, au petit matin, il resta interdit en pénétrant dans la cour de l'abbaye. Trois ambulances légères, attelées de leurs chevaux couverts d'écume, stationnaient face à l'entrée de l'hôpital. Anne de Lusignan avait entendu ses doléances et convaincu le Conseil supérieur. Des hommes en armes, parmi lesquels Vincendeau et Picotin, se tenaient autour, sales, hirsutes, comme s'ils rentraient de la guerre. Il en compta quatre, gagnés par des démangeaisons, qui se grattaient l'entrejambe. Tous le regardèrent d'un drôle d'air.

Noë grimpa dans l'une des voitures. Il eut l'impression de se retrouver à l'intérieur de celle dans laquelle Marie et Bonchamps avaient repris des forces au retour de Fontenay-le-Comte. Il examina ensuite le deuxième chariot, et notamment une roue qui semblait en mauvais état. Il grimaça. Le moyeu en ormeau présentait une fissure d'un pouce de largeur, et deux des quatorze rayons en acacia étaient brisés. Sans le savoir-faire d'un charron, ce carrosse courrait à sa perte. L'inspection du troisième véhicule le laissa de marbre. Des traces de sang, fraîches, maculaient plusieurs caissons à couchage. Il passa outre et tira la porte de l'armoire. Apparut alors un trésor. Le rangement recélait des drogues et des fioles d'émétiques, des purgatifs, des toniques et des calmants. Il bondit aussitôt chercher les sœurs, affairées dans la chambre des hommes. Elles tentaient de suturer les plaies profondes de plusieurs Vendéens inanimés, tandis que Guillaume Chapelier leur hurlait dessus, exigeant qu'elles sauvent ses soldats. Noë n'eut pas le temps de prendre le relais. Un violent coup de poing au visage lui fit mordre la poussière.

— Deux morts et trois blessés ! Voilà ce que nous ont coûté tes ambulances, Dubreuil !

L'ancien caporal de la garde nationale était ivre de rage. Lui-même avait le bras entaillé. Terrés comme des renards au plus profond du bocage, ses hommes avaient attendu plusieurs jours le passage d'un convoi des troupes républicaines. Le miracle s'était produit peu après l'angélus du soir. En provenance de Niort, un millier d'hommes se dirigeaient en galerne. Le regard aiguisé, les Blancs étaient restés tapis dans les genêts. Au risque de passer pour un mou, Chapelier avait fait patienter les pauvres bougres qui l'accompagnaient et, après une longue heure, ils avaient distingué la queue de cortège composée d'une dizaine de voitures médicales, protégées par une poignée de hussards. Puis il avait demandé à ceux qui portaient des sabots de les retirer et leur avait ordonné de suivre leurs ennemis à bonne distance. À l'abri des broussailles et des taillis, ils avaient progressé à pas de velours, au rythme de la caravane, le temps que la nature s'endorme. Ils étaient trente, mais les Bleus avaient cru qu'une armée entière les attaquait. Entre chien et loup, ces derniers n'avaient su estimer ni le nombre ni l'armement de leurs assaillants, mais avaient assurément perçu leurs cris de haine. Les chevaux des hussards s'étaient cabrés, les plus couards avaient détalé et, gagnés par l'épouvante, les cochers avaient sauté de leur poste et décampé vers l'avant pour ceux qui en avaient eu le temps. À en croire certains brigands, une quinzaine de républicains avait péri au cours de l'assaut.

Noë se redressa au milieu des regards amorphes des convalescents avant de retomber. La tête lui tournait, on vint à son aide pendant que son agresseur remettait le couvert :

— Les Lusignan t'ont à la bonne. Tu as de la chance, Dubreuil ! Mais sache que le jour où ils ne seront plus là, moi je ne serai pas loin derrière toi !

Sa rage évacuée, Guillaume Chapelier quitta les lieux. Noë but le verre d'eau-de-vie qu'on lui tendit, il en recracha la moitié. La gorge en feu, les yeux embués, il se porta au chevet de l'un des Vendéens, s'empara de l'aiguille que tenait du bout des doigts l'une des sœurs et, les mains encore tremblantes, se mit à suturer une blessure abdominale d'un empan de longueur. Au prix d'un travail méticuleux, il endigua l'épanchement. Une assistante appliqua une compresse de flanelle imbibée d'eau de guimauve sur la couture. Puis Noë passa à un autre, sans oublier les menaces du capitaine de la paroisse de Pierre-Brune.

Il sortit de la chambrée à midi. Au-dehors, les voitures avaient été libérées de leurs attelages de percherons. Les soldats avaient déserté la cour. Au loin, il entendit qu'on s'amusait follement, des chansons paillardes résonnaient à quelques centaines de toises. Les paysans qui avaient survécu fêtaient gaiement leur retour d'expédition dans les cabarets de la ville, quand d'autres mettaient à l'épreuve leur virilité au sous-sol du cloître.

La fête dura deux jours entiers malgré le rappel à l'ordre des quelques curés réfractaires réfugiés dans Châtillon. Le troisième jour, le ciel gronda, la grêle frappa durement les vignes et coucha les champs de lin qui attendaient encore d'être moissonnés. Des brigands y virent un signe. Sans demander leur reste, certains quittèrent les Mauges à la nuit tombée.

Au chant du coq, Noë, lui, découvrit Jeanne allongée sur le seuil de la maison vide qu'il occupait. La robe dont elle était vêtue était déchirée, ses genoux, ses mains et ses coudes écorchés, son visage tuméfié, et l'arrière de son crâne baignait dans une flaque d'eau. De peur que Renée et Augustine la vissent, il referma aussitôt le battant. Il voulut la relever, mais elle ne tenait plus sur ses jambes. Il lui parla, il la gifla, elle ne réagit pas. Elle était agitée de tics et tremblait de froid, alors il la porta jusqu'à l'abbaye. Là, on l'installa dans la petite chambre des femmes où on la laissa dormir. Noë la réveilla quelques heures plus tard à l'aide d'un flacon d'éther pris aux Bleus. Elle gémit, changea de position sur le lit en grimaçant, car son dos était couvert d'ecchymoses et de griffures. Il se pencha au-dessus d'elle, lui caressa les cheveux qu'une sœur avait lavés au savon.

— Que s'est-il passé ?

Seule une plainte lui répondit. Il réitéra sa question. Noë n'était pas certain qu'elle puisse s'exprimer, Jeanne avait les lèvres boursouflées. Pourtant, dans un râle, elle parvint à prononcer un prénom. Aussitôt, Noë quitta la pièce.

Le jeune médecin savait où trouver l'homme qui avait infligé ces sévices à Jeanne. Son repaire, l'auberge Barbe-Bleue, avait récemment été rebaptisé Barbe-Blanche à la demande du Conseil supérieur. Il pénétra en furie dans ce lieu dont les murs, comme lors de sa dernière venue, exhalaient une odeur âcre de tabac et de vinasse. Tels des hiboux, les quelques clients tournèrent la tête dans sa direction. Ils se turent. Occupé à mener un bras de fer avec Mardi-Gras sur le comptoir, Chapelier était bien présent.

— Tiens ! V'là le croque-mort ! brama l'un des gars.

Tous partirent d'un grand éclat de rire. Noë serra les mâchoires. Il s'attendait au pire et, pourtant, il s'adressa au capitaine de paroisse en ces termes :

— Ça ne t'a pas suffi de ne pas tenir ta promesse envers Marie ? Il faut que tu t'en prennes à sa sœur, maintenant ! Les Bleus te font-ils si peur que tu en sois rendu à cogner une femme ?

Des hommes bondirent. La provocation valait le châtiment suprême. Chapelier abandonna son duel et leur cria de ne pas bouger. Avec calme, il se leva à son tour.

— La femelle dont tu parles n'a eu que ce qu'elle mérite. À vendre son corps, elle a refilé la chaude-pisse à tous mes gars ! répliqua-t-il.

Honteux, plusieurs baissèrent la tête. Noë les regarda tous. Il les plaignit. Ceux qui résisteraient au prochain assaut rapporteraient le mal napolitain[1] chez eux. Sa colère s'estompa. Il recula de deux pas, s'apprêta à sortir puis, à la volée, promit un traitement au mercure à ceux qui viendraient le consulter à l'hôpital.

Trois jours plus tard, lorsque le tocsin se remit à sonner, Noë n'avait toujours reçu aucune visite. De toute manière, il ne pouvait plus les soigner. Les quelques fioles de mercure dérobées aux républicains lors de l'attaque du convoi s'étaient volatilisées la nuit précédente.

1. Le « mal napolitain » désignait à l'époque la syphilis. Le premier foyer documenté en Europe viendrait de Naples à la toute fin du XVe siècle, à la suite d'une invasion française.

37

— Que se passe-t-il, Noë ? demanda Jeanne qui n'en pouvait plus du bruit des cloches.

— Des milliers de soldats de l'armée du Rhin seraient en route pour Nantes dans le but de récupérer les Mauges.

Noë omit de préciser que ces soldats de métier, particulièrement disciplinés et aguerris, avaient survécu quelques semaines auparavant à l'encerclement de la forteresse de Mayence par les forces austro-prussiennes[1]. Mission leur était désormais dévolue de faire appliquer le décret du 1er août 1793 de la Convention, qui avait ordonné une nouvelle médecine pour cautériser les blessures engendrées par la race rebelle que représentait la Vendée[2].

— Sois rassurée, nos chefs n'entendent pas les laisser faire. Dès demain, une partie de notre armée marchera sur Chantonnay.

---

1. Le siège de la forteresse de Mayence, occupée par vingt-trois mille soldats français, dura du 10 avril au 23 juillet 1793. L'armée du Rhin, dirigée par le général Kléber, capitula devant les armées prussiennes et autrichiennes, et arriva à Nantes le 6 septembre 1793.

2. « C'est dans les plaies gangreneuses que la médecine porte le fer et le feu. C'est à Mortagne, à Cholet, à Chemillé, que la médecine politique doit employer les mêmes moyens et les mêmes remèdes », déclara Bertrand Barère, délégué du Comité de salut public de la Convention nationale, le 1er août 1793.

— Et toi ?

— On m'a donné des chevaux. Je vais suivre la troupe avec quelques sœurs. Nous servirons d'ambulance.

— Qui va veiller sur moi, alors ?

— Tu es guérie, Jeanne. Tu peux retourner à tes affaires, à présent.

— Et Guillaume ? s'inquiéta-t-elle.

— Quoi, *Guillaume* ? Pourquoi t'enquiers-tu d'un homme qui t'a violentée ?

— Parce que… Parce que depuis Pierre-Brune je crève d'amour pour lui ! avoua-t-elle en fixant les poutres du plafond.

Noë resta médusé. Devant lui, Jeanne fondit en larmes et dissimula son visage dans ses paumes. Alors il comprit.

— C'est toi qui lui as dévoilé la cache de l'abbé Lebrun chez les Vincendeau ?

Ses pleurs redoublèrent. Il insista, et perçut un oui timide. Honteuse, elle releva ses genoux qu'elle entoura de ses bras.

— Il ne s'intéressait pas à moi, renifla-t-elle.

— Il était fiancé à ta sœur !

— Je l'aime !

— Ce n'était pas une raison pour…

Il ne finit pas sa phrase. C'était inutile. Jeanne souffrait déjà trop d'être à l'origine de la colère de Vincendeau qui, avec Ripoche, Mardi-Gras et Picotin, avait finalement tué son père et incendié son logis. Cette dénonciation avait entraîné la ruine de sa famille, l'errance d'Augustine et de Renée, puis la disparition de Marie. Noë en avait assez entendu, il l'abandonna à sa peine.

À l'extérieur de l'hôpital, un palefrenier attelait les chevaux aux ambulances. Il monta dans l'une d'elles, compta les oreillers et les couvertures, vérifia la présence des remèdes et des drogues qu'il avait préparés. Quand il sortit, Jeanne l'attendait.

— Je sais ce que ma famille a enduré à cause de moi. Je ne demande qu'à me repentir, Noë, déclara-t-elle.

Un verset du livre des Proverbes vint à l'esprit du jeune homme au sujet des péchés que l'on avoue et que l'on délaisse. C'eût été absoudre Jeanne que de le lui décliner.

— Contente-toi de protéger tes sœurs pendant mon absence. Et cesse de t'adonner au péché de chair. La Bible dit que le corps n'est pas pour la débauche, il est pour le Seigneur et le Seigneur est pour le corps.

— Et comment crois-tu que nous allons survivre, alors ?

Sans un mot, il se saisit de sa bourse qu'il ouvrit. Il lui restait quelques sous. Il la referma et la lança en direction de Jeanne. Là où il allait, il n'en aurait pas besoin.

Le lendemain, le convoi se mit en branle sous un ciel bas. Précédés de vingt et une pièces de canons, vingt-cinq à trente mille hommes le composaient. L'humeur des troupes paraissait cependant inégale. La faute aux récents revers de l'armée catholique et royale, ou bien était-ce la crainte qu'inspirait le premier bataillon des volontaires des Deux-Sèvres qui s'était brillamment illustré au cours de nombreux combats.

À Luçon, la veille de l'Assomption, pour la troisième fois consécutive, à défaut de s'emparer de la ville, les Blancs avaient abandonné plusieurs milliers de morts sur le champ de bataille. Du côté du petit bourg de La Roche-sur-Yon, Charette, le chef de l'armée du Marais, avait été contraint à la retraite. Plus au nord, le même chef vendéen avait dû repousser d'une semaine l'attaque du camp républicain des Naudières, car ses paysans-soldats étaient occupés à rentrer le foin et le blé. Certains ne désiraient pas revenir, d'autres furent pris de maladie, et les effectifs qui avaient quitté Châtillon ne furent pas épargnés.

Ripoche chuta le premier, après tout juste deux lieues de marche. On l'allongea sur le bord du chemin, ses lèvres étaient couvertes d'écume. Mardi-Gras et Picotin, à distance raisonnable, le veillèrent le temps que la caravane progressât. Ils lui parlèrent, Ripoche ne répondit que par borborygmes. On appela alors Noë à la rescousse. Son diagnostic fut rapide. Gonflements du gosier, de la langue, des gencives, dents ébranlées, salive abondante et fétide. Il avait sous les yeux celui qui avait volé les fioles de mercure à l'hôpital et qui s'en était badigeonné le corps sans ménagement.

— Il va s'en sortir ? demanda Mardi-Gras.

Noë ne savait pas. Jugé dangereux et cruel, le traitement au mercure nécessitait du doigté. Il fouilla la besace du brigand, trouva la fiole médicamenteuse aux trois quarts vide. Il grimaça.

— C'est contagieux ?

— Non, affirma le médecin.

Rassurés, les deux hommes portèrent leur ami dans la voiture la plus proche avant de regagner leurs rangs. Ripoche se réveilla le lendemain. Il crut ne plus être en mesure d'ouvrir la bouche. Ses lèvres s'étaient rétractées sur ses gencives, comme s'il les avait aspirées. La plupart de ses dents s'étaient déchaussées durant la nuit. Pour autant, Noë n'était pas certain qu'il soit définitivement débarrassé de la vérole. Mais autre chose préoccupait désormais le médecin et ses assistantes.

En quelques heures à peine, alors que la tête de convoi franchissait le pont Charrault, abandonné par une avant-garde républicaine effarouchée, les trois ambulances se remplirent à tel point que les chevaux avaient de grandes difficultés à les tracter. Atteints de fièvre, plusieurs soldats grelottaient de froid, quand d'autres passaient leur temps à vomir. Un autre avait le regard saisi d'épouvante. Il se mit à trembler, puis à geindre, puis à hurler. Le paysan qui partageait son caisson se boucha un temps les oreilles. Il finit par perdre patience et le fit taire d'un coup de couteau dans le cœur. Le mort fut laissé sur le bas-côté de la route. Un curé boiteux, qui ne voulait pas s'isoler de la troupe, le bénit à la hâte.

Le premier coup de canon retentit à cinq heures de l'après-midi. D'où se situait Noë, nul moyen de savoir s'il était le fait des Blancs ou des Bleus. À travers les feuillus, il aperçut des volutes de fumée sur les hauteurs de Puy-Belliard. Et, au crépuscule, les coups de feu redoublèrent. Beaucoup paniquèrent lorsqu'un hussard couvert de sang vint s'écrouler au pied des ambulances. On le redressa. Il ne tenait plus sur ses jambes. Noë l'allongea dans l'herbe fraîche d'un pré où broutaient des vaches qui meuglaient. Il lui retira sa redingote, une sœur vint l'éclairer à la bougie. Marqué par un coup de baïonnette au thorax, le cavalier eut le temps de dire que le bataillon républicain du Calvados avait été mis en déroute, que ceux d'Orléans et de Dordogne avaient été enfoncés, et que l'épaisse fumée, associée aux ombres de la nuit, ne permettait plus de distinguer les Bleus des Blancs. Puis ses mots se tarirent. Il mourut la bouche remplie de sang.

Dans la nuit, des hourras scellèrent la victoire. Des malades, soudainement guéris, se mêlèrent à la liesse. Les ambulances furent à nouveau autorisées à progresser. Ralenties malgré tout par les nombreuses pièces d'artillerie qui jonchaient le sol, elles n'atteignirent qu'au petit matin les portes de Chantonnay. Dans les environs, des brigands furetaient dans les bois à la recherche de fuyards cachés à l'intérieur des troncs d'arbre. Sur le bas-côté, d'autres déchargeaient les vivres d'une voiture d'équipage gagnée aux républicains. Plus loin, dans un champ de labour, quelques-uns poussaient du pied des corps inertes et désarticulés. Noë en compta plusieurs dizaines. Sans mot dire, le médecin progressa entre les mottes en compagnie des sœurs. La plupart des cadavres portaient l'uniforme du bataillon des Vengeurs, qui s'était tristement illustré à Luçon en ne faisant aucun quartier aux

Vendéens. Dévorés par la haine, ces soldats s'étaient assurés de la mort des insurgés en leur tranchant la gorge jusqu'à l'os.

Seuls des Blancs avaient survécu. Ceux qui pouvaient être sauvés furent conduits dans une église de la ville, que les révolutionnaires avaient réorganisée en hôpital. On décida de faire de la place en passant au fil de l'épée les malades de l'armée républicaine qui n'avaient pas eu la force de fuir. À l'arrivée de Noë, les hurlements des Bleus que l'on embrochait se confondaient avec les cris déchirants d'un Blanc, qu'un chirurgien ennemi, sous la menace, amputait sur l'autel. Il reconnut Maurice Guibert aux galons dorés de son habit. Depuis Fontenay-le-Comte, il avait maigri, ses rides s'étaient creusées, ses cernes noirs et lourds révélaient un état de fatigue incommensurable. Noë s'approcha de lui, leurs regards se croisèrent. Guibert ne pipa mot. Sa verve avait disparu.

Sans perdre de temps, le jeune médecin héla une sœur à qui il ordonna d'aller chercher le reste de poudre de quinquina dans l'ambulance pendant qu'il retroussait ses manches, prêt à assister celui qui, avant l'été, lui avait fait découvrir la médecine d'urgence. Il se tourna vers un bénitier transformé en forge et se saisit d'un cautère, dont la partie métallique baignait dans les braises, puis, son instrument à la main, il fixa la sueur du chirurgien dégoulinant sur la jambe en charpie qu'il sciait. Une odeur putride envahit le lieu. Le blessé avait cessé de hurler. La langue tirée, Guibert vint à bout de l'os et finit de sectionner la viande à l'aide d'une hachette. Un garde écarta la jambe d'un coup sec, le malheureux pissa le sang par saccades.

— Qu'attendez-vous, bon Dieu ! cria Guibert à l'intention de Noë.

Celui-ci réagit et appliqua le cautère sur les chairs sanguinolentes à la lueur des cierges de l'autel. Le contact provoqua un nuage de fumée. On lui en tendit ensuite un autre, et un autre, et encore un autre, jusqu'à ce que la coagulation fût complète. Les nerfs et l'artère brûlés, des effluves de cochon grillé se mélangèrent à ceux du suif de porc qui servait à la fabrication des bougies. Le chirurgien souleva une paupière, qui retomba. Puis, sans ménagement, on porta l'homme sur un brancard au milieu de la nef, après que Noë lui eut enroulé l'extrémité de son membre raccourci dans un morceau de charpie trempé de vinaigre et de quinquina.

Les opérations durèrent toute la nuit. Au petit jour, à travers les vitraux, une lumière rase baignait le chœur de l'église. Sous le transept, des jambes et des bras s'amoncelaient au pied d'un tableau qui représentait Jésus-Christ guérissant dix lépreux. Le calme était revenu. La plupart des blessés s'étaient tus. Beaucoup d'entre eux avaient gagné le repos éternel. Les mains rouges, les doigts collants, la couenne voilée de sueur, Guibert et Dubreuil comptèrent trois survivants. L'un d'eux ronflait. Il s'agissait de Mardi-Gras.

Soudain, Noë se mit à s'esclaffer comme jamais. Le chirurgien se tourna vers lui. Le jeune médecin était plié en deux, il se frappait les cuisses, des larmes nettoyaient la peau de son visage. Guibert le prit alors par les épaules, et Noë revint enfin à lui.

— Que vous arrive-t-il ? On est dans une église, bon sang !

— Il y a que cet homme-ci, sans sa jambe dextre, ne pourra plus commettre tous ses larcins, pouffa-t-il de plus belle.

Le Bleu ne chercha pas d'explication supplémentaire. La médecine de guerre provoquait des réactions parfois surprenantes parmi les soignants.

38

Au retour de la troupe, un lit de feuilles mortes avait recouvert le bocage. À l'arrière de la caravane, les ambulances de Noë étaient remplies. L'une d'elles resta embourbée durant des heures dans un chemin creux. Des malades prirent peur, d'autant qu'il se disait que les colonnes républicaines, du côté de l'est, avaient été regroupées en une seule formation. Ceux qui pouvaient encore marcher, comme Ripoche, quittèrent finalement leurs caissons et se précipitèrent pour rejoindre le convoi.

Noë parvint malgré tout à regagner Châtillon. Des coups de mailloche résonnaient aux quatre coins de la ville. Les hommes renforçaient les murs d'enceinte et construisaient des palissades. Jeanne l'attendait dans la cour de l'abbaye. Elle était seule.

— Où sont Augustine et Renée ? s'alarma le médecin.

— Parties ramasser des châtaignes dans les bois.

— Va les chercher ! Il ne faut plus qu'elles s'éloignent. Les Bleus ont pris Saint-Fulgent qu'ils ont brûlée, et ont défait Bonchamps et d'Elbée à Treize-Septiers.

— Et Guillaume ? s'enquit-elle.

Noë se moquait bien du fils Chapelier qui galopait par monts et par vaux, essayant ici de rameuter les paysans ou de faire le coursier entre les différentes armées, donnant là le coup de feu contre les sentinelles républicaines.

— Prépare tes affaires et celles de tes sœurs ! ordonna-t-il.

— Pour aller où ?

Agacé, Noë ne prit pas la peine de répondre et repartit. Les sœurs le réclamaient à l'hôpital. Quand il les rejoignit, l'inquiétude se lisait sur leurs visages. Les ailes des moulins environnants, figées en « bout de pied », appelaient au rassemblement. La dernière rumeur affirmait que les généraux républicains Chalbos et Westermann étaient en route depuis Bressuire, à la tête d'une armée qui violait, tuait et incendiait. Noë tenta de les rassurer. La ville était protégée par quatre mille hommes, et deux mille combattants supplémentaires, conduits par La Rochejaquelein, arrivaient en renfort. De vaines paroles, car à cet instant, le tocsin sonna à plusieurs lieues à la ronde, tel un chant lugubre. Le pays tout entier se trouvait encerclé, et les cloches s'agitaient au rythme des sabots de la cavalerie bleue qui écrasait tout sur son passage.

En silence, Noë et ses assistantes se remirent à la tâche. Les sœurs tassèrent les blessés dans les ambulances. Faute de place pour tous, des malades trouvèrent la force de se battre. L'un d'eux ne se releva pas. D'autres, la peur au ventre, se rebellèrent. Les prières ne les calmèrent pas, au contraire des coloquintes remplies de vin sur lesquelles ils se jetèrent. Noë, lui, partit à la recherche des percherons, mais ceux-ci avaient disparu des écuries, tout comme le palefrenier. Il revint avec trois paires de bœufs amaigris. Une sœur l'aida à fixer les jougs à l'encolure des bêtes. Les coups de canon tonnaient depuis belle lurette lorsque le convoi s'ébranla. On luttait férocement du côté de Moulin-aux-Chèvres, à une demi-lieue de la capitale de la Vendée militaire. Noë leva la tête vers le ciel, il grimaça à la vue de la lune en forme de croissant.

— Prenez la route de Cholet. Vous y serez à l'abri, la ville est fortifiée. Et ne vous arrêtez pas en chemin !

— Et vous, Noë ? demandèrent-elles.

— Je vous rattraperai. J'ai encore à faire ici, abrégea-t-il.

Il n'attendit pas leur départ et regagna ses pénates en courant. La maison était vide. Dehors, la nuit tombait. Il scruta la rue par la vitre sale, les dernières feuilles des arbres se détachèrent de leurs branches sous le coup d'une averse. Soudain, son visage s'illumina. Les cheveux et les hardes trempés, les trois sœurs poussèrent la porte avec grand fracas. Les deux plus jeunes, tout heureuses de le retrouver, lui sautèrent au cou. Des châtaignes par dizaines débordèrent de la poche ventrale de leurs tabliers et roulèrent au sol. Jeanne les rappela à l'ordre. Elle confia au médecin le soin de placer une bûche dans l'âtre et de souffler sur les braises pendant qu'elle déshabillait ses sœurs et les séchait. Celles-ci grelottaient devant le feu qui reprenait vie, ce qui n'empêcha pas Augustine de le questionner :

— Dis, combien as-tu sauvé de nos soldats ? Les plantes que nous t'avons cueillies ont-elles servi ? Et les mouches espagnoles ? Et les crapauds ?

Noë n'aimait rien plus que l'innocence qui transpirait des propos d'Augustine.

— Dis, combien de châtaignes avez-vous ramassées ? éluda-t-il, amusé.

— Mille ! réagit la petite Renée en écartant ses dix doigts.

— Et Marie, tu crois qu'on la reverra un jour ? demanda Augustine d'un ton empreint de gravité qu'il ne lui connaissait pas.

Le jeune homme détourna la tête vers la cheminée. Il n'avait pas plus de nouvelles de Marie que d'Anne de Lusignan. Goichot avait également disparu. Guibert, le chirurgien de l'armée des côtes de La Rochelle, avait quant à lui été jeté dans un cachot. Sa mort paraissait désormais inéluctable.

S'il n'était pas tué par les Blancs, la guillotine se chargerait de le raccourcir. Un tribunal militaire ne manquerait pas, en effet, de le condamner pour avoir mis sa science au service des brigands vendéens. Cette guerre, pour sûr, n'engendrait que le malheur.

Il se ressaisit et se força à sourire. Faute de mieux, il prit les mains des deux fillettes et proposa de prier pour le retour de Marie. Alors, de manière à être certaine que Dieu l'entende, Augustine récita tout haut le *Pater* et l'*Ave Maria*. Noë conclut ce moment de recueillement par la récitation d'un passage de l'épître de Paul aux Romains qui faisait l'éloge de l'espérance. Puis, guidés par l'odeur des châtaignes fumantes, ils s'installèrent à table pour croquer dans les fruits que Jeanne venait de tirer de la marmite.

À la moitié de la nuit, une violente averse fouetta les carreaux. La pluie à la Saint-Denis augurait un hiver humide. Les corps enchevêtrés sous une couverture, les trois sœurs dormaient dans un coin de la pièce. Noë finit par s'assoupir sur sa chaise, où il fut réveillé par des cris d'épouvante. Son cœur palpita. Dehors, il faisait nuit noire. Des paroissiens fuyaient les sabots des chevaux. Les hussards de la cavalerie républicaine hurlaient de haine, ils avaient enfoncé les lignes vendéennes. Noë se précipita vers la cheminée et déversa le contenu de la marmite sur les flammèches. Jeanne ouvrit enfin les paupières.

— Qu'est-ce qu'il se passe ?

— Lève les petites et habille-les !

Les yeux rivés sur la rue, le médecin était hypnotisé par la lueur qui gagnait en intensité. Aux alentours, des maisons brûlaient.

Quand Noë se retourna, Augustine enfournait le reste des châtaignes dans une besace.

— J'ai peur, gémit Renée.

— N'aie crainte, ta sœur va nous conduire à la rivière, décida-t-il.

Il parlait de la Sèvre Nantaise qui se trouvait à une demi-lieue. Au-delà, ils pourraient se dissimuler dans les bois et les taillis jusqu'à ce que la tempête se calme. Augustine sortit la première, devant Noë qui prit Renée dans ses bras. Jeanne ferma la marche. Le souffle chaud du brasier qui s'étendait les surprit.

— Ne vous arrêtez surtout pas ! ordonna le médecin.

Le dos courbé, ils se hâtèrent. D'autres paroissiens quittaient leur logis. Leurs ombres s'étiraient au sol en direction des champs. Un enfant dans chaque bras, une femme trébucha. Elle cria. Son mari la somma de se relever au plus vite. Noë et les sœurs Angibaud les dépassèrent en les regardant à peine.

Après trois quarts d'heure de marche, Augustine s'arrêta. Ils étaient seuls, épuisés par l'effort. Derrière eux, Châtillon s'était transformée en boule de feu, à l'image de Sodome et Gomorrhe sur lesquelles Dieu avait fait tomber une pluie de soufre. Des flambées d'étincelles s'élevaient pour se perdre dans le ciel chaque fois que le toit d'une habitation s'effondrait. Ils reprirent leur route, leur pas lourd perturbant parfois le sommeil des volatiles, dont l'envolée ne cessait de les inquiéter.

Ils évoluèrent ainsi, comme des pantins, au moins deux bonnes heures supplémentaires. Le jour refusait toujours de poindre. Tributaire d'Augustine, le groupe ne voyait plus à un pas. D'un coup, dans la courbe d'un chemin en pente, elle leva la main pour les arrêter. Leurs pupilles étaient dilatées et Noë n'en pouvait plus de porter Renée. Il la déposa sur le sol avec le plus de délicatesse possible. Tous ses muscles lui brûlaient. Il avait soif et se désola pour la première fois de ne pas avoir rejoint ses parents à La Rochelle.

— C'est encore loin ?

— C'est par là, répondit la fillette en indiquant du doigt un sentier qui s'enfonçait dans un bois.

L'obscurité était totale. Renée gémit quand il fut question qu'elle marchât, si bien que Noë dut la hisser de nouveau sur son dos. Augustine reprit sa progression sans attendre. Ils avançaient avec lenteur, en file indienne, la main de l'un sur l'épaule de l'autre. Les branches des arbres contre lesquelles ils se frottaient et les fougères finirent de tremper leurs habits. Après plusieurs minutes d'incertitude, les bruits angoissants de la forêt s'estompèrent au profit de la douce mélodie du cours d'eau qui glissait contre les roches et les pierres granitiques.

— On est arrivés, annonça la guide.

Sa joie fut de courte durée. Le vieux pont qui enjambait l'affluent de la Loire s'était éboulé. Seul subsistait un moulin situé à cent toises en aval, dont on distinguait la silhouette. Il était à l'arrêt. Affligée, Augustine ne pipa mot. Renée se mit à pleurer. Jeanne s'éloigna. Noë se pencha, ramassa une pierre qu'il jeta dans le lit de la rivière. Le bruit sourd rendit son verdict : avec cinq ou six pieds de profondeur, aucun d'entre eux ne pouvait la traverser sans risquer de se noyer. Dès le jour levé, les soldats de l'armée de Mayence investiraient pourtant le secteur. Que faire ? Où se réfugier ? Saint-Laurent-sur-Sèvre, la capitale religieuse de la Vendée, était inaccessible à pied. Jeanne reparut.

— Venez ! souffla-t-elle.

Les larmes de Renée se transformèrent en sanglots, ce qui éprouva les nerfs de son aînée.

— Mais faites-la taire, bon sang ! pesta-t-elle, alors qu'elle déroulait en silence la chaîne d'une barque amarrée autour d'un pieu.

— Que fais-tu ? questionna le médecin.

— Tu as autre chose à proposer ?

Noë ne répondit rien. L'état de nécessité imposait ce vol. Jeanne positionna l'embarcation. Augustine, aussitôt, grimpa dedans. Noë et Renée s'y glissèrent à leur tour, suivis de Jeanne. La pluie, qui avait cessé, se remit à tomber. Jeanne prit Renée dans ses bras, Augustine tentait de percer l'obscurité. Faute de rame ou de perche, le bateau de huit pieds de longueur partit en biais dans les remous. La coque se prit dans les branches d'un arbre mort couché en travers de la rivière au bout de quelques minutes. Il fallut toute l'énergie de Noë pour le désengager. Après ça, un lent périple débuta, jusqu'à ce qu'ils fussent de nouveau freinés aux premières lueurs du jour. Le soubresaut réveilla l'équipage. La nuque endolorie, Augustine se redressa la première. Au loin, elle distingua le clocher d'une église qu'elle ne reconnaissait pas. Elle n'eut pas le temps de le contempler. Deux corps nus, liés tête-bêche, flottaient contre la barque.

39

Le lendemain, la rivière déversa dix-sept cadavres sur les berges de Saint-Laurent-sur-Sèvre. Le surlendemain, la route vomit également son lot de pauvres bougres. L'un d'eux, couché à l'arrière d'une charrette conduite par une religieuse, était le curé Lebrun, la bouche gorgée de sang, les mains emmaillotées dans des morceaux d'étoffe. À son grand désespoir, les Bleus lui avaient laissé la vie sauve. Né aveugle, il était désormais muet. Un sbire de Westermann lui avait coupé la langue pour qu'il arrête de prêcher, et les doigts pour qu'il cesse de communier. Il fut rapidement transporté dans la chapelle de la Sagesse, bâtiment à trois niveaux où logeaient les missionnaires montfortains avant-guerre. Depuis le printemps, le site était devenu le plus grand hôpital militaire de la Vendée insurgée.

Les premiers arrivés furent les premiers servis. Noë et les sœurs Angibaud se calfeutrèrent au fond d'une étable abandonnée. Puis d'autres s'y installèrent à leur tour, si bien que, au bout de quelques heures, le lieu prit des allures de champ de foire avec son lot de marchandages et de nouvelles échangées. Au détour d'une conversation, Jeanne apprit que les généraux vendéens s'étaient fâchés au sujet du partage d'un butin de guerre. Celui de l'armée du Marais, Charette, avait déserté l'armée catholique et royale pour se replier vers Legé.

— Que va-t-on devenir ? demanda une vieille édentée en levant la voix.

Personne ne lui répondit.

— Et toi, pourquoi tu te caches ici ? Pourquoi tu n'es pas sur la route à batailler contre ces damnés ? cracha une autre à l'endroit de Noë.

Augustine bondit sur ses jambes et s'interposa. Seul homme en âge de combattre dans l'assemblée, le fils Dubreuil calma les ardeurs de celle qui entendait le protéger. Il l'entraîna dehors et, ensemble, ils gagnèrent le centre du village. Une foule compacte s'y était réunie. Si Marie les avait accompagnés, elle aurait certainement été émue en cet instant. Ville sainte de la Vendée et haut lieu de pèlerinage dans le Bas Poitou, Saint-Laurent-sur-Sèvre accueillait en effet, en son église, la dépouille de Louis-Marie Grignion de Montfort, l'évangélisateur de la région. Pourtant, les quelques hommes et les nombreuses femmes agglutinés au pied du clocher se perdaient peu en dévotions. Réfugiés au même titre que Noë et les sœurs Angibaud, ils fuyaient l'avancée des troupes républicaines. Ils avaient faim et froid, et ils s'inquiétaient pour leurs familles demeurées dans des villages, dont certains avaient été réduits en cendres.

Dans quel état retrouveraient-ils Pierre-Brune ? La reverraient-ils seulement ? Qu'allaient devenir tous ces pauvres bougres dont beaucoup, à la recherche d'un peu de chaleur ou de la protection divine, s'étaient entassés dans l'église ? Dieu le savait-Il Lui-même ? Chose qu'il faisait rarement, Noë se mit à prier *in petto*, mais il fut interrompu par le galop de deux cavaliers qui vinrent finir leur course à quelques pas de lui. Il resta sans voix en découvrant Anne et Henri de Lusignan. Ce dernier descendit de sa monture et dénoua un balluchon fixé au pommeau de sa selle. Le paquet chuta à ses pieds et s'ouvrit sur quelques miches de pain. Au risque de prendre un coup de sabot, les témoins se jetèrent dessus avant de se réfugier dans leur tanière. Noë avait le regard rivé sur le visage de la châtelaine. Elle paraissait fatiguée… Il avança et observa une balafre sous son œil senestre. Il ne l'avait plus revue depuis le retour de la bataille de Luçon.

— Que sont devenues les ambulances que je vous ai livrées ? demanda-t-elle en l'apercevant.

— À l'heure qu'il est, il ne doit rien en rester. Que vous est-il arrivé ? La place d'une femme n'est pas sur les champs de bataille !

— Qui suppléera nos martyrs si je n'y vais pas ? Vous ?

Il ne répondit pas.

— Approchez, que j'examine votre blessure, dit-il au bout d'un moment.

— Ce n'est pas utile. J'ai été recousue à l'hôpital par les Filles de la Sagesse. J'y ai d'ailleurs vu votre bonne amie, ajouta-t-elle d'un air espiègle.

Augustine comprit la première. Anne de Lusignan parlait de Marie. Noë tourna la tête dans tous les sens. Pourquoi Marie se trouvait-elle à Saint-Laurent ? Que faisait-elle à l'hôpital ? Était-elle mourante ? Il voulut en savoir plus. Augustine trépignait, elle le tira par la manche. Il regarda une dernière fois la comtesse avec la certitude que jamais il ne la reverrait, puis céda au coup de pied de la fillette et ils allongèrent le pas en direction de l'hôpital.

À l'entrée où ils se présentèrent, essoufflés, une sœur leur fit barrage. Le hall semblait immense, l'escalier qui s'offrait à eux était large comme ceux de la faculté de Montpellier.

— On cherche une femme. On nous a dit qu'elle se trouvait ici.

— On vous a mal informé, jeune homme ! S'il s'agit d'une amazone, elle a quitté l'établissement voici quelques heures après avoir été couturée au visage.

— Une autre qui se trouve dans vos murs. Elle s'appelle Marie Angibaud, c'est ma grande sœur, intervint Augustine.

— N'insistez pas. La guerre est affaire d'hommes. Je vous dis qu'il n'y a pas d'autre femme.

— Montrez-moi votre registre ! Je suis médecin, annonça Noë.

Elle obtempéra. Tour à tour, ils épluchèrent les feuilles. Les Jean, Pierre, Luc, Paul accompagnaient des prénoms suisses, polonais, italiens, hollandais ou alsaciens. Autant de troupiers qui avaient déserté la légion germanique pour sept sous la journée. En revanche, aucune Marie Angibaud n'était recensée.

— On peut visiter les chambres ?

— Non, sauf si vous voulez mettre votre science à notre service.

Noë hésita. Pourquoi Anne de Lusignan se serait-elle jouée de lui ? Les larmes aux yeux, Augustine refusa de laisser le silence s'installer.

— Elle est blonde comme moi, elle a des taches de rousseur aussi.

Mais la sœur ne l'écoutait plus. Elle observait Noë qui faisait un pas vers un couloir latéral. En son milieu progressait une jeune femme à la coiffure recouverte d'un voile sombre. Elle poussait une chaise roulante dans laquelle était assis un hussard de couleur. Il se disait que les chasseurs à cheval de la Légion des Américains[1], des volontaires originaires des Antilles et des comptoirs africains, sabraient sans distinction d'âge ni de sexe et mettaient tout à feu et à sang sur leur passage. Celui-ci, atteint du mal de la guerre, la tête bancale et la bave coulant le long du menton, ne paraissait pas très

1. Créée le 7 septembre 1792, la Légion des Américains et du Midi, également appelée Légion de Saint-George en référence à son chef, s'est illustrée dans de nombreuses batailles face à la coalition monarchiste européenne. Plusieurs centaines de volontaires ont été envoyés en Vendée.

hostile. Augustine n'avait jamais vu de gens de cette couleur, réputés laids. Elle lui trouva malgré tout des traits réguliers. D'un coup, elle se rua dans sa direction. Mais, à sa hauteur, c'est dans les bras de l'infirmière qu'elle sauta.

Marie avait fui Châtillon pour entrer dans les ordres. Accueillie avec bienveillance par les Filles de la Sagesse, elle avait décidé de consacrer le reste de sa vie aux nécessiteux. Telle était la place d'une femme qui avait tué son enfant.

40

Les retrouvailles ne gommèrent pas l'inquiétude. Depuis le dernier étage de la chapelle de la Sagesse, on distinguait les épais nuages de fumée qui provenaient des villes des Herbiers et de La Verrie, incendiées par la division du général Bard. Le lendemain et le surlendemain, Clisson, Tiffauges et même Torfou, là où un mois plus tôt la garnison de Mayence, arrière-garde de l'armée du Rhin, avait subi un violent assaut des soldats rebelles, tombèrent à leur tour. Puis l'armée catholique et royale du Centre, au sein de laquelle combattaient Guillaume Chapelier et les gars de Pierre-Brune, évacua Mortagne-sur-Sèvre en y abandonnant mille cinq cents prisonniers républicains.

Le tocsin sonna à Saint-Laurent, un mouvement de foule s'ensuivit. La grange qui abritait Noë et les trois filles Angibaud se vida dans la précipitation.

— Ils vont où ? questionna Augustine.

— Sans doute vers Cholet. Les Bleus encerclent la région, c'est la seule échappatoire.

— Et nous, alors ?

— Attendez-moi là ! Je reviens !

Le jeune médecin rejoignit l'hôpital. Devant l'entrée, on aidait des blessés à grimper dans une charrette. Après un long moment, il découvrit Marie dans la chapelle. Entourée de plusieurs nonnes, elle célébrait l'office de tierce. Il patienta dans l'ombre. Elle priait et chantait les yeux clos. Comme gagné par la grâce, son visage, dressé vers le Seigneur, rayonnait. Elle baissa la tête lorsqu'il l'aborda.

— Que veux-tu ? souffla-t-elle en quittant les lieux.

— Les Bleus approchent. Ils détruisent tout sur leur passage ! Ils sont à moins d'une lieue !

— Pourquoi ne fuis-tu pas, alors ?

— Je refuse de partir sans toi.

Il observait ses taches de rousseur, elle lui offrit enfin ses yeux.

— Et moi, je refuse d'abandonner les blessés et les malades. Mon seul devoir est de veiller sur eux.

— Augustine et Renée ont besoin de toi ! Ceux qui resteront là seront tous massacrés, toi y compris !

— Ton obstination est admirable. Mais j'ai péché, Noë. Rien ne sert de m'attendrir. Mon avenir est désormais entre les mains de Dieu. Ma décision est ferme, je ne déserterai pas Saint-Laurent.

— Et… Et nous deux ? Je t'ai cherchée pendant des semaines, j'ai cheminé jusqu'à Pierre-Brune pour te trouver, j'ai mis en terre la dépouille de ton père…

— Je suis désolée. Tourne-toi vers la châtelaine, elle m'a beaucoup questionnée sur toi lorsque je l'ai soignée. Mais avant tout, je t'implore de sauver mes sœurs. Conduis-les loin d'ici et cache-les. Je prierai pour vous…

Ils se tinrent les mains en guise d'au revoir. Une larme glissa le long de la joue de Marie et vint mourir contre l'arête de son nez. Noë recula de deux pas, il aurait souhaité lui retirer son voile et caresser ses cheveux dorés comme les blés. Il se contenta de contempler son doux visage pendant de longues secondes.

À son retour dans la grange, le tocsin avait laissé place au son des canons, porté par le vent de galerne. Tremblantes, les filles

Angibaud l'attendaient. Les artilleurs s'en donnaient à cœur joie du côté de Saint-Christophe-du-Bois et du château de la Tremblaye. Il les rassura, leur expliqua qu'ils allaient contourner les combats par l'est et gagner au plus vite la ville de Cholet distante de deux lieues, puis ils plièrent bagage. Mais peu de temps après qu'ils eurent franchi le pont de pierre en dos d'âne qui enjambait la Sèvre Nantaise, Anne et Henri de Lusignan, tout crottés, les interceptèrent. Les naseaux fumants de leurs chevaux traduisaient l'urgence qui était la leur.

— Lescure est blessé ! vociféra l'aîné. On a besoin de toi, Dubreuil !

— Et elles ? s'enquit-il en désignant les sœurs Angibaud.

— Qu'elles suivent le chemin creux. Dans deux heures elles seront à l'abri dans la ville.

— Et qui va nous loger ? s'inquiéta Jeanne. On n'a pas le moindre sou.

Henri faisait déjà demi-tour. Anne s'approcha du médecin. Elle tendit le bras pour l'aider à monter en croupe.

— Dépêchons, Noë ! Le général est mal en point !

Noë fit un pas en direction de la cavalière avant d'interrompre son geste et de se retourner. Il ne lui restait aucune valeur hormis la dague aux armoiries de sa famille accrochée à la ceinture de son pantalon. Sans réfléchir, il fit glisser l'étui de cuir et le lança à Jeanne. Augustine fut la plus réactive pour l'attraper.

— Allons, Noë ! insista la comtesse.

Face à ces trois sœurs démunies, il hésita. Qui les protégerait, dorénavant ? Immobiles et le regard lourd, les deux enfants ne le quittaient pas des yeux. Il blêmit.

— On… Je vous retrouverai, lança-t-il.

À ces mots, Augustine baissa la tête et tira sa petite sœur par la manche. Ce ne fut qu'après avoir enfourché la jument conduite par Anne de Lusignan que Noë se rappela qu'il n'avait pas tenu sa promesse à leur égard.

Leur galop les mena tout droit sur la place du Prieuré de Cholet, où avait éclaté la première révolte contre la levée en masse de trois cent mille hommes huit mois plus tôt. Dessinée par un architecte parisien à la demande du dernier seigneur de Cholet, cette place formait un rectangle parfait avec ses maisons à pan coupé disposées à chaque angle. Tout autour, de très nombreuses demeures et des hôtels particuliers, aux façades de granit et aux ouvertures agrémentées de balcons en fer forgé, portaient les initiales de leurs propriétaires : des commerçants fiers de leur réussite dans le négoce de toiles. Avec la guerre, ceux-ci avaient fui du côté de Nantes ou de Saumur. Désormais, l'hôtel Cesbron-Descrances, l'hôtel Martin-des-Côteaux, l'hôtel Bourasseau de la Renolière et bien d'autres étaient occupés par la noblesse vendéenne et leur cohorte de valets.

Noë trouva Lescure alité dans une grande salle à colonnade du palais de justice, qu'on avait réagencée en appartement. Un chirurgien se trouvait déjà à son chevet. Le jeune médecin s'approcha, le malheureux gémissait, une balle républicaine s'était fichée dans son crâne d'où coulait un épais liquide noir. Nul doute que le saint du Poitou, comme le saint de l'Anjou avant lui, ne tarderait plus à trépasser. Il n'y avait rien à faire à part appliquer sur la plaie un pansement, que les deux spécialistes fixèrent grâce à un bandage. Curieusement, malgré la gravité de la blessure, celui qui avait dirigé une compagnie de cavalerie dans le régiment Royal-Piémont peu avant la Révolution française était conscient.

— Faites venir ma femme ! souffla-t-il. J'ai à lui parler.

On sollicita un valet de chambre. Noë se retourna. Il croisa le regard de Bonchamps, qui discutait à l'autre bout de la pièce avec le prince de Talmont, d'Elbée et La Rochejaquelein. À eux quatre, ils ne cumulaient pas un dixième des campagnes militaires de Westermann et de Chalbos, qui avaient reconquis la plupart des villes de la

Vendée insurgée. L'un finit par hausser le ton. Il était question de Charette, le chef de l'armée du Marais, qui, une nouvelle fois, n'avait pas répondu à leur appel à l'aide. Leur colère passée, ils durent convenir que leur dernière victoire remontait à la Sainte-Émilie, un mois auparavant. Ils jetèrent un coup d'œil sur la place. Les batailleurs, démoralisés par l'absence de leur chef et sans munitions, étaient de retour. Certains erraient comme des âmes en peine. D'autres, épuisés par plusieurs heures de combats, étaient assis à portée de leurs fusils rangés en faisceaux.

— Sans artillerie, on ne pourra pas défendre Cholet !

— Si on perd Cholet, on perd la Vendée !

Silencieux jusque-là, d'Elbée, doyen et généralissime depuis la mort de Cathelineau, s'adressa à Talmont, son général de cavalerie :

— Prenez tous vos hommes avec vous et précipitez-vous à Beaupréau ! Rapportez-nous au plus vite les pièces d'artillerie !

Sans un mot, Talmont s'exécuta aussitôt.

La porte n'eut pas le temps de se refermer. Marie-Louise-Victoire de Donnissan, marquise de Lescure, apparut. Elle était enceinte de leur deuxième enfant. Leur aînée, encore bébé, dormait dans les bras d'une nourrice. Suivaient Marie-Jacquette de Lusignan-Longeville et ses benjamines, cousines au second degré de la famille Lescure. Face à la progression des Bleus, celles-ci avaient préféré quitter la gentilhommière au sein de laquelle elles avaient tant apprécié les talents de marionnettiste d'Augustine. Elles priaient en revanche chaque jour pour que le logis du père Moinard échappe à la fureur républicaine. Noë leur rendit hommage. Sur l'instant, il ne sut dire s'il était vraiment soulagé de les revoir.

41

Seule Jeanne était encore chaussée de sabots quand elles entrèrent dans Cholet. Des orteils aux genoux, ses jeunes sœurs avaient les jambes noires de boue. Il en était de même pour tous les réfugiés qui atteignirent la place Bretonnaise. Celle-ci était peuplée de vieillards, d'infirmes, de femmes et de drôles. Quelques-uns, comme elles, arrivaient tout droit de Saint-Laurent ; d'autres avaient fui en catastrophe le Châtillonnais ou le Bressuirais. Autour d'elles, tous les enfants pleuraient.

Si la ville comptait moins d'habitants que Fontenay-le-Comte, elle n'en était pas plus sûre. Jeanne paraissait indécise. Augustine prit alors les devants. Contrainte et forcée, la petite Renée se mit à la suivre à quelques pas de distance. Les trois sœurs s'enfoncèrent dans une rue, poussèrent la porte d'une chapelle transformée en caserne. Les rires gras des soldats et l'odeur de vinasse les incommodèrent. Ailleurs, elles réclamèrent de l'eau et un quignon de pain à une commerçante. On leur ferma la porte au nez. Elles marchèrent encore et s'arrêtèrent de nouveau peu après le bureau de marque des toiles de Cholet. La lumière du jour fuyait, les rues s'étaient vidées. Augustine retira, à l'aide de ses ongles crasseux, une écharde plantée sous le pied dextre de sa cadette. Après quoi Jeanne la prit dans ses bras et s'assit contre la margelle d'un puits. Renée finit par trouver le sommeil.

— Attends-moi là ! décréta Augustine.

Jeanne se sentait trop lasse pour la retenir. Elle piqua du nez à son tour et gémit lorsque l'angélus sonna. Une heure plus tard, il fallut qu'Augustine la secoue violemment pour qu'elle émergeât.

— Nous avons un endroit où dormir ! se réjouit sa sœur.

— C'est loin ?

— À une centaine de toises, pas plus.

Augustine se saisit de Renée qui se réveilla à son tour. Jeanne n'avait plus de force. Elles avancèrent lentement en direction des faubourgs avant de déboucher sur une bâtisse composée de plusieurs logements.

— C'est là ! les rassura Augustine en franchissant un portail qui donnait sur un jardinet dépourvu du moindre légume.

— Ils sont de quel bord ?

La fillette ne répondit pas. Elle frappa au battant. Un homme perclus de rhumatismes, le regard vitreux, le teint blafard, leur ouvrit. Il se mit à tousser. Les sœurs pénétrèrent dans la chambre à coucher. Au fond, une deuxième pièce servait de cuisine et de débarras. Une femme en sortit et se plaça dans l'encadrement. Trois drôlesses étaient accrochées à ses frusques.

— Faut pas croire qu'on fait l'aumône ! Tout service a un prix ! balança-t-elle d'une voix de poissonnière. À cause de votre satanée guerre, on n'a plus de travail, nous !

Jeanne s'étrangla.

— Refaites voir la dague ! ordonna le chef de famille.

Augustine s'exécuta en soulevant sa tunique. L'homme chercha à s'en emparer, elle l'en empêcha.

— À qui tu l'as prise, sale vaurienne ?

— Elle l'a ramassée dans un champ. Donne-nous le gîte et le couvert pour la nuit, et demain elle sera à toi ! se rebella Jeanne.

L'homme se tut. Réflexion faite, il se dirigea vers une trappe donnant accès à un escalier qu'il descendit.

— Suivez-moi ! dit-il de sa voix rauque.

Augustine montra la voie à Renée. Elle découvrit alors une pièce enterrée, humide et obscure, simplement éclairée par une petite lucarne ouverte au ras du sol. On distinguait à peine la présence d'un métier à tisser qui occupait le centre de l'espace. Il s'agissait d'une cave qui servait d'atelier de confection. Un coin était recouvert d'une paillasse sur laquelle elles pourraient dormir tout leur saoul.

Une heure plus tard, rassasiées par une potée à base de farine de millet, elles se serrèrent et s'assoupirent très vite. Augustine rêva des moulins de Pierre-Brune, dont les ailes jouaient avec les papillons. Jeanne tenta à nouveau de fuir Vincendeau, dont les sabots racassaient sur le chemin de la borderie de Cassinelle. Elle se réveilla en nage. Il faisait nuit noire. Il y avait du bruit à l'étage. Le tisserand et sa femme se disputaient, de la lumière filtrait depuis la trappe. Elle se redressa en douceur, s'approcha de la lucarne, mais une brume épaisse l'empêchait de voir. Au lointain, elle entendit des chevaux hennir. Des coups de canon claquèrent comme le tonnerre. Des cris de désolation s'élevèrent ailleurs. Jeanne revint s'allonger sur la couche. Augustine s'agita. Sa grande sœur l'apaisa d'une caresse sur la tête.

Peu de temps après, alors qu'elle avait resombré dans le sommeil, elle ouvrit les yeux sur le chef de maison qui la décolla de terre, telle une poupée de chiffon, et la poussa en direction de la sortie. Renée, aussitôt, se mit à pleurer.

— Foutez le camp ! Vos amis ont quitté la ville, vous n'avez plus rien à faire ici ! jappait sa femme.

En deux bonds, Augustine contourna le métier à tisser et se trouva à portée du chef de famille.

— Lâche ma sœur ! exigea-t-elle.

— Tais-toi, sale vaurienne ! Et donne-moi la dague !

Sans réfléchir, elle la lui planta d'un coup sec dans le gras du ventre. Le tisserand hurla. Jeanne se dégagea dans la pénombre, elle prit Renée dans ses bras. L'homme pissait le sang, sa femme se précipita vers lui. À l'étage, les enfants du couple criaient d'effroi. Les sœurs grimpèrent l'escalier en catastrophe et sortirent du logis. Toutes pieds nus et en guenilles, elles descendirent la rue en courant. Transie, Renée s'arrêta.

— Dépêche-toi ! Faut pas rester là ! l'encouragea Augustine.

À cinquante toises, trois soldats mayençais débouchèrent au coin d'une ruelle. Jeanne s'étrangla. Aucune d'elles n'en avait jamais vu. Au même moment, la femme du tisserand les ameuta depuis son jardin.

— Par là ! Par là ! Ce sont des brigandes ! Elles ont attaqué mon homme !

Jeanne et Augustine les virent hésiter. Puis ils se mirent en branle. Augustine prit la main de Renée et la tira de toutes ses forces pendant que Jeanne fermait la marche.

— Courez ! Courez !

Les environs étaient déserts, le sol trempé. Les poumons leur brûlaient tandis que les Bleus gagnaient du terrain. Renée finit par chuter. Derrière elle, Jeanne s'arrêta. Elle se pencha et ramassa une lourde pierre qu'elle jeta vers les soldats sans les atteindre.

— Relève-la et fuyez ! ordonna-t-elle à Augustine.

Les hommes en armes se postèrent à dix pas. Leur chef, au centre, portait une moustache grise qui lui couvrait toute la lèvre supérieure. Le grade d'adjudant était cousu à son uniforme. Jeanne ramassa une autre pierre. Elle les défia du regard. L'un des grenadiers ricana. Il redressa son mousqueton. Dans son dos, elle entendit ses deux jeunes sœurs, en sanglots, reprendre leur course. Au bout de quelques secondes, elle tourna la tête dans leur direction. Elles avaient disparu. Qu'allaient-elles devenir ? Parviendraient-elles à s'échapper de cette ville abandonnée par l'armée vendéenne durant la nuit ? Pour l'heure, en tout cas, elles étaient sauves. Jeanne lâcha sa pierre. Sa tunique bâillait, et laissait entrevoir le galbe d'un sein. Elle ne fit rien pour le dissimuler. Les militaires s'approchèrent. L'un d'eux la piqua du bout de sa baïonnette au ventre.

— Ton nom ? questionna l'adjudant à la voix chaude et au fort accent lorrain.

— Jeanne Angibaud, je suis domestique.

— Tu es de quel camp ?

Elle haussa les épaules.

— Tu es du côté des brigands ?

— Ils ont tué mon père.

— Tu es de notre côté, alors ?

— Je suis du côté de ceux qui me protégeront de la misère.

Les deux soldats se remirent à rire. Un coup de canon les fit taire. Les combats reprenaient près du bois de La Papinière. Leur chef leur commanda de rejoindre au plus vite la garnison.

— Quant à toi, avance ! commanda le Mayençais en saisissant le bras de la jeune femme.

Ils marchèrent deux bonnes minutes en silence. Augustine et Renée devaient être loin, désormais. Le militaire s'arrêta à la hauteur d'une bâtisse en ruine. Il poussa sa prisonnière à l'intérieur et la positionna devant un pan de mur qui avait échappé aux boulets des républicains.

— Mettez-moi en prison !

— Elles sont pleines.

— J'ai droit à un procès !

— J'ai des ordres en ce qui concerne les gens de ton espèce !

Il recula de quelques pas, le visage de Jeanne ruisselait de larmes. Orgueilleuse malgré tout, elle le fixa.

— Le bon Dieu ayant pardonné à ses bourreaux, je dois vous pardonner à mon tour et je le fais de bon cœur, clama-t-elle.

Puis elle fouilla dans ses poches et en sortit un dé à coudre et une pelote garnie d'épingles et d'aiguilles, qu'elle jeta aux pieds du soldat.

— Voici deux petits souvenirs que je vous laisse et auxquels je tenais beaucoup. Si vous êtes marié, ces objets pourront servir à votre épouse, ajouta-t-elle.

Son vis-à-vis ne répondit pas, et se contenta de tendre son fusil à l'horizontale. Les secondes s'égrenèrent. Elle éructa :

— Qu'attends-tu, enfin ?

Il fit feu. La balle siffla près de l'oreille de Jeanne et vint s'écraser contre la pierre. La jeune femme hurla et s'effondra. Quand elle ouvrit les yeux, recroquevillée au sol, elle se sentit vide. Elle palpa son crâne et son buste, ses mains restèrent immaculées. L'homme de guerre remit son arme en bandoulière et fit demi-tour. Au prix d'un effort surhumain, elle parvint à crier :

— Attendez ! Ne m'abandonnez pas ici ! Les soldats vont me massacrer !

42

Noë se réveilla alors qu'il faisait encore nuit. Avachi dans un fauteuil, il avait fini par s'endormir. Il tourna la tête. Anne de Lusignan se tenait à ses côtés, son sabre de cavalerie de trois livres à la ceinture.

— Le prince de Talmont n'est pas revenu de Beaupréau.

— Il est quelle heure ?

— La pointe du jour ne tardera plus. On a ordre de quitter Cholet au plus vite.

— Pour aller où ? Dans cet état, le général de Lescure est intransportable.

— De toute manière, s'il reste là, il mourra. Les Bleus ont mis sa tête à prix.

Le médecin observa le blessé qui semblait atteint d'une forte fièvre. Son pansement était imbibé de sang. Deux domestiques approchèrent une civière qu'ils déposèrent au sol.

— Il va voyager en ambulance. La marquise de Donnissan et ma mère veilleront sur lui. Allez vous débarbouiller. Vous puez le bouc ! Et rejoignez-moi aux écuries, je vous ai obtenu un cheval. Nous partons dans une demi-heure !

Noë retrouva Anne à l'heure dite et on lui confia un limousin, dont on disait qu'il s'agissait de la meilleure race de chevaux de selle d'Europe. Exception faite de Charette, tous les généraux de l'armée vendéenne étaient rassemblés non loin d'eux. À proximité, Henri de Lusignan s'épuisait quant à lui à tenir sa monture. D'Elbée donna du talon le premier et prit le chemin de Beaupréau, située à trois lieues. Sous la protection de l'artillerie, ils y seraient en sécurité. Derrière l'aréopage, la route, baignée par une lumière rasante, était noire de monde. Des milliers de soldats précédaient des dizaines de milliers de femmes et de drôles, chassés de leur pays.

— C'est l'exode, mes amis ! Nous sommes les enfants d'Israël réduits en esclavage par le pharaon ! lança un noble qui portait haut l'étendard blanc sur lequel était cousu un Sacré-Cœur.

Le propos tomba à plat. Personne ne semblait d'humeur à croire que le général d'Elbée possédait les mêmes pouvoirs que Moïse. Si la mer Rouge s'était miraculeusement écartée pour laisser le passage aux israélites, même les plus pieux des Vendéens n'imaginaient pas que la Loire les sauverait de la mort. À cet instant, des coups de canon furent tirés depuis l'esplanade du château de Cholet en direction des républicains, dont l'avant-garde pénétrait dans la ville.

La rivière du May franchie, un coursier vint annoncer aux cavaliers, toujours en tête du cortège, que l'essentiel des troupes bleues avait traversé Cholet sans s'arrêter. L'ennemi, qui tenait désormais une large étendue de terrain entre les châteaux de Bois Grolleau et de La Treille, les pourchassait.

— Ils sont répartis en trois armées, précisa le cavalier. La première occupe la route de Saint-Macaire, une autre est positionnée dans notre dos. Quant à la troisième, elle progresse vers Les Ponts-de-Cé.

— Ils veulent nous couper la route de la Loire, réagit Bonchamps. Combien sont-ils ?

— Vingt mille au moins.

— Alors nous n'avons plus qu'à gagner Saint-Florent au plus vite, abdiqua d'Elbée. En Bretagne nous trouverons des alliés.

— Non ! le coupa La Rochejaquelein. Passer la Loire est une erreur !

— Que proposes-tu alors ?

— De défendre et de reprendre Cholet ! Nous en avons les moyens.

Anne et Noë ne savaient que penser. L'enthousiasme gagna une majorité des hussards qui entouraient les généraux. Henri de Lusignan fut le plus démonstratif. Il voulait se battre. Son père, à ses côtés, paraissait moins vindicatif. Le retour du prince de Talmont, accompagné des pièces d'artillerie, finit cependant de convaincre les plus récalcitrants.

Les chefs descendirent de leur monture. Les compagnies suisses et allemandes se mirent à l'écart. Les autres soldats se regroupèrent par paroisses. Guillaume Chapelier en était. À l'instar de Vincendeau, Ripoche et Picotin, environ quarante paysans de Pierre-Brune obéissaient encore à ses ordres. Ils mangèrent ce qu'il restait de vivres. L'ambulance de Lescure les doubla. Comme en procession, derrière les cabriolets et les carrosses qui transportaient les familles nobles, des milliers de femmes, d'enfants et de vieillards défilèrent sous leurs yeux et, guidés par de gros nuages noirs, poursuivirent leur chemin vers le nord. Noë scruta leurs visages. Il reconnut quelques braves qu'il avait croisés à Châtillon ou à Saint-Laurent. Une vieille lui avait vendu du pain sur la route de Sainte-Hermine. Toute la Vendée insurgée fuyait vers l'inconnu. Au milieu de la foule, il remarqua aussi Mardi-Gras, ses béquilles suppléant sa jambe manquante, qui progressait coûte que coûte au milieu des ornières. Le jeune médecin ne trouva jamais celles qu'il cherchait. Anne le sortit de ses pensées quand, en remontant à cheval, elle lui tendit l'un de ses deux pistolets d'arçon.

— Je ne suis pas certain de pouvoir m'en servir, réagit-il au moment d'enfourcher son limousin.

— Vous réfléchissez trop. De toute manière, cette arme est plus efficace qu'une dague. Demeurez près de moi durant la bataille et, s'il m'arrive malheur, faites comme à Luçon : vengez-moi ou sauvez-moi !

Noë obéit. Tout le temps du déploiement des armées en direction de Cholet, il se tint quelques toises en retrait des Lusignan, qui ne quittaient pas l'état-major du généralissime. À une heure de l'après-midi, ils aperçurent les premiers éclaireurs républicains rebrousser chemin. À leur tour, les troupes ennemies se déployèrent. À deux heures, les canons grondèrent. Tambours en avant, étendards dressés, une épaisse colonne attaqua l'avant-garde bleue fixée dans les landes de La Papinière. À dextre, l'ancien garde-chasse Stofflet donna ses consignes. Les Mayençais reculèrent. Plein axe, d'Elbée et Bonchamps, enfin, se mirent en branle. Ils avancèrent en ordre, les boulets de mitraille sifflaient de toutes parts. Des Vendéens se couchèrent, ils se relevèrent tous. Prise de panique, une division ennemie se débanda et regagna Cholet. D'autres fantassins vidèrent leurs fusils. Puis le corps-à-corps à coups de baïonnette ou de fourche débuta. La bataille était générale, acharnée. La cavalerie sabrait, le sang giclait, les hommes sortaient les crocs en criant leur haine ou leur désespoir. On incendia les champs de genêts, on se contourna, on franchit quantité de haies et de fossés. Malgré l'écran de fumée, Noë discerna les premières maisons en lisière de la ville. Les Vendéens avançaient. Les Lusignan, eux, ne virent que leur frère, Louis, qui leur faisait face, à la tête d'un bataillon de l'infanterie légère appelé en renfort.

La rumeur qui disait qu'il avait été vu lors de la déroute de Torfou n'en était plus une. Louis de Lusignan-Longeville, capitaine au sein de l'armée du Rhin depuis deux ans, combattait l'insurrection vendéenne. Les mains d'Anne se crispèrent sur ses rênes. Henri descendit de cheval et saisit son sabre. Louis, à son tour, le reconnut et approcha.

— Non ! hurla leur sœur.

Plus rien ne comptait pour eux. Surtout pas la férocité des chocs alentour entre brigands et révolutionnaires, ni le temps de l'insouciance qu'ils avaient partagé dans leur domaine de la Sebrandière, ni leurs nombreux duels lors desquels ils se défiaient avec des épées en bois. Henri porta le premier coup. Louis esquiva. Le cadet asséna une deuxième estocade. L'aîné parvint une nouvelle fois à se dérober. Leurs sabres dansèrent au milieu des affrontements, l'un attaquait, l'autre défendait. Et, comme jadis, Louis plia, mais ne rompit pas. D'un geste vif et puissant, il transperça le corps de son cadet au niveau du plexus. Henri de Lusignan s'affaissa sans un mot, le regard cherchant celui de leur père. Anne sauta à terre et courut vers lui.

— Noë, Noë ! cria-t-elle. À l'aide !

Mais il n'y avait rien à faire. La chaleur quitta le doux visage de son frère. Gagnée par la douleur, elle ferma les yeux. Un coup de feu claqua dans son dos. Elle se retourna. Son père venait de brûler la cervelle de son second fils. Il ne restait désormais à Anne que deux sœurs et un frère émigré qu'elle ne reverrait sans doute jamais. Le comte François-Gabriel de Lusignan-Longeville se mit alors à galoper pour se jeter dans la mêlée, où se trouvaient déjà d'Elbée et Bonchamps à la tête de leurs hommes les plus fidèles.

Aucun des trois ne revint indemne.

43

Plusieurs sœurs de la congrégation des Filles de la Sagesse se grimèrent le visage de suie lors de l'arrivée des Bleus à Saint-Laurent. Cela n'arrêta pas les soldats qui les outragèrent avant de les passer au fil de l'épée. Marie, elle, ne fit rien. Impassible, assise au milieu de la chambrée réservée aux blessés républicains, son chapelet dans les mains, elle priait en silence pour le repos de l'âme des invalides de l'armée vendéenne que l'on massacrait à côté.

Soudain, la porte s'ouvrit violemment.

— Par ici, il en reste une ! beugla un soldat.

Deux soldats pénétrèrent à sa suite et s'immobilisèrent. Des uniformes bleus pendouillaient aux bois des lits. L'un d'eux baragouina des mots en patois alsacien, un autre se tourna vers le hussard américain installé dans son fauteuil.

— Fichtre ! Regarde comme il bave, le nègre !

Le troisième scrutait les traits de madone de Marie. Il s'approcha, elle ne bougea pas d'un pouce, il balada son pouce sur sa bouche, elle tremblait comme une feuille, il lui arracha son voile.

— Vous croyez qu'elle va vouloir jouer avec nous, cette drôlesse-là ? se gaussa-t-il en faisant claquer sa langue.

— Et qui va s'occuper de tous ces malheureux pendant qu'on les transfère à Cholet ? Toi, pardi ? tonna un brigadier, qui essuyait ses doigts pleins de sang sur son uniforme en pénétrant à son tour dans la pièce. Va plutôt me réquisitionner une charrette pour transporter ces pauvres bougres !

L'homme de rang baissa la tête et déguerpit aussi vite que venu. Marie respira de nouveau.

— Et toi, la bigote, arrête de rêvasser ! Habille nos soldats et guide-les vers la sortie !

Outre le hussard américain, elle se chargea d'un jeune Parisien alléché par la prime de cinq cents livres offerte par la République. Percuté par le cheval d'un cavalier de sa division, il avait perdu la vue. Deux autres se tordaient de douleur après avoir bu de l'eau croupie. Le plus gradé de tous, un capitaine du deuxième bataillon du Jura, tentait quant à lui de se remettre des blessures infligées lors de sa captivité. Ses tortionnaires lui avaient arraché les ongles et brûlé les mains. Il devait la vie au seul fait d'avoir révélé l'emplacement de sa garnison, qui avait été attaquée dès le lendemain. Les cinq derniers étaient tous saisis de gangrène. L'un braillait à longueur de temps, le deuxième avait écrit plusieurs lettres à ses parents avant de sombrer dans la folie, et leurs trois compagnons d'infortune priaient un Dieu dont ils étaient venus combattre les ambassadeurs les plus zélés.

Le jour déclinait très vite. Le conducteur pressa les révolutionnaires qui finissaient d'empiler des couvertures et des vivres au milieu des brancards. Il proposa à Marie de s'asseoir à ses côtés. Elle refusa. Sa place était auprès des blessés, tournée en direction du clocher de l'église de Saint-Laurent qu'elle distinguait encore à mi-chemin. Au coucher du soleil, le déluge s'abattit sur eux. Marie protégea les hommes à l'aide d'une bâche, puis l'averse s'éteignit au profit d'une brume épaisse qui enveloppa les bois qu'ils traversaient. Signe de malheur, une chouette se mit à hululer. À moins que ce ne fût un brigand qui appelait au rassemblement…

Une sentinelle arrêta le convoi à la porte de la ville. Devant, d'autres lanternes perçaient la nuit et le brouillard. Le conducteur demanda sa route. L'hôpital militaire, siège d'un club au début de la Révolution, se trouvait dans un ancien couvent fermé à la quasimodo[1] 1791 et situé sur la place des Cordeliers. Il arrêta de nouveau ses bêtes en aval du pont qui enjambait la Moine. Des soldats étaient occupés à jeter par-dessus le parapet les cadavres de Blancs, et le courant les emporterait tôt ou tard jusqu'à la Loire. Marie se signa discrètement.

À leur arrivée, l'un des hommes atteints de gangrène était mort. Des hommes en armes se saisirent de sa dépouille et la portèrent dans une cave. Marie descendit à son tour du plateau. Un médecin sortit du couvent au même moment. À la vue de cette nouvelle charretée, il s'étrangla.

— Qu'attendez-vous, bon Dieu ! s'emporta-t-il aussitôt contre Marie. C'est pas l'ouvrage qui manque ! Suivez-moi !

Obtempérant, elle pénétra dans une cour carrée au fond de laquelle un vaste vestibule couvert desservait deux portes à double battant. Celle de dextre, condamnée, menait jadis à l'église. Celle qui leur faisait face s'ouvrit sur un cloître, au centre duquel un espace était réservé à la sépulture des moines. À proximité, une grande croix en pierre avait été abattue à la masse. Sur sa largeur, plusieurs fils d'acier avaient été tendus, où séchait une batterie d'uniformes aux couleurs de la République. Tout autour, au rez-de-chaussée et au premier étage, se trouvaient le réfectoire, les cuisines, des chambres individuelles, le dortoir, le parloir, la bibliothèque et une trentaine de cellules. Marie sut tout de suite où se diriger. Il suffisait d'écouter les plaintes et de se fier aux traînées de sang des brigands que l'on avait égorgés pour faire de la place aux blessés de l'armée révolutionnaire.

1. La quasimodo correspond au premier dimanche après Pâques.

— File à la lingerie, on a besoin de draps propres, lui ordonna-t-on.

Elle obéit sur-le-champ. Au milieu d'autres sœurs qui étaient pour la plupart des Filles de la Charité de l'hôpital d'Angers, elle entassa les nouveaux arrivants avec les autres. Au réfectoire, on lui donna à manger et à boire. Elle se contenta d'un rien. Elle avait sommeil, mais ne réclama pas, et retourna au dortoir où elle nettoya des plaies et changea des pansements, en encaissant les gémissements et les gestes salaces. Puis, au petit matin, on lui confia le soin de récupérer les armes et les valeurs des soldats récemment installés, et de les remiser dans une pièce qui faisait office de consigne. Les bras chargés, elle s'y rendit et commença son tri. À chaque patient son casier. Dans l'un d'eux, elle plaça une bourse pleine de louis d'or, dans un autre elle déposa une pile d'assignats et le passeport de son propriétaire, dans un troisième elle aperçut un objet couvert de sang qui lui était familier.

Elle haleta. Le numéro 44 était inscrit à la craie sur le caisson. Elle abandonna sa tâche, se précipita à l'étage en direction des chambres. Là, elle poussa plusieurs portes, repéra à la lueur du jour le lit portant le même chiffre. Celui qui l'occupait présentait un pansement épais sur le ventre. Il gémissait dans son sommeil. Marie s'approcha et enfonça son pouce dans la plaie. Le tisserand hurla. La dague de Noë sous la gorge, il se tut instantanément.

— Où as-tu volé cette arme ?

— Je… J'ai…

De sa main libre, Marie retira son voile.

— Où est l'homme à qui tu as volé cette dague ?

— Quel homme ? Il n'y avait pas d'homme !

Elle appuya plus fort la pointe de la lame contre la carotide. Une goutte de sang perla. Il finit par céder.

— Ce sont trois brigandes qui m'ont cédé cette arme en échange du gîte, il y a deux nuits, se hâta-t-il d'expliquer.

— Des sœurs ?

Il opina.

— Et elles sont où, désormais ?

— Elles ont pris la fuite après m'avoir blessé. Je ne suis coupable de rien, moi, supplia-t-il.

Marie Angibaud relâcha sa pression et se redressa. Serrant toujours la dague entre ses doigts, elle sortit. Pourquoi Noë n'était-il plus en possession de son bien ? Que lui était-il arrivé ? Où avaient fui ses petites sœurs ? Marie quitta le couvent et s'égara dans la ville. Harassée de fatigue, perdue, elle s'effondra et s'endormit près d'une tuilerie qui bordait la rivière. Le grincement des roues d'un chariot, rempli de caissons d'armes, la réveilla. Quatre officiers de la garde nationale encadraient le convoi du haut de leurs chevaux. Derrière un ciel voilé, le soleil était à son zénith. Elle se releva, d'autres soldats rentraient en ville en criant victoire.

— Les brigands ont traversé la Loire ! Bon débarras !

Marie frémit, elle baissa la tête au moment de les croiser. Elle retrouva le chemin tortueux qui menait à Beaupréau et marcha. Elle transpirait sous son habit de nonne. Au bout d'une heure, elle aperçut une première carcasse sur le bord de la route. Il s'agissait d'un bœuf mort d'épuisement dans lequel on avait découpé des quartiers de viande. D'une pierre, elle chassa les groles[1] qui lui tournaient autour. Puis elle reprit sa progression. Au sommet d'une côte, elle s'arrêta. Devant elle, à dextre comme à senestre, s'étendait un paysage désolé, composé d'arbres brisés, de murs effondrés, d'excavations dans le sol, de carcasses de chevaux, de canons détruits, de cadavres de centaines de soldats et de paysans. Elle s'avança. Un corps ressemblait à celui de Noë. Étendu sur le ventre, on ne distinguait pas son visage. L'arrière de son crâne était fendu. En larmes,

1. Dans l'ouest de la France, le mot « grole » désigne un corbeau.

Marie se pencha et lui tira l'épaule. Il n'était guère plus âgé que le protestant de Pierre-Brune, mais ses yeux, désormais voilés, n'avaient pas la couleur noisette. Elle passa à un autre, le poussa du pied. Son pas devint chaotique, elle serpenta entre les dépouilles, et finit par s'écrouler près de l'une d'elles. Le vieux Vincendeau, l'un des assassins de son père, n'avait pas survécu aux charges républicaines. Elle s'agenouilla et pria pour sa veuve, condamnée à quitter à terme la borderie de Cassinelle qu'une femme seule était dans l'incapacité de gérer.

À la sortie d'un bois, elle discerna Beaupréau. Dans les champs environnants, des paroissiens ramassaient, sous le contrôle de soldats, les débris d'une bataille qui avait lourdement frappé leur village. Des six moulins construits au cours du siècle, un seul subsistait. Le clocher de l'église, dans lequel des rebelles de l'armée catholique et royale s'étaient réfugiés, était tombé sous les coups de l'artillerie de Westermann. Marie se rapprocha de la paroisse. Dans le bourg, des dizaines de voitures et de charrettes stationnaient en enfilade, chargées d'un matériel considérable pris aux Vendéens. Tout autour, attendant les ordres, les républicains faisaient tourner le vin pillé dans les caves à la lueur des lanternes. Non loin, un vieillard, assis sur une pierre, les observait et pleurait. Marie s'avança vers lui.

— J'ai faim, quémanda-t-elle.

Il sécha ses larmes et montra la bâtisse éboulée derrière lui. Il ne possédait plus rien, ni logis ni famille.

— Ma femme et mes filles sont dessous. Quant à mon fils, au mieux il a passé la Loire à Saint-Florent, au pire il bouche un fossé quelque part du côté de Cholet.

— Vous savez si des femmes et des enfants ont pu franchir le fleuve ?

— Il n'y a que ça, ma bonne dame. Mais beaucoup se sont noyés à ce qu'il paraît.

Le vieil homme se remit à pleurer. Marie l'abandonna à son triste sort et repartit. Le long du chemin, elle trouva des ronciers et y picora quelques mûres sauvages. Des ballots de vêtements, des bissacs, des objets divers et variés jonchaient le bas-côté de la route. Probablement des biens dont les fugitifs s'étaient délestés.

Exténuée par plusieurs heures de marche, elle arriva à Saint-Florent-le-Vieil à la pointe du jour. Là, elle s'immobilisa à la vue de la Loire. Des chapeaux rabalets flottaient à la surface de l'eau. Une langue de sable parsemée de quelques arbrisseaux marquait le centre du fleuve. Le port, vide de bateaux, était entièrement aux mains des républicains. Certains, depuis la berge, tiraient à l'aide de chevaux de trait les canons encloués[1] que les Vendéens avaient jetés à l'eau avant de traverser. D'autres tractaient en direction du bourg les chariots de blé et de farine dont l'armée catholique avait dû se séparer. Elle s'approcha. Surprise par les cris de joie d'un soldat saoul, elle évita de peu la glissade.

— Ne faites pas attention à lui ! Il fait partie des cinq mille prisonniers républicains qui ont été graciés par Bonchamps, intervint un batelier dont l'outil de travail avait été réquisitionné par les Vendéens. Sans sa clémence, les brigands les auraient étripés.

Marie le laissa parler. Vaincus et repoussés aux portes de Cholet, les Blancs s'étaient précipités dans la Loire. Les premiers avaient emprunté les quelques barques amarrées, d'autres avaient transformé des charrettes en radeaux, certains avaient franchi le fleuve à dos de cheval. L'artillerie, quant à elle, avait continué jusqu'à Ancenis pour faire passer à gué les caissons d'armes les plus lourds et les bœufs.

1. L'enclouage d'un canon consiste à enfoncer un clou dans la lumière de mise à feu, afin de saboter la pièce au cas où elle tomberait aux mains de l'ennemi.

Au final, plusieurs dizaines de milliers de Vendéens avaient atteint l'autre côté.

— À c't'heure, leur convoi remonterait vers Laval, d'après ce qui se dit. Mais ils sont orphelins. Bonchamps est mort et d'Elbée serait également mal en point. Ils se sont même séparés de leur *Marie-Jeanne* qui était fêlée.

— Et Noë Dubreuil ? demanda-t-elle par réflexe.

— Qui ?

— Dubreuil ? Il a été le médecin de Bonchamps...

Le batelier n'avait jamais entendu parler de lui. Il savait seulement que le général avait été transporté mourant sur l'autre rive, à Varades, où il finit par être inhumé. Démunie, Marie se tourna et rejoignit l'abbatiale de Saint-Florent, édifice austère planté sur un socle fortifié. Elle ne pouvait réprimer son désir de prier.

44

— Rangez-vous ! Voilà les bœufs !

Beaucoup comprirent « Voilà les Bleus ! ». La panique gagna les rangs, des soldats se débandèrent, l'armée entière fut mise en déroute. Il fallut ensuite une demi-journée aux officiers pour rallier les fuyards, avant que ce qui restait de l'armée catholique et royale reprît sa progression en direction de Château-Gontier.

Le convoi s'arrêta de nouveau au milieu de la nuit. Dans une charrette dont les secousses le martyrisaient, Lescure hurlait de douleur. Il fut finalement installé inconscient dans une chaumière et on fit battre la caisse pour trouver un chirurgien. Au petit matin, on porta le Vendéen dans un fauteuil transformé en brancard. Des draps ajustés à l'aide de cerceaux le protégeaient du crachin. Cependant, ses cris reprirent, malgré le soutien et les attentions dont faisaient preuve ses amis et les membres de sa famille qui cheminaient à ses côtés.

À l'arrière, Augustine et Renée suivaient le mouvement. Elles avaient franchi la Loire à califourchon sur un épais tronc d'arbre, grâce à un soldat qui s'était servi de la crosse de son fusil comme d'une rame. Depuis, elles avançaient pieds nus et silencieuses, ainsi que d'autres orphelins qui chapardaient des pommes, face au vent de galerne jetant le froid sur leur visage. Des femmes de paysans, des curés agitateurs, et quantité de vieillards soutenus par leurs enfants les accompagnaient ; quelques hommes en armes aussi, qui, refusant désormais d'aller au front, s'étaient donné pour mission de défendre l'arrière-garde.

Au troisième jour, au bruit de la canonnade, les deux sœurs se cachèrent dans un bois recouvert de fougères détrempées. Le calme revenu, elles reprirent leur route et parcoururent les quatre lieues qui les séparaient d'un village que quelques républicains avaient tenté de conserver. À leur arrivée, la foule se réchauffait à proximité des arbres de la Liberté et des papiers des administrations que l'on brûlait. De l'autre côté de la place, on fusilla un soldat allemand coupable d'avoir sabré une paroissienne qui n'avait pas voulu lui remettre son argent. Augustine n'eut pas le temps de soustraire le regard de sa petite sœur à ce spectacle.

À la nuit tombée, les Vendéens s'abritèrent où ils purent. Les auberges et les maisons bourgeoises accueillirent les familles fortunées et leurs domestiques, les soldats qui en avaient les moyens négocièrent le gîte et le souper chez l'habitant, et ceux qui n'avaient plus le sou, mais des armes, forcèrent la main des récalcitrants, s'octroyant leur lit et leur linge propre. Quant aux autres, les faibles, ils se réfugièrent le ventre vide et la maladie en germe dans les écuries et les granges. Augustine et Renée, elles, se recroquevillèrent et s'endormirent dans la niche d'un chien.

Elles tremblaient de froid lorsque la générale battit le rappel au petit matin. Henri de La Rochejaquelein, le nouveau généralissime, quitta le village le premier. À la tête de l'avant-garde et le bras droit en écharpe depuis une vilaine blessure, le jeune homme de vingt et un ans s'était fixé Laval pour objectif.

Dans l'attente du départ, quelques soldats de métier invectivèrent des paysannes qui s'agglutinaient au plus près d'eux, et qu'ils considéraient comme autant de bouches inutiles à nourrir.

— Retournez d'où vous venez ! Vous ne risquez rien à repasser la Loire ! Les Bleus n'en ont qu'après les nobles et les familles d'émigrés !

Aucune n'obéit. Toutes avaient un mari, un fils, un frère ou un père au sein de la troupe. Et beaucoup d'entre elles n'avaient plus de toit. Main dans la main, les deux sœurs se faufilèrent entre les groupes. L'aînée tendit l'oreille. Des hommes disaient que Charette, le chef de l'armée du Marais, s'était emparé de Noirmoutier. D'autres, inquiets, rapportaient que Laval était protégée par quinze mille gardes nationaux. Elle s'approcha de plusieurs artilleurs qui se partageaient une miche et leur demanda l'aumône. Ils lui signifièrent leur agacement. Suivie de Renée, elle se dirigea alors vers les champs.

Séparés par des murets, des potagers de quelques arpents s'alignaient sur le bord de la route. Dans l'un d'eux, un homme se désolait des ravages causés par les réfugiés. Tous ses choux, navets et poireaux avaient été arrachés. Les fillettes poussèrent un peu plus loin. Hors de sa vue, elles franchirent une barrière. Là aussi, la terre avait été fouillée durant la nuit. Seuls subsistaient quelques oignons rouges. Elles se jetèrent dessus et les mangèrent crus avant de rejoindre le cortège, qui les conduisait chaque jour un peu plus loin du pays qui les avait vues naître.

Rapidement, elles doublèrent un éclopé qui s'appuyait sur des béquilles. Renée le montra du doigt à sa sœur. Augustine frémit quand elle reconnut Mardi-Gras. Elle ne l'avait plus revu depuis le début de la guerre et l'incendie de la métairie familiale.

— J'ai faim. Aidez-moi !

— Par hasard, aurais-tu vu notre sœur ? tenta Augustine. Nous avons été séparées à Cholet.

— Laquelle ? La putain ou l'impure ? demanda-t-il en se fendant d'un rire grossier.

L'enfant serra la main de sa cadette et la tira en avant.

— Attendez ! Ne m'abandonnez pas !

Son timbre de voix, jadis si puissant dans la colère, s'était voilé. Renée courait presque aux côtés d'Augustine qui accéléra encore le pas. Puis cette dernière, essoufflée, s'arrêta. Saisie de remords, elle se retourna en direction de celui qui avait été abandonné à la naissance dans une église. Elle songea à Marie qui aurait fait œuvre de miséricorde à son endroit.

45

Une demeure modeste servit de premier refuge à d'Elbée. Grièvement blessé, il avait été arraché des mains des Mayençais par les volontaires de Beaupréau qui avaient fait rempart. Outre la balle qui l'avait frappé en pleine poitrine, Noë comptabilisa sur le corps du généralissime treize autres entailles à l'arme blanche.

— Il est transportable ? s'enquit son aide de camp qui s'inquiétait de l'avancée des troupes républicaines.

D'Elbée n'attendit pas que Dubreuil se prononce. Malgré la fatigue et le sang qui coulait, il pouvait encore parler. Des Angevins le soulevèrent alors et le hissèrent sur une charrette, dans laquelle plusieurs matelas étaient disposés. Puis on le conduisit dans une métairie éloignée avant de le transférer au domaine de Landebaudière où de Boisy guérissait d'une blessure reçue lors de la bataille de Torfou.

Par miracle, le château avait été épargné. Protégé par les paroissiens de La Gaubretière, les Bleus ne s'y étaient jamais aventurés. Le général fut alité dans la chambre la plus chaude, entouré en permanence de son épouse et d'un domestique. Son beau-frère interrogea Noë après de nouveaux soins :

— Guérira-t-il ?

— La plaie est profonde et la balle n'est pas ressortie. Ce serait vous mentir de dire qu'il va vers des jours meilleurs.

La réponse du jeune médecin ne satisfit pas les proches de d'Elbée. On le congédia pour faire appel à un autre. Sans s'en offusquer, Noë retourna au chevet d'Anne. Saisie de peine d'esprit depuis la mort de son père et de ses deux frères, elle se reposait dans une pièce attenante.

— Pourquoi ? ne cessait-elle de répéter en geignant.

Noë l'avait consolée sur le champ de bataille, il l'avait soutenue et même portée afin de la mettre à l'abri. Mais ensuite, ni les infusions d'ellébore et de millepertuis qu'il lui administrait quotidiennement ni la visite inopinée de Charette à d'Elbée ne permirent d'améliorer son état. Accablée de chagrin, elle refusait de quitter son lit. Elle dut s'en éloigner pourtant. Plusieurs fausses alertes, parfois deux par jour, obligèrent en effet les occupants du château à se réfugier dans un champ de genêts environnant. C'est à cet endroit qu'il se prit à lui lire le livre I des *Essais* de Montaigne. Offusquée, elle l'arrêta au bout de quelques lignes.

— Pourquoi me contez-vous ceci ?

— Parce que je crois que cette philosophie peut vous aider. Montaigne était médecin et il a une façon bien à lui de parler de la mort.

— Rangez ça ! Si vous souhaitez me divertir, lisez-moi des passages de la Bible. Ou bien non ! Trouvez plutôt un exemplaire de *Manon Lescaut*...

Il l'observa. Elle avait la tête baissée vers le sol.

— Il me semblait pourtant que le manque de noblesse des personnages vous rebutait.

— Vous avez sans doute mal compris, rétorqua-t-elle, de mauvaise foi.

Au final, Noë passa les deux jours suivants auprès d'elle, tantôt à lire, tantôt à la contempler durant son sommeil, tantôt à masser avec de la cire d'abeille la cicatrice suintante qui lui zébrait le visage. Il n'eut cependant pas le temps d'aller au terme de sa lecture. Le chevalier des Grieux venait d'apprendre l'exil de Manon Lescaut en Amérique lorsqu'il fut décidé de transférer le général d'Elbée à Noirmoutier. Ce dernier serait plus en sécurité sur le littoral, dans un pays contrôlé par le chef de l'armée du Marais.

Deux cents bons hommes de la paroisse se réunirent et confectionnèrent une sorte de chaise, dans laquelle ils installèrent leur général, incapable de se mettre debout. Chevauchant côte à côte, Anne et Noë fermèrent le convoi parti à la nuit tombée. Devant, les porteurs, sous les consignes d'un officier, se relayaient tous les quarts de lieue. Sur le chemin, des paysans par centaines se joignirent au cortège. Ceux-ci n'accordèrent aucune clémence aux quatre républicains qui leur barrèrent la route près de Clisson.

Le 3 novembre, par un matin de grand vent, ils furent un millier à traverser le détroit de Fromentine. Une batterie, commandée par le gouverneur de l'île de Noirmoutier, tira une salve d'honneur pour l'occasion.

— Ne gâchez pas vos munitions, le blâma d'Elbée d'une voix faible. Ménagez-les pour repousser l'ennemi, vous en aurez vite l'occasion.

Il ne croyait pas si bien dire. François Pajot, un chef vendéen local, avait tenu à peu près les mêmes propos quelques jours plus tôt, après la prise de l'île de Noirmoutier aux Bleus. Chargé par Charette de transférer sur l'île de Bouin plusieurs dizaines de soldats qui avaient capitulé, il les avait fait massacrer au sabre afin d'économiser la poudre à la suite d'un début de révolte.

46

Le 22 octobre, Laval fut prise facilement. La population y étant majoritairement royaliste, Augustine, Renée et Mardi-Gras trouvèrent sans difficulté un toit. Pour la première fois depuis le passage de la Loire, les deux sœurs dormirent une nuit complète. Trois jours plus tard, les Vendéens, soutenus par un demi-millier de Bretons, défirent les Mayençais à Entrammes.

— On va rentrer chez nous, maintenant ? questionna Renée, lorsqu'elle entendit que les républicains n'avaient plus les moyens d'empêcher la progression des brigands.

— Non.

— Pourquoi ?

— Parce que nos généraux en ont décidé autrement.

— Alors on va où ?

— Vers un port de mer.

— C'est quoi la mer ?

— La mer, c'est une étendue d'eau dont on ne voit pas la rive opposée.

Augustine, habituellement si bavarde, était en mal de mots pour rassurer sa cadette. D'autres que Renée souhaitaient également rejoindre la Vendée. Attisée par les prêtres, la révolte grondait au sein de l'armée catholique et royale. Et il fallut toute la sagacité du nouveau généralissime pour étouffer les envies de désertion.

La troupe reprit le chemin de la Normandie. Elle marcha sur Mayenne sans combattre, bivouaqua à Ernée, aux confins du Maine et de la Bretagne. Puis Lescure, le plus dévot des généraux, mourut le 4 novembre sur la route de Fougères. Son corps fut embaumé avant que sa veuve le fasse enterrer dans un endroit reculé, par crainte que les Bleus n'exhument et brûlent son cadavre.

Comme un signe, le vent de galerne se mit à souffler très fort. Dans la ville, les maisons nobles furent visitées et de nombreux habitants, coupables d'avoir jeté de l'eau bouillante sur l'armée du haut des fortifications, exécutés. À Dol, on ouvrit les portes des geôles. Beaucoup de prisonniers vinrent alors gonfler les rangs de l'armée, tout en se prêtant à leur activité favorite durant les longues périodes de repos : le pillage.

Un soir, à Pontournon, en compagnie de mauvais soldats, Mardi-Gras pénétra à la nuit tombée dans le logis d'un notaire. Il en ressortit avec du sang sur les mains, un soulier tout neuf, quoique trop grand, et les poches débordant d'écus. Augustine ne pipa mot, heureuse que sa sœur mangeât enfin à sa faim et dormît sur un matelas. Le jour suivant, une horde d'orphelins les attaqua sur la route d'Avranches. Jeté au sol et roué de coups, l'infirme fut dépouillé de ses valeurs et de son bissac rempli de vivres. Augustine ne put rien face à cette déferlante. En prime, Mardi-Gras, qui l'accusa de ne pas l'avoir défendu, gifla sous ses yeux la petite Renée. Par chance, on avait laissé ses cannes à l'éclopé. Il se redressa et alla ruminer sa colère plus loin.

— On verra bientôt la mer, dit Augustine pour consoler sa sœur qui sanglotait.

— Elle est de quelle couleur ?

— Bleue.

— Comme les habits de ceux qui nous pourchassent ?

— Non. Comme les rochers de granit que l'on trouve dans notre bocage.

— Tu l'as déjà vue, toi, la mer ?

— Non.

— Alors comment tu sais ?

— Je l'ai lu dans les livres.

Renée oublia ses misères et marcha de plus belle, à peine perturbée par les propos d'une femme qui progressait à leurs côtés.

— Nos nobles, je leur faisons pas confiance ! Une fois à destination, ils s'embarqueront avec leurs belles dames dans leurs gros navires pour gagner l'Angleterre. Et nous, les manants, on aura juste nos yeux pour pleurer !

Augustine laissa dire et tira sa cadette par la manche. Ça canonnait dur plusieurs lieues devant. L'odeur de la poudre, charriée par le vent marin, se fit sentir. Puis une pluie drue, qui transformait les chemins en fondrières, se mit à tomber pendant une grosse heure. Guidée par des feux disposés tous les quarts de lieue, l'arrière-garde vendéenne n'arriva à Avranches qu'au milieu de la nuit. Les deux sœurs aperçurent Mardi-Gras, saoul comme un cochon, devant une barrique que des hommes avaient fait rouler jusqu'à la rue principale. Elle contenait du cidre. À proximité se trouvaient Picotin et quelques gars de Pierre-Brune, la barbe fournie et pleine de bave, qui chahutaient et qui braillaient.

Tous finirent par se réfugier dans une forge abandonnée, où ils s'allongèrent sur le sol après y avoir étalé de la paille. Augustine et Renée les suivirent discrètement et s'assoupirent à l'écart, collées l'une contre l'autre. Au deuxième jour, abandonnées par les gars de leur paroisse partis faire la guerre, elles sortirent ramasser des vivres hors des remparts. À leur retour, sur le parvis de la cathédrale, des centaines de femmes fêtaient la libération d'environ soixante prêtres réfractaires de la prison du Mont-Saint-Michel par une compagnie de cavalerie de l'armée catholique et royale.

Une messe était célébrée au sein du lieu de culte. Les deux sœurs se glissèrent à l'intérieur après une brève génuflexion. On y récitait le *Confiteor*. Renée sur ses pas, Augustine se faufila entre les travées et se hissa sur la pointe des pieds. Néanmoins, parmi tous les visages qu'elle fixa, elle ne reconnut jamais ni Marie ni Jeanne, mais celui de Marie-Jacquette de Lusignan-Longeville qui se tenait au second rang, tout de noir vêtue. Le regard las, elle était entourée d'Éléonore et de Claude, ses filles, et du curé Lebrun, dont la présence révélait à tous que les tortures infligées par les républicains étaient infimes en comparaison de l'amour qu'il portait à Dieu. Les deux sœurs ne se manifestèrent pas et s'éclipsèrent avant la fin de l'office.

La liesse fut de courte durée. À deux lieues d'Avranches, le port de Granville, seulement défendu par cinq mille Bleus, resta imprenable. Faute de matériel, les assauts successifs se brisèrent sur les remparts. Usés par une guerre sans fin, La Rochejaquelein et son armée de vingt-cinq mille hommes rentrèrent la tête basse avant la tombée du soir.

— On ne verra pas la mer, alors ? questionna Renée.

Augustine secoua la tête au moment de verser de l'eau sur les chevilles de la fillette. Pigmentée et tannée depuis des semaines par la terre bretonne, la peau de ses pieds vira au bleu.

— J'ai froid ! gémit-elle.

Augustine se tourna vers les hommes de sa paroisse. Ils paraissaient épuisés par le siège de Granville, fatigués de fuir ou de chasser les soldats de Mayence, enivrés par l'alcool qu'ils négociaient à prix d'or. Aucun d'eux n'accepterait de quitter sa couche et d'affronter le vent capricieux pour aller ramasser du bois mort, afin de raviver les flammes du feu qu'elle avait allumé. Elle s'empara d'une brique qu'elle jeta au milieu des braises. Après quelques minutes, elle la retira du foyer à l'aide d'une pince et l'enroula avec précaution dans un linge épais. Le sourire de Renée, lorsqu'elle posa ses pieds dessus, valut mille remerciements. Une satisfaction vite balayée par de grands coups donnés dans la porte.

— Qui nous dé'ange ? hurla Ripoche, dont le propos était souvent rendu incompréhensible depuis qu'il avait perdu ses dents.

— Vot' capitaine. Ouvrez !

Les hommes de Pierre-Brune obéirent. Emmitouflé dans un manteau de cocher, Guillaume Chapelier parut. La partie senestre de son visage avait été abîmée par la mitraille, si bien qu'un bandeau noir lui couvrait l'œil.

— Demain, à la pointe du jour, on change de cap !

— Et pour aller où, pardi ? lui répondit-on.

— Cherbourg ! C'est la décision de not' général !

Les épaules de la vingtaine de paysans se voûtèrent.

— Y sont rincés, dit Picotin alors que ça faisait des lustres que plus personne n'avait entendu le son de sa voix.

— Et qu'est-ce qui nous assure que les Anglais viendront nous sauver ? intervint un journalier, qui avait été amputé de son pouce et de son index dans l'explosion de son fusil.

Le fils du maire de Pierre-Brune n'avait aucune certitude.

— Y crevons de faim et de froid. Et l'hiver approche. Y voulons rentrer dans nos familles, compléta un autre. Y creyons plus dans leurs belles paroles à tertous chés princes qui ne savont que coumandaè et qui pensont qu'à fuir en nous laissant darère zeus-tous.

Il faisait référence au prince de Talmont qui, quelques jours plus tôt, avait tenté de gagner la côte et d'embarquer avec plusieurs membres de sa société en compagnie du trésorier de l'armée. Seul face à tous, Chapelier ne chercha pas à les convaincre. Il but un coup d'eau-de-vie avec eux.

Aucun ne se leva le lendemain matin lorsque La Rochejaquelein sortit d'Avranches avec une avant-garde d'un millier d'hommes. Ils furent en revanche plus prompts à se redresser quand on battit la générale quelques heures plus tard.

— Qu'est-ce qu'il se passe ? cria-t-on dans la rue.

— Rassemblement ! On évacue !

— Pour aller où ?

— On retourne en Poitou !

— Pourquoi si vite ?

— On a les Mayençais dans les reins !

Les plus oisifs bondirent à cette nouvelle. Quitte à fuir sans cesse les hussards, autant le faire loin de ce pays humide et froid. Et tous savaient le sort qui leur serait réservé s'ils étaient pris par les républicains. Moins cléments que feu Bonchamps, ceux-ci n'avaient pas pour habitude de s'encombrer de prisonniers. Le dernier à se réveiller fut Mardi-Gras. Augustine et Renée, elles, étaient déjà debout.

— Attendez-moi ! Où sont mes cannes ? Ne me laissez pas seul ! cria l'éclopé en gigotant dans tous les sens.

Augustine s'arrêta sur le seuil de la porte. Le brigand était livide, son visage décomposé. Ses yeux, qui cherchaient à se raccrocher à l'espoir, balayaient les environs de manière frénétique.

— Ma sœur avait froid. Vu qu'on avait plus de bois, j'ai…

Elle ne termina pas sa phrase. Il se figea.

— Tu n'es qu'une enfant de putain ! éructa-t-il à son endroit quand il comprit que ses cannes étaient devenues de la cendre.

— Fallait pas tuer mon père, répondit-elle sur un ton calme avant de s'éloigner définitivement.

La dernière image qu'elles conservèrent de lui fut celle d'un homme qui chutait lourdement en tentant de se redresser sur son unique jambe.

47

Sitôt arrivés à Noirmoutier, d'Elbée, ses proches, son médecin et ses domestiques s'installèrent dans la maison Jacobsen, un hôtel particulier situé sur la place d'armes, construit par une famille dunkerquoise qui avait fait fortune dans le commerce du sel. Seul manquait à l'appel son confesseur qui n'avait plus donné signe de vie depuis la bataille de Cholet.

Noë, lui, continua de veiller sur Anne. Chaque après-midi, après les soins qu'il prodiguait à l'hôpital de la ville, ils sortaient marcher dans les marais salants ou dans les criques, en bordure du bois de la Chaise, affrontant le froid et les embruns. Autour d'eux, surmontés de drapeaux blancs, les cinq clochers des églises et le donjon du château narguaient les vaisseaux de ligne de la marine française, qui stationnaient au large après avoir maté la révolte sur l'île d'Yeu.

Parfois, ils se rendaient aussi sur le port qui avait connu son apogée à la fin du Moyen Âge grâce au commerce du sel de la baie de Bourgneuf. Les cent trente navires d'antan ne représentaient plus qu'une poignée de bâtiments, quelques terre-neuviers traversaient encore l'Atlantique pour chasser la baleine, quand d'autres barques se consacraient à la pêche à la sardine. Malgré tout, le jeune médecin gardait l'espoir d'y trouver le capitaine d'un vieux gréement, suffisamment téméraire pour braver les tempêtes et les patrouilles républicaines, qui accepterait de jeter ses amarres en direction de La Rochelle. Pour l'heure, aucun marin n'avait osé.

— J'ai préparé une lettre à l'adresse de mon père, expliqua-t-il à Anne. Il doit me croire mort, à présent.

Elle se contenta d'un léger hochement de tête, puis tourna ses yeux embués vers le bâtiment de la poste, remisé dans un hangar depuis que l'île était sous embargo. Attristée par le décès de son père et de ses frères, sans nouvelles de sa mère et de ses sœurs, elle éprouvait pourtant chaque jour plus de plaisir à accompagner Noë en promenade, à tel point qu'elle en prolongeait volontairement le parcours pour ne rentrer qu'à la nuit tombée.

— Vous ne venez plus à l'office du soir ? l'interrogea un jour madame d'Elbée sur le ton du reproche.

— Je me suis de nouveau perdue dans les marais, mentit-elle.

— L'île n'est pas bien grande, pourtant ! Soyez digne de votre rang, mademoiselle, et n'oubliez pas que Dieu est « notre guide jusqu'à la mort ».

Cette citation, tirée du livre des Psaumes, ne lui fit aucun effet. Elle rejoignit sa chambre, s'agenouilla comme tous les soirs face à la croix de trois pieds de hauteur qui habillait un des murs, et récita ses prières. Mais, pour la première fois, elle fut incapable de se concentrer. Un seul être l'habitait désormais, il était de chair et occupait une pièce voisine. Elle renonça à communier avec le Seigneur et s'allongea sur le lit, gagnée par une rêverie qui la ramenait sans cesse vers la figure de Noë.

Au petit matin, le général d'Elbée la fit mander. À cette invitation, elle fronça les sourcils. Son cœur se mit à battre la chamade dans le couloir qui conduisait à ses appartements. Un valet de chambre la fit entrer. Assis dans un fauteuil, le général « la Providence », ainsi que le surnommaient ses soldats, avait l'œil dextre couvert d'un bandeau. Il était chaussé de bottes noires à revers jaune, et une large ceinture blanche rayée d'une double bande transversale marron entourait sa taille au-dessus d'un pantalon de drap clair. Une cravate blanche lui enserrait le col tandis que la croix de Saint-Louis, que lui jalousait Charette, éclatait sur un habit de couleur lilas. À portée de main, sur un guéridon, étaient posés un verre de vin, une paire de gants jaunâtre à crispin brodée de soie bleue et son sabre doré rangé dans son fourreau agrémenté de deux bélières de cuir vert rehaussées de boucles ouvragées.

— Un courrier est arrivé dans la nuit. Les nouvelles du continent ne sont pas bonnes. Notre état-major s'est entêté à aller chercher du secours outre-Loire, et trois colonnes se rapprochent maintenant inexorablement de nous depuis Nantes, Les Sables-d'Olonne et Paimbœuf. C'est un certain Haxo qui les commande.

Sa voix était faible, ses phrases entrecoupées de silences. Il toussa. Un aide de camp se précipita pour lui tendre son verre.

— Nous avons quinze à seize cents livres de poudre, quelques gargousses[1] et à peine quatre à cinq mille cartouches. Ce ne sont pas une poignée de pièces de canon qui vont nous protéger. Et il ne reste plus rien des milliers de quintaux de froment et de seigle saisis lors de la prise de l'île par Charette.

— Qu'attendez-vous de moi ?

— Que vous vous rendiez en soulaire, dans les paroisses du marais d'Olonne, et que vous y fassiez sonner le tocsin. Sans l'appui des Maraîchins, nous sommes perdus.

— Quand ?

— Dans les plus brefs délais.

1. Charge de poudre à canon dans son enveloppe.

Anne acquiesça. Elle allait sortir de la pièce, mais revint sur ses pas.

— Pourquoi moi ? demanda-t-elle.

— On m'a raconté votre témérité. On m'a dit aussi que le maniement des armes avait moins de secrets pour vous que la parole divine. N'oubliez jamais que nous sommes autant au service de Dieu, qui réclame de nous une dévotion ardente et sans faille, que du roi, pour lequel votre père et votre frère Henri se sont sacrifiés.

— Je tâcherai d'être digne de la confiance que vous m'accordez, mon général. Je partirai dès la nuit prochaine.

Lors de leur rencontre suivante, Noë la trouva ragaillardie. Il l'écouta religieusement, puis son visage devint sombre.

— Seule et dans le brouillard qui pèse sans cesse sur ces terres, vous allez vous perdre dans les marais et n'arriverez pas même jusqu'à Croix-de-Vie. Ce pays ne ressemble en rien au Bocage, il est impraticable en plein hiver et les Bleus sont partout, de l'île de Bouin à Talmont.

— Vous ne m'en croyez pas capable ?

— Non.

— C'est là tout le crédit que vous me portez ? s'offusqua-t-elle. Si je ne m'y rends pas, tôt ou tard, les sans-culottes vous massacreront. Une vie, ma vie, n'est rien par rapport à celles de centaines d'hommes et de femmes qui meurent de faim dans cette île.

Fâchée, elle tourna les talons. Il ne fit rien pour la retenir. Le soir même, Noë l'attendit en revanche devant la maison Jacobsen, muni de deux perches de quatorze pieds de longueur.

— Que faites-vous avec ces pigouilles ?

— Ici, on les appelle des *ningles*. En plus de guider les *yoles*, elles servent à franchir les fossés et les canaux qui sont fort nombreux dans la région.

— Je n'en ai point le besoin. Gardez votre attirail. Adieu, mon ami !

— Je vous accompagne ! rectifia-t-il d'un air décidé.

— Et pourquoi donc ? Auriez-vous soudain pris goût à l'aventure ?

— Si je ne cautionne pas votre projet, je dois reconnaître que vous voir partir sans le moindre renfort me cause du tourment.

Son propos la laissa interdite. Il parlait comme le chevalier des Grieux à Manon Lescaut.

— Ces perches nous seront aussi utiles pour sonder les vases dans le passage du Gois, poursuivit-il sans remarquer son trouble. Ne restez pas là à me regarder ! Il faut nous en aller au plus vite, la marée est déjà descendante et on a deux bonnes heures de marche avant d'atteindre Barbâtre.

48

Augustine et Renée ne revirent les gars de leur paroisse que six jours plus tard, dans le petit village d'Antrain. À la suite de violents combats à Dol, le groupe avait encore fondu de quatre unités. Deux étaient morts au cours d'un assaut donné par les soldats de Westermann, un autre avait succombé à la dysenterie. Quant à Picotin, il s'était mis à mimer un cochon à l'occasion d'une veillée. Tous s'étaient esclaffés et l'avaient applaudi, et puis, d'un coup, les yeux exorbités, il s'était redressé, avait sorti son couteau et s'était tranché la gorge. Saisi du mal de haine depuis la mort de son fils, qui avait été crucifié sur les ailes d'un moulin, il avait décidé de le rejoindre.

Se sentant en sécurité à leur contact, les fillettes demeurèrent toutefois à l'écart et dormirent au pied d'un pailler qui les protégea mal de la pluie. Le lendemain, Guillaume Chapelier vint remettre à chacune une petite galette de blé noir mélangée à de la graisse gâtée et des oignons cuits sous la braise. Ce fut leur seul repas de la journée. Après ça, elles repartirent vite, creusant la distance avec les traînards et les infirmes qui subissaient la foudre des Bleus à l'arrière. Des centaines de brigands n'avaient pas eu le temps d'évacuer Avranches et, partout où le cortège faisait halte, talonné par les républicains, les hôpitaux se remplissaient pour se transformer en morgues.

À Ernée et à Mayenne, les Vendéens trouvèrent les greniers vides, et pour cause. L'armée catholique et royale avait épuisé les stocks de blé lors de son premier passage. Là, Renée tomba malade. Malgré la fièvre et les vomissements à répétition, elle réussit à marcher plusieurs heures encore.

— O lé le choléra, tcheu ! T'approches pas de moué ! lui hurla dessus une femme, qui portait dans son dos un bébé emmailloté dont la tête pendait.

Dans la lumière rase, on lui distinguait du poil au menton. Sur la route de Laval, elle s'arrêta devant un calvaire et défit le nœud du drap dans lequel son nourrisson était calé. Celui-ci ne réagit pas. Renée s'immobilisa à son tour et l'observa. Impassible, la femme prit son enfant sous les aisselles, le secoua vivement, sans qu'il ouvrît les yeux. Il était mort. Elle réclama un curé. Personne ne se manifesta. Alors elle n'insista pas, déposa son petit au pied de la croix, le couvrit du linge blanc dont elle n'avait plus l'utilité, se signa et poursuivit son chemin sans un pleur.

Augustine se saisit de la main de sa cadette. Elle brûlait. Son visage était rouge et boursouflé, ses fines lèvres gercées, ses jambes ne la soutenaient plus.

— J'ai sommeil !

Épuisée, Renée s'affaissa sur la terre meuble. Augustine la tira sur le bas-côté, le long d'une haie, en appui contre le tronc d'un noisetier.

— Attends-moi là !

— Non, ne me laisse pas ! cria la petite fille.

Tout en restant à portée de vue, Augustine se précipita en direction d'un vieillard qui portait une coloquinte remplie d'eau à la ceinture. Quoique faible, l'homme mit un bras en opposition. Elle l'implora :

— Miséricorde ! C'est pour ma petite sœur.

— Ravale ta bondieuserie et va mendier auprès de ceux qui nous ont conduits jusqu'ici !

Impuissante, Augustine revint s'asseoir auprès de Renée et la serra contre elle. Devant elles, au milieu d'un paysage morne et triste, passait le rebut des réfugiés vendéens, la queue de comète d'une armée qui avait perdu tout éclat. Le spectacle dura des heures. Renée finit par s'endormir après une quinte de toux sévère. La nuit prit lentement le dessus sur le jour, les réfugiés devinrent petit à petit des fantômes en guenilles, dont les sabots racassaient sur le sol. Et, d'un coup, résonna le bruit d'un galop fourni auquel répondirent des cris d'épouvante. Le cœur d'Augustine bondit. Elle secoua sa sœur pour la réveiller. Alentour, les exilés, qui n'avaient plus de force, jetèrent tous leurs bagages et se mirent à courir sur le chemin. Des os craquèrent dans les ornières, des corps se désarticulèrent. Renée refusait d'ouvrir les yeux, Augustine la gifla. À cet instant, elle aperçut les deux premiers hussards, debout sur leurs étriers, bride dans une main, sabre dans l'autre, hurlant et fouettant l'air de leurs faux couvertes de sang, qui scintillaient sous l'effet de la lune. Renée réagit enfin, Augustine l'aida à se redresser et à se nicher au plus profond de la haie. Piquées par les ronces, elles fermèrent leurs paupières et serrèrent les dents de longues minutes. Jusqu'à ce que le tonnerre laisse place au silence, puis à des plaintes. Un loup se fit entendre au loin. Renée frémit.

— N'aie pas peur, ce loup-là nous protège.

— Comment tu le sais ?

— Il y a très longtemps, là où vit le pape, une louve a recueilli des jumeaux qui avaient été abandonnés. Plus grands, les deux enfants ont fondé la ville de Rome. C'est Noë qui m'a raconté cette histoire.

— Elle est dans la Bible ?

— Non, pas celle-ci.

Renée, sortie de son trou à la suite d'Augustine, oublia très vite le loup et ne retint que le souffle chaud et rauque du cheval couché sur le flanc à quelques pas d'elles. Blessé à une jambe, il avait chuté lourdement au moment de piétiner un paysan-soldat, dont le crâne avait explosé sous un sabot. L'enfant s'agenouilla près de son garrot et lui caressa l'encolure. Son cavalier, qui demandait secours, gisait sur le dos à proximité. Une femme s'approcha de lui. Elle était petite et grosse. Ses doigts, boudinés, tenaient l'arme du républicain qu'elle venait de ramasser. D'un geste sec, elle lui planta le sabre au niveau du cœur avant de lui enlever ses bottes qu'elle enfila sur-le-champ. Un homme s'avança ensuite vers le cheval avec un couteau. Il tourna autour de la bête.

— Dégagez de là ! ordonna-t-il.

Aucune ne réagit. Alors il les chassa à coups de pied et revint vers l'animal en souffrance, qui poussa un long hennissement lugubre lorsque le réfugié enfonça sa lame et retira à pleine main une pièce de chair rouge et chaude. Il croqua aussitôt dedans.

Les deux fillettes reprirent leur marche à petits pas. Elles ralentirent à la hauteur de ballots abandonnés. Augustine trouva du linge propre et même un quignon de pain qu'elle offrit à sa cadette. Plus loin, elles butèrent sur un corps sans tête. Il s'agissait du vieillard qui portait une coloquinte à la ceinture. Par chance, celle-ci était intacte et à moitié pleine. Augustine se pencha et dénoua la courge transformée en calebasse. Un bouchon de liège en assurait l'étanchéité. L'aînée but au goulot la première. L'eau était coupée avec du vin. Renée attendit son tour et se régala avec le restant. Faute au vin ou à la maladie, elle était saisie de vertiges quand elles arrivèrent près d'un tronc d'arbre couché sur la route, sur lequel les hussards avaient disposé en enfilade une vingtaine de têtes décapitées. De l'autre côté de l'obstacle, un bébé, embroché par trois baïonnettes, surplombait autant de fusils rangés en faisceau. Face à ce spectacle, Augustine et Renée accélérèrent, malgré les jambes dures et lourdes, malgré les escarres et les plaies, malgré les ampoules aux pieds et les talons endoloris par la longue traversée de la Bretagne.

Elles franchirent les faubourgs de Laval à l'aurore, sous une pluie fine, longtemps après le gros des troupes. La rue était vide, la ville sans protection. La garnison républicaine avait décampé. Ainsi que le voulait l'usage, les généraux de l'armée catholique et royale et leurs familles dormaient à poings fermés dans les plus belles demeures, pendant que les soldats, saouls de fatigue et de vin de cidre, se reposaient dans les écuries ou les granges, dans le meilleur des cas sur un lit de paille.

Elles poursuivirent jusqu'à la place d'armes. Augustine compta huit pièces de canons alignées devant un hôtel particulier. Renée se rapprocha de la douzaine de bœufs décharnés, allongés au pied de platanes. Les bêtes étaient attachées aux arbres à l'aide d'une corde de moins d'une toise afin qu'elles ne s'étranglent pas. Leurs jougs traînaient non loin. Personne n'avait pris soin de les mettre à l'abri. Les deux filles se retournèrent. À l'autre bout de la place, des soldats chahutaient. Parmi la troupe, deux hommes avaient sorti un couteau et se battaient derrière un rideau de silhouettes.

— Qu'est-ce qu'ils font ? s'enquit Renée.

Sa sœur ne répondit pas. L'un des duellistes pointa son arme en avant, l'autre esquiva et contre-attaqua par un violent coup au ventre. Le premier s'effondra et mourut en réclamant sa mère. Le vainqueur lui cracha dessus avant que le reste de l'assemblée le félicite.

— C'était un Bleu ? questionna de nouveau Renée.

— Je ne crois pas, non.

— C'était qui, alors ?

— Un gars de chez nous, un paysan qui a perdu la tête, expliqua-t-elle avec lassitude.

Augustine toucha le front de sa sœur. La fièvre était tombée. Ce n'était pas le choléra.

— Titine ?

— Oui ?

— Elles sont où, Jeanne et Marie ?

— Je ne sais pas.

— Tu penses qu'elles sont avec notre père et mémé Thérèse ? demanda-t-elle naïvement.

— Je ne sais pas.

— En tout cas, s'ils sont tous ensemble, j'aimerais bien les rejoindre, moi aussi.

Augustine se retourna. Des larmes nettoyèrent son visage qu'elle sécha aussitôt du revers de sa main.

— Viens, partons !

— Pour aller où ?

— À l'église.

— J'aime pas les églises. J'ai peur dans le noir.

— C'est vrai, mais on y sera au sec et j'allumerai un cierge.

D'instinct, Augustine prit la direction de l'église de la Sainte-Trinité, située le long des remparts. Le lieu de culte avait été transformé en temple de la Raison quelques mois plus tôt. Les deux Vendéennes n'y trouvèrent que des blessés et pas le moindre prêtre. Elles s'adressèrent alors aux religieuses pour savoir si elles avaient croisé la route du médecin Noë Dubreuil ou celle de Marie. La réponse, une nouvelle fois, les déçut. Mais on leur indiqua le chemin du prieuré de Saint-Martin, d'où les moines de l'abbaye de Marmoutier avaient été chassés à la Révolution.

Guidées par une tour de croisée recouverte d'une toiture à quatre pans d'ardoises, elles arrivèrent devant la chapelle bénédictine pendant le premier office. Là, Augustine s'arrêta.

— On n'entre pas ? s'étonna Renée.

Sa sœur fit non de la tête.

— Alors pourquoi on est venues ?

— Sois patiente !

Renée piétinait sur les dalles. Les tissus qui emmaillotaient ses pieds rougis étaient trempés. Le portail s'ouvrit enfin et les fidèles, des femmes essentiellement, sortirent en silence. Dans le lot apparut la marquise de Bonchamps, grosse de son mari défunt. D'autres veuves l'entouraient. La mine triste, elles semblaient toutes plongées dans un profond désarroi. Elles ouvrirent chacune leur parapluie, certaines restaient à discuter sur le parvis du projet d'attaque de la cité d'Angers de leurs époux. À l'écart se tenaient quelques dames de compagnie, les plus loyales, celles qui n'avaient jamais abandonné leurs maîtresses, malgré les rumeurs de traitements infâmes que les hussards réservaient aux jeunes et jolies brigandes lorsqu'elles étaient prises. Puis celle qu'Augustine attendait franchit le seuil à son tour. Elle était suivie de ses deux filles. Seul le curé Lebrun manquait à l'appel. L'enfant se faufila entre les groupes, Renée sur ses talons, et se positionna face à la comtesse de Lusignan-Longeville, qui mit un temps certain à les reconnaître. Prise d'effroi devant leur accoutrement de mendiantes, elle porta la main à sa bouche. Dans l'instant, Éléonore et Claude quittèrent quant à elles le masque des jours sombres et ne virent dans ces retrouvailles que l'occasion de rendre plus gaies les heures à venir.

49

Dans la nuit froide de décembre, Anne et Noë progressèrent en silence, s'arrêtant régulièrement le temps que le vent pousse plus loin les nuages qui obstruaient le clair de lune. La mer recouvrait encore le passage du Gois lorsqu'ils arrivèrent à l'extrémité de l'île. Sur le continent, côté nord, à une lieue de distance, un feu réchauffait l'équipage d'une patache[1], qui bivouaquait sur la plage, entre les postes de surveillance du Gois et de la Fosse. Impatients, les deux jeunes gens, à la manière des Maraîchins qui se guidaient à l'aide de leur *ningle*, se lancèrent l'un devant l'autre à l'assaut des vaguelettes qui frigorifièrent instantanément leurs orteils. Après trois gros quarts d'heure d'une marche chaotique, ils en sortirent sans encombre et s'orientèrent vers le petit village de pêcheurs de La Barre-de-Monts, qu'ils traversèrent sans rencontrer âme qui vive. Ils changèrent ensuite de direction à la hauteur d'une chapelle vicariale et empruntèrent un chemin étroit sur leur dextre avant de franchir une écluse. Là, un premier obstacle se présenta à eux.

— L'eau est gelée, signifia Noë. Et on n'y voit rien.

Anne leva la tête, la lueur du jour perçait à l'horizon.

1. Petit bateau destiné au service des grands navires.

— Il faut malgré tout avancer. On doit rejoindre le pays d'Olonne au plus vite, ordonna-t-elle en prenant appui sur sa *ningle* pour tester du bout du pied l'épaisseur de la glace qui figeait la rivière large de quatre pas.

— Non ! Si elle cède sous votre poids, je ne donne pas cher de votre peau !

— Alors que fait-on ?

Pour toute réponse, le médecin donna de grands coups avec sa perche. La glace se craquela aussitôt. Anne prit le relais et enfonça son instrument dans le lit de la voie d'eau. La fourchette d'acier se ficha dans la vase. Tenant l'autre extrémité de la perche, elle recula de trois pas, prit son élan et se propulsa dans les airs. La seconde d'après, elle atterrit de l'autre côté du canal. Noë prit son courage à deux mains et se lança à son tour. Cent toises plus loin, alors qu'une ferme se détachait à senestre dans la brume matinale, ils durent employer le même procédé.

À midi, lorsqu'ils aperçurent le clocher de Notre-Dame-des-Monts, ils avaient franchi une centaine de canaux, roulé dans des fossés, s'étaient enlisés à plusieurs reprises dans des vasières. Ils étaient épuisés. À la traîne, Noë réclama une pause, ouvrit son bissac et en sortit une miche de pain dans laquelle il tailla des tranches à l'aide du couteau de son amie.

— J'ai bien peur que vous ne revoyiez jamais votre dague, dit-elle pour rompre le silence.

Noë s'en moquait, bien que l'objet lui vînt de son grand-père qui lui-même l'avait hérité d'un bisaïeul. Ce propos le ramena vers les sœurs Angibaud. Avaient-elles survécu à la guerre ? Si oui, où se trouvaient-elles désormais ? Et dans quel état ? Il n'en savait rien. Depuis son départ de Saint-Laurent-sur-Sèvre, il s'en voulait de les avoir abandonnées à leur triste sort. Mais avait-il eu le choix ?

— Mangez, Noë ! Qu'attendez-vous ?

Il haussa les épaules. Des mouettes se posèrent près d'eux. Les volatiles avaient le bec rouge.

— Qu'ont-elles ? demanda Anne.

— Je n'en ai aucune idée.

Ils comprirent toutefois sans tarder. À quelques pas de là, un fossé, d'où émanait une odeur pestilentielle, était rempli de cadavres de républicains. Si certains portaient encore leur uniforme, tous avaient été délestés de leurs souliers et de leurs armes. Les oiseaux leur avaient becté les yeux et les entrailles. Anne et Noë fuirent l'endroit et s'arrêtèrent de nouveau quand, devant eux, un chien-loup, les crocs apparents et le garrot en avant, leur barra le passage. Il grondait et bavait. Anne se débarrassa de sa perche et se saisit de la crosse de l'un de ses deux pistolets d'arçon fixé à la ceinture. Elle tendit le bras, avança vers la bête qui se mit à courir dans leur direction et tira. Le coup ne partit pas. Le molosse bondit et chiqua la cuisse du médecin qu'il ne lâcha plus. Le jeune homme hurla, Anne jeta son pistolet, arracha son épée de son fourreau et, tremblante, donna un grand coup de lame sur la nuque de l'animal enragé. Ce dernier couina et s'affaissa. À terre, Noë souffrait, du sang couvrait sa jambe et coulait sur le sol durci par le gel.

— Que dois-je faire ? s'enquit Anne, paniquée.

— Votre écharpe, dénouez-la !

Elle s'exécuta puis, sur ses indications, garrotta la cuisse de son ami en comprimant très fort la plaie avec le tissu de soie. Son épée en main, elle s'avança ensuite vers le chien. Inerte, il se remit pourtant à grogner. Elle éteignit définitivement sa colère. Autour, des groles se rapprochaient en sautillant tandis que le ciel dévoilait quelques oiseaux marins. Elle aida Noë à se remettre sur ses jambes.

— Vous pouvez marcher ?

— Je crains que non, répondit-il en serrant les dents. Menez à terme votre mission, je vais tenter de rejoindre l'île.

— Vous n'y pensez pas ! Dans cet état et seul, vous n'y parviendrez jamais !

Anne ramassa son pistolet d'arçon et le manipula.

— La poudre a pris l'humidité, cette arme est inutilisable ! conclut-elle tout en regardant autour d'elle pour s'assurer qu'aucun autre chien errant ne rôdait dans les parages.

Des larmes de douleur glissaient sur le visage de Noë. Anne lui offrit un mouchoir et patienta. Son compagnon fit un pas en s'appuyant sur son épaule. Puis un second. Il boitait, comme Anne au lendemain de sa chute de cheval après la bataille de Luçon, mais il était vaillant. Cela ne dura guère. Ayant perdu toute capacité de propulsion, il ne put franchir le canal suivant.

— Rejoignons l'océan, proposa-t-elle, de manière à contourner les obstacles.

— Hors de question ! Les Bleus risquent de nous tomber dessus si nous évoluons à découvert ! Partez seule. Je me débrouillerai.

— Jamais ! Je ne vous abandonnerai pas ! Nous nous cacherons le jour dans les dunes et progresserons de nuit, une fois que vous serez rétabli.

Pour la première fois, Noë aima ce feu qui se dégageait d'elle. Refusant de livrer ses émotions, elle coupa court à cet instant et prit les devants. Elle ouvrit grand les oreilles, et fut soulagée d'entendre qu'il se servait de sa *ningle* comme d'une canne pour la suivre. Une bonne heure durant, ils avancèrent ainsi vers le mur de sable qui les séparait de la mer. Malgré le froid, Noë se mit à suer à grosses gouttes et chuta au sol au milieu des chardons. Il brûlait de fièvre, Anne lui donna à boire.

— Qu'avez-vous ?

Il ne répondit pas, tourna la tête en direction d'un bras de mer qui s'enfonçait dans les terres.

— Aidez-moi à me relever ! Il faut que j'immerge ma jambe dans l'eau salée.

— Il fait un froid de gueux !

La gravité qu'il affichait la convainquit. Il se traîna jusqu'à l'étendue d'eau en s'appuyant sur elle, et dénoua l'écharpe qui lui enserrait la jambe charcutée par les crocs du chien-loup. Elle porta son regard ailleurs, il finit de se déshabiller et plongea les membres inférieurs dans l'eau gelée. Il hurla au contact du sel sur sa chair à vif, ne put tolérer ce traitement plus de deux minutes et s'assit sur la berge. Il claquait des dents. Anne se rapprocha. Faute du matériel nécessaire pour faire un feu, elle lui frotta le dos en guise de réconfort.

— Il me faudrait du mercure. Sans ça, je crains que…

— Que ?

Il se tut. Les symptômes des malades mordus par des bêtes enragées débutaient par de la fièvre qui se transformait en convulsions terribles. Noë était condamné à une mort atroce.

Anne s'accroupit près de lui. Le sol, fait d'une terre sablonneuse grise, était dur. Avec son couteau, elle donna de grands coups dedans et commença à creuser un trou. Au bout de trois quarts d'heure d'efforts, une cavité d'un pas de diamètre s'offrait à eux.

— Glissez-vous à l'intérieur, ordonna-t-elle. On va se recouvrir de branchages et passer la nuit ici.

Alors qu'il s'exécutait, il vit la jeune femme s'éloigner et s'en inquiéta.

— Où allez-vous ? lui demanda-t-il d'une voix chevrotante.

— J'aperçois des cyprès au loin. Reposez-vous !

Noë s'endormit vite. Le vent se leva. Au milieu de la nuit, des coups de feu claquèrent. Il se réveilla en sursaut. Le corps protégé du froid par des ramages, il était seul dans son trou, dont le fond se gorgeait d'eau à cause de la marée montante.

50

Les sœurs Angibaud furent conduites dans une maison à colombages de la rue des Serruriers, qui appartenait à un officier municipal en fuite. Une bonne les déshabilla et jeta au feu toutes leurs frusques. Chacune à leur tour, elles furent ensuite plongées dans une bassine d'eau bouillante et nettoyées des pieds à la tête. Puis on décida de leur couper les cheveux.

— Non ! cria Augustine.

La comtesse insista et la fillette comprit qu'il était de leur devoir de lui obéir si elles espéraient rester sous sa protection. Les coups de ciseaux firent apparaître des croûtes purulentes sur le crâne de Renée, qui passait des heures à se gratter depuis qu'elles avaient traversé la Loire. On lui badigeonna la tête de vinaigre, les brûlures provoquèrent des hurlements. Sans s'en émouvoir, la bonne balaya le sol et jeta les cheveux d'un geste sec dans la cheminée. Au contact des flammes, les poux virevoltèrent à l'intérieur de l'âtre.

— Bon débarras ! dit-elle.

On sécha les fillettes près du feu et on leur offrit des vêtements amidonnés. Augustine ressemblait désormais à un garçon. On lui tendit une glace, elle avait les mêmes traits que son défunt père. Alors elle se signa et récita *in petto* une prière. La bonne leur servit une tranche de pain de seigle et des pommes en compote. Le ventre à peine rempli, elles furent installées dans une chambre isolée où elles dormirent vingt heures durant.

À leur réveil, on les pressa. De bon matin, l'avant-garde de l'armée avait pris la route de Sablé. Augustine habilla sa petite sœur à la hâte et elles rejoignirent les membres de la famille Lusignan-Longeville dans la grande pièce de vie. Le cœur lourd, tous visèrent le foyer dans lequel les dernières bûches se consumaient. Ensuite, il faudrait partir et affronter une nouvelle fois le froid, la faim et la peur.

À l'extérieur, un domestique tenait en bride un vieux cheval acheté à prix d'or à Fougères. Il souleva par les aisselles les deux filles de la comtesse qu'il positionna dans des paniers fixés de chaque côté de la selle, puis attacha quantité de ballots sur le dos de la haridelle avant de se mêler au cortège.

— Avour qu'l'est, le père Lebrun ? questionna Renée.

On lui répondit que saint Pierre lui avait ouvert les portes du paradis une semaine plus tôt. Augustine ne chercha pas à connaître les circonstances de sa mort.

Ils marchèrent jusqu'à Sablé, puis poussèrent une journée supplémentaire en direction de La Flèche sans voir le moindre Bleu ni entendre un seul coup de canon. Finalement, la guerre reprit sous les murs d'Angers. Par peur de se retrouver isolées alors que des hussards avaient été signalés sur leurs arrières, la comtesse et toutes les familles de la noblesse s'avancèrent dans les faubourgs, au plus près de la bataille. Incapables de s'assoupir, les quatre enfants recroquevillés sur le même matelas tremblaient comme des feuilles. Au bout d'une journée de combat, la comtesse envoya l'un de ses domestiques aux nouvelles. Il ne revint jamais. Exaspérée, elle sortit malgré l'opposition de ses filles. À son retour, elle était livide, et sa tenue sombre portait des taches de sang.

— Parlez, mère ! Dites-nous ce qu'il se passe, enfin !

Il lui fallut se remettre. Le général de Royrand, grièvement blessé, était tombé dans ses bras. Après avoir provoqué une brèche dans les murailles, deux autres officiers avaient trouvé la mort à ses côtés, sous l'œil attentiste des troupes vendéennes, qui avaient finalement refusé de monter à l'assaut.

— Ce sont tous des couards ! Par leur faute, jamais nous ne repasserons la Loire !

Protégée par de solides fortifications, à l'image de Nantes et de Granville, la cité résista quinze heures supplémentaires aux royalistes. Le siège fut alors levé. Beaucoup de soldats ne se relevèrent pas. Et d'autres, qui avaient pris le parti de se dissimuler, ne furent jamais revus. Isolés dans la campagne angevine, du mauvais côté du fleuve, une mort certaine les attendait.

La comtesse et sa petite société suivirent la déroute. Leurs derniers étendards en berne, les Vendéens, errants, étaient condamnés à s'éloigner de nouveau de leur pays. Peu avant La Flèche, le vieux cheval s'arrêta. Le domestique tira de toutes ses forces sur la bride, la bonne donna de grands coups sur la croupe de l'animal. En vain. Mal fixé, un de ses fers avait percé la sole d'un sabot. Les filles Lusignan-Longeville quittèrent leurs paniers et on détacha les trop nombreux ballots. Les chariots que l'on distinguait dans le convoi étaient remplis à ras bord. Alors la comtesse, ne se résignant pas à abandonner son chargement, héla des paysans qui s'agglutinèrent autour du cheval. L'un d'eux portait un fusil en bandoulière. Elle s'adressa à lui.

— Je vous offre quelques pièces d'or si vous nous aidez à acheminer ces paquets sur vos épaules, énonça-t-elle.

Il répondit par un rictus de rancœur et observa la maigreur de la bête, qui broutait les dernières feuilles des épineux sur le bas-côté. L'or n'avait plus aucune utilité quand il n'y avait plus rien à acheter nulle part.

Silencieuse, elle montra alors l'exemple et empoigna deux balluchons. À l'exception de Renée, les autres en firent autant et se remirent à avancer. Vingt pas plus loin, la comtesse entendit un coup de feu. Elle se retourna. Des hommes, des femmes et même des vieillards, mourant de faim, grimpaient sur la carcasse de l'animal qu'ils avaient abattu. Dans le lot, elle reconnut des domestiques de la famille du général de Bonchamps.

Ils gagnèrent La Flèche en fin de journée, après que les soldats de La Rochejaquelein eurent repris et réparé le pont surplombant le Loir que les républicains avaient coupé à leur départ. Puis, après avoir bivouaqué sur place une nuit, l'ordre fut donné à l'armée de se diriger vers Le Mans, malgré un nombre croissant de blessés et de malades difficilement transportables. Les hommes étaient démoralisés, les femmes et les enfants las de courir sans cesse derrière une armée qui n'avait plus de boussole. Pour autant, tous les valides suivirent la troupe et atteignirent Le Mans après une nouvelle et interminable journée de marche.

— Vous voyez, il nous faut croire en la Providence ! dit Marie-Jacquette de Lusignan-Longeville aux quatre filles lorsqu'elles trouvèrent refuge chez un couple fort riche et distingué qui élevait plusieurs enfants.

Le lendemain matin, toute espérance l'avait abandonnée. Ses derniers domestiques avaient décampé en douce avec la caissette contenant ses bijoux et son argent, tandis que les soldats de Westermann et de Chalbos, regroupés en trois colonnes, avaient pris d'assaut les faubourgs et pourchassaient les Vendéens au cri de « Vive la République ! ». Elles parvinrent toutefois à quitter la ville sans encombre au cœur de la nuit suivante et parcoururent quatre lieues sans jamais s'arrêter.

— Elle est où, notre armée ? s'enquit la benjamine de la comtesse.

— Il n'en reste que des débris, répondit sa mère avec amertume et colère.

Des fuyards confirmèrent. Des milliers de survivants de la campagne de Granville avaient été tués ou écrasés dans les rues du Mans, beaucoup avaient péri dans les maisons, des centaines d'autres encore n'avaient pu échapper à la colère des Bleus, qui les avaient poussés hors des murs avant de les massacrer dans les champs et les bois.

Une pluie froide se mit à tomber. Loin de tout et affamées, elles se rencognèrent au pied d'un châtaignier. Soudain, Augustine s'écarta du groupe.

— Que fais-tu ? s'inquiéta la comtesse, qui avait les traits d'une femme perdue.

— Vous entendez ?

Elles tendirent toutes l'oreille. Malgré le déluge, on percevait les jappements d'un chien.

— Non, pas ça, précisa la fille Angibaud. Les coups de hache, vous les entendez ?

La plus jeune sœur d'Anne de Lusignan confirma. On coupait du bois quelque part en soulaire. Augustine prit les devants.

— Où vas-tu ? Si on quitte la route, on va s'égarer !

— Si on ne réclame pas l'hospitalité, on va mourir ! répondit-elle.

— Et qui te dit que nous ne serons pas dénoncées ?

— A-t-on le choix ?

Renée courut rejoindre sa sœur. Les trois autres finirent par suivre. Elles escaladèrent des barrières, piétinèrent les fougères, enjambèrent des fossés remplis d'eau, glissèrent dans la boue, se griffèrent dans les ronces, pour découvrir une chaumière isolée dans la campagne bretonne. À proximité, sous l'averse, un enfant d'une douzaine d'années observait son père débiter un chêne déraciné par une tempête. Le cœur battant, trempée de la tête aux pieds, Augustine s'avança la première. Le Breton en laissa tomber son outil et cria :

— Suzanne !

La porte s'ouvrit. Une femme qui allaitait apparut sur le seuil. Renée et les autres quittèrent à leur tour leur cachette. La métayère resta bouche bée un instant, puis fit un pas dans leur direction pour les inviter à s'abriter. Elles ne se firent pas prier et pénétrèrent dans une pièce basse et obscure, au fond de laquelle de la tourbe qui brûlait dans la cheminée renvoyait une lumière verdâtre sur leurs visages livides. Les filles de la comtesse, elles, n'avaient d'yeux que pour les deux bœufs, dont les têtes perçaient une cloison en planche à travers de grands trous afin d'accéder au râtelier qui se trouvait dans la chaumière.

La patronne déposa son enfant sur un lit matelassé d'une balle d'avoine et poussa d'autorité les étrangères vers le foyer. Elle s'éloigna ensuite et revint avec une cruche qu'elle leur tendit.

— Buvez à votre aise. C'est de l'eau tirée du puits. Y va vous faire réchauffer de la soupe aux choux pendant que vous séchez.

Son mari, qui se prénommait Gilles, rentra avec son fils. Sans prendre cas des visiteuses, il s'adressa à sa femme :

— Y pouvons pas les héberger ! Si la maréchaussée débarque ici, c'est l'échafaud assuré ! Remplis-leur le ventre et renvoie-les d'où elles viennent ! Y veux qu'elles aient foutu le camp à mon retour.

— J'ai de l'or ! affirma la comtesse en faisant glisser sa bague de mariage le long de son annulaire.

Mais l'homme haussa les épaules et sortit.

— Laissez-nous au moins nous reposer une nuit entière !

Son appel à la charité n'eut pas plus de prise. Conformément aux ordres de son mari, Suzanne leur servit de la bouillie de blé noir au lait de brebis et leur enjoignit de déguerpir au plus vite.

— Gardez mes deux filles avec vous, je vous en conjure ! supplia de nouveau la veuve Lusignan-Longeville sur le pas de la porte. Je suis riche, je vous ferai verser une rente dès que le calme sera revenu dans le pays. Je peux vous laisser ma bague et mes boucles d'oreilles en gage. Je ne vous demande qu'une chose en échange : qu'elles soient élevées dans la vertu et la piété.

— N'insistez pas. Mon mari ne va plus tarder.

— Alors, dites-nous au moins dans quelle direction nous rendre !

La métayère ne pipa mot et les regarda partir par là où elles étaient arrivées.

— Attendez !

Elles se retournèrent toutes vers Suzanne. Rendues malheureuses par l'attitude de leur mère qui avait cherché à les abandonner pour mieux les sauver, Éléonore et Claude pleuraient à chaudes larmes.

— Votre armée s'oriente vers Ancenis qui est à deux jours de marche, précisa-t-elle en montrant le sud-ouest. Si vous y parvenez, allez trouver la dame Ancelin, j'ai été femme de chambre chez elle. Elle demeure rue des Quais. Dites-lui que c'est Suzanne qui vous envoie. Vous y serez en sécurité, d'autant qu'elle ne porte pas beaucoup dans son cœur les idées nouvelles. Que Dieu vous préserve !

Fatiguées, mais rassasiées, elles suivirent le chemin indiqué et rattrapèrent quelques réfugiés devenus agressifs à cause du froid et de la faim. L'un d'eux mourut à leurs pieds. Elles fouillèrent son bissac. Celui-ci contenait des feuilles d'assignats humides, probablement imprimées par les presses de Goichot, que plus personne n'accepterait désormais. La découverte d'un lot de fourchettes en argent leur permit toutefois de négocier le gîte et le couvert chez un paysan habitant un hameau entre Le Mans et Candé.

Le matin de la Sainte-Adélaïde, sous un vent glacial, elles traversèrent des marécages et pénétrèrent dans Ancenis par la porte du Pontereau, peu après les quelques centaines de soldats qui encadraient encore La Rochejaquelein et Stofflet. Vêtues de hardes misérables, elles montèrent comme les autres sur les remparts. Habituellement si calme, la Loire, en contrebas, semblait en colère. Au-delà, dans le pays des Mauges qu'elles n'avaient plus foulé depuis la mi-octobre, les nuages écrasaient le clocher des églises. Sur la rive, faute de bateaux disponibles, des soldats s'empressaient de construire des radeaux à l'aide de planches, de tonneaux et de bois de toute espèce. Soudain, Renée tendit un doigt dans leur direction.

— Quoi ? demanda Augustine.

La petite sœur garda la pose. Augustine se concentra à son tour sur les hommes qui jouaient du marteau. Guillaume Chapelier avait survécu, il était devenu sec comme un sarment de vigne. Pressée de le questionner, de savoir s'il avait revu ses sœurs, la fillette se mit à le héler. Mais ses cris furent couverts par une détonation qui résonna depuis une chaloupe canonnière. Les républicains contrôlaient le fleuve et entendaient briser tous les espoirs de ceux qui souhaitaient le franchir. Effrayés, les soldats quittèrent leur poste de travail et se réfugièrent derrière les murailles. Au deuxième coup de canon, la comtesse et les quatre filles se trouvaient chez la dame Ancelin. Son mari était un gentilhomme qui avait été commis au district d'Angers. Ils les logèrent sous les toits, dans une chambre de bonne. De là, par la lucarne, elles notèrent la présence des hussards qui ne se risquèrent pas à forcer les portes de la ville.

Des cris de joie éclatèrent dans les rues lorsqu'on apprit que le général et une avant-garde avaient réussi à passer en douce sur la rive senestre. Sans chef, d'autres se débandèrent en masse. Puis, au bout d'une semaine, la rumeur d'une amnistie en faveur de ceux qui se rallieraient aux républicains gagna les alentours. Accablés de vivre dans une souricière, beaucoup cédèrent. Des Vendéens et quelques chouans[1], fuyant les armes à la main, furent tués. Les Bleus, quant à eux, réinvestirent Ancenis au grand dam du sieur Ancelin, qui paniquait chaque jour un peu plus à l'idée qu'on découvre chez lui des réfugiées.

— Hier, ils ont perquisitionné la maison des Langlois ! Trois familles de brigands étaient cachées dans les caves ! hurla-t-il à son épouse. Pour sûr, on ne les reverra plus jamais !

— Tais-toi ! Tu veux te faire remarquer des voisins ?

— Et ça, tu en fais quoi ! insista-t-il.

Il montrait un récent arrêté interdisant sous peine de mort d'accorder l'hospitalité aux brigands, arrêté que les crieurs de rue se faisaient une joie de rabâcher aux quatre coins de la ville. Sans réponse de son épouse, il finit par ressortir de sa demeure. À son retour, cinq habits bleus de la garde nationale l'accompagnaient.

---

1. Comme les Vendéens, les chouans sont des insurgés royalistes, mais originaires de Bretagne, du Maine et de Basse-Normandie.

51

Noë repoussa les branchages et se redressa. Il perdit l'équilibre. Les coups de feu avaient cessé. Où était passée Anne ? Il tendit l'oreille, perçut au loin le ressac des vagues, puis sortit de son abri de fortune à quatre pattes. Il ne distinguait pas ses pieds dans la nuit noire.

— Anne ? Où êtes-vous ? souffla-t-il.

Personne ne répondit. Il haussa le ton. En vain. Aveugle, au milieu de nulle part, il fit quelques pas autour de son refuge. Quelle heure était-il ? Il leva la tête, scruta le ciel à la recherche des astres, la lune refusait de se montrer. Alors il se recouvrit des ramages de cyprès et patienta jusqu'à l'aube dans un demi-sommeil peuplé des voix de ses parents, mélangées au cri des mouettes.

Au petit matin, il grelottait. Sous l'effet du gel, l'écharpe qui lui servait de pansement à la cuisse avait durci autour de sa blessure devenue indolore. Il se remit sur ses pieds, retrouva sa *ningle*, et parvint à faire quelques pas. Anne n'était pas revenue. Il l'attendit encore, eut toutes les difficultés à réanimer ses orteils puis, définitivement gagné par le doute, se décida à rejoindre la plage léchée par une mer agitée. Sur sa dextre, il aperçut au loin le versant sud de l'île de Noirmoutier. Une frégate, dont on discernait tout juste la silhouette, en surveillait les côtes. Il lui tourna le dos et se traîna en direction du pays d'Olonne.

Il lui fallut parcourir un quart de lieue avant de la découvrir. Elle était adossée à un tronc d'arbre rejeté par l'océan. Noë abandonna sa perche, il s'enfonça dans le sable mou et se précipita à ses pieds. Sa bouche était grande ouverte, ses yeux mi-clos, son visage se noya de larmes lorsqu'elle le reconnut.

— Anne ! Qu'avez-vous ?

— J'ai ce que vous m'avez réclamé, répondit-elle avec peine.

Il ne comprit pas. Il porta ses doigts à sa carotide, son pouls était faible.

— J'ai poussé jusqu'à l'hôpital de Saint-Gilles, ajouta-t-elle. Regardez dans mes poches.

Noë la palpa. Il tomba sur des ampoules de mercure qu'elle avait dérobées aux républicains. Et sur du sang, aussi.

— Qu'avez-vous, bon Dieu ?

Il l'allongea, ouvrit sa veste, la lui retira. Un projectile avait traversé le tissu à la hauteur de son échine. Anne se mit à gémir de douleur, puis à sourire.

— Vous allez pouvoir guérir, Noë.

Concentré sur ses premiers soins, il se tut. D'instinct, il se recroquevilla lorsqu'il entendit le son lugubre d'une corne de bœuf.

— C'est quoi ? chuchota-t-il.

— Un signal de ralliement. Ce sont les Paydrets[1] de Charette qui en usent pour se rassembler quand il y a menace imminente.

Ils étaient cette menace. Dans leur dos, depuis le sommet de la dune, à moins de vingt pas, quatre Blancs les mirent en joue et leur intimèrent de ne pas bouger. Ils étaient tous vêtus de gilets sans manches, fabriqués en peau de mouton.

1. Les gens du pays de Retz.

— Qui va là ?

— On arrive de Noirmoutier, expliqua Noë.

— Nérmoutàe, rectifia Anne en patois saintongeais.

Cette prononciation au charme si particulier à l'oreille, cet idiome que les gens de la ville voulaient à tout prix gommer, rassurèrent leurs vis-à-vis. La présence des perches finit de les convaincre, car les républicains n'osaient pas utiliser autre chose que des échelles pour franchir les fossés. Quant aux femmes, elles avaient interdiction de combattre chez les Bleus. Ils baissèrent tous leurs armes.

— Sivàie-nous !

Noë aida Anne à se relever. Sitôt, les Maraîchins vinrent soutenir celle dont, même en état de faiblesse, on soupçonnait le rang. Le plus costaud de la troupe la porta sur son dos le temps de gravir la dune et de la redescendre. Puis un autre prit le relais en silence. Se relayant, ils marchèrent ainsi une demi-lieue en direction du soleil levant, avant de distinguer une bourrine. À son approche, celui qui tenait la corne de bœuf souffla dedans. Des hommes, sales et hirsutes, sortirent de la bâtisse composée de torchis à base de terre d'argile mêlée à de la chaux, et surmontée d'un épais toit de roseaux. Quelque part, dans une étable, des moutons bêlèrent. Un coq leur répondit.

On mena les deux étrangers dans une pièce chauffée. Une odeur terrible de camomille réveilla alors Anne qui s'était endormie sur le dos de son porteur. Une jeune femme née avec un bec-de-lièvre promenait dans toute la maison des fleurs puantes qu'elle faisait brûler avec du sucre dans un récipient en terre cuite, afin de chasser les nuées de gibrons[1] qui pullulaient même au cœur de l'hiver. Un gars remonta de la cave une bouteille de négrette[2] et versa son contenu

---

1. Moustiques des marais vendéens qui transmettaient toutes sortes de fièvres.

2. Cépage répandu dans les Charentes et en Vendée qui tire son nom de la couleur noire qu'il donne au vin.

dans plusieurs verres pour chasser l'odeur. Celui qui soutenait encore Anne se rinça le gosier avant de la déposer sur un lit aux côtés d'un autre gisant.

— Non ! réagit Noë. Positionnez-la près du feu, il me faut de la lumière. Je vais avoir besoin de linge propre et d'eau bouillante.

Personne ne bougea. Tous se regardèrent, médusés.

— Je suis médecin !

La femme au visage déformé se mit à l'ouvrage la première. Les autres, impénétrables, observèrent Noë nettoyer la plaie et ausculter la blessure par balle. Le projectile était apparent. De son temps, Ambroise Paré avait fabriqué toutes sortes de tire-balles. Droits ou courbes, à bec de grue, de cane ou de lézard. Mais Noë n'avait rien de tout ça dans son bissac.

— Où se trouve le maréchal le plus proche ? Il me faut des outils !

— Lesquels ?

— Bistouris, ciseaux, et tout son matériel de cautérisation. Précisez-lui que c'est pour extraire un corps étranger qui s'est fiché à un pouce de profondeur.

Les quatre hommes qui les avaient secourus sur la plage quittèrent la ferme sur-le-champ, sans dire quand ils reviendraient. Noë retira à son tour son pansement. Sous l'effet de la chaleur, sa morsure se mit à l'élancer et à puruler.

— Utilisez le mercure sans plus attendre, lui suggéra la fille de la comtesse de Lusignan-Longeville, qui le fixait depuis la chaise sur laquelle elle peinait à se tenir. Ce serait dommage que vous ne me surviviez pas.

— Soyez sans crainte, aucun de nous ne va mourir.

— J'ai pourtant le sentiment de suivre la même destinée que Manon Lescaut. Me pleurerez-vous ?

— Je vous en prie, ne soyez pas pathétique.

Anne avait cependant raison, il fallait agir au plus vite. Assisté de la femme au bec-de-lièvre qui se pinçait le nez, le médecin purgea sa plaie à l'aide d'une dose de deux gros[1] de mercure. Puis, assis près de la cheminée, au milieu des traces de fiente de poule qui constellaient le sol en terre battue et tuiles pilées, il s'assoupit. Il fut réveillé par une succession de coups de feu.

— Qu'est-ce que c'est ?

— Rien. Seulement nos hommes qui chassent.

Noë se leva. Par une petite lucarne, il vit les quatre Maraîchins, une perche sur l'épaule et le fusil sur l'autre, qui rentraient. Le poil trempé, un épagneul les accompagnait, tenant dans sa gueule un canard sauvage. Un cinquième homme, qui avait le triple de l'âge de Noë, marchait dans leurs pas. Il s'agissait du maréchal-ferrant.

— Qui'que faut rebouter ? demanda-t-il au moment de pénétrer dans la pièce.

Ainsi parlaient ceux qui, en plus du travail à la forge, pratiquaient tout type d'acte médical sur diverses sortes d'animaux. D'un coup de menton, on désigna Anne, qui somnolait sur sa chaise.

— Doune-me don' à bouère avant qu'y commençons !

— Je préfère m'en charger, coupa Noë.

— Qui qu'o l'é, ce coquelet ? s'enquit-il sans se tourner vers l'importun.

— Je suis médecin.

— Médecin n'est pas chirurgien, répondit l'empirique.

D'autorité, et renonçant à son verre d'eau-de-vie, il se pencha sur la blessure de la Vendéenne.

— Ne te fais pas de mouron, y m'y connais avec vous autres les gens de la haute. Avant-guerre, o lé moué qui soignaè les pur-sang du haras de Fonteclose, dit-il en se

1. L'équivalent d'un quart d'une once, soit près de huit grammes.

fendant d'un rire bestial. Netiaè la table et calaè chéte marquise sur la panse !

Noë s'étrangla. Les mains tremblantes et sales, le sexagénaire palpa l'échine de la jeune femme. Elle grimaça de douleur.

— Qu'on lui doune à bouère !

Noë obéit. L'alcool avalé, il glissa entre les dents de son amie une cuiller en bois. Au passage, il lui caressa tendrement le visage.

— Noë ? marmonna-t-elle.

— Oui ?

— Merci.

Une larme coula le long de son nez et tomba sur la table.

— Pourquoi ?

— Pour votre bienveillance.

— Je me rappelle une époque où vous disiez que cette humanité me tuerait…

Elle masqua son sourire.

— Je dois reconnaître que j'éprouve aujourd'hui énormément de plaisir à être l'objet de votre sollicitude.

— L'alcool vous travaille, vous ne savez plus ce que vous dites. Serrez les mâchoires, les minutes à venir risquent d'être très pénibles.

— Donnez-moi votre main, elle me rendra plus forte encore !

Il la tendit, elle s'en saisit puis ferma les yeux. L'instant d'après, Noë tourna la tête vers le maréchal-ferrant de la paroisse de Saint-Jean-de-Monts. Ce dernier s'empara d'une feuille de sauge, une sorte de bistouri à double tranchant. La lame, longue d'un empan et large d'un tiers de pouce, était couverte de sang séché. Noë le lui fit remarquer. Il haussa les épaules et, sans le moindre avertissement, enfonça d'un coup sec l'instrument dans l'orifice d'entrée du projectile. Anne hurla, son corps se contracta, tous les hommes se jetèrent sur elle pour la garder immobile. Le protestant chercha son pouls sitôt qu'elle s'évanouit. Elle vivait. Le vieux forgeron extirpa la bille de plomb de sa niche et se dirigea vers l'âtre dans lequel il plongea un couteau de feu. Noë le relaya et nettoya l'entaille, qui saignait abondamment, avec un linge. L'artisan s'épongea le front, but un verre et reprit sa place. Noë s'écarta. L'outil qu'il tenait en main lui servait habituellement à cautériser les plaies des bêtes. D'un geste sûr, il l'appliqua plusieurs interminables secondes sur la blessure de l'héritière de la famille Lusignan-Longeville. L'odeur caractéristique du cochon grillé se répandit dans la pièce.

— Si votre boune amie y tient, y peux lui sertir la balle sur un colàe, proposa le forgeron, à l'issue de l'intervention.

— Je veux surtout que vous cicatrisiez la morsure que j'ai là, dit-il en présentant à son tour sa jambe.

Le maréchal se moucha dans ses doigts et remit son outil à chauffer dans les braises.

52

Les cinq femelles, comme les nommèrent les gardes qui les arrêtèrent dans la maison Ancelin, furent directement conduites au château d'Ancenis, qui tenait lieu de prison depuis la reprise de la ville par les républicains. On les parqua avec d'autres femmes dans une pièce du dernier étage. Ornée d'un contrecœur décoré de coquilles Saint-Jacques, une cheminée gigantesque laissait pourtant pénétrer le froid. Les filles de la comtesse se mirent à claquer des dents, osant à peine regarder leurs compagnes d'infortune. Huit mois d'errance n'avaient pas gommé les mauvais souvenirs de leur premier enfermement à Fontenay-le-Comte.

— Quand viendra-t-on nous libérer ? s'enquit l'aînée.

— Vont-ils nous donner le souper ? enchaîna la seconde.

— Vous reste-t-il des valeurs, mère ? s'inquiétèrent-elles de concert.

Les questions fusaient. La comtesse resta muette comme une carpe. Claude, la cadette, avait des crampes d'estomac. Elle la poussa en direction d'un baquet posé dans un recoin sombre qui dégageait une odeur pestilentielle. Se sentant observée, l'adolescente s'arrêta net et continua de se retenir. Sa grande sœur se mit à pleurer. Pour seule consolation, Augustine lui prit les mains pour les lui réchauffer. D'un geste soudain et vif, elle reçut une gifle. Toute l'assemblée se figea.

— Cette guerre est de leur faute ! vociféra la jeune aristocrate en désignant les filles Angibaud.

— Tais-toi ! la réprimanda la comtesse. Où sont passées tes bonnes manières ? Mets-toi à genoux et demande pardon à Dieu pour tes offenses.

— Jamais ! cria la rebelle. De les avoir suivis, ces gueux et leurs curés nous ont conduits à la ruine et au malheur !

— De les avoir suivis ou de les avoir guidés ? riposta sa mère. Es-tu bien certaine de ce que tu avances ? La fatigue et le chagrin te font perdre la raison, ma fille. Reprends-toi !

Marie-Jacquette de Lusignan-Longeville ne reconnaissait plus celle qu'elle avait enfantée. Elle tenta de la calmer en la serrant dans ses bras, mais sa fille se détourna. Des dizaines de miséreux observaient l'impertinente comme s'ils attendaient une suite.

— Qu'avez-vous toutes à me fixer avec vos regards de bovins ? hurla-t-elle de plus belle. Voyez ce que vous êtes devenues, bon sang ! Vous avez attisé la haine de vos hommes, et où se trouvent-ils désormais ? Ils sont morts quelque part dans le Maine ou en Bretagne, sans sépulture, enterrés dans un trou ou une fosse commune dont vous ignorez l'emplacement. Tout ça parce que vous êtes bêtes comme des oies et têtues comme des ânes !

Rouge de colère, une femme au visage rond avança. Personne ne la retint.

— Que veux-tu, toi ? cracha encore Éléonore. La guerre t'aurait-elle fait oublier la considération que tu dois aux gens de mon rang et de mon éducation ?

Épouse d'un boulanger réquisitionné de force par l'armée catholique et royale dans un village situé à proximité de Rennes, la femme contre-attaqua :

— Au contraire. La guerre me rappelle chaque jour que l'estime ne se mérite qu'au talent et à la vertu.

Elles se défièrent en silence une poignée de secondes. Un pas les séparait quand deux hommes en armes pénétrèrent dans la salle, en brandissant des baïonnettes.

— Augustine Angibaud ! tonna un soldat de la garde nationale.

Renée fut la plus réactive. Refusant qu'elle s'éloigne, elle entoura de ses petits bras une des jambes de sa sœur. Un coup de crosse dans les reins la fit lâcher prise. Rapidement, Augustine atterrit au milieu d'une grande salle ornée de boiseries et de tapis d'ornement, où siégeaient trois militaires aux uniformes galonnés. Elle leva la tête dans leur direction, mais ce fut un greffier, assis sur le côté, qui prit d'abord la parole et prononça des mots qu'elle ne comprit pas. Seule certitude, le 18 frimaire de l'an II de la République française[1], une et indivisible, comme il lui fut précisé, elle se trouvait devant un comité de surveillance, chargé de l'interroger sur les raisons de son arrestation.

— Nom, âge, profession et demeure, réclama l'homme placé au centre du trio.

Il s'agissait du citoyen Piot, un membre du club des sans-culottes d'Ancenis qui avait jadis été missionné pour assurer le bon déroulement des travaux défensifs de la ville. Malgré de grosses dépenses et l'érection de remparts qui protégeaient un large fossé, les rebelles avaient envahi Ancenis à trois reprises en un an.

— Augustine Angibaud, j'ai neuf ans, je suis gardienne de moutons, je suis née dans la paroisse de Pierre-Brune, district des Herbiers, dans le département que vous avez baptisé Vendée, où j'ai toujours vécu jusqu'à ce que mon père soit tué et que notre maison soit brûlée.

Surpris, l'auditoire scruta celle qui venait de dresser son état civil sans ciller.

1. Le 8 décembre 1793.

— Où as-tu été arrêtée ?

— Dans une maison, chez de braves gens qui ont accepté de nous offrir le gîte et le couvert. Le monsieur a fini par nous dénoncer parce que c'est interdit d'héberger des gens comme nous depuis qu'il y a la guerre. Mais je voudrais dire que…

— Silence ! Tu jacasses trop ! Avec qui as-tu été arrêtée ?

— Avec ma petite sœur, et avec la comtesse de Lusignan-Longeville et ses deux filles.

— As-tu fait la guerre avec les rebelles ?

— Les enfants ne font pas la guerre.

L'homme qui menait l'entretien la fixa. Elle ne baissa pas le regard. Un ange passa. Il reprit :

— Et la comtesse ?

— Non plus. Je…

D'un geste de la main, le militaire l'interrompit, puis il donna des instructions au greffier :

— À la dernière question posée, écrivez : « Oui, elle a servi la cause des rebelles en aidant à la fabrication des balles dans la paroisse de Saint-Laurent-sur-Sèvre. »

— Ce n'est pas vrai ! s'insurgea Augustine. Nous n'étions pas ensemble à Saint-Laurent !

— Tais-toi, brigandine ! As-tu suivi l'armée rebelle dans toutes ses expéditions ?

Silence.

— Je t'ordonne de répondre !

Nouveau silence.

— Réponds ou je dis aux gardes de faire venir ta petite sœur !

— Oui, j'ai suivi l'armée des rebelles.

— Où ?

— Candé, Segré, Château-Gontier, La Flèche, Le Mans, Laval, Angers, Fougères. Mais je n'ai jamais porté les armes.

De contentement, le trio tourna la tête vers le greffier qui finissait de prendre la dictée. Ils avaient leurs aveux.

— As-tu dit la vérité ? s'enquit l'un d'eux pour conclure, la liste de plusieurs centaines de prisonniers à auditionner posée devant lui.

Augustine se tut.

— Pense à ta petite sœur ! Veux-tu être séparée d'elle ? la menaça-t-il. As-tu dit la vérité ?

— Oui, céda Augustine.

— Tu sais signer ?

— Oui.

— Et lire ?

Elle opina du bonnet. Les larmes aux yeux, elle fit quelques pas en direction du greffier et saisit le procès-verbal.

— Dépêche-toi, les autres attendent !

De ce document, elle ne retint que la formule suivante : « Lecture faite de son interrogatoire, elle a dit qu'il contient la vérité, ne souhaite ni vouloir augmenter ni vouloir retrancher d'informations. »

À son retour, elle aperçut Marie-Jacquette et Éléonore de Lusignan-Longeville faire rempart de leurs corps pendant que Claude, à califourchon, se vidait copieusement au-dessus du baquet qui débordait. Son cœur se serra instantanément. Les mines désolées, trois femmes se rapprochèrent d'elle.

— Renée ? Renée ?

Personne ne répondit. Augustine réitéra son appel. En vain. Des bras d'adultes l'entourèrent en signe de consolation. Elle se dégagea vivement, remarqua que la comtesse ne quittait plus ses pieds des yeux, chercha partout. Les quelques enfants orphelins avaient tous disparu.

— Où est ma sœur ? demanda-t-elle tout haut.

— Ils ont dit qu'ils les conduisaient à l'hospice des enfants trouvés de Nantes, expliqua une veuve.

Ses jambes, en coton, ne purent la retenir. Sa tête frappa violemment le sol.

53

Comme par miracle, Anne revint à elle à la Nativité, après deux jours d'inconscience. Elle resta couchée sur le ventre pendant une semaine supplémentaire. La maîtresse de maison, dont le mari avait embarqué pour une campagne morutière en direction des Grands Bancs de Terre-Neuve, s'occupait de sa toilette. Mais seul Noë avait l'autorisation de panser ses blessures. Celle qui lui zébrait le visage était désormais refermée. Toutefois, la vilaine brûlure qui lui marquait le bas du dos nécessitait encore des soins et, matin et soir, il la lui badigeonnait de beurre.

— Est-ce de la pitié, ou avez-vous de la tendresse à mon égard, Noë ?

— C'est mon devoir de médecin de veiller sur vous.

Elle attendait une autre réponse.

— Et lorsque vous soigniez votre bonne amie au départ de Fontenay, n'y avait-il pas un tant soit peu d'affection ?

Il s'écarta d'elle sans un mot.

— Je vous peine avec mes questions ?

Noë ne répondit pas.

— Elle vous manque ? insista-t-elle.

— Oui, lâcha-t-il amèrement. Comme ses sœurs, et comme mes parents dont je n'ai plus de nouvelles. Mais j'essaye de ne pas y penser, et le fait que vous me les remémoriez me donne du chagrin.

Anne se contenta de hocher la tête face à sa sincérité et changea de sujet :

— Quand pourrai-je me lever ?

— Il vous faut du repos.

— Depuis plusieurs jours, j'entends la musique au-dehors. Que fêtent-ils ?

— Rien. Par ici, les Maraîchins passent leur temps à buffer[1] dans la veuze et la tontarde[2].

Anne tendit l'oreille. Un violoniste entra dans la danse et se mit à jouer une gavotte. Il ne faisait défaut à l'orchestre que les tambourineurs qu'elle avait observés, si endurants et si fiers à réchauffer le cœur de la troupe à l'approche de la bataille de Torfou.

— Je veux les voir ! réclama-t-elle.

Résistant d'abord, il finit par céder à son caprice et la couvrit avant de la porter dans une grange attenante. Au nombre de quatre, les musiciens lancèrent une ritournelle endiablée en son honneur. Le lendemain, requinquée, Anne de Lusignan entreprit de nettoyer ses pistolets d'arçon.

— Avec ou sans vous, je repars au prochain lever de soleil ! décréta-t-elle. Je dois mener ma mission à son terme.

— C'est pure folie !

— Et pourquoi donc ?

— Parce que les Bleus sont partout, et parce que…

Noë n'acheva pas sa phrase.

— Et parce que ?

— Parce que c'est trop tard.

À Noirmoutier, l'Épiphanie s'était transformée en bain de sang. À la tête de centaines de soldats, les rois mages

1. Le verbe « buffer » signifie « souffler » en patois angevin.
2. Une sorte de hautbois en écorce de frêne.

s'appelaient cette fois Haxo, Dutruy et Jordy et avaient investi à la baïonnette les villages de l'île, après que les navires républicains avaient canonné la côte. Enfermés dans l'église Saint-Philibert, les insurgés, qui avaient capitulé, avaient ensuite été fusillés par groupes de soixante malgré la promesse de leur laisser la vie sauve.

— Et notre bon général ?

— Un peloton d'exécution l'attendait sur la place d'armes. Ils ont enterré son cadavre dans les douves du château. Comme un chien.

— Et la campagne d'outre-Loire ? Où se trouve notre armée ?

Il baissa les yeux.

— Elle a été anéantie dans les marais de Savenay deux jours avant Noël.

— Et ma mère ? Et mes sœurs ?

Il haussa les épaules.

— Beaucoup se cachent dans les campagnes. La guerre est terminée, Anne.

À ces mots, elle s'étrangla. Son regard se fixa sur l'âtre où le feu crépitait. Se sentant de trop, la femme au bec-de-lièvre quitta la pièce.

— Tôt ou tard, cela devait finir ainsi. Vous le saviez... poursuivit-il.

— Je vous interdis !

Il la connaissait rebelle, il la découvrait désorientée. Le port haut, la bouche grande ouverte, elle tourna la tête vers l'un des crucifix qui habillaient les murs.

— Ils vont faire la chasse aux survivants et tous nous massacrer ! enchérit-elle.

— J'en doute. Bonchamps leur a accordé la grâce, les Bleus sauront vous accorder l'amnistie.

Elle se mit à rire aux larmes en guise de réponse.

— Calmez-vous ! la pria-t-il. Les sentiments qui vous habitent vont réveiller votre blessure.

— Vous avez raison, ma haine n'a plus de limite. Et votre naïveté est confondante. Laissez-moi seule, s'il vous plaît.

— Mais…

— Sortez ! hurla-t-elle.

54

Encadré par la garde nationale, le groupe dans lequel se trouvaient la comtesse et ses filles gagna la route de Nantes par la porte des Morices. Si causante habituellement, Augustine ne parlait plus et, la mort dans l'âme, marchait à la traîne. Abandonnée par Marie, puis par Jeanne, elle n'avait pas été en mesure de protéger Renée. Deux jours auparavant, elle avait sans doute foulé de ses pieds menus et abîmés ce chemin caillouteux, qui longeait le fleuve aux eaux grises et sablonneuses. Derrière elle, un gendarme lui aiguillonnait les fesses à l'aide de sa baïonnette, le même qui avait tiré à bout portant quelques heures plus tôt sur une femme sans âge, tombée d'épuisement sur le bas-côté. Devant, Marie-Jacquette de Lusignan-Longeville chantait des cantiques avec une poignée de croyantes.

— Taisez-vous, bougresses !

— Vous avez nos corps en votre pouvoir, mais point encore nos langues, répliqua-t-elle sans se troubler. Tant qu'elles seront libres, elles loueront Dieu à leur guise !

Sans crier garde, le soldat, qui privilégiait la violence aux mots, s'incrusta dans la colonne et agrippa le col d'Éléonore.

— Arrêtez ! s'affola la comtesse qui fut maintenue à distance par d'autres militaires.

Son cri n'eut pas d'impact. Saisie par les cheveux, son aînée fut écartée. On l'emmena de l'autre côté d'un mur de ronces, loin des regards horrifiés. Les prisonnières, pendant ce temps, furent mises en joue. Certaines se bouchèrent les oreilles pour ne pas entendre les hurlements de la jeune fille et les insultes salaces de son bourreau. D'autres, en pleurs, s'agenouillèrent et égrenèrent leurs chapelets. La comtesse, désœuvrée, implora la clémence du plus gradé des soldats. L'officier lui rit au nez.

— Dorénavant, contente-toi d'obéir ! lança-t-il haut et fort, de façon à ce que toutes les captives intègrent la leçon.

Le violeur reparut longtemps après. Son masque de haine avait laissé place à de la morgue.

— Je préfère de loin les pucelles vendéennes aux putains parisiennes ! se gaussa-t-il avant que ses comparses s'esclaffent et l'acclament.

À le voir revenir seul, Marie-Jacquette de Lusignan-Longeville hoqueta de peur et se dirigea vers le muret. Personne ne l'en empêcha. Là, elle retrouva sa fille couchée au sol, hirsute et débraillée, les lèvres sèches et l'air absent.

— Pardon ! Pardon ! répéta-t-elle inlassablement en la prenant dans ses bras.

La victime ne réagit pas. Sa mère lui recouvrit les seins et la secoua par les épaules.

— Retournez auprès de Claude, mère, gémit celle qui venait d'être forcée. Faites en sorte de la protéger de ces monstres.

— N'aie crainte, j'ai suffisamment d'amour en moi pour vous tenir sauves toutes les deux. Prends mon bras et redresse-toi !

Le jupon déchiré, Éléonore obtempéra enfin et se réajusta. Un mouchoir de Cholet en main, elle se frotta avec vigueur le visage, le cou, les jambes et le bas-ventre, comme pour effacer l'odeur et les traces de semence abandonnées par son tortionnaire. Sa mère jeta un coup d'œil vers la route, la troupe avait repris sa progression. Se tenant par la main, seules Claude et Augustine patientaient encore, sous le contrôle d'un homme en armes.

D'épais flocons de neige se mirent à tomber peu avant Mauves-sur-Loire. Tremblantes de froid et isolées du reste de la colonne, la comtesse et les trois filles marchaient avec le désir qu'un Blanc surgisse d'un bois et les libère. Pourtant, au fur et à mesure qu'elles s'approchaient de Nantes, leur espoir s'amenuisa pour disparaître définitivement après avoir doublé le premier poste républicain. Pressées par leur garde, elles rattrapèrent le cortège à une demi-lieue du gigantesque château des ducs de Bretagne. Pieds nus, Augustine ne sentait plus ses orteils lorsqu'elle aperçut les hôtels particuliers, encore plus majestueux que ceux de Cholet. Le long de la rue, malgré le temps, étaient rassemblés des dizaines de citadins en colère.

— Où se situe l'hospice des enfants trouvés ? osa la fillette en passant devant un garçon de café qui ressemblait étrangement à Noë.

— Va en enfer ! cria-t-il, les yeux remplis de haine.

— Mettez-nous cette vermine à l'Entrepôt ! reprirent en chœur d'autres badauds, dont la bouche et le nez étaient couverts d'un mouchoir imbibé d'eau de Cologne.

Augustine frémit. Un peu plus loin, près du théâtre Graslin, on leur balança sur la tête des déjections depuis les étages des habitations. Puis, quai de la Fosse, les insultes se transformèrent en cris d'épouvante. Ceux-ci émanaient de l'intérieur d'une longue bâtisse lépreuse, aux pierres rongées par les embruns d'ouest, où les Bleus entassaient les brigands de la Vendée ramassés en nombre sur les bords de Loire. La neige s'arrêta de tomber. On ordonna aux femmes de faire halte à vingt pas du bâtiment, qui servait, avant la Révolution, de magasin de stock pour le café rapporté des îles par les bateaux marchands. Trois grandes charrettes attelées stationnaient à côté. Soudain, un corps chuta d'une fenêtre au milieu des prisonnières. Un mouvement de foule s'ensuivit. D'autres cadavres furent jetés et s'entassèrent. L'un d'eux était de couleur violette, un autre était celui d'une femme morte en couches, qui n'avait pas été délivrée de son nouveau-né. Un infirmier, qui se pinçait le nez, vint les recouvrir de voiles.

— Mère, je ne veux pas entrer dans cet endroit.

— Tu préfères peut-être les cales des galiotes hollandaises amarrées quai de la Sécherie ? pouffa un soldat en relevant la remarque.

À l'intérieur, une odeur doucereuse saisit les nouvelles pensionnaires qui traversèrent plusieurs salles dans lesquelles les Vendéens, hommes, femmes ou enfants, étaient parqués comme des bêtes, sans lit ni paille. Disposés le long des murs, certains baquets en bois étaient à moitié remplis d'eau croupie. À proximité, le tronc et la tête d'un enfant en bas âge baignaient dans un demi-tonneau plein d'urine. On les conduisit toutes à l'étage, où on les abandonna à leur triste sort.

Marie-Jacquette et ses filles restèrent longtemps debout, au milieu de quelques traits de lumière dans lesquels voletaient des particules de poussière. Augustine s'approcha d'une croisée condamnée. Au loin, elle distingua un pont de pierre long de quinze arches prolongées de deux arches en bois et d'un pont-levis côté sud.

— C'est le pont de Pirmil, lui précisa un être décharné qui l'observait. Il enjambe le bras de la Loire le plus large et le plus tumultueux. Les nôtres s'y sont cassé les dents lors de la bataille de Nantes, à la Saint-Pierre. Si Cathelineau n'avait pas été mortellement blessé, qui sait si la guerre n'aurait pas pris un autre visage…

La fille Angibaud se retourna. Il lui semblait avoir déjà entendu cette voix, ou du moins les intonations que l'homme employait. À coup sûr il s'agissait d'un gars de Pierre-Brune ou des alentours. Étendu sur le dos dans un coin sombre, il était vêtu de guenilles, réduit à la plus répugnante malpropreté.

— Te ne me remets pas ? Y suis le fils Chapelier, de la même paroisse que toi !

Elle fit deux pas dans sa direction. Ce fut au bandeau qui lui couvrait l'œil senestre qu'elle le reconnut. Il avait encore maigri et n'avait plus que la peau sur les os. Et pourtant il conservait le sourire, malgré les lamentations incessantes et les cris sordides des prisonniers gagnés par le typhus. Elle s'assit près de lui.

— As-tu revu Marie depuis la défaite de Cholet ?

Elle comptait lui poser la même question. Pour dissimuler sa déception, elle se tut.

— Il semble bien qu'y soyons les derniers, alors, dit-il par dépit.

La brune tomba vite et Augustine s'endormit. Elle se réveilla en sursaut au milieu de la nuit, collée contre le corps de Guillaume Chapelier, qui ronflait comme un cochon et dégageait une odeur fétide. Au petit matin, un officier empanaché de couleurs tricolores pénétra dans la salle. Les yeux s'écarquillèrent, les gorges se serrèrent. L'homme de loi sortit une liste. Un premier nom fut cité. Personne ne répondit. Le malheureux était mort. Le suivant, chez lequel les gardes avaient découvert une poignée de chouans dissimulés sous une meule de foin, avait un nom prédestiné. Métayer dans la région de Savenay, il s'appelait Auguste Roy et avait essayé de convaincre les juges de son innocence. Las de patienter, il se leva en silence, soulagé, pour prendre le chemin des carrières de Gigant où un peloton d'exécution l'attendait. Sa femme suivit, ainsi qu'une cinquantaine de braves hommes qui n'avaient jamais mis les pieds à Nantes. Certains tentèrent de se rebeller et appelèrent à la révolte. Ils étaient harassés de fatigue et sans force, et personne ne broncha.

La même scène se reproduisit les jours d'après. Une semaine plus tard, pour la première fois, les valides furent autorisés à se rendre en promenade dans la cour de l'Entrepôt. Sitôt descendue, Marie-Jacquette de Lusignan-Longeville reconnut Céleste du Chaffault, coupable d'être l'une des cousines de Charette. Elle était entourée de ses trois filles, toutes fort belles, et d'une dame de compagnie. Séduit par sa grâce et sa distinction, un geôlier approcha la plus jeune des héritières avant de se faire éconduire.

— J'aime mieux mourir pour mon Dieu que de vous appartenir !

Éléonore, qui avait perdu son honneur entre Ancenis et Nantes, eut moins de scrupules. Elle demanda audience à l'administrateur de l'Entrepôt, un veuf du triple de son âge, qui s'était ému de son infortune et de sa beauté. L'homme, dont le visage était encadré de favoris, la reçut dans un bureau étroit. La toque qui lui couvrait le crâne rappelait qu'il avait travaillé quelques années pour la Compagnie des Indes orientales.

— Je sais les sentiments que vous portez à mon endroit, je le lis dans votre regard, affirma-t-elle en le fixant avec l'orgueil de ses seize ans. Sauvez ma mère et ma sœur de la mort, et je promets de faire de vous l'être le plus aimé de la terre.

Assis dans son fauteuil, il manifesta un geste de recul.

— Je ne le puis point. Je me mettrais en danger si Jean-Baptiste Carrier venait à se rendre compte que j'ai sauvé des femmes à son insu.

Il évoquait un député de la Convention nationale arrivé à Nantes en octobre dans le but de faire cesser la révolte par tout moyen. Depuis un mois, des centaines de brigands avaient été noyés dans la Loire sous ses ordres. Un silence s'installa. Éléonore l'observa pendant qu'il ouvrait un registre à l'intérieur duquel des feuilles volantes étaient rangées.

Le directeur trouva celle qu'il cherchait. Il s'agissait d'une lettre que Carrier avait adressée au Comité de salut public, le 11 décembre 1793.

— Écoutez ce qu'il écrit, dit-il après avoir chaussé ses lunettes. « Il est bon que vous sachiez que ce sont les femmes qui, avec les prêtres, ont fomenté et soutenu la guerre de la Vendée ; que ce sont elles qui ont fait fusiller nos malheureux prisonniers, qui en ont égorgé beaucoup, qui combattent avec les brigands et qui tuent impitoyablement nos volontaires, quand elles en rencontrent quelques-uns détachés dans les villages[1]. » Cela vous suffit-il ?

— La peur d'autrui vous ferait donc ainsi renoncer à l'amour que vous ressentez pour moi ? le piqua-t-elle.

— À ce jour, je ne sais toujours point s'il est question d'un véritable amour ou seulement de pitié.

En réaction, elle se leva et contourna le bureau, puis attrapa l'une de ses mains tremblantes qu'elle fit glisser sous ses fripes. D'un geste mal assuré, il lui effleura les flancs et les seins qui n'avaient guère de volume. Ses doigts cheminèrent ensuite vers son bas-ventre.

— Si ma mère et ma sœur échappent à la mort, vous hériterez de plusieurs dizaines de milliers de livres qui sont dissimulées dans notre château de la Sebrandière, murmura-t-elle en faisant mine de gémir.

— Votre proposition est alléchante, mais qui me dit que votre fortune existe bel et bien ? Et qui prendrait le risque de traverser, en cette période de troubles, la Vendée insurgée pour déterrer un trésor ? se moqua-t-il de bon cœur.

La jeune fille s'empourpra. Les réticences de l'administrateur étaient aussi douloureuses que ses caresses. Soudain, il se mit debout et la bascula sur le bureau. Les larmes d'Éléonore

1. Extrait du courrier que Jean-Baptiste Carrier adressa le 11 décembre au Comité de salut public.

tombèrent sur la lettre de Carrier au moment où le directeur de l'Entrepôt s'agita en elle. Le rapport consommé, il reboutonna son pantalon.

— Et pour ma mère et ma sœur ? renifla-t-elle en réajustant son jupon.

Pour seule réponse, elle reçut un violent coup de poing au visage.

— Dégage d'ici ! rugit-il. Je vais t'apprendre à jouer l'ensorceleuse, moi ! Tu ne vaux pas mieux que les esclaves de Pondichéry !

Éléonore retrouva sa société au premier étage où elle s'effondra de honte. Elle ne dit rien du lien charnel qui l'avait unie quelques instants à l'administrateur, mais ne put cacher d'avoir été de nouveau battue. On chercha à la consoler, elle préféra se perdre dans les bras de Dieu qu'elle supplia d'exaucer toutes ses prières. Le soir venu, son bourreau revint les visiter. Elle se leva en trombe et se jeta à ses pieds.

— Pardon ! implora-t-elle sans faire cas du reste des prisonniers.

Mais l'homme, qui était accompagné d'un officier de la Compagnie des éclaireurs de l'Ouest et de deux sous-brigadiers d'infanterie, la repoussa avant de s'adresser uniquement aux quelques mâles.

— En rang face à moi, ordonna-t-il.

Certains ne purent se lever. D'autres, par crainte, demeurèrent tapis dans l'ombre de leur bétaillère. Allongée, Augustine observa Guillaume Chapelier. Son unique œil brillait. Une dizaine de Vendéens de tout âge s'aligna à ses côtés. Deux d'entre eux, chétifs et malades, furent sommés de s'en retourner à leur paillasse. Un troisième, fils d'un jougtier, qui avait totalement perdu la vue, fut évincé aussitôt.

— Parmi vous, qui sait monter à cheval ? demanda l'officier qui, avant le 11 décembre 1793, avait été chargé de collecter des renseignements relatifs aux déplacements des troupes royalistes dans la région nantaise.

Le fils du maire de Pierre-Brune leva mollement la main.

— Je fais profession de palefrenier, monsieur ! intervint un autre brigand.

L'attention de tous se porta subitement sur lui.

— Et où ?

— Je suis natif de Saumur.

Le soldat sortit de sa poche une carte qu'il déplia et sur laquelle Guillaume aperçut les contours de la Vendée militaire. Le Saumurois en était écarté.

— Va te rasseoir. Et toi le corsaire, tu es d'où ? s'enquit le républicain en se plantant devant Guillaume.

— Des monts du Bocage, dans le Bas Poitou. Chantonnay, Pouzauges, Les Herbiers. J'étais caporal dans la garde nationale.

— Que fais-tu là, alors ?

— Les royalistes m'ont enrôlé de force lors de la prise de Fontenay, mentit-il à moitié.

L'officier le regarda fixement, puis consulta de nouveau sa carte. Un liseré rouge englobait effectivement le Bocage entre les villes de Bressuire et Pouzauges.

— Et tu connais bien les chemins de ton pays ?

— J'y ai grandi, mon capitaine.

— Dans ce cas, suis-moi !

— Je peux savoir dans quel but ?

— Non ! Mais si tu préfères, tu peux aussi attendre tranquillement qu'on vienne te chercher pour ton dernier voyage.

Guillaume Chapelier n'insista pas. De peur que l'homme change d'avis, il quitta l'endroit dans sa foulée, sans se retourner, ni en direction d'Augustine ni vers les membres de la famille Lusignan-Longeville, dont son père avait été le régisseur.

55

Couchée dans son lit, Anne observa la pluie marteler la fenêtre pendant trois jours. Puis, fatiguée d'attendre, elle se résolut à quitter la femme au bec-de-lièvre pour aller au-devant de Noë. Celui-ci profitait de la compagnie de plusieurs « moutons noirs », ces hommes des marais que les Bocains surnommaient ainsi en raison de la peau d'ovidé qui sellait leurs montures. Ils erraient en scrutant le ciel.

— Espéreriez-vous un signe de Dieu ? se gaussa-t-elle.

— Je vois que votre bile est toujours enflammée, répondit le jeune médecin sans la regarder.

— L'écurie use plus le cheval que la course, voilà tout !

— Et que proposez-vous donc pour combattre cette oisiveté ?

Elle haussa les épaules. Pour la première fois depuis le début de la guerre, aucun d'entre eux n'avait de projet défini. Noirmoutier avait changé de camp et La Rochelle, protégée par les armées républicaines fixées au nord de la Sèvre Niortaise, était inaccessible.

— Et que diriez-vous de retourner à Pierre-Brune ? suggéra-t-il alors qu'elle s'éloignait.

— Dans quel but ?

— C'est notre pays. Si votre mère et vos sœurs sont rentrées de galerne, c'est là-bas que vous les retrouverez !

Faute de mieux, elle se rabattit sur cette idée. L'après-midi venu, sans mot superflu de part et d'autre, ils se munirent de leurs *ningles* et furent précédés dans les marais inondés par deux Paydrets de Charette. Après plusieurs heures d'efforts, un méandre de la Vie, la rivière qui prenait sa source au cœur du département de la Vendée pour se jeter dans l'océan au port de Croix-de-Vie, les arrêta. Nul besoin de la franchir cependant, il suffisait de la remonter pour se rapprocher des monts du Bocage. Ils abandonnèrent là leurs guides qui ne manquèrent pas de leur recommander de se méfier autant des leurs, qui considéraient tout étranger comme un espion, que des républicains, qui ne faisaient pas de quartier. Mais ils ne croisèrent personne durant une lieue, à l'exception de quelques cadavres flottant sur l'eau, dont ils s'étonnèrent de la présence.

Au soir tombant, en amont, ils en comprirent la cause. Sur l'autre rive, le feu avait dévoré les toits de chaume de plusieurs habitations et noirci les pierres. Non loin, sous l'effet du vent, une dépouille se balançait par les pieds au bout d'une corde. Par réflexe, ils accélérèrent. Anne trébucha contre une racine et s'étala de tout son long. En se relevant, elle aperçut d'autres brasiers qui marquaient l'horizon, et ne put retenir un hoquet de surprise. Noë, qui marchait devant, revint sur ses pas. Elle frissonnait. Il la découvrit brûlante.

— Qu'avez-vous ?

— Ce n'est rien. Je me suis déshabituée de l'exercice, voilà tout. Continuons pendant qu'on y voit encore un peu clair.

— Non. C'est assez pour aujourd'hui. Nous allons bivouaquer ici, décida-t-il, avant de se frayer un chemin dans un sous-bois où la fraîcheur de la nuit aurait moins de prise.

D'ordinaire énergique, Anne paraissait toute chose. Noë lui donna à boire et lui fit mâcher des feuilles de tilleul sauvage pour couper la fièvre.

— Faites voir votre blessure.

— Je vous dis que ça va ! s'agaça-t-elle. Quelques heures de sommeil me permettront de récupérer.

Sur ces mots, elle s'allongea sur un lit de mousse. Il n'insista pas et lui couvrit le corps de plusieurs peaux de mouton. Anne dormait toujours lorsqu'il fut réveillé par un pic-vert. Gros comme une tourterelle, la calotte rouge et le croupion jaune d'or, le volatile se nourrissait exclusivement d'insectes vivant dans les troncs, grâce à son bec qui y creusait des cavités profondes et régulières. Il l'observa un long moment et pensa aux paysans du Bocage, convaincus que l'oiseau affûtait son arme au contact d'une plante aux vertus surnaturelles qui, prise en infusion, quintuplait la force d'un homme.

Noë se leva et s'étira. Anne ouvrit les yeux et l'observa en silence. Elle s'en voulait de l'avoir rabroué la veille alors qu'il faisait preuve de tant de sollicitude à son égard. Elle en voulait à cette guerre qui l'avait rendue si dure, si blessante. Elle toussa, il se retourna.

— Je crois que je suis remise, dit-elle en devançant tout questionnement. Auriez-vous quelque chose à manger ? Je meurs de faim.

Noë lui tendit l'une des pommes qu'il conservait au fond de son bissac. Elle grimaça en se redressant.

— Merci, souffla-t-elle.

D'un coup, ce mot balaya de l'esprit du jeune médecin toutes les remontrances et rebuffades passées. Il la fixa. Elle lui souriait tristement, d'un regard intense où perçaient des regrets.

— Faites-moi voir votre dos, lui demanda-t-il.

— C'est inutile, je vais très bien. Plus tôt nous repartirons, plus vite nous regagnerons le Bocage.

De fait, ils reprirent leur route dans une brume épaisse, tantôt au milieu des champs détrempés et coupés de haies ou de murets, tantôt dans les bois, et toujours à bonne distance des sentiers et des chemins longeant la Vie pour échapper à toute rencontre inopportune.

Au mitan de la journée, ils découvrirent les deux tours qui encadraient le château d'Apremont en ruine. Construit sur l'emplacement d'une ancienne forteresse médiévale par un amiral de France et ami d'enfance de François Ier, cet édifice de style Renaissance avait hébergé Louis XIII au retour d'une expédition militaire contre les armées huguenotes en 1622. Des soldats républicains en gardaient l'accès. Par réflexe, Noë et Anne courbèrent l'échine et accélérèrent le pas. Puis celle-ci finit par montrer des signes de fatigue.

— La *ningle* me pèse, prétexta-t-elle.

— Abandonnez-la. Les marais sont derrière nous, vous n'en aurez plus besoin.

— Et comment ferai-je si nous devons nous défendre ?

— Il nous reste vos pistolets d'arçon, non ?

Vers cinq heures de l'après-midi, alertée par les chants de joie d'une patrouille bleue, elle les empoigna très fort, et ils se tapirent dans un champ de genêts. Malgré le danger et le crachin, Anne se sentait bien au contact de son compagnon. Partageant les mêmes peaux de mouton, ils unirent leurs mains frigorifiées.

— Parlez-moi de vos lectures, Noë.

Naturellement, la discussion revint au galop sur le grand roman de l'abbé Prévost. Le jeune médecin jugea que la passion des amants était sublimée par la force du verbe.

— Je dois l'avouer : je jalouse Manon Lescaut, reconnut Anne. J'aurais adoré qu'un homme m'aime avec une telle intensité.

— Qui dit que vous y échapperez ?

— Je ne sais pas. Je crois en tout cas qu'aujourd'hui je serais prête à vivre cette folie, au mépris de ma naissance et de mon éducation, dit-elle en rapprochant sa bouche de son visage.

Il se déroba.

— Je ne suis qu'un roturier. Votre rang est supérieur au mien.

— La noblesse de l'âme est tout aussi estimable que celle des titres. Vous ne m'aimez donc point ?

— L'œuvre de l'abbé Prévost montre que l'amour entre deux êtres de condition différente n'a pas d'avenir.

— De quelle condition différente parlez-vous ? s'emporta-t-elle. Les idées nouvelles ont poussé les miens à l'exil. La noblesse n'est plus, on m'a volé ma condition en même temps que l'ensemble de mes biens. Dans le fond, vous digressez avec cette histoire de condition, mais vous ne m'avez pas répondu… Avez-vous des sentiments à mon endroit ?

— Je… J'apprécie votre compagnie, balbutia-t-il.

— Vous mentez, Noë ! Je ne cesse de vous rabrouer dès que je suis insatisfaite, souvent je me conduis avec vous de façon indigne et, malgré mes coups de sang, vous continuez de faire preuve de la plus grande sollicitude à mon égard. Osez me dire que je m'illusionne lorsque je lis dans votre regard plus que de la bienveillance et de l'affection !

— Vous vous méprenez, Anne. Mon cœur est pris, voilà tout !

Il prononça cette phrase avec beaucoup d'assurance. Pour autant elle ne se sentit pas vaincue.

— Je ne vous crois pas. Votre Marie vous a fui pour embrasser la foi. Elle ne vous reviendra pas et vous le savez !

Noë ne répondit pas. Cela faisait une paire d'heures qu'ils se trouvaient dans leur tanière. Il sortit du champ de genêts et se remit en route sans l'attendre. La présence des républicains dans le secteur leur fut révélée un quart de lieue plus loin. Une odeur de brûlé les guida en effet aux abords d'une maison noble, ravagée par un incendie.

— J'ai grande crainte que le château de la Sebrandière soit désormais dans le même état, s'attrista Anne après l'avoir rejoint.

Noë ne l'écouta pas. La nuit tombait, il leur fallait un nouveau refuge. Il s'enfonça dans le parc boisé de la propriété, contourna un étang où un héron cendré faisait le pied de grue, se dirigea vers une dépendance qui ne semblait pas avoir été visitée. L'endroit respirait la quiétude.

— Passez-moi l'une de vos armes !

— N'ayez crainte, les Bleus ne sont pas venus jusqu'ici.

— Passez, je vous dis !

Elle obéit. Le pistolet à la main, il força la porte d'un coup d'épaule et pénétra le premier. Le lieu semblait vide de tout occupant. Le régisseur et sa famille avaient décampé depuis belle lurette. Il posa son bissac sur la table, fit le tour des autres pièces et découvrit plusieurs livres de châtaignes stockées dans le cellier.

— Pendant qu'il fait encore jour, retournez au logis principal me chercher des braises pour allumer un feu. Ce soir, nous mangerons à notre faim !

Peu accoutumée à recevoir des ordres, elle hésita. Puis elle finit par obtempérer. Elle marchait dans les bois quand elle entendit un coup de feu dans son dos. Aussitôt, elle revint sur ses pas. Noë tirait à l'aide d'une perche l'oiseau échassier qu'il venait de tuer.

Après un dîner, comme promis, copieux, ils dormirent comme des loirs, chacun de leur côté. Au petit matin, Noë dut secouer Anne pour qu'elle émergeât du sommeil.

— Réveillez-vous ! Le chemin est encore long !

Dehors, un vent tourbillonnant secouait les arbres.

— Pourquoi diable repartir si vite ?

— Parce que les Bleus sont susceptibles de revenir rôder dans les parages.

Ils s'en allèrent, non sans avoir rempli le bissac de vivres. Au fur et à mesure de leur progression, les échaliers se firent plus nombreux. Anne, qui marchait à la traîne, glissa sur un barreau et chuta. Noë l'aida à se relever. Son tibia dextre la faisait souffrir. Il essuya une nouvelle réprimande :

— Vous avancez comme le cheval qui sent l'écurie ! Je ne peux pas suivre votre allure.

— Qu'avez-vous ? Vous êtes malade ?

— Il y a que je suis fatiguée de ne pas savoir où nous sommes.

— Nous avons passé Belleville, précisa-t-il.

— Et comment pouvez-vous l'affirmer ? Toutes les parcelles se ressemblent et le Haut Bocage ne se dessine toujours pas à l'horizon !

— J'en ai la certitude parce que nous avons cessé de longer la Vie. Sa source se situe derrière nous, désormais. Ce soir nous bivouaquerons à l'étang de la Jarrie, et demain à la même heure, si le ciel est clair, vos yeux distingueront les premières collines.

Plus loin, la fièvre d'Anne réapparut. Elle s'assit au pied d'un calvaire, Noë poussa en direction d'une métairie abandonnée, où il ravitailla sa coloquinte après avoir puisé de l'eau du puits. À son retour, une odeur le saisit en se penchant vers celle à qui il avait sauvé la vie lors de la bataille de Luçon.

— Qu'avez-vous ? Pourquoi m'observez-vous ainsi ?

— Faites voir votre dos !

— Je trouve fort désagréable votre entêtement à vouloir m'ausculter !

— Je trouve fort désagréable le relent qui vous colle à la peau.

— Vous puez aussi ! C'est dû à ces satanées peaux de mouton.

— Soulevez vos hardes !

De mauvaise grâce, elle retira l'écharpe de tissu qui lui enserrait le ventre. Ce qu'il vit alors ne fit que confirmer ses doutes. Une nécrose d'un pied de diamètre s'était formée autour de sa plaie. La peau était devenue noire. À sa demande, Anne se courba en avant. Noë lui palpa la lésion qui, au toucher, lui apparut froide.

— Vous souffrez quand j'appuie ?

— Je ne sens rien. Mais quel est ce bruit ? demanda-t-elle lorsqu'elle entendit une crépitation.

— Des bulles de gaz qui éclatent sous votre blessure. Ce sont elles qui causent cette mauvaise odeur.

— Et quand serai-je définitivement guérie ?

— Donnez-moi votre poignet.

Son rythme cardiaque était élevé. Il finit par s'écarter en évitant de la regarder.

— Nous pouvons repartir. Je vais faire en sorte de marcher moins vite pour vous épargner une trop grande fatigue.

La putréfaction avait gagné les tissus entourant la cicatrice d'Anne. Richard Cœur de Lion en était mort onze jours après avoir été blessé par un carreau d'arbalète. Six siècles plus tard, la médecine se trouvait toujours impuissante face à la gangrène gazeuse.

Le soir venu, ils se réfugièrent dans une cabane en pierres sèches, étroite et sombre, qui servait habituellement d'abri saisonnier aux paysans dont les parcelles étaient éloignées de leur habitat. Au coucher, Anne s'allongea la première sur un petit tapis de foin que Noë leur avait confectionné. Le protestant s'installa à son tour. Elle se tourna vers lui. Dans le noir, il ne la vit pas pleurer. Mais ses joues et ses lèvres, lorsqu'elle décida de l'embrasser, étaient humides.

— Combien de temps me reste-t-il à vivre, Noë ?

— Le temps de rentrer à Pierre-Brune, je pense. À moins que vous préfériez qu'on demeure ici.

— Non, mon souhait est de reposer auprès des miens. Ma place est à côté de ma grand-mère, dans la chapelle funéraire de la Sebrandière.

— C'est entendu.

— Promettez-moi une dernière chose.

— Laquelle ?

— Faites que ce soit vous qui me mettiez en terre. « L'amour est plus fort que l'abondance, plus fort que les trésors et les richesses, mais il a besoin de leur secours », ajouta-t-elle en citant l'abbé Prévost sans qu'il en comprenne la raison.

56

Les prières ne protégèrent pas Éléonore de la maladie. Un médecin, au visage couvert de plaques rouges, lui diagnostiqua une fièvre et des troubles digestifs, associés à de l'abattement.

— C'est une fièvre typhoïde maligne pétéchiale.

En d'autres termes, le typhus. Marie-Jacquette de Lusignan-Longeville, qui l'avait déclarée enceinte pour qu'un sursis de quelques mois lui soit accordé, ne lui était plus d'aucun secours.

— Le Seigneur déteste les menteries, mère. Il me souhaite auprès de Lui, avec mes frères et mon père, dit-elle, fataliste.

Le soir fatidique advint. Depuis la cour de l'Entrepôt, le guichetier cria pour être entendu de tous :

— Debout là-dedans ! Faites vos paquets et n'oubliez pas vos portefeuilles. Point d'exception.

Gagnés par la crainte de mourir comme les prêtres enfermés dans une gabarre que l'on avait coulée dans le fleuve, certains se rencognèrent. Ils furent délogés à coups de plat de sabre. Les autres, de guerre lasse, se mirent en rang et attendirent qu'on cite leur nom.

Les factionnaires qui pénétrèrent dans leur cellule puaient l'eau-de-vie. Celui qui consultait les listes ne parvenait pas à déchiffrer les patronymes. Celui qui était chargé de faire sortir les élus ne savait, quant à lui, plus où il en était. Si les circonstances avaient été différentes, Augustine aurait beaucoup ri. Finalement, les soldats abandonnèrent leur méthode et sélectionnèrent au hasard les cent cinquante prisonniers qu'on leur réclamait.

— Où nous menez-vous ? osa une intrépide.

— Pas d'inquiétude ! On vous conduit dans des maisons d'émigrés le temps de purifier l'air de la prison.

Personne ne crut à ces sornettes, d'autant qu'un autre pressa le beau parleur. La marée ne serait bientôt plus descendante.

Dehors, la nuit était tombée. Éléonore trouva la force de se rendre au supplice en chantant les hymnes *Veni Creator Spiritus* et *Salve Regina.* Deux pas derrière elle, Augustine, qui s'était vêtue chaudement à l'aide de quelques frusques laissées par Guillaume Chapelier, observait sur les côtés une foule de Nantais qui, en réponse, scandaient le « Ah ! ça ira ». Bourgeois, gens de l'échoppe ou gens de mer, travailleurs du textile, portefaix, ouvriers, tous les milieux étaient représentés. Les citadins n'en pouvaient plus des prêtres et des nobles poussant à la révolte. Il y avait eu l'émeute de la foire de Nantes en mai 1790, puis celle consécutive à la mise en place du papier-monnaie en septembre 1791. Éclairé par les torches que brandissaient les sicaires de Carrier et les officiers de la compagnie Marat, le peuple poussait des hurlements de bêtes féroces au fur et à mesure qu'ils se rapprochaient de la Loire.

À trente pas des berges, on ordonna aux malheureux de s'arrêter. Devant eux, accostés aux pontons, se dressaient les nombreux navires amarrés à quai à la suite du blocus des ports français, imposé par l'Angleterre. Un militaire, qu'ils n'avaient jamais vu, prit alors la parole. Certains murmurèrent qu'il s'agissait de Lamberty, bras droit de Carrier et maître d'œuvre des noyades. Ils n'en étaient cependant pas sûrs. Celui-ci exigea de tous les prisonniers qu'ils se départissent de ce qui leur restait de valeurs et d'assignats, et qu'ils quittassent leurs hardes sur-le-champ. À proximité, quelques-uns de ses subalternes, qui ne perdaient pas de vue les bijoux scintillant dans la nuit, déchargèrent une charrette à bras contenant de la corde et de grosses pierres. Les spectateurs explosèrent de joie.

— Des mariages républicains ! Des mariages républicains ! scandèrent-ils.

Ainsi était désigné le mode d'exécution qui consistait à attacher nus un homme et une femme avant de les jeter à l'eau. Mais les hommes étaient devenus rares. Et aucune des prisonnières n'accepta de se dévêtir.

— J'ai dit *tous les bijoux* ! insista Lamberty. Là où vous vous rendez, vous n'en aurez plus besoin !

— D'autant que les anguilles n'en raffolent pas, de vos breloques, se gaussa un autre officier.

— Il est à nous, cet or ! aboya une Nantaise bien camouflée dans la foule. Après tout, ce n'est pas Paris qui a souffert de ces brigands !

À contrecœur, les Vendéennes se défirent de leur alliance, qui roulait sur leur os depuis de longs mois. Le silence reprit ses droits. Transies de froid, elles patientèrent ensuite le dos tourné aux curieux qui les entouraient. Certaines enlaçaient leurs proches, d'autres reniflaient ou psalmodiaient. Soudain, un Blanc prit son élan et fendit la foule en direction de l'embarcadère. Par crainte d'être contaminé, on s'écarta. Les soldats ne réagirent pas. Ils le laissèrent vivre en homme libre ses derniers instants avant qu'il ne fût plongé définitivement dans l'eau tourbée et glacée du fleuve. Puis Lamberty reprit les choses en main.

Pressé de terminer la sale besogne et de faire peser l'or saisi, il ordonna qu'on en finît au plus vite et qu'on les balançât à l'eau cinq à cinq. Un mouvement de foule s'ensuivit.

De peur de partir les premières, Éléonore et Claude imitèrent leur mère et se recroquevillèrent. À genoux, elles se faufilèrent entre les jambes des citadins. Mais l'un d'eux empoigna leur tignasse et les repoussa. Perdue au milieu de cette détresse, Augustine, quant à elle, s'assit sur une pierre qui devait l'envoyer par le fond, et se prit à rêver qu'elle voguait sur le trois-mâts qui mouillait au-delà du pont de Cheviré. Ses pensées de voyage furent subitement interrompues. Une femme du peuple, de ses bras gras et immondes, l'arracha du sol. La fillette crut qu'il s'agissait de Gargamelle, la mère de Gargantua. Ce n'était qu'une Nantaise, grosse et laide, épouse d'un chaudronnier, qui la cacha sous son tablier.

— Non, prenez celle-ci plutôt ! intervint Marie-Jacquette en désignant sa fille Claude.

— C'est d'un garçon que j'ai besoin, pas d'une fille !

Augustine se tut. Elle garda le secret sur les causes de sa chevelure courte et de ses nippes d'homme. Sauvée de la mort par la Providence, elle distingua à peine la comtesse et les deux sœurs d'Anne de Lusignan, conduites sans ménagement sur le ponton.

Arrivées à son extrémité, elles se prirent la main et sautèrent dans le fleuve avant de se noyer à leur tour.

57

Anne de Lusignan n'avait plus de force lorsque Noë distingua enfin le château de la Sebrandière à travers les arbres nus du bocage.

— Il est toujours planté sur sa butte !

Elle ne put émettre autre chose qu'un soupir de satisfaction. Au même moment, une corne de vache résonna dans la vallée. Ils s'arrêtèrent instantanément. En guise de ralliement ou d'attaque imminente, les brigands avaient l'habitude d'imiter le hululement de la chouette en soufflant dans leurs mains. La corne de vache, en revanche, indiquait un danger.

— Je crois que ça vient du bois d'Amourette, précisa Noë. Faisons halte là et patientons jusqu'à la tombée de la nuit avant de rejoindre Pierre-Brune !

— Que dites-vous, Noë, enfin ? Il fait déjà nuit noire !

Il se tourna vers sa compagne. Ses yeux, vides, étaient grands ouverts. Il n'eut cependant pas le temps de réagir face à l'apparition de cette cécité. Quatre hommes munis de fusils Charleville surgirent de derrière une haie et leur barrèrent la route. Trois d'entre eux avaient la peau fripée. Le plus agile se saisit aussitôt de leurs armes.

— Qui êtes-vous ? Où allez-vous ? réclama-t-il dans la foulée.

— Elle, c'est Anne de Lusignan, la fille du comte. Elle est faible, je la mène chez elle, au château de la Sebrandière. Moi, je suis Noë Dubreuil, le fils du médecin.

— Dubreuil ? Le parpaillot qui se pensait plus catholique que nous autres ?

Noë opina. Les Vendéens les observèrent. Ils n'avaient pas fière allure. Au long de la traversée du département, leurs vêtements s'étaient transformés en fripes.

— O lé pas toué qu'as soigné not' chef après la bataille de Fontenay ? questionna un autre.

Une fois de plus, il confirma. Impressionnés, les bandits le regardèrent alors sous un nouvel angle.

— Vous courez à la mort si vous continuez votre chemin. Ça fait quelques jours que les Bleus sèment la terreur dans le pays et rasent tout sur leur passage. Aucun château et aucune paroisse n'y échapperont.

— Et vous autres, alors ?

— Nous, on fait comme les loups. On se cache dans la forêt en attendant que l'hiver passe.

— Et de quelle forêt parles-tu ?

— Du bois d'Amourette.

— Il appartient à ma famille, souffla Anne dans un moment de lucidité.

À ces mots, l'un des paysans-soldats se mit à rire.

— Vous nous excuserez, noble dame, mais on n'a pas vraiment respecté les droits de coupe et de chasse depuis qu'on s'y est réfugiés.

La construction des premières huttes remontait à avant Noël, à une époque où seule la cime des arbres se couvrait de givre. Des résidents avaient fui leur hameau incendié par les républicains et suivi un charbonnier, dont la femme et les deux petits en bas âge avaient été enfermés et brûlés dans un four à pain. Le visage et les mains griffés par les ronces, munis de lanternes et de bougies, ils s'étaient installés au plus profond du bois, à une trentaine de pas d'un ruisseau qui alimentait une mare. Tout autour, on trouvait des chênes, des hêtres et des bouleaux, mais aussi toutes sortes d'arbres à fruits sauvages, dissimulés derrière des épineux impénétrables. Mais nulle part trace de l'amourette, cet arbre de la famille des légumineuses qui servait notamment à menuiser de solides cannes en bois. Des enfants avaient posé des collets pendant que les quelques hommes sciaient de longues perches de châtaigniers. Entre deux tétées, les femmes, chargées de confectionner les toitures et les parois, avaient fauché des genêts qu'elles avaient croisés et liés solidement. Par la suite, elles avaient ramassé de la mousse pour calfeutrer les trous.

— Il y a de la place pour nous ? questionna Noë.

— La forêt est grande. Et votre présence sera la bienvenue. La bonté de Marie ne suffit malheureusement pas pour soulager tous les malades.

— Marie ?

— Oui, une fille de la paroisse de Pierre-Brune. L'amour qu'elle porte à Dieu et à autrui est un exemple pour nous tous.

Noë n'eut pas besoin d'en savoir plus. Il s'agissait de sa Marie, il en était certain. Elle avait survécu. Son entrain à emboîter le pas de ces inconnus gagna en intensité. Mais Anne n'était plus capable d'avancer. Alors il la souleva et la porta le long du chemin de Cassinelle, avant de bifurquer dans un sentier et de s'enfoncer dans la forêt. Un fumet de soupe aux choux les guida sur les cinquante dernières toises.

La fille de la comtesse dormait dans ses bras quand ils arrivèrent enfin. De nombreuses femmes se précipitèrent. Il en reconnut certaines, notamment la femme Vincendeau, qui eut un geste de recul lorsqu'elle le vit. Il y avait aussi la femme Picotin, la seule dans tout le pays à ne pas savoir que Jacquot, son fils, avait été crucifié sur les ailes d'un moulin à l'issue de la bataille de Luçon. Très vite, celle-ci disparut et revint accompagnée de Marie. Cette dernière n'exprima rien, si ce n'est de la pitié à l'égard de la blessée. Anne fut aussitôt conduite dans une hutte vide.

— Elle est percluse de gangrène, précisa le jeune médecin dès qu'ils furent seuls à son chevet.

Marie ne s'intéressa pas à la cause de ce mal qui rongeait la malheureuse. Son seul désir était d'avoir des nouvelles récentes de ses sœurs. Noë ne put lui en donner.

L'aînée des sœurs Angibaud, elle, était rentrée de Saint-Florent dans les jours qui avaient suivi le passage de la Loire par l'armée catholique et royale, et avait élu domicile dans la grange de sa famille, vandalisée après l'incendie. Toujours affublée de son habit de nonne, on la devinait parfois, dans la lumière du crépuscule, agenouillée dans le jardin des Dubreuil en train de creuser la terre en quête de « fruits du diable ». Pour le reste, ses journées étaient occupées à prier devant le porche de l'église de Pierre-Brune ou à se recueillir sur la tombe de son père. Certains la croyaient devenue folle, d'autres pensaient que son voyage dans les Mauges, au contact des hommes et des femmes en souffrance, avait fait d'elle une sainte. Une nuit, au clair de lune, une femme qui vivait au cœur du bois d'Amourette était venue la chercher afin qu'elle fît office de vicaire pour les réfugiés. Elle avait accepté. On l'avait nourrie, elle s'était requinquée. Pour autant, elle ne parlait plus, sauf en latin pour dire la messe et les sacrements. Elle avait baptisé des drôles, célébré des obsèques, et on l'avait congédiée dès lors qu'un prêtre réfractaire les avait rejoints. Depuis, elle consacrait son temps à soigner les malades.

— Combien de paroissiens sont rentrés de la guerre ?

— Aucun, répondit-elle.

— Pas même Guillaume Chapelier ?

Elle fit non de la tête.

— J'ai quelque chose à te rendre, reprit-elle.

— Quoi donc ?

Elle s'absenta quelques instants. À son retour, Marie tenait dans sa main la dague aux armoiries de sa famille. Dans l'ombre de la hutte, incrédule, il observa l'objet.

— Je l'ai récupérée dans un couvent transformé en hôpital alors qu'elle était en possession d'un tisserand choletais. Il m'a dit qu'il l'avait prise à trois jeunes brigandes.

— Au moment où le tocsin sonnait à Saint-Laurent, nous avons été contraints de nous séparer, expliqua Noë. Dans l'urgence, je l'ai donnée à Augustine. Elles étaient dans le besoin. Je n'ai plus revu tes sœurs après ça…

Ne laissant à Marie, pour seule compagnie, qu'une châtelaine inconsciente, le jeune médecin sortit de cette hutte dans laquelle il étouffait de tristesse. À la lueur d'une bougie, elle s'assit à côté de la malade, lui passa un linge mouillé sur le visage et lui peignit les cheveux. Allongée en chien de fusil, Anne se mit à gémir dans son sommeil et à appeler Noë.

— Reposez-vous ! Vous êtes à l'abri, ici, murmura la nonne.

— Noë ? Noë ? Je dois vous dire que…

— Reposez-vous, Anne. Noë n'est pas loin, il va revenir.

— Que la passion dévorante que Paul a eue pour Virginie, ou celle de Julie d'Étanges pour son précepteur, j'ai ressenti la même à votre endroit.

— Taisez-vous ! pesta Marie qui refusait d'en entendre plus.

Anne sursauta.

— Marie ? lança la mourante en se retournant.

— Oui ?

— Il faut veiller sur lui. C'est un homme bon. Il vous aime et, à mon grand regret, il n'aime que vous.

Plus aucun mot ne fut prononcé. Marie la crut de nouveau endormie. Elle ne l'était pas.

— Sachez qu'il est resté pur, ajouta-t-elle au prix d'un ultime effort.

Marie, elle, ne l'était plus. La porte de la hutte s'ouvrit sur le jeune médecin et le curé. Au-dehors, la bise mordante de janvier soufflait dans les branches nues des arbres. Le prêtre réfractaire demeura un long moment seul dans la baraque. Les derniers sacrements rendus, il laissa sa place à Noë qui se blottit contre la châtelaine.

Le médecin se réveilla en sursaut au milieu de la nuit. Le nez lui piquait. Et la main de celle qui lui avait sauvé la vie à deux reprises était devenue froide et dure. Il pleura en silence.

58

Signe annonciateur de la révolte des paysans, Bressuire avait été saccagée dix-huit mois plus tôt. Investie par les brigands, reprise par Westermann, elle était devenue ville de garnison républicaine et accueillait depuis quelques jours une armée de huit cents hommes, qui passaient leur temps à fumer, à boire, ou à lorgner les drôlesses qui suivaient la troupe. À la Saint-Vincent, le patron des vignerons, ils furent saouls dès le midi. Le soir venu, il fallut deux bonnes heures aux sous-officiers pour tous les réunir sur la place du château.

Là, on les fit mettre au garde-à-vous de longues minutes face aux chefs de brigade et aux adjudants généraux. Seuls ceux qui n'avaient pas bu tremblaient de froid. Puis le général en chef arriva à son tour. Il avait quarante ans, était haï par la plupart de ses subalternes. Né à Nogent-le-Rotrou dans le Perche, ce professeur de mathématiques chevauchait désormais une jument sellée avec des peaux humaines tannées aux Ponts-de-Cé. Il n'était pas le seul civil à s'être enrôlé dans l'armée de la Révolution et à avoir gravi tous les échelons. En effet, un tapissier commandait à Nantes, et un peintre-géographe officiait du côté de Luçon. Chacun d'entre eux, à la tête d'une colonne, avait reçu le même ordre. Il émanait de Turreau. Le militaire s'empara du courrier que son aide de camp lui tendait. Ses mots furent graves. Il les prononça avec lenteur.

— On n'entend rien ! cria un soldat noyé dans la masse juste avant de prendre un coup de coude dans les côtes.

Le général s'avança de quelques pas, reprit sa lecture et haussa le ton.

— Incendiez la Vendée et raflez les grains ! lança-t-il. Brûlez tous les châteaux et les maisons situés à une demi-lieue de distance de la route principale !

Des sourires s'affichèrent sur les visages des hommes en armes. À l'inverse, les figures des derniers habitants du village qui, de loin, tendaient l'oreille s'assombrirent. L'heure de la vengeance avait sonné.

Le soir venu, les ultimes barriques de folle noire, un cépage cultivé sur une ancienne île du golfe des Pictons dont on disait qu'il rendait fou, furent asséchées. Les soldats, qui riaient de ces fadaises, se réveillèrent au son du clairon, tandis que leurs sous-officiers cherchaient à déchiffrer l'itinéraire tracé à la volée par leur chef à partir d'une carte de Cassini.

— N'ayez crainte ! Nos guides sauront nous remettre dans le droit chemin si nous venons à nous éloigner de la route de La Châtaigneraie.

— Je ne leur fais point confiance. S'ils se prétendent des nôtres, ils n'ont rien perdu de leur ensauvagement. Ils n'hésiteront pas à nous jeter dans la gueule du loup si les circonstances se présentent.

— Ils sont trop cupides pour nous trahir !

— Et crois-tu que l'argent qu'on leur donne aura la moindre valeur le jour où nous nous apprêterons à saccager le bocage dans lequel ils ont grandi ?

— Je pense que tu as tort de tous les mettre dans le même panier.

Ainsi parlait le grenadier lorrain qui, à Cholet, avait accordé la vie sauve à Jeanne Angibaud. Il se prénommait Stanislas. Son interlocuteur partit d'un grand éclat de rire.

— Dis donc, tu les as à la bonne, les Vendéens, depuis que tu as épousé ta vivandière ! le piqua-t-on encore.

Élevé au rang d'adjudant à Mayence, le Lorrain s'écarta du groupe pour rejoindre la vingtaine d'hommes apeurés qu'il commandait. Les autres poursuivirent leurs moqueries :

— Elle a obtenu que tu rases ta belle moustache grise, elle parviendra bien à te convertir à ses idées d'arriérée !

Il fit mine de ne pas avoir entendu. Tout ce qu'ils racontaient était vrai. Non seulement Stanislas n'avait pas été en mesure de mener à terme son projet mortifère, mais il avait fait preuve d'une grande humanité lorsque Jeanne avait réclamé son secours et sa protection. Il l'avait épousée deux semaines plus tard, à Niort. Ensuite, elle ne l'avait plus quitté. Un fichu fixé sur la tête pour attiser le moins possible les convoitises des militaires, elle comptait parmi les quelques femmes de sous-officiers qui avaient trouvé le moyen d'accompagner leur mari en campagne, en assurant le blanchissage de la troupe ou en fournissant de l'eau-de-vie.

Installées dans une roulotte conduite par l'un des cuisiniers de la colonne, la sœur de Marie et la doyenne des blanchisseuses partirent en queue de cortège. Leur charrette s'embourba au bout d'une demi-lieue. On les fit descendre. Des soldats furent réquisitionnés pour dégager la voiture du mauvais chemin. Pour récompenser leurs efforts, Jeanne leur servit à boire.

Les premières récriminations ne tardèrent pas. Devant, les hommes curaient les fossés, furetaient dans les genêts, les haies et les bois afin de faire sortir les Blancs de leur tanière et de les chasser. Mais, faute à la pluie, le feu ne prenait nulle part. Le soir venu, de dépit, un groupe attaqua à la hache le pied d'un calvaire sur lequel Jésus-Christ les observait avec miséricorde. Jeanne se renfrogna.

— Qu'as-tu à bouder ? lui demanda celle qui avait les deux bras plongés dans un baquet rempli d'uniformes tachés de sang.

— Ils ne resteront pas sans rien faire, répondit-elle gravement.

— Ne t'inquiète pas. Dans quelques jours, nous aurons nettoyé ce satané bocage, où l'humidité nous colle sans cesse à la peau. Comment je vais faire sécher le linge, moi, sans le moindre rayon de soleil ?

Jeanne n'insista pas. Les derniers soldats qui s'étaient présentés à elles n'avaient plus de souliers. D'autres montraient déjà des signes de fièvre. Et beaucoup réclamaient qu'on leur donnât du pain qui ne fût pas gâté.

Le soir, la colonne cantonna aux Herbiers. Le ratissage avait permis de s'emparer de charretées entières de grain, que la municipalité fit moudre et boulanger. À leur départ, des officiers incendièrent la ville. Le deuxième jour, trois soldats se vantèrent d'avoir fait acte de nécrophilie dans une ferme isolée, sous le regard éploré de la mère de la jeune défunte. La nuit suivante, des brigands attaquèrent le campement et libérèrent de nombreux chevaux de trait. Une partie des effectifs se débanda. Faute d'uniforme, un chasseur républicain fut égorgé par les siens en marge d'un corps à corps avec les Vendéens.

Le lendemain, l'ancien professeur de mathématiques écrivit à Turreau. Son convoi avait fondu d'un quart. Il n'en dit cependant rien, fier d'obéir et de purger la Vendée par le fer et le feu comme cela lui avait été réclamé. Incapable de fournir un décompte précis des ennemis tués, il évoqua une centaine de morts à la journée, sans distinguer les civils sans défense des rebelles. Puis, courrier en main, une ordonnance partit à bride abattue en direction de Nantes. Une heure plus tard, le cheval revint sans son cavalier. L'angoisse du guet-apens gagna définitivement les rangs républicains.

Au quatrième jour, à l'arrière de la voiture, Jeanne se prit à sourire alors que le cocher avait toutes les peines du monde à tenir ses deux mulets poitevins dans la descente d'un chemin pentu. Son attitude piqua la curiosité de la blanchisseuse.

— Que t'arrive-t-il, ma belle ?

— N'entends-tu pas ? demanda la Bocaine.

— Quoi ?

— La musique qu'on joue en contrebas. Je la reconnais.

La femme tendit l'oreille. Elle chercha sans le trouver le chant mélodieux des oiseaux, celui des mésanges, des rouges-gorges et des chardonnerets, qui semblaient fuir ce cortège funèbre depuis le départ de Bressuire. Elle crut sa camarade prise de folie lorsque celle-ci sauta à terre et courut pieds nus dans les ornières. Puis elle la vit s'arrêter au bord d'une rivière large d'une perche, dont l'eau s'enroulait avec harmonie autour de quelques rochers granitiques gris-bleu.

— C'est le Grand Lay ! cria-t-elle en se retournant.

Nichée dans un taillis, une grive s'envola. Jeanne leva le regard en direction de la ligne de crête surplombant le Haut Bocage. La faute à la brume qui prenait sa source dans les vallons, elle ne distingua pas le moindre sommet de la chaîne des puys.

— Et pourquoi cela te rend-il si radieuse ?

— La Châtaigneraie est tout droit. Il suffit de longer les rives de ce cours d'eau. Nous y serons demain. J'en ai soupé de cette guerre. Je n'ai qu'un désir : suivre mon Stanislas dans son pays natal.

Comme si elle avait gommé les souvenirs de son enfance, elle ne mentionna à aucun moment Pierre-Brune et le pont aux Chèvres. Elle avait hâte que les heures passent, désormais, et remonta à l'arrière de l'attelage. Maîtresse du tonneau, elle se servit un godet d'alcool pour mieux oublier les soubresauts provoqués par une route creusée de ravines et les uniformes tachés de sang qui finissaient dans le baquet de sa voisine.

Le convoi ralentit et stationna plusieurs heures à la hauteur de l'embranchement qui menait chez Vincendeau, son ancien maître et bourreau. Les soldats n'y trouvèrent personne. Ils incendièrent la borderie de Cassinelle, puis quittèrent les lieux. La métairie mitoyenne était déserte, également. Elle se transforma en un grand feu de joie dont les volutes de fumée firent hennir les chevaux. À l'intersection d'après, marquée par les vestiges d'une fontaine gallo-romaine, le convoi prit à dextre et s'éloigna du Grand Lay.

— Que se passe-t-il ? Pourquoi quitte-t-on la voie principale ? s'enquit Jeanne auprès du cocher, en communiquant avec lui par une trappe.

Celui-ci haussa les épaules. La jeune femme sauta de nouveau de la roulotte et marcha au pas de charge pour rejoindre la tête du convoi.

— Ce n'est pas le bon chemin ! répétait-elle à l'envi pendant ce temps.

Des soldats l'insultèrent ou la rabaissèrent en lui demandant de retourner à son ouvrage. L'intervention de Stanislas la libéra d'ennuis à venir.

— Ce n'est pas le bon chemin ! On doit faire demi-tour ! insista-t-elle, haletante, alors que les hommes fixaient son corsage qui gonflait à chaque inspiration.

— Qu'en sais-tu ? Oserais-tu dire que notre général ne sait pas tenir une boussole ? la questionna un officier.

— Je suis de ce pays. Cet accès est tortueux, vos plus grosses pièces d'artillerie s'y embourberont et jamais vous ne parviendrez à les dégager ! La seule route praticable en hiver est celle qui longe la rivière et qui traverse Pierre-Brune.

— Pierre-Brune ?

— C'est la paroisse dans laquelle je suis née. À une lieue d'ici.

En pleine réflexion, le lieutenant visa tour à tour Jeanne et son mari. Puis il réclama qu'on prévienne le général en chef. Le convoi fut arrêté et s'ensuivit un conciliabule, auquel la vivandière fut priée d'assister. L'œil rivé sur la carte de Cassini, l'ancien professeur écouta la sœur Angibaud soutenir mordicus ce qu'elle avait déjà expliqué à trois ou quatre reprises dans l'heure écoulée.

— Je ne vois nulle part de localité du nom de Pierre-Brune au sud des Herbiers, madame.

— Je vous assure qu'elle existe. Elle comptait jusqu'à deux cents feux avant mon départ. C'est même le régisseur de la seigneurie qui en est devenu le maire à la Révolution.

— Et de quelle seigneurie parle-t-on ?

— Celle de Lusignan-Longeville. L'un des leurs a émigré, les autres ont combattu parmi les royalistes.

Le général se tourna en direction des officiers qui l'encadraient. Aucun ne semblait avoir eu vent de cette famille.

— Où sont les guides ? s'enquit-il.

— Le jour s'assombrit, il faut se décider, mon général, le pressa un chef de brigade.

— Trouvez-moi les guides, j'ai dit !

— L'un d'eux est parti en reconnaissance, mon général.

— Et l'autre ?

On le fit mander. Il s'agissait d'un protestant de Bressuire, dont l'épouse avait accouché d'un bébé tout roux neuf mois après l'attaque de la ville par les paysans en 1792. Mais l'homme hésita. Le militaire n'eut néanmoins pas le temps de se mettre en colère : la silhouette du second guide apparut au bout du chemin en compagnie de deux soldats. L'homme présentait une partie du visage défigurée, il portait un bonnet auquel étaient fixées des plumes de faisan à la manière d'un Indien, ses membres inférieurs étaient couverts de boue. Jeanne resta sans voix face à Guillaume Chapelier, celui dont elle avait été secrètement amoureuse, celui à qui elle avait dénoncé la cache du curé Lebrun pour gagner ses faveurs. Celui qui, également, l'avait violentée à Châtillon après qu'elle avait transmis la chaude-pisse à la plupart de ses hommes. Il avait survécu et, comme elle, était parvenu à rejoindre les rangs des vainqueurs.

— Connais-tu le village de Pierre-Brune qui se situe le long du Grand Lay ? l'interpella le général dès son approche.

Chapelier redressa la tête, puis, de son œil valide, remarqua celle qui était postée de profil à deux pas de lui. Il bégaya avant d'acquiescer.

— On me rapporte que la route que tu nous fais emprunter n'est pas la meilleure, insista le militaire.

— C'est que Pierre-Brune n'a jamais renié les lois de la République, mon général, tandis que les métairies environnantes, vers lesquelles nous nous orientons, ont longtemps protégé des prêtres réfractaires.

— Dit-il la vérité ? demanda le haut gradé en se tournant vers Jeanne, qui n'arrivait pas à savoir si elle était heureuse ou triste de savoir l'ancien capitaine de paroisse vivant.

— Son père gère les affaires de Pierre-Brune et il n'y a pas plus fervent révolutionnaire que lui.

— Allons bon ! Dans ce cas-là, faisons demi-tour et allons profiter de l'hospitalité de ce brave homme. Je suis certain qu'il saura nous accueillir avec les plus grands honneurs.

La nuit tombait lorsque le cortège distingua le pont aux Chèvres. Prévenu par un paroissien, François Chapelier, entouré seulement de trois officiers municipaux, patientait au sommet de l'arche. Il avait revêtu son écharpe tricolore et tenait en main un certificat de civisme. Tremblant, il le tendit au général qui ne descendit pas de cheval. En guise de remerciement, ce dernier rétorqua qu'un certain Guillaume Chapelier lui servait de guide depuis leur départ de Bressuire.

Le maire balaya du regard tous les visages jusqu'à découvrir, dans la pénombre, celui de son fils ravagé par la guerre. Il en resta bouche bée.

— Où sont les villageois ? questionna le chef de colonne qui nota le peu de volutes de fumée s'échappant des cheminées.

Chapelier haussa les épaules. La réponse vint des premiers soldats qui avaient mis de grands coups de pied dans les portes des logis.

— Les maisons sont vides !

— Ils ont eu peur de nous, mon général ! lança un autre. Les cendres sont encore chaudes. Ils ont dû fuir dans les forêts alentour.

— Que dis-tu de ça, Chapelier ? reprit le haut gradé.

— Je dis que votre troupe aura plus de facilité à s'installer chez l'habitant et qu'il y trouvera de la chaleur et un certain confort. Quant à vous, je me propose de vous héberger avec votre ordonnance le temps de votre halte. Il y a du ragoût d'agneau dans le chaudron.

Ce dernier argument convainquit le natif de Nogent-le-Rotrou. Il posa enfin pied à terre, exigea qu'on positionnât des sentinelles tout autour du village, qu'on visitât les granges et les greniers, qu'on investît les moulins au plus vite pour fabriquer du pain en masse.

Jeanne, elle, quitta dès qu'elle le put sa roulotte et grimpa comme une automate le chemin qui menait au domaine de la Chaignée. Elle n'y observa que des ruines. Perchée sur une pierre, son unique désir était de voir les Bleus brûler cette paroisse, qui ne lui avait laissé que de mauvais souvenirs. Ses traits s'éclairèrent lorsqu'un soldat sortit de l'église en brandissant un drapeau noir et blanc frappé d'un Sacré-Cœur.

La trouvaille fut tout de suite portée au général, qui fit mettre aux arrêts François Chapelier et les autres officiers municipaux. Le palais chargé de mille arômes, l'ancien professeur de mathématiques resta ainsi seul à table. Il appela son chef d'état-major qui répondit sur-le-champ.

— Faites venir le guide !

Un peu déboussolée, la cuisinière, en attendant, se manifesta :

— Je vous ressers, mon général ?

— Bien sûr. Qu'y a-t-il dans votre recette ?

— Deux gros oignons, six gousses d'ail, du laurier, un peu d'huile, du vin blanc et un bouquet de persil. Mais ce qui est essentiel, c'est la cuisson. Elle doit être bien longue pour que la viande s'imprègne de toutes les saveurs.

— Donnez-moi du vin pendant que vous y êtes, commanda-t-il en desserrant la ceinture de son pantalon.

Puis il se lâcha et éructa.

59

Le maître-chaudronnier s'appelait Boussiquot. Il avait un fort accent auvergnat, à tel point qu'Augustine ne comprit qu'un mot sur deux lorsqu'il réprimanda sa femme. Celle-ci, en tout cas, ne comptait pas se laisser faire.

— Sarra-la ! s'exclama-t-elle. Ce pauv' drôle sera bien plus utile dans ton atelier qu'au fond du fleuve ! Par les temps qui courent, ça te fera de la main-d'œuvre à bas coût !

La cinquantaine orgueilleuse, le visage couvert d'une épaisse barbe blanche, l'homme, qui portait un tablier de cuir, toisa Augustine.

— T'as quel âge ? lança-t-il.

L'enfant se tut. Il reposa la question, assortie d'une claque sur la tête qui la fit valser au sol.

— Alors ?

— Neuf ans… Enfin non, dix maintenant ! rectifia-t-elle en prenant conscience que la Saint-Guillaume était passée depuis belle lurette.

— C'est pas un mâle, c'est une femelle que tu m'as ramenée ! Que veux-tu que je fasse d'une fille d'Ève ? En plus, à coup sûr, elle va nous refiler la maladie. Retourne-la où tu l'as ramassée, pesta-t-il en s'adressant à sa ménagère.

— N'y pense même pas ! Si t'en veux pas, moi je saurai l'employer, répondit avec dédain celle qui se prénommait Doulce.

Après avoir haussé les épaules, elle conduisit la petite à l'étage, à l'écart des coups de maillet qui reprirent malgré la nuit tombée. Augustine fut poussée dans la pièce de vie, composée d'un grand lit et d'une table à rallonges sur laquelle traînaient de la vaisselle en cuivre et tout un bric-à-brac. Le parquet grinça. La fillette chercha du regard la cheminée. Il n'y en avait pas. La seule source de chaleur émanait d'un poêle, dans lequel la maîtresse de maison enfourna une pelletée de charbon à bois par une trappe. Elle désigna ensuite une chaise en osier.

— Despolha-te et assa-te ! ordonna-t-elle en patois.

Augustine obéit. Face à elle, une fenêtre constituée de huit carreaux donnait sur la place où Cathelineau, le généralissime des armées vendéennes, avait été mortellement blessé par un cordonnier alors qu'il tentait de prendre Nantes au début de l'été précédent. Un quart d'heure plus tard, alors que sa bienfaitrice glissait un rasoir à main sur son crâne, la fille Angibaud avait à peu près tout saisi de l'histoire d'Anselme Boussiquot. Originaire de la vallée de la Jordanne près de Saint-Flour, il avait été le premier d'une longue lignée de chaudronniers auvergnats à venir s'installer dans la ville ligérienne. Ainsi, depuis près de trente ans, il débosselait ou étamait les batteries de cuisine ou les instruments du culte, quand il ne travaillait pas le cuivre pour les chantiers navals.

— On n'a jamais eu d'enfant, ajouta-t-elle avec regret. Enfin, va falloir te remplumer rapidement si tu veux passer l'hiver, toi. T'as que la peau sur les os !

Le ton employé par Doulce était rude comme celui des paysans de Pierre-Brune. La fillette décolla les mains de son ventre creux pour les faire courir sur son crâne redevenu lisse. Elle avait froid, mais c'est à manger qu'elle réclama :

— J'ai faim !

La femme Boussiquot s'immobilisa sur le coup avant de sortir de la pièce. À son retour, elle portait une pleine assiette de chou farci agrémenté de morceaux de lard.

— La viande est rare depuis que les tiens ont décidé de se livrer au pillage jusque dans nos faubourgs. Les marchands ont peur. Et tout ce qui est rare est cher. Alors t'as intérêt à être rentable, sinon j'en connais un qui n'hésitera pas à te tordre le cou et à te jeter lui-même dans le fleuve.

Blême, Augustine reposa le verre qu'elle venait de vider. Sans mot dire, l'hôtesse s'éloigna pour aller chercher un linge trempé de vinaigre de vin, qu'elle frotta sur toutes les parties du corps de la Vendéenne. Le contact de l'acide sur ses pieds couverts d'escarres et de crevasses la fit hurler. L'Auvergnate gueula à son tour quand elle s'aperçut qu'une flaque d'eau coulait sur le plancher. D'un coup, elle retrouva son allure de Gargamelle, frappa la fillette à plusieurs reprises derrière la tête, et lui colla la figure dans l'urine à la mode de ceux qui dressaient leur chien à la dure. Elle la conduisit ensuite manu militari à l'étage supérieur, où elle l'enferma à double tour dans un réduit obscur pénétré par un froid humide. À tâtons, Augustine, en pleurs et nue, finit par trouver une couverture et se blottit à l'intérieur.

Elle ne put dire quelle heure il était lorsqu'elle se réveilla. Malgré les cris des porteurs d'eau qui arpentaient les rues avec leurs deux grands seaux, elle parvint finalement à se rendormir, épuisée, avant d'être de nouveau réveillée, cette fois-ci par une grande claque. Dans la foulée, d'une poigne de fer, Anselme Boussiquot se saisit de l'une de ses chevilles avant de lui faire descendre l'escalier sur les fesses. En bas, sur le seuil de la porte, l'attendaient quelques frusques rapiécées et un quignon de pain sec posés au sol.

— Si tu veux qu'on te garde, je te conseille d'être obéissante ! C'est compris ?

Les yeux baissés, Augustine opina du bonnet. Rapidement, la femme du chaudronnier la mit à l'ouvrage. Le matin, en appui sur les genoux, elle briqua avec énergie le plancher qu'elle avait sali ; l'après-midi, sous surveillance rapprochée, elle frotta tous les carreaux des fenêtres, piqués par les chiures de mouches durant l'été. Au troisième jour, le logis occupé par le couple brillait comme un sou neuf. En guise de récompense, elle reçut l'autorisation d'installer une paillasse dans une pièce percée d'une lucarne sous les combles.

— Je sais que ma présence vous coûte, osa-t-elle au moment de leur servir la soupe à table, après sa journée de labeur. Permettez-moi d'aller dehors et je saurai vous rembourser le gîte.

— Et comment, pardi ?

— En faisant l'aumône.

Les Boussiquot éclatèrent de rire.

— La ville est en état de siège depuis un an. Les mendiants y pullulent et les Nantais sont affamés. On en crève de se faire harceler à chaque coin de rue et de passer notre temps à protéger notre bourse !

— J'y arriverai, insista-t-elle.

Ils se regardèrent. Que risquaient-ils à la laisser sortir, après tout ? Sauvée *in extremis* de la noyade, ils savaient qu'elle n'irait pas les dénoncer à la garde nationale.

— Je ne te donne pas deux heures avant de revenir au bercail, paria Anselme Boussiquot.

Augustine, qui n'aspirait qu'à retrouver sa liberté, ne releva pas et continua son service en silence. Le lendemain, dès matines, elle quitta le logis le plus discrètement possible. Le froid de l'hiver lui mordit les oreilles et le nez. Chaussée de sabots que Doulce avait bien voulu lui prêter, elle traversa la place en direction du fleuve et chuta sur une plaque de verglas qui recouvrait les pavés du quai de la Saulzaie. Là, elle s'arrêta devant un masque effrayant sculpté au-dessus de l'une des entrées d'un hôtel particulier. Plusieurs autres mascarons s'étalaient sur la façade de cet immeuble de quatre niveaux, construit par un armateur qui s'était enrichi grâce à la traite négrière.

Au gré de ses déambulations lui apparut, dans la grisaille, l'embouchure de la Chézine, où se concentraient les squelettes de vaisseaux destinés à traverser les océans pour se charger de café, de coton, de cacao ou de sucre. Marchant au rythme des gabarres qui voguaient en direction de Paimbœuf, Augustine longea les entrepôts des Salorges, longs comme les plus grandes parcelles du Bocage, où des chutes de cordes et de tissus jonchaient le sol. Elle se figea. Face à elle, à trente pas, des hommes rassemblés en petits groupes discutaient. Faute de travail, ils ruminaient. Elle aborda un vieillard isolé, assis sur une bite d'amarrage.

— Que font-ils ? demanda-t-elle.

— Ils attendent des nouvelles de leur indienneur.

Augustine n'avait jamais entendu ce terme. Elle le lui fit répéter. Il s'agissait des manufacturiers, pour beaucoup originaires de Suisse et d'Allemagne, qui transformaient les toiles de coton blanc, importées en masse par la mer, en indiennes couvertes de motifs colorés. Le développement de leur industrie avait eu un impact considérable sur la ville, dont la population avait doublé en quelques décennies.

— Notre député de la Convention, Jean-Baptiste Carrier, ne déteste pas que les Vendéens. Il a également pris en grippe les notables. Certains ont suivi le chemin de l'exil, d'autres n'ont pas eu cette chance. Ils ont été transférés comme suspects à Paris dans l'attente de leur procès. Plusieurs d'entre eux sont morts de faim et de froid sur la route. Depuis, les fabriques sont sous séquestre et leurs ouvriers viennent gonfler le chiffre des miséreux qui s'agglutinent quai de la Fosse.

— Mais que leur reproche-t-il ?

— Officiellement, ils auraient comploté contre les autorités, répondit-il avec cynisme. Le comble est que certains de ces aristocrates ont défendu la ville lorsque les Vendéens ont tenté de la prendre.

Les bras chargés de bouts de corde et de tissus ramassés ici et là, la fillette revint sur ses pas, puis se dirigea vers la place Graslin, récemment aménagée autour d'un théâtre aux allures de temple grec. Augustine frissonna. C'est à cet endroit que des Nantais, en colère, avaient jeté toutes sortes d'immondices sur les femmes et les vieillards lors de leur transfert depuis Saumur jusqu'à la prison de l'Entrepôt.

Elle emprunta ensuite, au hasard, l'une des trois avenues qui faisaient face à la place. Perdue au milieu de cette ville qui n'avait pas de limite, elle finit par demander sa route à un mendiant sans âge.

— Je cherche l'hospice des enfants trouvés.

L'homme lui indiqua une direction d'un geste. Il lui manquait trois doigts. Elle marcha une demi-lieue sans s'accorder de pause, avant de comprendre qu'il s'était moqué d'elle. Un boutiquier, qui voulut bien la renseigner, l'invita à rejoindre le quai de la Fosse. Là, sa déception fut à la mesure de son empressement. Le seul hospice situé sur les bords de la Loire, désormais rebaptisé hospice de la Réunion, ne recevait plus d'enfants entre ses murs suintant la crasse, mais des catins et des mendiants, ou encore des aliénés et certains malades détenus dans les prisons de Nantes.

— Où sont rassemblés les enfants, alors ? s'enquit-elle auprès d'une dame des beaux quartiers, qui garda ses distances à la vue des haillons portés par Augustine.

— À la maison Grou, dans le quartier de Saint-Clément. Mais inutile de t'y rendre, tu me parais bien trop âgée pour y être accueillie.

La petite Vendéenne, déjà loin, n'écoutait plus. Ses sabots étaient lourds. Elle s'en débarrassa et continua pieds nus jusqu'à la rue des Trois-Pendus, lieu où avait été posée, en 1780, la première pierre de l'hôpital, à la suite d'un legs de deux cent mille livres de Guillaume Grou, riche armateur nantais mort sans descendance, sensible à la misère des orphelins touchés par une forte mortalité.

Elle sut qu'elle était arrivée quand elle entendit, à travers les murs, des bébés qui braillaient tous plus fort les uns que les autres. Une femme, dans la rue, se boucha les oreilles. Le bâtiment qu'elle distinguait derrière une clôture de bois était entouré de cours, de jardins et de prairies. À l'entrée se trouvaient un vestibule et, à proximité, la crèche qui servait de dépôt des nouveau-nés.

Sans réfléchir, Augustine actionna le heurtoir. Un domestique ouvrit la grille en fer forgé, puis la referma d'un coup sec. Perchée sur la pointe des orteils, elle eut à peine le temps d'apercevoir deux drôles coiffés d'un bonnet de coton et habillés d'un uniforme bleu d'enfant de police[1]. Ils étaient plus âgés que Renée.

— Va traîner tes guêtres ailleurs ! lui lança-t-on simplement.

— Je cherche ma petite sœur, répondit-elle de sa voix faible. Je veux la reprendre avec moi. Notre mère nous attend, mentit-elle.

L'employé souleva la trappe.

— Eh bien, qu'elle vienne la récupérer elle-même, et de préférence avec un acte d'état civil !

— Dites-moi au moins si elle est bien parmi vous.

— Comment qu'elle s'appelle ?

— Renée Angibaud. Elle a quatre ans.

— Quatre ans, tu dis ? On en a enterré une de cet âge-là au cimetière de la Bouteillerie avant-hier. Avoir survécu à la virée de Galerne pour mourir de faim à Nantes, c'est-y pas un comble, ça ?

Augustine devint blanche. Le domestique fit de nouveau crisser l'ouverture le temps de consulter son registre.

---

1. Utilisée à Nantes, l'expression « enfants de police » désigne au XVIIIe siècle les orphelins et les bâtards de moins de dix ans placés en institution.

La fillette joignit ses mains et pria, chose qu'elle ne faisait jamais. Deux minutes plus tard, son vœu fut exaucé. Sa cadette était bien là.

— Je peux la voir ? Ou lui parler, peut-être ?

— C'est impossible.

Elle réfléchit alors à ce qu'elle pouvait lui laisser. Mais elle n'avait rien, pas de nourriture, pas le moindre objet personnel qui puisse signifier à Renée que sa grande sœur se trouvait dans la ville.

— Vous pourrez quand même lui dire que je suis passée la voir ?

Il marmonna une réponse qu'elle ne comprit pas. Puis, donnant raison à Anselme Boussiquot, Augustine revint place des Agriculteurs avant le déjeuner. Dans son atelier, elle posa sur un établi ses quelques bouts de cordes et de tissus. Il lui fallait plus : du bois, de la ficelle et du papier mâché. Elle prit sa voix la plus douce pour lui réclamer son aide. Et fut étonnée qu'il acceptât.

60

Marie ne laissa à personne d'autre qu'elle le soin de procéder à la toilette mortuaire d'Anne de Lusignan. Dehors, sous la rosée, Noë ressentit pour la première fois depuis plusieurs semaines comme un grand vide. À proximité, un sabotier et un charbonnier menuisaient une nouvelle hutte, pendant qu'un ancien aubergiste fabriquait des potences à trois pieds pour y fixer les marmites. Plus loin, un puisatier creusait un trou d'aisance. Et puis, des enfants dansaient autour d'une femme qui faisait sauter des crêpes grumeleuses dans une galetière à long manche, posée sur un trépied. Quarante jours après la naissance de Jésus, c'était la Chandeleur. Durant la nuit, munis d'un bidon, plusieurs hommes s'étaient risqués à quitter le village forestier pour courir les champs à la recherche de vaches abandonnées, qui hurlaient de douleur sous le poids de leurs pis engorgés. Leurs épouses, elles, avaient pilé le blé dans des moulins à bras.

— Il faut l'inhumer au plus vite afin que l'odeur de la mort ne se répande pas dans la hutte, expliqua Marie à son ami d'enfance.

— Sauf que j'entends respecter ses dernières volontés : elle souhaitait reposer au château, aux côtés de sa grand-mère, répondit-il, la mâchoire serrée.

— Que fais-tu des patrouilles ? C'est trop risqué ! Sans compter que le curé n'acceptera jamais de te suivre à la Sebrandière. Y compris de nuit.

— Et toi, tu serais d'accord pour m'y accompagner ?

— Je préfère que tu l'inhumes dans les bois. Nous déplacerons son cadavre quand le calme sera revenu.

— Pour que les sangliers la déterrent et la mutilent ? Il est dommage que tu ne l'aies jamais côtoyée, peut-être aurais-tu gagné en courage à son abord, ajouta-t-il, blessant. J'irai seul, alors.

— Non, je te l'interdis !

— Et pourquoi donc ?

— Parce qu'il y a déjà eu trop de tués et de disparus.

— Ce n'est pas une raison suffisante.

— Parce que… Parce que je ne veux pas que tu me quittes ! dit-elle sans oser croiser son regard.

Noë la fixa. Quelques mèches blondes s'échappaient de son voile.

— Je croyais que Dieu seul méritait ton amour ?

— Je le croyais aussi, admit-elle.

— De toute façon, je ne suis plus sûr de mes sentiments. Je lui ai montré beaucoup de considération, déclara-t-il en se tournant vers la loge où reposait le cadavre d'Anne. Je ne suis pas certain de te mériter encore.

— C'est parce que je t'ai délaissé, voilà tout. Ne t'ai-je pas moi-même trahi en me fiançant à un autre avec lequel j'ai commis le péché de chair ? « Pardonne-nous nos offenses, comme nous pardonnons à ceux qui nous ont offensés », a dit le Seigneur.

La Bible lui donnait réponse à tout. Sans un mot, il s'éloigna et alla se recueillir au chevet de la défunte. Marie l'avait entièrement recouverte d'un linceul. Il se saisit de sa besace, en tira le roman écorné de l'abbé Prévost, qu'il feuilleta avant de s'arrêter sur le chapitre consacré à la mort de l'héroïne.

Il se mit alors à lire à haute voix ces lignes qu'il avait parcourues mille fois. Jusqu'à ce que le curé pénètre dans la pièce sans frapper.

— Un réfugié, qui errait dans les bois, vient d'arriver dans le village. Marie prétend que vous le connaissez.

Il pivota vers l'homme d'Église.

— Quelle tête a-t-il ?

— Un bandeau lui cache un œil.

Noë sortit à regret et partit à la recherche de Marie. Il la découvrit en pleurs, non loin d'un arbre creux dans lequel les enfants aimaient se dissimuler. Guillaume Chapelier se tenait à ses côtés. Instantanément, un sentiment d'oppression le gagna. Était-ce le fait de le retrouver vivant, ou bien de le voir si proche de celle qu'il avait répudiée, après l'incendie de la métairie des Angibaud ?

— Que veux-tu ? Tu oses lui réclamer l'asile ! Ne vois-tu pas que tu la fais souffrir ?

En réalité, Marie pleurait pour une autre raison. L'ancien caporal de la garde nationale, devenu capitaine de paroisse de Pierre-Brune, venait de lui annoncer qu'Augustine et Renée avaient franchi la Loire à la suite de la déroute de Cholet.

— Je les ai vues près de Granville et leur ai donné à manger. Un peu plus tard, je les ai aperçues en compagnie de la comtesse de Lusignan-Longeville qui prenait soin d'elles.

— Et après ?

Il haussa les épaules tout en regardant autour de lui. Noë le fixa. Les blessures de guerre qui marquaient le visage de celui qui avait pris le cœur de son amour de jeunesse atténuaient à peine sa colère.

— Vous êtes combien, ici ? Vous avez des armes ? s'enquit le fils Chapelier.

— Pourquoi ? Tu n'en as pas assez soupé de te battre ? Tu veux qu'on s'occupe de ton autre œil ? Où crois-tu que ça va te mener, tout ça ? s'agaça le médecin.

— Et Jeanne ? souffla alors Marie. L'as-tu revue ?

— Elle fait la ribaude pour le compte des hussards de Turreau.

— D'où arrives-tu ? demanda Noë.

Leur dernière rencontre, orageuse, remontait à l'automne. À Châtillon, Chapelier avait alors frappé Noë après avoir perdu deux compagnons lors de l'attaque d'un convoi républicain afin de lui fournir des ambulances. Puis, le lendemain, Noë avait provoqué, au sein de l'auberge Barbe-Blanche, le capitaine de paroisse coupable d'avoir violenté Jeanne.

— Calme-toi, Dubreuil ! J'arrive de Chanteloup. Avec Stofflet et La Rochejaquelein, nous nous sommes cachés quelque temps dans la forêt de Vezins après avoir retraversé la Loire, mentit-il.

Guillaume Chapelier n'avait qu'un but : mesurer les forces en présence.

— Et pourquoi es-tu là ?

— Je suis venu chercher mon père. Nous devons tous fuir ce maudit pays. Ils sont des milliers, commandés par des officiers sanguinaires. Leurs colonnes se dirigent vers le Haut Bocage et ravagent tout. Blancs ou Bleus, elles passent tous les Vendéens au fil de la baïonnette.

— Ton père n'a jamais mis les pieds ici, répondit Marie. Et où veux-tu que nous fuyions ? Personne ne nous attend ailleurs. Dans la forêt, au moins, ils ne nous débusqueront pas.

— Je peux t'assurer que tu te trompes. Ils sont déterminés. Ce ne sont pas quelques ronces qui vont les freiner. Je tiens à toi, Marie. Je t'implore de partir au plus vite.

Une alerte à la corne de vache leur fit relever la tête. Un chien aboya. Les coups de maillet se turent. Depuis son poste de surveillance, sur la branche solide d'un chêne feuillu, un gamin agile comme un singe avait aperçu des Bleus pavoiser le clocher de l'église de Pierre-Brune d'un drapeau tricolore. Ordre fut aussitôt donné de mettre les enfants à l'abri, d'étouffer le feu et de faire taire le dernier goret qui grognait à longueur de journée. Le chien fut également tué. Quant aux petits qui avaient les bronches prises, leurs mères les enveloppèrent dans des pèlerines, les blottirent contre elles et récitèrent toutes les prières connues pour apaiser leur toux.

— C'est à Pierre-Brune que tu trouveras ton père, reprit Marie. De peur que des pillards dévalisent sa jolie demeure, il n'a pas voulu quitter sa paroisse. J'espère que son avarice ne lui aura pas coûté la vie !

Le fils Chapelier fit volte-face et s'éloigna par le chemin d'où il était arrivé. Quelque chose laissa penser à Marie que l'apparition de celui qui l'avait mise enceinte paraissait trop soudaine pour être honnête. Elle lui cria alors, en dépit de toute prudence, un extrait de l'épître de Paul aux Corinthiens :

— « Ni voleurs, ni cupides, pas plus qu'ivrognes, insulteurs ou rapaces n'hériteront du royaume de Dieu[1]. »

Noë apprécia.

— La nuit prochaine, je t'aiderai à porter le corps d'Anne de Lusignan au château.

— Pourquoi ce revirement ?

— Si j'en crois Guillaume Chapelier, la mère de ta protégée a secouru mes sœurs outre-Loire. Je lui dois bien ça.

1. Épître de Paul aux Corinthiens, chapitre six, verset dix.

61

Le soir venu, Augustine et Anselme avaient trois nouveaux compagnons. Ils se prénommaient Colombine, Polichinelle et Arlequin.

— Que comptes-tu faire d'eux, maintenant ? s'enquit le chaudronnier. C'est une chose de fabriquer des pantins, c'en est une autre de les mettre en scène.

Le visage de la petite réfugiée s'éclaira. Elle avait en mémoire les meilleures pages du recueil d'aventures des personnages de la *commedia dell'arte*, qu'elle avait dégotté dans la bibliothèque de Moinard, ce vieux maître de chai chez qui sa sœur et elle s'étaient abritées avec les filles Lusignan. Elle appela aussitôt Doulce qui accourut, et leur demanda de s'asseoir.

À la lueur d'une lampe, le spectacle dura un gros quart d'heure. Conquis par l'histoire, les Auvergnats ne quittèrent jamais les marionnettes du regard. À la fin, ils réclamèrent même que leur pensionnaire recommence. La nuit suivante, ils la firent dormir dans la même pièce qu'eux, sur un matelas d'osier, près du poêle à charbon qui servait également de réchaud.

Le lendemain, au-dehors, un temps froid et sec accueillit Augustine. Le soleil, rare et bas à cette saison, lui fit plisser les yeux. Elle installa son matériel non loin des hôtels particuliers, souffla dans ses mains pour les réchauffer, puis commença sa première représentation alors qu'une calèche s'approchait. Mais personne ne s'arrêta, à l'exception d'un garde qui lui ordonna de déguerpir. Obéissante, la fillette baissa la tête et transporta son équipement aux abords d'un marché, près du quai de la Fosse.

Là, la seule présence de son théâtre ambulant aiguisa la curiosité. Malgré la réclame des commerçants alentour, des citadins s'agglutinèrent et se mirent à sourire à l'écoute des piques et des sottises que s'échangeaient les marionnettes. Ensuite, ce fut au tour d'enfants, plus habitués à voler des pommes ou à tirer la monnaie dans les troncs des églises, d'être conquis. Face à eux, Arlequin botta les fesses de Polichinelle. Des rires éclatèrent. Plus tard, les visages se renfrognèrent lorsque le pantin bossu et menteur se vengea.

Gagné par l'émotion, le public d'Augustine ne bougeait plus, sauf pour glisser quelques sols dans une écuelle en bois que la Vendéenne avait déposée par terre. On cherchait à deviner l'âge de celle qui possédait un tel talent de conteuse, et surtout on attendait la chute de l'histoire. La sœur de Marie accéléra le débit au moment où sa marionnette colorée porta l'estocade. C'est alors que surgit une bande d'orphelins qui, tel un ouragan, bouscula tout sur son passage. Ils étaient dix, peut-être quinze, guère plus vieux que la fille Angibaud, boiteux pour certains, violents pour les autres. Agiles et rapides malgré tout, ils se faufilèrent dans la foule, se saisirent à la volée des bourses apparentes et s'emparèrent des pièces dont le public s'était séparé. Les victimes hurlèrent, les auteurs déguerpirent, et les témoins prirent à parti Augustine, accusée d'être complice de ces jeunes oisifs qui écumaient, toujours plus nombreux, les rues nantaises en quête d'argent ou de nourriture. Elle tenta de se replier, cela ne fit que renforcer la défiance des plus aigris. Les badauds la retinrent, on la priva de ses pantins, elle réclama qu'on les lui rendît, elle se débattit et se mit à pleurer lorsqu'elle aperçut deux gardes qui s'approchaient à grands pas.

— Avec son carnaval, elle nous a appâtés pour mieux nous dépouiller ! gronda un vannier, dont la femme était restée sur le marché à vendre ses produits en osier.

— Il faut qu'elle paie ! s'écria un Suisse, qui s'était fait délester de sa montre à gousset fabriquée dans une manufacture de Genève.

Soudain, une voix s'éleva, tempérant l'hostilité générale :

— Elle n'y est pour rien ! Je la connais !

Tous se retournèrent vers l'intrus. L'homme était toujours rond, mais sa moustache avait blanchi. Augustine écarquilla les yeux. Embarquant dans sa besace les caractères de presse qui avaient servi à imprimer les édits de l'armée catholique et royale, celui qui avait fui Châtillon pour échapper à l'expédition punitive des hommes de Westermann avait survécu. Il se tenait là, à quelques pas d'elle.

— Qui es-tu ? demanda le plus gradé des militaires.

— Alexandre Goichot. Je suis compagnon-imprimeur chez Louis Malassis, qui est installé place du Pilori, répondit-il fièrement. Je me porte garant de cette enfant, elle nous aide régulièrement au sein de l'atelier.

Les Malassis, imprimeurs de père en fils, dirigeaient le bureau de la poste maritime et avaient créé une feuille d'informations commerciales quelques années avant la Révolution. La « petite poste », comme elle était surnommée, distribuait, outre le courrier, un almanach et un périodique consacré aux affaires maritimes ou à tout type de sujet autre que politique. Muni de quatre presses à bras en bois, cet important commerce peinait pourtant à trouver des ouvriers afin de satisfaire la demande depuis la mise en place des administrations révolutionnaires. Et pour cause, devant un nombre croissant de lois, de décrets, d'arrêtés, de proclamations, de délibérations et de certificats, le monde de l'imprimerie avait du mal à absorber les commandes.

— C'est une bohémienne ! Son seul talent est de nous voler ! reprit de plus belle une femme du peuple.

— Elle ne vous a rien volé d'autre que du temps, en échange de dialogues cocasses ou frondeurs délivrés par ses marionnettes !

Des rires fusèrent. La mégère se tut. La réplique plut aux deux hommes de la garde nationale. L'étreinte autour du poignet d'Augustine se relâcha, et on lui restitua même ses jouets articulés.

— Ne remets plus les pieds dans ce quartier ! C'est entendu ? grogna malgré tout l'un des officiers.

La gorge d'Augustine se serra. En signe de consentement, elle baissa la tête. Lorsqu'elle la redressa, Goichot avait une fois encore disparu. Elle n'en était pas moins reconnaissante de son mensonge, qui l'avait sauvée d'un bien mauvais pas.

Libérée, elle traîna son paquetage jusqu'à la maison Grou. De nouveau, des pleurs d'enfants l'accueillirent. Elle fit le tour de l'enceinte, constata par un interstice de la clôture la présence d'une vache qui meuglait faute d'herbe dans le pré, et revint à l'entrée de l'établissement. À proximité, sur le bas-côté, une poignée d'orphelins, vendus à des mendiants qui les estropiaient pour mieux s'attirer les aumônes du peuple, tentaient de faire tourner sur le sol meuble une toupie à l'aide d'un coton. Ils l'observèrent, jugèrent sans valeur les pantins qu'elle aligna sur son théâtre, et décampèrent.

Sans public, Augustine se lança néanmoins pour faire passer le temps, mais s'interrompit au bout de quelques minutes. Devant elle, un cortège funèbre avançait en direction du cimetière de la Bouteillerie. Puis elle reprit. Son premier spectateur fut un charrier qui arrêta sa voiture. Celle-ci regorgeait de navets et de poireaux qu'il avait dissimulés sous une couverture. Les portes de l'orphelinat s'ouvrirent en grand, les drôles les plus âgés en sortirent et s'emparèrent des cageots de légumes pour les remiser au réfectoire. Certains, surpris par l'animation peu ordinaire que proposait Augustine, s'immobilisèrent. Mécontent de ce désordre, un aumônier leur ordonna de rentrer au plus vite. Un instant plus tard, apparurent entre les barreaux protégeant les lucarnes des têtes d'enfants au visage famélique et au nez crotté. Augustine perçut aussitôt des cris d'adultes qui essayèrent de rétablir le calme.

Elle revint le lendemain, puis les jours suivants. Au gré des mouvements et de quelques discussions avec des habitants du quartier, elle savait désormais tout ou presque de l'hospice récemment renommé « hôpital des enfants naturels de la Nation ». Construit en 1783, il pouvait recevoir près de cent cinquante enfants et était tenu par cinq ou six sœurs assermentées, un aumônier et huit à dix domestiques. Au bout d'un an, quelqu'un avait eu l'idée ingénieuse de faire décoller depuis la cour une nacelle en osier accrochée à un ballon gonflé à l'hydrogène. L'événement, auquel avaient assisté plusieurs milliers de Nantais et l'ensemble des orphelins, avait permis de renflouer les caisses, grâce à la générosité des spectateurs qui n'avaient eu d'yeux que pour les deux aéronautes, qui s'étaient finalement posés dans la paroisse de Gesté, huit lieues plus loin. Quatre ans plus tard, pour que les pensionnaires échappassent à l'oisiveté et à l'appel à la charité publique, une filature et des rouets avaient été installés dans une chambre.

Mais la situation n'avait ensuite fait que se dégrader et, la faute à l'insurrection vendéenne qui avait engendré de nombreux orphelins, il n'y avait plus assez de bois de chauffe, plus de farine pour les nouveau-nés que l'on nourrissait avec du pain noir trempé dans de l'eau, plus de foin à donner aux trois vaches et au cheval de l'établissement.

— C'est-y pas malheureux ! Ils en sont rendus à confectionner les vêtements des gamins avec des rideaux de lits ! déplora une mercière.

Celle-ci lui expliqua également qu'elle participait chaque samedi à l'animation de travaux de couture à titre gracieux, quand d'autres âmes charitables apportaient leur concours à l'entretien des bâtiments. Immédiatement, Augustine, qui n'avait toujours pas vu sa sœur, sauta sur l'occasion.

— Moi aussi, je veux aider ! s'exclama-t-elle.

— Et comment ? Tu es trop jeune !

— Je peux les amuser pendant quelques heures, insista-t-elle en empruntant la voix d'Arlequin.

La boutiquière l'observa un court instant, puis se décida. On la fit pénétrer dans l'hospice, où elle rencontra la mère supérieure, dont le regard ne quitta pas ses cheveux hérissés.

— On me dit que tu es comédienne ?

— Je dirige un théâtre de marionnettes, rectifia l'enfant.

— Et pourquoi donc veux-tu distraire nos orphelins ?

— Parce que moi-même je n'ai plus de mère. Les farces que je prête à mes pantins ont le don de faire rire petits et grands.

— Et peut-on savoir ce que racontent tes marionnettes sur notre chère Église ?

— Rien de vilain. Au contraire elles s'en inspirent, madame. À la fin, c'est toujours la morale qui triomphe.

— Tu as du répondant ! J'espère que tu en auras autant demain, et que nos pensionnaires ne te feront pas trembler de peur. Nous t'installerons dans le réfectoire.

— Mon père peut-il m'accompagner ? J'ai besoin de lui pour transporter une malle pleine de fanfreluches afin de décorer mon théâtre…

La mère supérieure ne trouva pas matière à refuser.

62

Derrière les arbres, la lune gibbeuse resplendissait. Le sol dur crissait sous les pas de Noë, qui portait le cadavre rigide d'Anne de Lusignan, entouré d'un linceul. Marie ouvrait la route en direction du château de la Sebrandière, marchant lentement sur un sentier qu'elle distinguait mal et ne connaissait pas. Après une demi-lieue, le médecin glissa dans une portion abrupte et s'affala sur le corps de la châtelaine. Sans tarder, il se redressa. Il ne sentait plus ni ses doigts ni ses orteils. Au sortir de la forêt, le froid s'attaqua à son nez et à ses oreilles.

— J'aperçois le donjon ! l'encouragea Marie.

Dans le ciel pur brillait la constellation de la Grande Ourse. Minuit était passé depuis belle lurette. Ils traversèrent une lande et un champ de genêts dans lesquels Augustine aimait conduire les moutons du temps où la famille Angibaud vivait au grand complet au sein de leur métairie de la Chaignée. Des hennissements les surprirent à leur dextre. Ils provenaient de la paroisse située en contrebas. Ils s'arrêtèrent, fixèrent l'obscurité. Des voix d'hommes se firent entendre à leur tour, et une lueur éclaira soudain le bas du village.

— C'est une sentinelle. Ils ne peuvent pas nous voir, nous sommes trop éloignés, souffla Noë.

La jeune femme tremblait. Malgré sa charge, Noë prit les devants et continua de gravir la colline, tout en contournant plusieurs chirons au pied desquels les serpents se nichaient l'été. La demeure Renaissance des Lusignan-Longeville apparut enfin. Un mur d'enceinte entourait cet édifice construit sur un bloc schisteux dans la première moitié du XVIe siècle. Ils n'eurent cependant pas besoin de l'escalader. La grille en fer forgé, ornée des armoiries de la seigneurie, avait disparu. Ils se faufilèrent dans le parc, au milieu d'arbres centenaires, longèrent les écuries dont les portes battaient au vent. Avides de s'équiper à moindres frais, des visiteurs les avaient précédés et semblaient avoir fouillé le château, ainsi que l'ensemble de ses dépendances avant de s'attaquer aux frises qui décoraient le fronton. Noë serra les dents et poursuivit son chemin. Il fut soulagé de voir que les voleurs n'avaient pas eu l'audace de piller la chapelle funéraire, dont l'entrée demeurait inviolée. Avec un geste délicat, il déposa au sol le corps, à proximité des quelques marches qui descendaient vers le tombeau familial, dont une serrure protégeait l'accès. Sur la ligne d'horizon, une lueur annonçait l'approche de l'aube.

— Il nous faudrait une pioche, suggéra Marie.

Noë fit demi-tour et pénétra dans les écuries. Nichées sous les plafonds, des chauves-souris dérangées s'envolèrent. Effrayé, le médecin poussa un tel cri que son amie accourut. Ensemble, ils cherchèrent longtemps à tâtons, mais durent attendre que le jour perçât pour y voir clair. Ils découvrirent alors une forge dans laquelle ils trouvèrent leur content d'outils. Encouragé par Marie qui se signa, Noë se mit au travail et, après un long effort, vint à bout du verrou à l'aide d'une scie à découper la pierre. En bas, l'air était saturé de poussière, l'endroit regorgeait de toiles d'araignées qui se collèrent à leurs cheveux. Le tombeau trônait au milieu du mausolée.

Noë et Marie se regardèrent. Que devaient-ils faire de la dépouille d'Anne ? L'abandonner ainsi aux insectes, ou bien lui offrir le repos éternel aux côtés de sa grand-mère ? Marie exprima son souhait de quitter les lieux au plus vite.

— Je lui ai fait une promesse, s'excusa le médecin.

Aussitôt, il s'empara d'un piolet de maçon et entreprit de desceller la pierre tombale. Marie, quant à elle, se posta à l'extérieur pour faire le guet. Elle l'entendit peiner et pester au moment de faire glisser l'épaisse pierre recouvrant le tombeau. Puis le silence s'installa à nouveau.

— Noë ? Tout va bien ?

Il ne répondit pas. Elle insista. Finalement, elle dut se résoudre à le rejoindre. Debout et immobile, il surplombait le cadavre momifié d'une vieille dame aux cheveux blancs, vêtue d'une robe couverte de broderies. À ses pieds, un sac de cuir regorgeait d'écus et de louis d'or. Marie se saisit des anses et eut du mal à le soulever.

— Il pèse au moins vingt livres ! Qu'est-ce que c'est ?

— « L'amour est plus fort que l'abondance, plus fort que les trésors et les richesses, mais il a besoin de leur secours », murmura Noë.

— Pardon ?

— Anne m'a cité cette formule écrite par l'abbé Prévost dans *Manon Lescaut* lorsqu'elle m'a dit vouloir être inhumée ici. Elle souhaitait que je découvre cet argent. Ce sont probablement là toutes les économies de sa famille.

— De quel amour parlait-elle ?

— De celui qui nous lie, toi et moi.

D'abord pensive, la jeune femme reprit ses esprits et frémit face à l'urgence de la situation.

— Remets en place cette pierre et ce trésor, et allons-nous-en ! dit-elle. Il fait jour désormais, il faut retourner dans la forêt au plus vite…

— Peux-tu d'abord prononcer la prière pour les défunts ? sollicita Noë.

Elle accéda à sa demande. Puis il positionna le corps d'Anne contre celui de sa grand-mère, attrapa le sac d'or qu'il posa par terre et refixa la pierre tombale.

— Que fais-tu ? Laisse cet argent ici !

— Pour que d'autres s'en emparent ?

— Il ne te revient pas !

— Ses propos me laissent entendre qu'elle désirait que je le mette en sécurité.

Marie ne s'insurgea pas davantage. Un coup de canon résonna dans la vallée. Elle se jeta au sol. Sa robe sombre se déchira. La fille de métayer n'avait rien. Un second coup retentit. Un troisième et un quatrième. Leurs visages devinrent graves. Ils s'éloignèrent du tombeau, coururent jusqu'au mur d'enceinte. Comme durant leur enfance, Marie joignit ses mains et fit la courte échelle à son ami.

— Que vois-tu ? souffla-t-elle.

Le médecin distinguait une batterie de huit pièces, alignées le long du Grand Lay, près du pont aux Chèvres. Les artilleurs s'agitaient en tous sens, leurs canons, pointés en direction du bois d'Amourette, fumaient plus fort que les cheminées des briqueteries que l'on trouvait parfois près des rivières. Légèrement en retrait au côté d'une cohorte de militaires galonnés, Guillaume Chapelier les aidait à orienter l'attaque. Noë, blême, redescendit.

— Qu'as-tu vu, bon sang ?

Il se tut. Marie se précipita vers l'entrée du domaine, son pas s'allongeant au rythme de la canonnade. Des dizaines de coups de feu s'unirent soudain au tonnerre. Le souffle court, la jeune femme interrompit sa course et se recroquevilla lorsque les fantassins de l'ogre Turreau tirèrent comme des lapins les premiers villageois fuyant le bombardement du bois d'Amourette. Les vieillards, les femmes, les enfants, tous y passèrent. Certains parvinrent à sauter dans la rivière. Des soldats se précipitèrent alors sur les bords et piquèrent ou sabrèrent ceux qui savaient nager.

Vers midi, une douzaine de paysans-soldats, les plus vaillants, réussirent à enfoncer une ligne et à se rapprocher du pont. S'ensuivit un corps à corps auquel participèrent les enfants les plus téméraires. De peur, les artilleurs quittèrent leur poste, le général et son état-major enfourchèrent leur monture et prirent du recul tout en ordonnant aux troupes, conduites par leurs guides, de pénétrer dans les bois et d'anéantir toute forme de vie au sein du village forestier. Sur le terrain, à découvert, les Bleus, moins mobiles, mais mieux équipés, reprirent le dessus. Au-delà, les fumées incendiaires percèrent la cime des arbres. Les mousquetons se turent, pas les coups de lame ni les hurlements de douleur. Et puis, dans l'après-midi, les républicains, par grappes, abandonnèrent le bois d'Amourette.

La baïonnette luisante de sang, l'un d'eux portait en guise de trophée une fille de quinze ans sur l'épaule, terrorisée. Marie voulut intervenir. Noë la coupa dans son élan en la plaquant au sol. Les yeux clos et les mains sur les oreilles, elle se mit à gémir. Dans leur dos, les cloches de l'église Notre-Dame-de-l'Assomption s'agitèrent, peut-être pour fêter cette victoire totale ou bien pour narguer les survivants cachés au plus profond de la forêt.

Le silence reprit lentement son pouvoir. Sous les étoiles qui scintillaient dans un ciel clair, les derniers hommes de guerre rentrèrent se reposer dans leurs casernements de Pierre-Brune. Marie et Noë, eux, se redressèrent enfin et retournèrent par des chemins de traverse en direction de ce qui restait du refuge des paroissiens de Pierre-Brune. Dans la nuit noire, aucun d'eux ne vit Jeanne sortir d'une baraque et partir à la recherche de Stanislas qui n'était pas revenu.

63

Dissimulée derrière son théâtre portatif éclairé par quelques cierges, Augustine ouvrit le spectacle avec Arlequin, la marionnette la plus connue de la *commedia dell'arte*. Seul sur scène, le pantin commença en frappant dans ses mains. La salle, comble, plongée dans la pénombre, finit par l'imiter. Puis l'adepte des pirouettes et des acrobaties disparut, vite remplacé par Polichinelle qui fit mine de le chercher. Une partie de cache-cache s'engagea. Les premiers rires éclatèrent dans le public. Discrètement, le ventre contracté, la fillette en profita pour balayer l'assemblée du regard. Les plus jeunes orphelins étaient assis par terre tout devant, les plus grands avaient pris place sur des bancs, la plupart des encadrants et quelques bienfaiteurs, qui avaient répondu à l'invitation, se tenaient debout, dans le fond du réfectoire, que l'on avait libéré de l'ensemble de ses tables.

Augustine ne vit pas Renée. Elle enchaîna malgré tout et fit se confronter les deux personnages, l'un s'amusant à faire de l'esprit quand l'autre piaillait comme un poussin pour attirer l'attention. Une troisième marionnette, sa préférée, entra à son tour en scène. Réputée pour son franc-parler, la seule fille de la bande avait oublié d'être sotte. Résolument optimiste, débordant d'énergie, cette femme de chambre d'une noble dame était protégée par une fée.

Aussitôt, une petite voix dans l'assemblée la nomma :

— Lombine, Lombine !

Instinctivement, la conteuse et celui qui se faisait passer pour son père fixèrent celle qui semblait plus émerveillée que les autres. Il s'agissait de Renée, qui avait reconnu Colombine grâce à son habit. Le réalisme de la marionnette tenait entièrement au talent de costumière et à l'abnégation d'Augustine. Du coude, on ordonna à l'enfant de se taire. Alors elle planta son pouce sale dans sa bouche, en lieu et place de ses deux incisives supérieures tombées peu après son arrivée à l'orphelinat.

Les pitreries et le burlesque montèrent encore d'un cran. Comme jadis les filles de la comtesse de Lusignan-Longeville, ou plus récemment les habitués du marché du quai de la Fosse, les orphelins s'esclaffèrent, tremblèrent ou se désolèrent selon des situations que la Vendéenne maîtrisait à la perfection. Au bout d'une demi-heure, elle sentit pourtant la lassitude gagner les rangs des plus grands. C'est ce moment qu'elle choisit pour inaugurer une nouvelle scène. D'un coup d'un seul, le cœur de Colombine devint l'enjeu d'une lutte farouche entre ses prétendants. Une partie du public prit alors fait et cause pour Polichinelle et ses fourberies, l'autre moitié pour Arlequin dont la ruse et le cynisme n'avaient pas d'égal. Devant les yeux médusés de la mère supérieure, les deux marionnettes attrapèrent leurs gourdins et commencèrent à se frapper. Elle n'eut pas le temps d'intervenir. Les garnements les plus turbulents serrèrent les poings et, par mimétisme, se mirent à se battre.

Le divertissement prit fin, une vitre se brisa, un cierge chuta sur le théâtre miniature, les petits rideaux en cotonnade prirent feu, des cris et des pleurs d'épouvante gagnèrent les petits. Dans la cohue, Renée, quarante-cinq livres environ, fut saisie par des bras puissants qui l'installèrent dans la malle en osier, vidée de ses pompons et rubans décoratifs.

Augustine se faufila la première dans la mêlée. Encore alerte, Alexandre Goichot parvint à la talonner avec la malle sur le dos. En sens inverse, des domestiques se précipitèrent pour circonscrire le début d'incendie. L'artiste et son compagnon passèrent sans encombre la porte cochère de l'orphelinat et ne libérèrent Renée qu'une centaine de toises plus loin. Elle tenait dans ses mains Colombine, qu'elle avait chipée au vol. Ensemble, ils galopèrent à perdre haleine jusqu'à la place du Pilori où l'ancien imprimeur fontenaisien occupait une chambre, à deux pas de son lieu de travail.

64

Avant de quitter Pierre-Brune et de poursuivre son nettoyage en direction de La Châtaigneraie, le général tint la promesse qu'il avait faite à Guillaume Chapelier : rendre la liberté à son père en échange de ses informations sur l'emplacement du village forestier. Sitôt affranchi, l'ancien régisseur du domaine de la Sebrandière se précipita chez lui et trouva la pièce de vie sens dessus dessous. On y avait fait ripaille. Il appela aussitôt la cuisinière. Celle-ci répondit depuis l'étage. Il lui ordonna de descendre, elle n'obéit pas. Il s'énerva, se tourna vers l'escalier dans lequel il distingua une traînée de sang. Il crut tout d'abord que sa gentilhommière avait servi d'hôpital temporaire, puis entendit des gémissements. Immédiatement, il sut.

— Guillaume ! hurla-t-il en grimpant les marches trois à trois.

Quand il le vit, celui-ci lui sourit. Une entaille de trois pouces de longueur laissa apparaître ses tripes quand la cuisinière ôta le linge en lin avec lequel elle tentait d'endiguer l'épanchement. François Chapelier se pétrifia.

— Père… souffla Guillaume. Aidez-moi !

Les larmes aux yeux, le maire de la paroisse se hâta vers la fenêtre. Au-dehors, à proximité du pont aux Chèvres, de pauvres hères quittaient le bois. Alors il descendit et se précipita à leur rencontre.

— J'ai besoin d'un médecin ! cria-t-il à la volée.

Effrayée par son agitation, une femme, persuadée que les Bleus n'en avaient pas fini, se coucha dans un fossé. Dans sa détresse, il aperçut Jeanne Angibaud près du lavoir. Il ne la reconnut pas tout de suite. Elle pleurait, penchée sur le cadavre d'un grenadier, qu'elle essayait de réveiller à coups de poing sur le torse.

— Jeanne, sais-tu où il y aurait un médecin, bon sang ?

De rage, elle lui ordonna de déguerpir. De l'autre côté du Grand Lay, une réfugiée comprit ce qu'il réclamait. La coiffe noire des veuves qu'elle portait faisait ressortir ses tempes argentées. Il s'agissait de la femme Vincendeau. Elle pointa son doigt en direction du bois d'Amourette avant de reconnaître à son tour celle qui avait été chassée de la borderie de Cassinelle par son mari. Chapelier poursuivit son chemin, croisa quelques malheureux qui comptaient leurs morts. Ses administrés n'avaient plus la force de lui cracher dessus. Il s'arrêta au milieu d'un paysage labouré par l'artillerie, que les arbres décimés et les quelques brûlots allumés la veille par les Bleus illuminaient. Partout où ses yeux se posaient, ne se lisaient que malheur et accablement. Une femme éviscérée était pendue à la branche d'un chêne, un enfant avait la gorge clouée sur le tronc du même arbre, les squelettes carbonisés de trois voire quatre brigands s'amoncelaient près de la loge-église, dont il ne subsistait que des débris. Et, au cœur de cette violence, un vieillard assis sur un tabouret se balançait d'avant en arrière, pendant qu'un bébé braillait dans les environs. Les pleurs émanaient d'une baraque étrangement intacte. Il fit quelques pas, appela à l'aide. La porte s'ouvrit sur Marie Angibaud. Elle dorlotait l'orphelin qui tournait la tête dans tous les sens pour trouver le sein.

— Y a-t-il un médecin dans les parages ?

Marie glissa son index dans la bouche du poupon. Pas dupe, il le recracha et reprit ses braillements. D'un geste du menton, l'aînée des Angibaud lui montra un sentier. Il s'y enfonça et découvrit Noë quelques toises plus loin, occupé à charcuter le pied d'un enfant, dont plusieurs orteils avaient gelé pendant son sommeil.

— J'ai besoin de ton concours de toute urgence, Guillaume s'est fait percer le ventre !

Noë l'ignora. Il avait passé la nuit à soigner les survivants, il en restait encore beaucoup à visiter.

— Il faut le recoudre ! Je te paierai ! insista le père Chapelier. Hé ! Tu m'entends ? s'énerva-t-il en s'approchant du fils Dubreuil.

Ce dernier daigna enfin le regarder. Si bien apprêté habituellement, le notable de Pierre-Brune avait une tête de déterré.

— Mettez-le sur une charrette à bras et conduisez-le-moi !

— Son assassin erre peut-être dans les parages…

— Il n'y a dans ce bois que des cœurs perdus et point de bourreaux, répondit Noë qui avait vu disparaître en meute les quelques paysans-soldats encore valides.

Gagnés par la rage, ceux-ci comptaient harceler leurs tortionnaires jusqu'à la mort.

— Il est intransportable. Viens plutôt à Pierre-Brune avec moi !

Noë refusa, placidement.

— Il risque de mourir…

— Tout comme ceux, ici, qui ont eu à souffrir de sa traîtrise, si je les abandonne.

L'ancien régisseur ne pipa mot et s'en alla. Il lui fallut moins d'une heure pour amener son fils. À son arrivée, Marie se débarrassait du saindoux qu'elle avait sur les mains en les trempant dans une marmite d'eau bouillante. Avec l'aide de

Noë et la protection de sainte Marguerite[1] qu'elle ne cessait de prier, elle venait de mettre au monde une fille qui ne connaîtrait jamais son père ni ses frères et sœurs.

Guillaume, fiévreux, fut allongé sur une table faite de rondins. Il était encore lucide. Le jeune médecin se pencha sur l'entaille qui lui traversait le nombril, il la jugea consécutive à un coup de faux ou de sabre. Le maire caressait les cheveux de son fils.

— Tu vas me le sauver, hein, Dubreuil ?

Une fois de plus, Noë se tut. Marie approcha de l'eau-de-vie qu'elle fit boire au blessé. Une larme roula depuis son œil valide.

— Marie… souffla-t-il. Comme je regrette…

— Tais-toi, mon fils, intervint François Chapelier. Garde tes forces ! Noë, je te l'ai promis : si tu le sauves, tu seras un homme riche !

— Retournez plutôt au village. Les réfugiés ont faim et froid. Rapportez toute la nourriture et les couvertures que vous pourrez !

Ils le virent s'éloigner, lourd de regrets. Noë s'empara enfin de ses outils tandis que Marie glissait ses doigts sur la plaie pour obtenir la réunion des lèvres.

— Comme je regrette, Marie… répéta Guillaume.

Noë, qui opta pour une suture à l'enchevillé, comme pratiquée à l'issue des césariennes, le piqua une première fois avec une aiguille courbe. Le blessé eut un rictus, mais continua :

— Tu dois me pardonner, Marie. Je t'ai menti à propos de tes sœurs.

— Que dis-tu ? Que sais-tu à leur sujet ? réclama la fille Angibaud.

1. Marguerite d'Antioche, martyre du IIIe siècle, protectrice des femmes enceintes.

— J'étais en prison à Nantes il y a un mois. Là-bas, tous ceux de notre espèce étaient condamnés à mort. On m'a sollicité pour intégrer la compagnie des chasseurs à cheval. Cela m'a permis de sauver ma couenne.

— Et mes sœurs ?

Il garda le silence, grimaçant sous les coups d'aiguille. Du sang coulait en abondance.

— Augustine se trouvait avec moi à l'Entrepôt. Je l'ai laissée en compagnie de la comtesse de Lusignan-Longeville et de ses filles.

Tout ouïe, Marie avait relâché son attention sur l'opération.

— Où sont-elles aujourd'hui ?

— Elles ont toutes été conduites à la baignade républicaine.

Marie s'étrangla. De douleur, Guillaume Chapelier versa une autre larme.

— Par contre… la petite Renée serait… dans un orphelinat.

— Lequel ? demanda Noë.

Il n'obtint aucune réponse. L'œil de son patient se ferma. Le médecin le crut inanimé. Il avait en fait trépassé. Dans la foulée, on lui annonça que celle qui venait de donner la vie avait également rendu l'âme. La veuve de Picotin, qui avait encore trois marmots vivants, prit le nouveau-né sous son aile. Elle le prénomma Innocent.

François Chapelier revint au même moment. Il était chargé de victuailles, dont les réfugiés le délestèrent aussitôt. Il n'avait d'yeux que pour son fils qui trônait seul, le ventre à l'air. Inquiet, il chercha Noë, qui réconfortait Marie assise au pied d'un hêtre.

— Bon sang, il faut couvrir mon fils ! cria le maire. Il va attraper la…

Il ne termina pas sa phrase. L'évidence le frappa. Il fit trois pas en direction de Guillaume, vacilla, se rapprocha de Marie. Persuadé qu'elle pleurait son ancien fiancé, il tenta de la consoler. Le visage noyé de larmes, elle le repoussa en hurlant :

— Ma sœur est morte !

François Chapelier ne comprit pas. Il avait aperçu Jeanne recroquevillée sur le cadavre d'un grenadier à proximité du lavoir. Il le lui dit. Marie redressa la tête et renifla, Noë l'aida à se relever.

— Vous êtes certain que c'est Jeanne ?

Il confirma. Alors elle s'engagea en courant sur le sentier qui menait vers la lumière. Noë la suivit. Depuis quand Jeanne était-elle revenue à Pierre-Brune ? Pourquoi donc était-elle blottie contre un soldat portant l'uniforme républicain ? Avait-elle des nouvelles de Renée ? Marie arracha un pan de sa robe qui s'était pris dans les ronces, elle accéléra le pas et, arrivée à la hauteur du Grand Lay, vit le corps de sa sœur, immobile et baigné de sang, aux côtés de celui du militaire. Une troisième personne se trouvait assise près d'eux. Il s'agissait de la veuve Vincendeau, sans toit depuis l'incendie de sa borderie. Elle tenait un couteau dans la main dextre et psalmodiait un mot en continu : « Vengeance ! »

Épilogue

Les survivants, environ une trentaine, relevèrent quelques huttes dans le bois. Innocent monta à son tour au paradis, où il rejoignit sa mère. La mère du « Christ Jacquot », comme on le surnommait en douce, ne s'en offusqua pas, car, aussi sec, on lui donna un autre orphelin à couver. La faune, autour d'eux, reprit quant à elle peu à peu ses droits. La nuit, l'orfraie, le chat-huant et le hibou leur tenaient compagnie. Tombé dans un nid de vipères, l'un des rares hommes du camp succomba à plusieurs morsures. Les loups se rapprochèrent et, quand un chat errant fut pris au piège dans un collet, une mère de famille, affamée, le dépeça et le fit rôtir comme un lapin.

À la Saint-Valentin, jour que choisissaient les oiseaux pour s'apparier, une veuve et son père furent les premiers à réinvestir leur creux-de-maison à Pierre-Brune. Le vieillard n'avait plus de bêtes pour atteler sa charrue. Alors, avant d'ensemencer, il prit une pioche et alla remuer son champ à la force des bras. Un matin, il aperçut trois silhouettes qui se découpaient dans la brume. Il s'agissait d'un homme âgé, aidé d'un bâton, et de deux drôlesses. La plus grande tenait dans une main un bouquet d'aigremoine, plante qui entrait dans la composition de l'eau d'arquebuse, infusion censée guérir les blessures faites par arme à feu, et dans l'autre des oreilles d'âne, dont la racine était un bon remède contre les brûlures. Il les vit grimper la colline en direction du domaine de la Chaignée et fila faire son rapport au bois d'Amourette.

À leur description, Noë fut le plus prompt à réagir. Il alla réveiller Marie, saisie du mal de tristesse depuis qu'elle avait mis en terre sa sœur Jeanne, et la tira jusqu'au bourg. Quand elle les vit, elle lâcha son chapelet, arracha son voile de nonne et se mit à courir, cheveux au vent, vers ses deux petites sœurs qui, parties de Nantes, avaient sillonné les routes sur une vingtaine de lieues.

Les Bleus ne revinrent jamais dans la paroisse. Chargées de détruire la Vendée et les brigands de l'intérieur, comme cela avait été réclamé par le député Barère le 1er octobre 1793 à la tribune de la Convention nationale, leurs colonnes infernales poursuivirent leur battue à Legé, Gesté, Cholet et Beaupréau, et massacrèrent plus de six cents personnes aux Lucs-sur-Boulogne le 28 février 1794. Une paix fut signée en deux temps un an plus tard, quelques mois avant que Carrier ne soit guillotiné à Nantes par les Thermidoriens[1]. Noë visita alors sa mère en Charente-Inférieure et se recueillit sur la tombe de son père, décédé aux alentours de Noël 1793 des suites d'une épidémie de typhus qui avait ravagé le port de La Rochelle.

À son retour, le jeune médecin réinvestit la gentilhommière familiale de Pierre-Brune où il installa son cabinet, puis fit construire un hôpital de campagne qu'il baptisa Lusignan-Longeville. Son financement, resté mystérieux, agita bien des langues dans le Haut Bocage.

À défaut de donner des enfants à son parpaillot, Marie Angibaud, rendue stérile par son avortement sauvage, apprit

1. Nom donné aux députés qui firent arrêter et exécuter Robespierre sans procès le 9 Thermidor de l'an II.

le métier d'accoucheuse. Volontaire et convaincue, elle aida également Noë à lutter contre les croyances des habitants du Bocage et contre la concurrence déloyale des charlatans et autres « dormeuses » locales.

Fontenay-le-Peuple redevint Fontenay-le-Comte sous l'ère napoléonienne. Naturellement destinée au métier d'apothicaire, Augustine s'y installa et lui préféra le titre plus à la mode de pharmacienne. Son fils aîné, prénommé Noë, qui eut pour parrain Alexandre Goichot, l'accompagna régulièrement en forêt de Mervent, à la recherche de racines et de plantes sauvages. Ils ne rataient aucune occasion de faire une halte à Vouvant, au pied de la tour Mélusine.

Pendant ce temps, Renée prit la tête, en 1808, l'année de la visite de Napoléon Ier et de l'impératrice Joséphine dans le département, de la première école pour jeunes filles de Pierre-Brune. Et le récit qu'elle fit régulièrement à ses jeunes élèves des contes de Perrault leur offrit un peu d'insouciance, contrebalançant les morsures de la guerre, tant ressassées et rabâchées lors des veillées dans les creux-de-maison.

Enfin, persuadé que le domaine des Lusignan-Longeville dissimulait un trésor, l'ancien régisseur, François Chapelier, racheta le château de la Sebrandière. Opérant de nombreuses fouilles, il ne découvrit toutefois jamais le moindre louis.

Remerciements

La guerre de Vendée est boudée par les livres scolaires. Ma mère, née dans une « cabane » située entre deux anciens ilots du Marais poitevin, a comblé cette lacune. L'ouvrage illustré traitant de cette période qu'elle m'a légué durant mon enfance a bercé mes soirées et probablement mûri mon désir de suivre des études d'histoire. Je le conserve précieusement.

Damien Bridonneau est un travailleur infatigable. Ce Vendéen de 26 ans a déjà commis deux ouvrages. Il est surtout un passionné de son « pays » qui n'a jamais hésité à défricher et labourer mon texte pour le rendre plus fertile. Je l'en remercie.

Le regard critique de Franck L'Hospitalier, professeur d'histoire et fervent promoteur de la laïcité, m'a permis d'atténuer certains élans patriotiques. Bourguignon d'origine, il a réclamé une carte de la Vendée insurgée en appui du texte. Revendiquant le fait de perdre le lecteur comme le soldat républicain de l'an II l'était dans ce territoire ténébreux et tortueux, j'ai finalement cédé.

Ma gratitude va aux historiens, aux chercheurs publiés par le Centre Vendéen de Recherche Historique, et aux romanciers. Leurs travaux n'ont cessé de m'accompagner durant le processus d'écriture. Je pense notamment à Alain Gérard, Philippe Bossis, Louis Merle, Jean-Clément Martin, Thérèse Rouchette, Jean Artarit, Anne Rolland-Boulestreau, Pierre Dangirard, Michel Chamard, Michel Ragon, Yves Viollier, Ernest Pérochon, Honoré de Balzac, Victor Hugo et, bien sûr, l'abbé Prévost.

Quelques épisodes et parcours de vie de brigands, de nonnes ou de soldats, découverts sur les blogs *Chemins secrets* et *La Maraîchine Normande*, ont également nourri le scénario de mon roman. Merci à leurs contributeurs.

Un grand merci, enfin, à Florian Lafani et à l'équipe Fleuve Éditions qui m'accompagnent depuis bientôt dix ans.